Til min mor, Mary

Øya Spinalónga utenfor nordkysten av Kreta var Hellas' største leprakoloni fra 1903 til 1957.

Pláka, 1953

En kald vind feide gjennom de trange gatene i Pláka, og den isende høstluften omsluttet kvinnen og lammet kropp og sinn med en nummenhet som nesten blokkerte sansene, men ikke klarte å mildne sorgen. De siste meterne frem til bryggen lente hun seg tungt til faren, lik en gammel kvinne som følte smerte ved hvert skritt hun tok. Men smertene var ikke fysiske. Kroppen var like sterk som hos enhver ung kvinne som hadde pustet inn den klare kretiske luften hele livet, og huden var like ungdommelig og øynene like intenst brune og skinnende som på en hvilken som helst annen jente på øya.

Den lille båten vugget og krenget i bølgene, ustabil under lasten av underlig formede bylter knyttet sammen med hyssing. Den eldre mannen klatret møysommelig ned og støttet datteren med den ene hånden, mens han forsøkte å holde båten i ro med den andre. Straks hun var trygt om bord, pakket han henne godt inn i et pledd for å skjerme henne mot elementene, og de lange, mørke hårlokkene som danset fritt i vinden, var det eneste som røpet at hun ikke bare var enda et stykke fraktgods. Omhyggelig løsnet han fortøyningen – det var ikke mer som skulle sies eller gjøres – og reisen begynte. De skulle ikke ut på nok en kort tur for å levere forsyninger. Denne reisen markerte starten på et nytt liv. Livet på en leprakoloni. Livet på Spinalónga.

Del 1

Kapittel 1

Pláka, 2001

Idet fortøyningstauet løsnet, fløy det gjennom luften og dusjet kvinnens bare armer med lette dråper av sjøvann. De tørket fort, og mens solen stekte ned på henne fra en skyfri himmel, så hun hvordan huden funklet i intrikate mønstre av saltkrystaller, som en tatovering av diamanter. Alexis var den eneste passasjeren i den lille, slitte båten, og idet de tøffet ut fra kaien i retning av den ensomme, ubebodde øya foran dem, grøsset hun ved tanken på alle de menn og kvinner som hadde reist dit før henne.

Spinalónga. Hun lekte med ordet, rullet det rundt på tungen som en olivenstein. Øya lå rett forut, og mens båten nærmet seg den store, venetianske festningen som vendte ut mot sjøen, kjente hun både dragningen fra dens fortid og en overveldende fornemmelse av hva den fortsatt betydde. Dette, filosoferte hun, kunne være et sted der historien fortsatt var levende, ikke steindød, der innbyggerne var virkelige, ikke mytiske. Så annerledes det ville være enn de gamle palassene og funnstedene hun hadde brukt de siste ukene, månedene – endatil årene – på å utforske.

Alexis kunne selvsagt ha tilbragt nok en dag med å klatre rundt i ruinene på Knossos og ved hjelp av de mektige steinblokkene forestille seg hvordan livet fortonte seg der fire tusen år tidligere. Men i det siste hadde hun begynt å føle at den fortiden var så fjern at den nesten lå utenfor fantasiens rekkevidde, og i hvert fall så fjern at hun hadde vansker med å engasjere seg i den. Selv om hun hadde en universitetsgrad i arkeologi og jobbet på museum, merket hun at interessen avtok for hver dag som gikk. Faren var akademiker med lidenskap for dette emnet, og på barnlig vis hadde hun ganske enkelt vokst opp i troen på at hun skulle følge i hans støvete fotspor. For en som Marcus Fielding lå ingen gammel sivilisasjon for langt tilbake i tid til å vekke interesse, men for Alexis, som nå var femogtyve, var oksen hun hadde passert på landeveien tidligere samme dag, betraktelig mer håndgripelig og livsnær enn minotauren i sentrum av den legendariske labyrinten på Kreta noen gang kunne bli.

Hvilken retning karrieren hennes tok, var imidlertid ikke det viktigste spørsmålet for tiden. Problemene med Ed var mer presserende. Mens de hadde sugd til seg den stødige varmen fra sensommersolen på deres greske øyferie, var det som om det sakte, men sikkert ble dratt en endelig strek over det som en gang hadde vært et løfterikt kjærlighetsforhold. Forholdet hadde blomstret i et universitets forfinede mikrokosmos, men i verden utenfor hadde det visnet, og etter tre år var det som en skrøpelig avlegger som ikke hadde overlevd flyttingen fra drivhus til bed.

Ed var kjekk. Det var en kjensgjerning. Men det flotte utseendet irriterte henne noen ganger grenseløst, og hun var sikker på at det forsterket den arrogante holdningen og hans misunnelsesverdige selvsikkerhet. De hadde funnet sammen på en slags «motsetninger tiltrekker hverandre»-måte. Alexis med sin lyse hud, men mørkt hår og mørke øyne, og Ed med sin blonde, blåøyde nesten ariske fremtoning. Men noen ganger føltes det som om hennes egen, villere natur ble visket ut av Eds behov for disiplin og orden, og hun visste at det ikke var det hun ønsket; selv den lille graden av spontanitet hun ikke kunne leve uten, ble bannlyst av ham.

Mange av hans andre gode egenskaper, som verden i sin alminnelighet betraktet som fordelaktige, hadde også begynt å gå henne på nervene. Først og fremst den urokkelige tryggheten. Den bunnet i en klippefast tro på det som lå foran ham, det som hadde ligget foran ham siden den dagen han ble født. Ed var lovet en livslang jobb i et advokatfirma, og årene ville passere i et forutbestemt mønster av karrieremessig fremgang og diverse eneboliger i stadig finere strøk. Det eneste Alexis var sikker på, var at hun og Ed gled lenger og lenger fra hverandre. Etter hvert som feriedagene gikk, hadde hun brukt mer og mer tid på å gruble over fremtiden, og Ed var ikke en naturlig del av den. Selv på hjemmebane var ulikhetene mellom dem store. Tannkremtuben ble klemt fra feil ende, og det var selvsagt hun som var synderen, ikke Ed. Måten han reagerte på hennes uvørenhet var symptomatisk for hans innstilling til livet for øvrig, og hun syntes hans krav til orden var ubehagelig kontrollerende. Hun forsøkte virkelig å forstå hans behov for regelmessighet, men mislikte den uuttalte kritikken av den lett kaotiske måten hun levde livet sitt på. Ofte tenkte hun at det var i farens mørke, rotete arbeidsrom hun hadde følt seg mest hjemme her i verden; foreldrenes soverom, preget av morens valg av lyse vegger og rene flater, fikk henne til å grøsse.

Alt hadde bestandig gått i Eds favør. Han var en av livets gullgutter: den beste i klassen og ubestridt kaptein på rolaget år etter år. Den perfekte lederskikkelse. Det ville bli vondt å se boblen hans sprekke. Han var blitt oppfostret til å tro at verden var hans lekegrind, men Alexis var begynt å innse at hun ikke orket å stenges inne i den. Kunne hun virkelig gi avkall på selvstendigheten sin og flytte sammen med ham? En litt forfallen utleieleilighet i Crouch End eller en strøken bolig i Kensington – ville det være galskap av henne å velge det første? Til tross for Eds forventninger om at hun skulle flytte sammen med ham til høsten, måtte hun stille seg disse spørsmålene: Hva var vitsen med å bo sammen hvis de ikke hadde til hensikt å gifte seg? Og var han egentlig den mannen hun ville ha som far til sine barn? Slike tanker hadde svirret rundt i hodet hennes i flere måneder, og før eller siden måtte hun være modig nok til å gjøre noe med dem. Ed var så opptatt av organiseringen og gjennomføringen av ferien at han knapt la merke til at hun ble tausere og tausere for hver dag som gikk.

Så ulik denne turen var fra øyhopperferiene hun hadde hatt på de greske øyene i studenttiden, da hun og vennene hennes var frie sjeler, og ingenting annet enn tilfeldige innfall dikterte rutinene for de lange, solfylte dagene. Beslutningene om hvilken bar som skulle besøkes, hvilken strand man skulle sole seg på og hvor lenge man skulle bli på hver øy var blitt tatt ved å kaste mynt og krone. Det var vanskelig å forestille seg at livet en gang hadde vært så bekymringsløst. Denne ferien var så full av konflikter, diskusjoner og selvransakelse, og den indre kampen hadde begynt lenge før hun satte bena på kretisk jord.

Hvordan kan jeg være femogtyve og så *håpløst* usikker på fremtiden? hadde hun spurt seg selv mens hun pakket for turen. Her er jeg, i en leilighet jeg ikke eier, på vei til en ferie fra en jobb jeg ikke liker, med en mann jeg knapt bryr meg om. Hva er i veien med meg?

Da moren, Sofia, hadde vært på Alexis' alder, hadde hun allerede vært gift i flere år og hadde to barn. Hvilke omstendigheter hadde gjort henne så moden i så ung alder? Hvordan kunne hun ha vært så etablert når Alexis fremdeles følte seg som et barn? Hvis hun visste mer om hvordan moren hadde tilnærmet seg livet, kunne det kanskje hjelpe henne til å treffe sine egne avgjørelser.

Dessverre hadde Sofia alltid vært utrolig tilbakeholden når det gjaldt fortiden, og med årene hadde dette hemmelighetskremmeriet dannet en barriere mellom henne og datteren. Alexis syntes det var ironisk at studiet og forståelsen av fortiden ble så høyt skattet i familien, samtidig som hun ble hindret fra å sette sin egen historie under lupen; fornemmelsen av at Sofia skjulte noe for barna sine, kastet en skygge av mistillit i hjemmet. Det var som om Sofia Fielding ikke bare hadde begravd røttene sine, men også trampet hardt på jorden over dem.

Alexis hadde bare én ledetråd til morens fortid: et falmet brudebilde som hadde stått på Sofias nattbord så lenge Alexis kunne huske, i en forseggjort sølvramme som var blitt tynnslitt av pussing. I sin spede barndom, da Alexis hadde brukt foreldrenes store, myke seng som trampoline, hadde bildet av det smilende, men litt stivt oppstilte paret svevd opp og ned foran henne. Noen ganger hadde hun stilt moren spørsmål om den vakre kvinnen i kniplinger og mannen med det finmeislede ansiktet og det platinafargede håret. Hva het de? Hvorfor hadde han grått hår? Hvor var de nå? Sofia hadde bare kommet med knappe svar: at det var hennes tante Maria og onkel Nikolaos, at de bodde på Kreta og at begge nå var døde. Disse opplysningene hadde tilfredsstilt Alexis da, men nå trengte hun å vite mer. Det var bildets status – det eneste innrammede fotografiet i hele huset bortsett fra dem av henne selv og hennes yngre bror, Nick – som pirret nysgjerrigheten mer enn noe annet. Dette paret hadde åpenbart vært betydningsfulle for moren i barndommen, og likevel var Sofia alltid så lite villig til å snakke om dem. Det var faktisk mer enn uvilje, det var sta motstand. I tenårene hadde Alexis lært seg å respektere morens ønske om å holde visse ting for seg selv – det var like sterkt som hennes eget behov for å låse seg inne og unngå kommunikasjon på den tiden. Men hun hadde vokst av seg alt det nå.

Kvelden før hun skulle reise på ferie, hadde hun dratt hjem til foreldrene som bodde i et viktoriansk rekkehus i en stille gate i Battersea. Det hadde alltid vært en familietradisjon å spise på den lokale greske tavernaen før enten Alexis eller Nick skulle dra til et nytt universitet eller på tur utenlands, men denne gangen hadde Alexis hatt et annet motiv for besøket. Hun ville høre om moren hadde noen råd i forhold til Ed, og ikke minst hadde hun tenkt å stille henne noen spørsmål om fortiden. Rundt en time før avtalt tid var hun fremme, fast bestemt på å få moren til å åpne skoddene. Selv et lite lysglimt ville hjelpe.

Hun låste seg inn, satte den tunge ryggsekken ned på gulvflisene og slapp nøkkelen i den irrete messingskålen på hyllen i gangen der den landet med en høy klapring. Alexis visste at det var ingenting moren hatet mer enn å bli overrumplet.

«Hei, mor!» ropte hun inn i den stille gangen.

Hun regnet med at moren var ovenpå, og tok trappen to trinn i slengen. Da hun kom inn på foreldrenes rom, ble hun som vanlig slått av hvor ryddig det var. En beskjeden samling glassperler hang på hjørnet av speilet, og tre parfymeflasker sto sirlig oppstilt på Sofias toalettbord. Ellers var rommet blottet for rot; det var ingenting som røpet noe om morens personlighet eller fortid, ikke et bilde på veggen, ikke en bok på nattbordet. Bare det ene, innrammede fotografiet. Selv om hun delte det med Marcus, var dette Sofias rom, og hennes trang til orden dominerte det. Hvert medlem av familien hadde sitt eget private sted som bare de hersket over.

Den nakne minimalismen på soverommet gjorde det til Sofias sted, mens Marcus' sted var arbeidsrommet der bøker var stablet til høye søyler på gulvet. Noen ganger falt disse tunge tårnene overende og spredte bindene gjennom rommet, så den eneste måten man kunne nå frem til skrivebordet var ved å vade over på de skinninnbundne verkene. Marcus elsket å arbeide i dette kaotiske boktempelet; det ga ham en følelse av å være midt ute i en arkeologisk utgraving, der hver eneste stein var blitt grundig merket, selv om de for et ukyndig øye kunne se ut som en hvilken som helst ruinrest. Det var alltid varmt i rommet, og selv som barn hadde Alexis ofte sneket seg inn dit for å lese en bok sittende sammenkveilet i den myke skinnstolen som stoppen alltid tøt ut av, men som likevel klarte å være den koseligste og mest innbydende sitteplassen i hele huset.

Til tross for at de hadde flyttet hjemmefra for lenge siden, stod barnas rom urørt. Alexis' var fortsatt malt i den knugende, blårøde fargen hun hadde valgt da hun var en mutt femtenåring. Sengeteppet, gulvteppet og garderoben var holdt i en matchende nyanse av fiolett, migrenenes og raserianfallenes farge – selv Alexis syntes det nå, skjønt på den tiden hadde hun forlangt å få det slik. En dag ville kanskje foreldrene pusse det opp, men i et hus der interiørarkitektur og vakker innredning hadde særdeles lav prioritet, kunne det gå enda tyve år før det skjedde. Ingen husket lenger fargene på veggene på Nicks rom – hver kvadratcentimeter var for lengst dekket av plakater av Arsenal-spillere, heavy metal-band og usannsynlig barmfagre blondiner. Dagligstuen var stedet som Nick og Alexis hadde delt, og i løpet av tiden de bodde der måtte de ha tilbragt hundrevis av timer foran fjernsynet i halvmørket. Men kjøkkenet var for alle. Det runde furubordet fra syttitallet – det første møbelet Sofia og Marcus hadde kjøpt sammen – dannet midtpunktet, stedet der alle samlet seg, pratet, spilte spill, spiste og, til tross for de heftige diskusjonene og kranglene som ofte raste rundt det, ble en familie.

«Hei,» sa Sofia som hilsen til datterens speilbilde. Hun lette etter noe i et lite smykkeskrin samtidig som hun kjemmet det korte, blondstripete håret sitt. «Jeg er nesten klar,» tilføyde hun og tok på seg noen øreringer av korall som stod godt til blusen.

Alexis ville blitt overrasket om hun hadde ant hvordan en knute strammet seg i Sofias mage mens hun forberedte seg på familieritualet. Stunden minnet henne om alle de andre kveldene de hadde spist sammen før datterens ulike universitetssemestre begynte, stunder da hun spilte glad, men innerst inne fortvilte over at Alexis snart ville være borte. Sofias evne til å skjule følelsene sine syntes å øke proporsjonalt med styrken i de følelsene hun undertrykket. Hun kikket på datterens speilbilde ved siden av sitt eget, og kjente overraskelsen gli gjennom kroppen. Det var ikke tenåringsansiktet hun alltid bar med seg i fantasien, men ansiktet til en voksen kvinne som nå låste blikket sitt i hennes.

«Hallo, mor,» sa Alexis stille. «Når kommer far hjem?»

«Ganske snart, håper jeg. Han vet at du må tidlig opp i morgen, så han har lovet ikke å komme for sent.»

Alexis løftet opp det velkjente fotografiet og trakk pusten dypt. Selv nå som hun var voksen merket hun at hun måtte ta mot til seg for å bryte inn i den forbudte sonen morens fortid var, som om hun snek seg under de stripete båndene som sperret av et åsted for en forbrytelse. Hun måtte vite hva moren tenkte. Sofia hadde giftet seg før hun var tyve. Var hun, Alexis, dum som vurderte å kaste bort muligheten til å tilbringe resten av livet sammen med en som Ed? Eller ville moren mene, slik hun selv gjorde, at ettersom hun i det hele tatt tenkte disse tankene, så var han virkelig ikke den rette personen? I sitt stille sinn øvet hun seg på spørsmålene sine. Hvordan hadde moren kunnet vite at mannen hun skulle gifte seg med, var «den rette» når hun var så ung? Hvordan kunne hun ha visst at hun ville bli lykkelig i de neste femti, seksti, kanskje endatil sytti årene? Eller hadde hun ikke tenkt slik? Akkurat idet hun skulle til å buse ut med alle spørsmålene, nølte hun, redd for å bli avvist. Det var imidlertid ett spørsmål hun *måtte* stille.

«Kan jeg ...» spurte Alexis, «kan jeg reise og se hvor du vokste opp?» Bortsett fra fornavnet, hadde ikke Alexis andre karakteristika som gjenspeilet hennes greske blod enn de mørkebrune øynene, og denne kvelden brukte hun dem for alt de var verdt da hun fanget morens blikk. «Vi skal til Kreta på slutten av turen, og det ville være dumt om vi reiste hele den veien uten å gripe sjansen.»

Sofia var en kvinne som fant det vanskelig å smile, å vise følelser, å virke deltakende. Det var naturlig for henne å være tilknappet, og hennes umiddelbare reaksjon på spørsmålet var å lete etter en unnskyldning for å si nei, men noe stanset henne. Det var ordene som Marcus mange ganger hadde sagt til henne, at Alexis alltid ville være barnet deres, men ikke alltid *et barn*. Selv om hun slet med å erkjenne det, visste hun at det var sant, og synet av denne selvstendige, unge damen som nå sto foran henne, var den endelige bekreftelsen. I stedet for å bli stum, slik hun hadde for vane når samtalen nærmet seg noe som kunne ha med fortiden hennes å gjøre, svarte Sofia med uventet varme. Kanskje skjønte hun for første gang at datterens nysgjerrighet etter å få vite mer om røttene sine, ikke bare var naturlig, men kanskje til og med riktig.

«Jo ...» sa hun usikkert. «Det kunne du kanskje.»

Alexis prøvde å skjule forbløffelsen og våget knapt å puste av frykt for at moren skulle ombestemme seg.

Så, med større sikkerhet, sa Sofia: «Ja, det ville være en god anledning. Jeg skal skrive et brev som du kan ta med til Fotini Davaras. Hun kjente familien min. Hun må være gammel nå, men hun har bodd i landsbyen der jeg ble født i hele sitt liv, og er gift med eieren av den lokale tavernaen – så du får kanskje til og med et godt måltid.»

Alexis strålte av begeistring. «Takk, mor ... Hvor ligger egentlig landsbyen?» tilføyde hun. «I forhold til Khaniá?»

«Det er omtrent to timer fra Iráklio,» sa Sofia. «Så fra Khaniá tar det deg kanskje fire eller fem timer – det blir litt av en dagstur. Far kommer hjem hvert øyeblikk, men når vi er tilbake fra middagen, skal jeg skrive brevet til Fotini og vise deg på kartet hvor Pláka ligger.»

Det skjødesløse smellet fra gatedøren fortalte at Marcus var kommet tilbake fra universitetsbiblioteket. Den slitte skinnvesken sto bulende midt ute på gulvet i gangen, med papirer tytende ut av glipene i sømmene. Faren var en bjørn av en mann med briller og tykt, sølvgrått hår, og han veide trolig like mye som kona og datteren til sammen. Han møtte Alexis med et digert smil da hun kom løpende ned trappen fra morens rom og lettet fra det nederste trinnet og fløy inn i armene hans slik hun hadde gjort siden hun var tre år gammel.

«Far!» sa Alexis ganske enkelt, og selv det var overflødig.

«Min skjønne jente,» sa han og favnet henne i en myk bamseklem som bare fedre av så rause proporsjoner kan tilby.

De dro til restauranten like etter; den lå bare en fem minutters spasertur fra huset. Midt blant glinsende vinbarer, overprisede patisserier og trendy restauranter utgjorde Taverna Loukakis noe konstant. Den hadde åpnet ikke lenge etter at familien Fielding hadde kjøpt huset, og hadde sett mengder av andre forretninger og spisesteder komme og gå. Innehaveren,

Gregorio, hilste trioen som de gamle vennene de var, og fordi de var vanedyr, visste han hva de ville bestille selv før de hadde satt seg. Som alltid lyttet de høflig til Gregorios innføring i dagens spesialiteter, og så pekte han på hver av dem etter tur og messet: «Dagens *meze*, moussaka, stifado, kalamari, en flaske retsina og en stor flaske mineralvann.» De nikket, og alle lo mens han snudde ryggen til dem med påtatt fortvilet mine over at de hadde avvist samtlige av kjøkkensjefens mer oppfinnsomme retter.

Alexis (moussaka) sto for mesteparten av praten. Hun fortalte om ferien hun skulle på med Ed, og faren (kalamari) avbrøt henne bare sporadisk med forslag om arkeologiske funnsteder de kunne besøke.

«Men, far,» stønnet Alexis oppgitt, «du *vet* jo at Ed ikke er interessert i å se på ruiner!»

«Jeg vet det, jeg vet det,» svarte han tålmodig. «Men bare en filister vil dra til Kreta uten å besøke Knossos. Det ville være som å reise til Paris og ikke bry seg om Louvre. Selv Ed burde skjønne det.»

Alle visste utmerket godt at Ed absolutt var troende til å styre unna alt som smakte av høykultur, og som vanlig kom det et snev av forakt i Marcus' stemme når Eds navn dukket opp i samtalen. Det var ikke det at han mislikte ham. Ed var akkurat den typen en far burde ønske seg som svigersønn, men Marcus kunne ikke hjelpe for at han følte seg litt skuffet hver gang han så for seg at denne guttungen med de gode forbindelsene skulle utgjøre datterens fremtid. Sofia, på sin side, forgudet Ed. Han var inkarnasjonen av alt hun drømte om for datteren: hederlighet, trygghet og et familietre som ga ham den sikkerheten som preget en som var forbundet (om enn svært fjernt) med det engelske aristokratiet.

Det ble en festlig kveld. De tre hadde ikke vært sammen på

flere måneder, og Alexis hadde mye å ta igjen, ikke minst alle fortellingene om Nicks kjærlighetsliv. Alexis' bror, som holdt på med hovedfagsstudier i Manchester, hadde det ikke travelt med å bli voksen, og familien hans var kronisk forbløffet over hvor komplekse kjærlighetsforholdene hans kunne være.

Alexis og faren begynte så å utveksle anekdoter om arbeidet sitt, og Sofia lot tankene vandre tilbake til de første gangene de hadde kommet til denne restauranten og Gregorio hadde laget en hel stabel av puter for at Alexis skulle nå opp til bordet. Innen Nick ble født, hadde stedet investert i en barnestol, og snart hadde både Nick og Alexis lært seg å elske de sterke smakene av taramasalata og tzatziki som kelnerne satte frem for dem på små tallerkener. I mer enn tyve år hadde så og si hver eneste spesielle begivenhet i livene deres blitt feiret der, akkompagnert av den samme greske bakgrunnsmusikken. Erkjennelsen av at Alexis ikke lenger var et barn, slo Sofia sterkere enn noen gang, og hun begynte å tenke på Pláka og brevet hun snart skulle skrive. I mange år hadde hun brevvekslet nokså regelmessig med Fotini. Femogtyve år tidligere hadde hun beskrevet for venninnen hvordan det hadde vært å sette sitt første barn til verden. Bare noen få uker senere var det kommet en pakke tilbake med en nydelig liten, brodert kjole som Sofia hadde ikledd datteren da hun ble døpt, av mangel på en tradisjonell dåpskjole. De to kvinnene hadde sluttet å skrive for en stund siden, men Sofia var sikker på at Fotinis mann ville ha gitt henne beskjed hvis noe hadde skjedd med konen hans. Sofia lurte på hvordan Pláka var nå og prøvde å stenge ut et bilde av den lille landsbyen fylt med støyende puber som solgte engelsk øl. Hun håpet virkelig at Alexis ville oppleve den akkurat som den hadde vært da hun forlot den.

Etter hvert som kvelden gikk, følte Alexis en gryende spenning over at hun omsider skulle få dykke dypere ned i familiens historie. Til tross for gnisningene hun visste ville oppstå i ferien, hadde hun i det minste et besøk til morens fødested å se frem til. Alexis og moren smilte til hverandre, og Marcus grep seg i å lure på om tiden da han måtte være mellommann og fredsmekler mellom hans kone og datter nå nærmet seg slutten. Han ble varmet av tanken og frydet seg over å være i selskap med de to kvinnene han elsket høyest i verden.

De avsluttet måltidet, drakk høflig halve glasset med raki som de ble servert som takk for besøket, og bega seg på hjemvei. Alexis skulle sove over på det gamle rommet sitt, og hun så frem noen timer i sin barndoms seng før hun måtte opp og ta t-banen til Heathrow neste morgen. Hun følte seg merkverdig tilfreds selv om hun ikke hadde spurt moren om råd angående Ed. Akkurat da virket det mye viktigere at hun, med morens helhjertede støtte, skulle besøke hennes fødested. All uroen over en fjernere fremtid ble foreløpig skjøvet til side.

Da de kom tilbake fra restauranten, laget Alexis kaffe mens moren satt ved kjøkkenbordet og komponerte brevet til Fotini. Tre utkast ble vraket før hun omsider klebet igjen en konvolutt og skjøv den over bordet mot datteren. Hele prosessen ble utført i taushet og hadde øyensynlig krevd all Sofias oppmerksomhet. Alexis hadde fornemmet at hun ville bryte fortryllelsen og risikere at moren ombestemte seg hvis hun sa noe.

I to og en halv uke nå hadde Sofias brev ligget trygt i bevart i innerlommen på Alexis' veske. Det var like dyrebart som passet, ja, det var på sett og vis et slags pass i seg selv, siden det ville skaffe henne adgang til morens fortid. Det hadde reist med henne fra Athen og videre på de osende fergene, ofte i kraftig ruskevær, til Paros, Santorini og nå Kreta. De var kommet til øya noen dager tidligere og hadde funnet et ledig rom i havnen i Khaniá

– en lett oppgave nå som de fleste turistene allerede hadde vendt hjem.

Dette var feriens siste dager, og etter motstrebende å ha besøkt Knossos og det arkeologiske museet i Iráklio, var Ed ivrig etter å tilbringe noen dager på stranden før den lange båtreisen tilbake til Pireás. Alexis hadde imidlertid andre planer.

«Jeg skal besøke en gammel bekjent av mor i morgen,» forkynte hun mens de satt på en taverna i havnen og ventet på å få bestille. «Hun bor på den andre siden av Iráklio, så jeg blir borte mesteparten av dagen.»

Det var første gang hun hadde fortalt Ed om pilegrimsferden sin, og hun stålsatte seg mot reaksjonen.

«Alle tiders!» glefset han før han tilføyde ampert: «Det betyr vel at du tar bilen?»

«Ja, det gjør jeg, hvis det er greit. Det er rundt femogtyve mil dit, og jeg vil bruke mange dager på turen hvis jeg skal ta de lokale bussene.»

«Vel, jeg går ut fra at jeg ikke har noe valg. Og jeg har absolutt ingen lyst til å bli med deg.»

Eds sinte øyne gnistret mot henne før det solbrune ansiktet forsvant bak menyen. Han kom til å furte resten av kvelden, men Alexis kunne takle det, hun hadde tross alt overrumplet ham med planene. Det som var verre, selv om det var like typisk for ham, var hans totale mangel på interesse for hva hun skulle. Han spurte ikke engang om navnet på personen hun skulle besøke.

Ikke lenge etter at solen hadde klatret opp over fjellene neste morgen, akte hun seg ut av sengen og forlot hotellet.

Noe svært uventet hadde slått henne da hun leste om Pláka i reisehåndboken. Noe moren ikke hadde nevnt. Det lå en øy like utenfor landsbyen, og selv om opplysningene om den var få og lette å overse, hadde de satt fantasien i sving.

SPINALÓNGA: Øya, som er dominert av en massiv, venetiansk festning, ble erobret av tyrkerne i det attende århundre. Majoriteten av tyrkerne forlot Kreta da øya fikk selvstyre i 1898, men innbyggerne nektet å gi opp hjemmene sine og den lukrative smuglervirksomheten på Spinalónga. De dro først i 1903, da det ble opprettet en leprakoloni på øya. I 1941 ble Kreta invadert av tyskerne og forble okkupert til 1945, men de spedalskes nærvær gjorde sitt til at Spinalónga fikk være i fred. Forlatt i 1957.

Det viste seg at Plákas eksistensgrunnlag hadde vært basert på rollen som forsyningssentral for leprakolonien, og det forundret Alexis at moren ikke hadde nevnt noe om det. Mens hun satt bak rattet på leiebilen, en Cinquecento, håpet hun at hun ville få tid til å besøke Spinalónga. Hun brettet kartet over Kreta ut på det tomme passasjersetet og la for første gang merke til at øya var formet som et dyr som lå på rygg og sov.

Reisen tok henne østover forbi Iráklio og langs den flate, rette kystveien som passerte gjennom vanvittig utbygde, moderne steder som Hersonisos og Malia. Av og til dukket det opp brune skilt som indikerte at det lå en gammel ruin og hvilte malplassert mellom de store hotellene, men Alexis ignorerte alle sammen. Denne dagen skulle hun ikke til en bosetning som hadde blomstret i det tyvende århundret før Kristus, men snarere i det tyvende århundret etter.

Etter å ha passert kilometer på kilometer med olivenlunder og, der terrenget flatet ut på kystslettene, store plantasjer med rødmende tomater og modnende druer, svingte hun omsider av fra hovedveien og begynte på den siste etappen av turen mot Pláka. Veien smalnet, og hun ble nødt til å kjøre roligere, ikke minst for å styre unna små steinhauger som hadde rast ned i veibanen fra skrentene rundt, og en og annen geit som diltet i veien og stirret olmt på henne med sine djevelsk tettsittende øyne idet hun passerte. Etter en stund begynte veien å klatre, og etter en skarp hårnålssving kjørte hun inn til siden og hørte grusen knase under hjulene. Langt nedenfor henne, i Mirambéllougolfens blendende blå vann, kunne hun se den store buen i en naturlig, nesten sirkelformet havn, og akkurat der armene syntes å nå hverandre i en omfavnelse, var det et stykke land som så ut som en liten, rund ås. På avstand så det ut som om den var forbundet med fastlandet, men fra kartet visste Alexis at dette var øya Spinalónga, og at man måtte krysse vann for å komme ut til den. Som en dverg i det mektige landskapet som omga den, stakk øya opp av vannet med restene etter den venetianske festningen godt synlig i den ene enden, og bak den, svakere men likevel lett å få øye på, en serie rette streker som var gater. Så der lå den: den tomme øya. Den hadde vært bebodd i tusener av år og så, av en eller annen grunn, plutselig blitt forlatt for mindre enn femti år siden.

Hun kjørte rolig ned de siste kilometerne til Pláka med vinduene rullet ned på den billige leiebilen for å slippe inn den varme brisen og den gode duften av timian. Klokken var to om ettermiddagen da hun omsider stanset på det øde landsbytorget. Hendene glinset av svette etter å ha tviholdt på plastrattet, og hun så at den venstre armen var blitt solbrent. Det var et nesten nifst tidspunkt å ankomme en gresk landsby på. Hunder spilte døde i skyggene, og noen få katter var på jakt etter mat. Det var ingen andre tegn til liv, bare noen vage tegn på at det ikke var så lenge siden det sist hadde vært folk der – en forlatt moped som sto oppstilt mot et tre, en halvfull pakke sigaretter på en benk ved siden av et åpent backgammonbrett. Sikadene var i full sving med sitt nådeløse kor som først ville stilne av i skumringen når den intense heten endelig ga seg. Landsbyen så trolig nøyaktig ut som den hadde gjort da moren forlot den på syttitallet. Det hadde vært få grunner til at den skulle forandre seg.

Alexis hadde allerede bestemt seg for at hun ville prøve å besøke Spinalónga før hun sporet opp Fotini Davaras. Hun nøt følelsen av total frihet og uavhengighet; og når hun hadde funnet den gamle kvinnen, ville det virke uhøflig plutselig å stikke av gårde på en båttur. Alexis skjønte at det kunne bli vanskelig å komme seg tilbake til Khaniá samme kveld, men akkurat nå ville hun nyte ettermiddagen, og så kunne hun tenke på praktiske ting som å ringe til Ed og finne et sted å overnatte senere.

Etter å ha bestemt seg for å ta reisehåndboken på ordet («Prøv baren i den lille fiskerlandsbyen Pláka, der er det lett å finne en fisker som skysser deg over for noen få tusen drakmer»), gikk hun målbevisst over torget og skjøv til side den klebrige regnbuen av plastremser som hang i døråpningen på landsbybaren. De skitne båndene var et forsøk på å holde fluene ute og kjøligheten inne, men alt de egentlig gjorde, var å samle støv og holde stedet i en permanent tilstand av halvmørke. Med blikket stivt rettet innover i det dunkle lokalet, kunne hun så vidt skimte en kvinne som reiste seg fra et av bordene og stilte seg bak baren mens Alexis famlet seg fremover. Strupen kjentes nærmest tilstoppet av støv.

«*Nero, parakalo,*» sa hun nølende.

Kvinnen subbet forbi en rad gigantiske glassbeholdere med oliven og noen halvtomme flasker med klar, tykk ouzo og tok en flaske kaldt mineralvann ut av kjøleskapet. Hun skjenket omhyggelig opp i et høyt, rett glass og slapp en tykk sitronskive med ujevnt skall i glasset før hun rakte det til Alexis. Så tørket hun hendene, som var blitt våte av kondensen fra den iskalde flasken, på et stort, blomstret forkle som med nød og neppe nådde rundt den rause midjen. «Engelsk?» spurte hun.

Alexis nikket. Det var tross alt halvveis sant. Hun trengte bare ett ord å formidle det neste ønsket. «Spinalónga?»

Kvinnen snudde på hælen og forsvant gjennom en liten dør innenfor bardisken. Alexis kunne høre ropene hennes – «Gerasimo! Gerasimo!» – og like etter lyden av skritt i en tretrapp. En eldre mann, matt i øynene etter å ha fått siestaen sin avbrutt, kom til syne. Kvinnen kaklet i vei, og det eneste ordet Alexis fikk med seg, var «drakme», som ble gjentatt flere ganger. Det var innlysende at mannen ble forklart i utvetydige vendinger at det kunne være gode penger å tjene her. Mannen sto der og blunket og i strømmen av instruksjoner, men han sa ingenting.

Kvinnen snudde seg mot Alexis med bestillingsblokken fra bardisken i hånden. Hun rablet ned noen tall og et diagram, og om Alexis hadde snakket flytende gresk, kunne det ikke ha vært tydeligere. Ved hjelp av peking og sirkelbevegelser i luften og merker på papiret, forklarte hun at en tur-returreise til Spinalónga, samt et to timer langt opphold på øya, ville koste 20 000 drakmer, rundt 35 pund. Det ville ikke bli en billig dagstur, men hun var ikke i posisjon til å prute – og dessuten var hun nå ivrigere enn noen gang til å komme seg ut på øya. Hun nikket og smilte til båtføreren, som nikket alvorlig tilbake. Det var da det demret for Alexis at det faktisk var en grunn til at mannen ikke sa noe. Han kunne ikke ha snakket om han hadde villet. Gerasimo var stum.

Det var ikke langt til kaien der Gerasimos velbrukte, gamle båt lå fortøyd. De gikk i taushet forbi de sovende hundene og de lukkede butikkene. Ingenting beveget seg. De eneste lydene var de dempede sukkene fra gummisålene på skoene deres og sikadenes sang. Selv sjøen lå flat og lydløs.

Nå skulle hun fraktes fem hundre meter over vann av en mann som av og til smilte, men ingenting annet. Han var like værbitt som enhver annen kretisk fisker som hadde tilbragt mesteparten av livet i opprørt sjø, som hadde slåss mot elementene om natten og bøtt garn i stekende solskinn om dagen. Han var trolig litt over seksti år gammel, men hvis rynker hadde vært som årringer på et eiketre og kunne brukes til aldersbestemmelse, tilsa en rask studie av ham at han nærmet seg de åtti. Ansiktet røpet ingenting. Ingen smerte, ingen sorg, men heller ingen spesiell glede. Det var ganske enkelt preget av de rolige, resignerte trekkene som hørte alderen til, samt en refleksjon av alt det han hadde gjennomlevd i det foregående århundret. Selv om turistene hadde vært de siste til å invadere Kreta, etter venetianerne, tyrkerne og, i den gamle mannens levetid, tyskerne, var det få av de fastboende som hadde tatt seg bryet med å lære andre språk enn gresk. Alexis gremmet seg plutselig over at hun ikke hadde fått moren til å lære henne noen nyttige fraser – Sofia snakket sikkert fremdeles språket flytende, selv om datteren aldri hadde hørt henne si et eneste ord. Det eneste Alexis nå kunne tilby fiskeren var et høflig «*efharisto*» – «takk» – idet han hjalp henne om bord. Som svar førte han hånden mot bremmen på den medtatte stråhatten sin.

Da de nærmet seg Spinalónga, grep Alexis fotoapparatet og den to liter store vannflasken som kvinnen i kafeen hadde prakket på henne for å indikere at hun måtte drikke rikelig. Idet båten dunket mot kaien, ga gamle Gerasimo henne en hjelpende hånd mens hun steg fra tresetet og opp på den ujevne, øde bryggen. Hun merket seg at motoren fortsatt gikk; den gamle mannen hadde åpenbart ingen planer om å bli. De klarte å formidle til hverandre at han skulle komme tilbake om to timer, og hun så på mens han langsomt vendte båten og stevnet mot Pláka igjen.

Alexis var strandet på Spinalónga, og kjente en bølge av frykt strømme gjennom henne. Hva om Gerasimo glemte henne? Hvor lang tid ville det gå før Ed kom og lette etter henne? Kunne hun svømme tilbake til fastlandet? Hun hadde aldri før vært så alene, hun hadde faktisk sjelden vært mer enn noen meter unna et annet menneske og aldri, unntatt når hun sov, vært ute av kontakt med andre personer i mer enn en time eller så. Avhengigheten av andre kjentes plutselig som en klamp om foten, og hun bestemte seg for å ta seg sammen. Hun aktet å gjøre det beste ut av denne tiden i ensomhet – noen få timer i total isolasjon var ingenting sammenlignet med den livstidsdommen i ensomhet som de tidligere beboerne på Spinalónga måtte ha stått overfor.

De massive steinmurene i det venetianske forsvarsverket kneiste over henne. Hvordan skulle hun komme seg forbi dette tilsynelatende ugjennomtrengelige hinderet? I det samme oppdaget hun en liten inngang omtrent av samme høyde som henne selv på en avrundet seksjon av muren. Det var en trang, mørk åpning i den langstrakte, lyse steinkonstruksjonen, og da hun kom nærmere, så hun at det var inngangen til en lang tunnel som gikk i sving og gjorde det umulig å se hva som befant seg i den andre enden. Med sjøen bak og muren foran var det bare én vei å gå – inn i den mørke, klaustrofobiske passasjen. Den var ikke lang, og da hun la halvmørket bak seg og gikk ut i den skarpe ettermiddagssolen, så hun at stedets omfang virket totalt annerledes enn utenfra. Hun stoppet himmelfallen.

Hun var i den nedre enden av en lang gate som var kantet på begge sider av små, toetasjes hus. En gang i tiden hadde dette sannsynligvis sett ut som en hvilken som helst annen landsby på Kreta, men disse bygningene var redusert til en tilstand av tydelig forfall. Vindusrammer hang i underlige vinkler på ødelagte hengsler, og skoddene dinglet knirkende i den lette sjøbrisen. Hun gikk nølende bortover den støvete gaten og prøvde å få med seg alt som var å se: en kirke med en solid, utskåret dør på høyre side, en bygning som, etter de store vinduene i første etasje å dømme, måtte ha vært en butikk, og en større og finere bygning som lå litt tilbaketrukket fra gaten og var utstyrt med en trebalkong, en buet ytterdør og en innelukket hage. En dyp, nifs stillhet hang over alt sammen.

I de nederste rommene i husene vokste det klynger med fargerike blomster i overflod, og i toppetasjene tøt fliker av tapet ut gjennom sprekker i de hvitmalte veggene. Mange av husnumrene var fortsatt synlige, og de falmede tallene – 11, 18, 29 – fikk Alexis til virkelig å innse at bak disse dørene, var det blitt levd virkelige liv. Hun ruslet trollbundet videre. Det var som å gå i søvne. Det var ikke en drøm, og likevel var det noe uvirkelig ved alt sammen.

Hun passerte det som måtte ha vært en kafé, en større hall og en bygning med rader av betongkar, som hun skjønte måtte ha vært et vaskeri. Ved siden av lå restene av en stygg, tre etasjer høy blokk med funksjonelle smijernsstakitter på balkongene. Størrelsen på bygningen skilte seg grelt fra resten av husene, og det var underlig å tenke på at noen måtte ha sett på den som hypermoderne da den ble reist for bare sytti år siden. Nå gapte de store vinduene tomt ut mot vinden, og ledninger hang fra takene i rommene som klaser med kald spagetti. Det var nesten den mest vemodige av alle bygningene.

Utenfor byen fant hun en gjengrodd sti som førte opp til et punkt blottet for tegn til sivilisasjon. Det var en odde som stupte omtrent hundre meter rett ned i sjøen. Her tillot hun seg å fantasere litt om de spedalskes miserable liv, og hun lurte på om noen i sin fortvilelse hadde søkt til dette stedet i den hensikt å gjøre slutt på alt sammen. Hun stirret ut mot horisonten. Inntil nå hadde hun vært så oppslukt av omgivelsene, så fortapt i stedets tette atmosfære, at alle tanker rundt hennes egen situasjon var satt på vent. Hun var det eneste mennesket på hele øya; det fikk henne med ett til å innse at det å være alene, ikke var det samme som å være ensom. Man kunne være ensom midt i en menneskevrimmel. Tanken ga henne styrke til det hun kunne bli nødt til å gjøre når hun vendte tilbake: ta fatt på den neste etappen i livet sitt alene.

Etter å ha fulgt samme vei som hun kom, tilbake til byen, hvilte hun seg litt på en steintrapp foran en dør og slurpet i seg litt av vannet hun hadde hatt med seg. Ingenting rørte seg bortsett fra en og annen firfirsle som pilte gjennom de tørre bladene som nå dannet gulvteppet i disse forfalne husene. Gjennom en sprekk i muren på det falleferdige huset foran henne så hun et glimt av sjøen og fastlandet bakenfor. Hver dag måtte de spedalske ha kikket over mot Pláka og sett hver bygning, hver båt – kanskje til og med folkene som drev med sine hverdagslige sysler. Hun kunne ikke engang forestille seg hvor smertefull denne nærheten til det normale livet måtte ha vært for dem.

Hvilke historier kunne murene i denne byen fortelle? De måtte ha vært vitne til hjerteskjærende lidelser. Det var innlysende at det å være spedalsk, forvist til denne store steinen ute i sjøen, måtte være et av de dårligste utgangspunktene man kunne ha i livet. Alexis var imidlertid godt øvet i å trekke slutninger av arkeologiske funn, og hun kunne lese av levningene at livet her hadde inneholdt mer enn elendighet og fortvilelse. Hvis menneskene her bare hadde vært ulykkelige, hvorfor hadde de da anlagt kafeer? Hvorfor var det en bygning som kunne ha vært byens rådhus? Hun fornemmet melankoli, men hun så også tegn til det normale. Det hadde overrasket henne. Denne lille øya hadde vært et samfunn, ikke bare et sted dit folk kom for å dø – det fortalte restene av infrastrukturen tydelig.

Tiden hadde gått fort. Da Alexis kikket på klokken, så hun at den allerede var fem. Solen hadde tilsynelatende stått så høyt på himmelen og skint så varmt at hun hadde mistet alle begreper om tid. Selv om hun hadde nytt stillheten og freden her, likte hun ikke tanken på at Gerasimo skulle dra tilbake uten henne. Hun skyndte seg gjennom den mørke tunnelen og ut på kaien på den andre siden. Den gamle fiskeren satt i båten og ventet på henne, og straks hun kom til syne, startet han motoren. Han hadde tydeligvis ikke til hensikt å bli der et øyeblikk lenger enn nødvendig.

Turen tilbake til Pláka tok bare noen få minutter. Med en følelse som lignet umiskjennelig på lettelse, fikk hun øye på baren der ferden hennes hadde begynt og den velkjente leiebilen som stod parkert på den andre siden av torget. Nå var også landsbyen våknet til liv. I døråpningene satt kvinner og pratet, og under trærne på plassen foran baren satt en gruppe menn og spilte kort med en sky av røyk fra de sterke sigarettene hengende over dem. Hun og Gerasimo gikk tilbake til baren i sedvanlig taushet og ble tatt imot av kvinnen, som Alexis formodet var Gerasimos kone. Alexis talte opp en håndfull slitte sedler og rakte dem til henne. «Vil du ha noe å drikke?» spurte kvinnen på sitt gebrokne engelsk. Alexis innså at hun ikke bare trengte noe å drikke, men også mat. Hun hadde ikke spist noe hele dagen, og kombinasjonen av varme og turen på sjøen fikk henne til å føle seg litt skjelven.

Det slo henne plutselig at morens venninne hadde drevet en lokal taverna, og hun fikk det travelt med å lete gjennom ryggsekken etter den krøllete konvolutten med Sofias brev. Hun viste adressen til kvinnen, som umiddelbart viste tegn til at hun kjente stedet. Med et godt tak rundt Alexis' arm, trakk hun henne med seg ut i gaten og bortover langs havnen. Omtrent femti meter lengre borte, på en liten pir som stakk ut i sjøen, lå en taverna. Som en oase med sine blåmalte stoler og rutete borduker i indigo og hvitt, syntes den å lokke Alexis til seg, og straks hun ble mottatt av eieren, Stephanos, som restauranten var oppkalt etter, visste hun at hun ville elske å sitte her og se solen gå ned.

Stephanos hadde en ting til felles med alle andre tavernaeiere Alexis hadde møtt: en tykk, velstelt bart. Men i motsetning til majoriteten av dem så han ikke ut som om han spiste like mye som han serverte. Det var altfor tidlig for lokalbefolkningen å spise, så Alexis satt helt alene ved et bord ute på kanten mot sjøen.

«Er Fotini Davaras her i dag?» spurte Alexis prøvende. «Moren min er en barndomsvenninne av henne, og jeg har et brev til henne.»

Stephanos, som snakket bedre engelsk enn paret i baren, svarte varmt at hans kone faktisk var der og ville komme ut så snart hun var ferdig med å tilberede dagens retter. Han foreslo at han i mellomtiden kunne bringe henne et utvalg av lokale spesialiteter slik at hun ikke trengte å bry seg om menyen. Med et glass avkjølt retsina i hånden og noen stykker grovt brød i en kurv på bordet for å stagge den umiddelbare sulten, kjente Alexis en bølge av velvære skylle gjennom seg. Hun hadde hatt stor glede av denne dagen helt for seg selv og nøt øyeblikket av frihet og uavhengighet. Hun kikket over mot Spinalónga. Frihet var ikke noe de spedalske hadde nytt, tenkte hun, men hadde de vunnet noe annet i stedet?

Stephanos kom tilbake med en rekke små, hvite tallerkener balanserende oppover armen, hver av dem dandert med noe smakfullt som nettopp var blitt laget på kjøkkenet – reker, fylte zucchiniblomster, tzatziki og ørsmå ostepaier. Alexis lurte på om hun noen gang før hadde følt seg så sulten eller var blitt presentert så deilig mat.

På vei bort til bordet hadde Stephanos sett henne stirre over mot øya. Han var nysgjerrig på denne enslige, engelske kvinnen som, ifølge Andriana, Gerasimos kone, hadde tilbragt ettermiddagen alene på Spinalónga. I høysesongen gikk det utallige båtturer med turister over dit – men de fleste ble der bare toppen en halvtime før de ble kjørt med buss tilbake til de store feriestedene lengre nede langs kysten. Majoriteten kom bare for å få tilfredsstilt en makaber nysgjerrighet, og skulle han dømme etter samtalene han av og til hørte mellom dem som gadd å bli værende i Pláka for å innta et måltid, ble de vanligvis skuffet. Det virket som om de hadde forventet å se noe mer enn forfalne hus og en stengt kirke. Hva ville de ha? var han ofte fristet til å spørre. Lik? Gjenglemte krykker? Ufølsomheten deres unnlot aldri å irritere ham. Men denne kvinnen var ikke slik.

«Hva syntes du om øya?» spurte han.

«Den overrasket meg,» svarte hun. «Jeg hadde forventet at den skulle være fryktelig melankolsk – og det var den – men det var mye mer ved den enn som så. Det er innlysende at folkene som bodde der, gjorde mer enn bare å sitte og synes synd på seg selv. Slik virket det i hvert fall på meg.»

Dette var slett ikke den vanlige reaksjonen til folk som hadde besøkt Spinalónga, men denne unge kvinnen hadde åpenbart tilbragt mer tid der enn de fleste. Alexis virket ivrig etter å snakke, og siden Stephanos alltid likte å øve på engelsken sin, hadde han ikke tenkt å ta motet fra henne.

«Jeg vet egentlig ikke hvorfor jeg tror det – men har jeg rett?» spurte hun.

«Får jeg sette meg?» spurte Stephanos og ventet ikke engang på et svar før han trakk en stol over gulvet og vaglet seg på den. Han følte instinktivt at denne kvinnen var åpen for Spinalóngas magi. «Konen min hadde en venn som bodde der,» sa han. «Hun er et av de få menneskene her omkring som fortsatt har noen forbindelse med øya i det hele tatt. Alle andre dro så langt bort som mulig etter at de fant en kur. Bortsett fra gamle Gerasimo, naturligvis.»

«Var Gerasimo … spedalsk?» spurte Alexis, litt forskrekket. Det kunne i så fall forklare hvorfor han hadde hatt det så travelt med å komme seg vekk fra øya så snart han hadde satt henne i land. Nå var nysgjerrigheten hennes for alvor pirret. «Og din kone, hender det at hun noen gang besøker øya?»

«Mange, mange ganger,» svarte Stephanos. «Hun vet mer om den enn noen annen her.»

Andre gjester begynte å komme, og Stephanos reiste seg for å vise dem til bords og gi dem menyer. Solen hadde sunket ned under horisonten, og himmelen var badet i en dyp rosa farge. Svaler fløy i stup og sving og fanget insekter i den raskt kjølnende luften. Noe som fortonet seg som en evighet, passerte. Alexis hadde spist alt Stephanos satte foran henne, men hun var fortsatt sulten.

Akkurat da hun skulle til å gå ut på kjøkkenet for å velge sin neste rett, noe som var helt vanlig for restaurantgjester på Kreta, kom hovedretten.

«Det er fra dagens fangst,» sa serveringsdamen og satte fra seg en oval tallerken. «Det er *barbouni.* Jeg tror du kaller det mulle. Jeg håper jeg har laget den slik du vil ha den – bare grillet med friske urter og litt olivenolje.»

Alexis ble forbløffet. Ikke bare av den fantastisk velduftende retten. Ikke engang av kvinnens lavmælte, nesten aksentfrie engelsk. Det som overrasket henne mest, var kvinnens skjønnhet. Hun hadde alltid lurt på hvilket kvinneansikt som kunne ha sjøsatt tusen skip. Det måtte være et slikt som dette.

«Takk,» sa hun omsider. «Det ser nydelig ut.»

Den vakre skapningen skulle til å snu seg, men så stoppet hun. «Mannen min sa at du spurte etter meg.»

Alexis kikket forbauset opp på henne. Moren hadde fortalt henne at Fotini var i begynnelsen av syttiårene, men denne kvinnen var slank, med glatt, sunn hud, og håret som var satt opp i en høy topp, hadde farge som modne kastanjer. Hun var ikke den gamle kvinnen Alexis hadde forventet å treffe.

«Du er ikke … Fotini Davaras?» spurte hun usikkert mens hun reiste seg.

«Jo, det er jeg,» forsikret kvinnen henne vennlig.

«Jeg har et brev til deg,» sa Alexis da hun fikk summet seg. «Fra moren min, Sofia Fielding.»

Fotini Davaras' ansikt lyste opp. «Du er Sofias datter! Du verden, så vidunderlig!» sa hun. «Hvordan har hun det? Hvordan har hun det?»

Med stor iver tok Fotini imot brevet som Alexis holdt frem mot henne og klemte det mot brystet som om Sofia var der i egen person. «Nå ble jeg overlykkelig. Jeg har ikke hørt fra henne siden tanten hennes døde for noen år siden. Frem til det pleide hun å skrive til meg hver eneste måned, men så sluttet hun plutselig. Jeg ble svært bekymret da jeg ikke fikk svar på noen av de siste brevene mine.»

Alt dette var nytt for Alexis. Hun hadde ikke visst at moren pleide å sende brev til Kreta så regelmessig, heller ikke at hun hadde mottatt noen. Så rart at Alexis aldri hadde sett et brev med greske frimerker – hun var sikker på at hun ville ha husket det, siden hun alltid hadde vært en morgenfugl og som oftest den som plukket opp posten fra dørmatten. Moren hadde tydeligvis gjort alt hun kunne for å holde korrespondansen skjult.

Fotini grep mildt om Alexis' skuldrer og studerte ansiktet hennes med sine mandelformede øyne.

«La meg se – ja, du ligner litt på henne, men du ligner enda mer på stakkars Anna.»

Anna? Alexis hadde aldri hørt dette navnet når hun hadde spurt og gravd om onkelen og tanten som hadde oppfostret Sofia.

«Mormoren din,» tilføyde Fotini da hun så det spørrende uttrykket i pikens ansikt. Noe som minnet om et gys løp nedover ryggen til Alexis. Der hun sto i skumringen med den nå kullsvarte sjøen bak seg, ble hun nesten slått ut av omfanget av morens hemmelighold og av erkjennelsen av at hun nå snakket med en som kanskje satt inne med mange av svarene.

«Men sett deg, sett deg. Du må spise fisken din,» sa Fotini. Alexis følte seg ikke lenger sulten, men for høflighets skyld gjorde hun som hun ble bedt om, og de to kvinnene satte seg.

Til tross for at hun ønsket å stille alle spørsmålene sine med én gang – hun var fylt til bristepunktet med dem – tillot Alexis at Fotini først forhørte henne. Og spørsmålene var mer dyptloddende enn de først kunne gi inntrykk av. Hvordan hadde moren det? Var hun lykkelig? Hvordan var Alexis' far? Hva hadde ført henne til Kreta?

Fotini var like varm som kvelden, og Alexis svarte åpent på alt hun spurte om. Kvinnen var gammel nok til å være bestemoren hennes, men passet overhodet ikke inn i noen av forestillingene Alexis hadde om bestemødre. Fotini Davaras var i det hele tatt den rake motsetning av den svartkledde, krumbøyde, gamle kvinnen som hun hadde sett for seg da moren ga henne brevet. Hennes interesse for Alexis virket dessuten ekte. Det var lenge siden – hvis det noen gang hadde skjedd før – Alexis hadde snakket med noen på denne måten. Veilederen hennes på universitetet hadde av og til lyttet til henne som om det hun sa virkelig betydde noe, men innerst inne visste hun at det bare var fordi hun ble betalt for å gjøre det. Det tok ikke lang tid før Alexis begynte å betro seg til Fotini.

«Mor har alltid vært utrolig hemmelighetsfull når det gjelder barndommen sin,» sa hun. «Det eneste jeg vet, er at hun ble født her i nærheten og oppfostret av onkelen og tanten sin – og at hun reiste herfra da hun var atten og aldri vendte tilbake.»

«Er det virkelig alt du vet?» spurte Fotini. «Har hun ikke fortalt deg mer enn det?»

«Nei, absolutt ingenting. Det er delvis grunnen til at jeg er her. Jeg ønsker å vite mer. Jeg vil vite hva som fikk henne til å vende fortiden ryggen.»

«Men hvorfor nå?» spurte Fotini.

«Å, av mange grunner,» sa Alexis og stirret ned på tallerkenen. «Men i hovedsak har det med kjæresten min å gjøre. I det siste er jeg blitt klar over hvor heldig mor var som fant far – jeg har alltid tidligere gått ut fra at det er vanlig å ha et slikt forhold som de har.»

«Det gleder meg at de er lykkelige. Det var en stormfull forelskelse, men vi hadde store forhåpninger for dem siden de virket så salig fornøyde.»

«Det er rart. Jeg vet så lite om mor. Hun snakker aldri om barndommen, snakker aldri om den tiden hun bodde her …»

«Ikke det?» innskjøt Fotini.

«Jeg har på følelsen,» sa Alexis, «at det kan være til hjelp for meg om jeg får vite litt mer om mor. Hun var heldig som traff noen hun kunne bli så glad i, men hvordan kunne hun *vite* at han var den rette for henne? Jeg har vært sammen med Ed i over fem år, og jeg er ennå ikke sikker på om vi bør fortsette å være sammen eller ikke.»

Denne påstanden var svært lite karakteristisk for den vanligvis så pragmatiske Alexis, og hun var klar over at det kanskje kunne lyde litt underlig, for en hun bare hadde kjent i knapt to timer. Dessuten var det en avsporing. Hvordan kunne hun forvente at denne greske kvinnen, om hun var aldri så vennlig, skulle være interessert i henne?

I samme øyeblikk kom Stephanos bort til dem for å rydde bordet, og en liten stund senere var han tilbake med kaffe og to sjenerøse glass med sirupsfarget brandy. Andre gjester hadde kommet og gått i løpet av kvelden, og nok en gang var Alexis' bord det eneste som var i bruk.

Varmet av den dampende kaffen og ikke minst av den ildfulle metaxaen, spurte Alexis den eldre kvinnen hvor lenge hun hadde kjent Sofia.

«Så å si fra den dagen hun ble født,» svarte Fotini, men så stoppet hun, tynget av ansvar. Hva hadde hun, Fotini Davaras, med å fortelle denne piken ting om familiens fortid? Ting som hennes egen mor åpenbart ønsket å holde skjult for henne? Det var først da Fotini husket brevet hun hadde stukket ned i forklelommen. Hun tok det opp, grep etter en kniv fra nabobordet og skar opp konvolutten.

Kjære Fotini,

Vær så snill å tilgi meg for at jeg ikke har latt høre fra meg på så lang tid. Jeg vet at jeg ikke behøver å forklare deg grunnen, men tro meg når jeg sier at jeg ofte tenker på deg. Dette er datteren min, Alexis. Kan du behandle henne like pent som du alltid behandlet meg – men det trenger jeg vel ikke be om?

Alexis er svært interessert i sin historie – det er forståelig, men jeg har funnet det nesten umulig å fortelle henne noe som helst. Det er merkelig hvordan tidens gang kan gjøre det verre enn noensinne å snakke åpent ut om ting.

Jeg vet at hun vil stille deg mange spørsmål – hun er historiker av natur. Kan du svare på dem? Dine øyne og ører var vitner til alt sammen, og jeg tror du kan gi henne et sannere beretning enn jeg noen gang vil klare.

Mal et bilde av alt for henne, Fotini. Hun vil være deg evig takknemlig. Hvem vet – kanskje kommer hun tilbake til England og forteller meg ting jeg selv aldri visste. Kan du vise henne hvor jeg ble født – jeg vet at hun vil være interessert i det – og ta henne med til Ájos Nikólaos?

Jeg sender alle mine beste ønsker og all min kjærlighet til deg og Stephanos – og send mine varmeste hilsener til sønnene dine også.

Takk skal du ha, Fotini.

Din venn for alltid,
Sofia

Da Fotini var ferdig med å lese, foldet hun brevet pent sammen igjen og la det tilbake i konvolutten. Hun kikket bort på Alexis, som med stor interesse hadde studert hvert eneste ansiktsuttrykk mens Fotini leste det som sto på det krøllete papiret.

«Moren din har bedt meg om å fortelle deg om familien din,» sa Fotini, «men det er egentlig ikke noen godnatthistorie. Vi holder tavernaen stengt søndag og mandag, og jeg har all verdens tid nå som sommersesongen går mot slutten. Kan du ikke bli her hos oss i noen dager? Jeg ville bli henrykt hvis du ville det.» Fotinis øyne glitret i mørket. De så ut som om de var fuktige – men om det var av tårer eller begeistring, kunne ikke Alexis avgjøre.

Hun skjønte instinktivt at dette kunne være den beste investeringen i tid hun noen gang kunne gjøre, og det var ingen tvil om at morens historie kunne hjelpe henne mer på lang sikt enn enda et museumsbesøk. Hvorfor studere de kalde relikviene fra forsvunne sivilisasjoner når hun kunne puste liv i sin egen bakgrunn? Det var ingenting som hindret henne i å bli der. En kort tekstmelding til Ed om at hun utsatte tilbaketuren en dag eller to, var alt som trengtes. Selv om hun innså at det ville være å vise ham en nesten brutal ringeakt, syntes hun at anledningen berettiget en viss egoisme. I bunn og grunn sto hun fritt til å gjøre som hun ville. Det ble et øyeblikk av total stillhet. Den svarte, blanke sjøen syntes nesten å holde pusten, og på himmelen over dem var det som om det klareste stjernebildet av alle, Orion, som var blitt drept og satt på himmelen av gudene, ventet på avgjørelsen hennes.

Dette kunne være den ene sjansen Alexis fikk her i livet til å fange fragmenter av sin egen historie før den blåste bort med vinden. Hun innså at det bare var ett svar på invitasjonen. «Tusen takk,» sa hun stille, plutselig overveldet av tretthet. «Jeg vil gjerne bli.»

Kapittel 2

ALEXIS SOV TUNGT den natten. Klokken ble over ett før hun og Fotini til slutt gikk til sengs, og den lange kjøreturen til Pláka kombinert med ettermiddagen på Spinalónga og den berusende blandingen av meze og metaxa sendte henne inn i en dyp og drømmeløs søvn.

Klokken var nesten ti da det klare solskinnet trengte inn gjennom en sprekk i de tykke hessiangardinene og sendte en stråle ned på Alexis' pute. Hun krøp instinktivt dypere ned under teppene for å skjule ansiktet. I løpet av de siste fjorten dagene hadde hun sovet på en rekke ukjente rom, og hver gang hun våknet, opplevde hun et øyeblikks forvirring før hun klarte å orientere seg og forstod hvor hun var. Madrassene på de billige pensjonatene hun og Ed hadde bodd på, hadde enten vært flatklemt på midten eller hatt fjærer stikkende ut av trekket. Det hadde aldri vært vanskelig å komme seg opp om morgenen. Men denne sengen var annerledes. Ja, hele rommet var annerledes. Det runde bordet med blondeduk, krakken med det falmede, vevde trekket, gruppen av innrammede akvareller på veggen, lysestaken med lange orgelpiper av stivnet stearin, den velduftende lavendelen som hang i et knippe på innsiden av døren, og veggene som var malt i en dus blåfarge som passet perfekt til sengetøyet: alt sammen gjorde det så hjemmekoselig at det nesten var bedre enn hjemme.

Da hun trakk gardinene fra, ble hun hilst god morgen av en glitrende sjø og øya Spinalónga som i den dirrende hetedisen virket lenger unna, mer fjern, enn den hadde gjort dagen før.

Da hun forlot Khaniá tidlig dagen i forveien, hadde hun ikke vært inne på tanken å overnatte i Pláka. Hun hadde planlagt et kort møte med den eldre kvinnen fra morens barndom og en liten tur rundt i landsbyen før hun dro tilbake til Ed. Av den grunn hadde hun ikke tatt med seg annet enn et kart og kameraet sitt – og hadde absolutt ikke forutsett at hun kom til å trenge ekstra klær eller en tannbørste. Fotini hadde imidlertid vært rask med å komme henne til unnsetning og lånt henne alt hun trengte – en av Stephanos skjorter å sove i, og et rent, om enn litt slitt, håndkle. Ved enden av sengen hennes lå det nå en blomstret skjorte – slett ikke hennes stil, men etter varmen og støvet dagen før, var hun glad hun hadde noe rent å ta på seg. Dessuten var det en så moderlig, vennlig gest at hun umulig kunne ignorere den selv om pastellfargene virket malplassert over kakishortsen. Hvilken rolle spilte det? Alexis plasket kaldt vann i ansiktet fra den ørlille vasken i kroken før hun studerte sitt solbrune utseende i speilet. Hun var like opprømt som et barn som skulle begynne på det siste kapittelet i en spennende bok. I dag skulle Fotini være hennes Scheherazade.

Kledd i den uvante følelsen av frisk, nystrøken bomull gikk hun ned den mørke baktrappen og kom inn i restaurantkjøkkenet, lokket av den kraftige aromaen av nytraktet kaffe. Fotini satt ved et enormt, knudrete bord midt i rommet. Selv om det var skrubbet ordentlig rent, så det fortsatt ut som om det hadde spor av hvert eneste stykke kjøtt som var blitt skåret opp der, og hver eneste urt som var blitt knust mot bordflaten. Det hadde nok også vært vitne til tusen øyeblikk av tynnslitt temperament som hadde putret og kokt over i den intense heten i kjøkkenet. Fotini reiste seg og tok smilende imot henne.

«*Kalimera,* Alexis,» sa hun varmt.

Hun hadde på seg en bluse av samme type som den hun hadde lånt Alexis, skjønt Fotinis var i sjatteringer av gult som matchet det vide skjørtet som foldet seg ut fra den slanke midjen og falt nesten helt ned til anklene. Førsteinntrykket av skjønnheten hennes som hadde vært så iøynefallende i det flatterende kveldslyset dagen før, hadde ikke vært feil. Den kretiske kvinnens høyreiste holdning og store øyne fikk Alexis til å tenke på kvinnene på den store minoiske fresken på Knossos, disse livaktige portrettene som hadde overlevd flere tusen år av tidens herjinger og likevel hadde bevart en bemerkelsesverdig enkelhet som stadig fikk dem til å virke så aktuelle.

«Har du sovet godt?» spurte Fotini.

Alexis kvalte et gjesp, nikket og smilte til Fotini, som nå var travelt opptatt med å fylle et brett med en kaffekanne, noen store kopper og fat og et brød hun nettopp hadde tatt ut av ovnen.

«Beklager, men det er ikke ferskt i dag. Det er det eneste dumme med søndagene her – bakeren står ikke opp. Så det blir tørre skorper eller frisk luft,» sa Fotini leende.

«Jeg ville være mer enn fornøyd med frisk luft, så lenge man kan skylle den ned med nykokt kaffe,» svarte Alexis mens hun fulgte etter Fotini ut gjennom de obligatoriske plaststrimlene til terrassen, der alle bordene fra kvelden før var blitt ribbet for papirduker og nå virket underlig nakne med sine røde respatexplater.

De to kvinnene satt og så ut over sjøen som vasket mot steinene nedenfor. Fotini skjenket, og den fyldige, svarte væsken rant i en mørk strøm ned i det hvite porselenet. Etter de endeløse koppene med Nescafé som ble servert som om de smakløse, lettoppløselige kornene med pulverkaffe var en delikatesse, syntes Alexis at ingen kaffe noen gang hadde smakt så kraftig og deilig som denne. Det var som om ingen hadde hatt hjerte til å fortelle grekerne at Nescafé ikke lenger var siste skrik – det var denne gammeldags', tyktflytende drikken alle, inkludert henne, ønsket seg. Septembersolen skinte med en klar glans og en vennlig varme, og etter den intense augustheten, gjorde den denne måneden til en av de mest behagelige på Kreta. Midtsommerens bakerovntemperaturer var over, og de varme, hissige vindene var også stilnet. De to kvinnene satt tvers overfor hverandre i skyggen av baldakinen, og Fotini la sin mørke, rynkede hånd på Alexis'.

«Jeg er så glad for at du er kommet,» sa hun. «Du kan ikke forestille deg hvor glad jeg er. Jeg ble dypt såret da moren din sluttet å skrive – jeg forsto henne godt, men det kuttet et viktig bånd til fortiden for meg.»

«Jeg ante ikke en gang at hun pleide å skrive til deg,» sa Alexis med en følelse av at hun burde be om unnskyldning på morens vegne.

«Hun fikk en vanskelig start på livet,» fortsatte Fotini, «men alle prøvde, det gjorde vi virkelig, å gjøre vårt beste for at hun skulle bli lykkelig.»

Da Fotini så Alexis' litt forvirrede ansiktsuttrykk, skjønte hun at hun måtte gå litt roligere frem. Hun skjenket opp mer kaffe til dem begge for å vinne litt tid til å bestemme hvor hun skulle begynne. Det lot til at hun måtte gå enda lenger tilbake enn hun opprinnelig hadde trodd skulle bli nødvendig.

«Jeg kunne si: 'La meg begynne med begynnelsen,' men det er ingen egentlig begynnelse her,» sa hun. «Din mors historie er din bestemors historie, og det er også din oldemors historie. Det er din grandtantes historie også. Livene deres var flettet inn i hverandre, og det er det vi egentlig mener når vi snakker om skjebne i Hellas. Vår såkalte skjebne er for en stor del bestemt av våre forfedre, ikke av stjernene. Når vi snakker om gammel historie her, refererer vi alltid til skjebnen – men vi mener egentlig ikke det ukontrollerbare. Naturligvis skjer det ting som kommer som lyn fra klar himmel og forandrer livene våre, men det som virkelig avgjør hva som skjer med oss, er handlingene til folk rundt oss og dem som var her før oss.»

Alexis begynte å føle seg litt urolig. Morens fortid hadde vært som en innbruddssikker safe, og etter å ha vært lukket i hele hennes liv, skulle den nå åpnes. Alle hemmelighetene ville komme strømmende ut, og hun grep seg i å lure på om det virkelig var dette hun ønsket. Hun stirret ut over sjøen mot de blasse konturene av Spinalónga og tenkte, allerede med nostalgi, på sin ensomme ettermiddag der ute. Pandora hadde angret på at hun åpnet esken. Ville det bli det samme for henne?

Fotini la merke til hvilken retning blikket hennes søkte.

«Oldemoren din bodde på den øya,» sa hun. «Hun var spedalsk.» Hun hadde ikke ventet at ordene skulle lyde fullt så direkte, så hjerteløse, og hun så hvordan Alexis rykket til.

«*Spedalsk?*» spurte Alexis med en stemme halvkvalt av sjokk. Forestillingen virket frastøtende på henne, selv om hun visste at reaksjonen sannsynligvis var irrasjonell, og hun hadde vondt for å skjule følelsene sine. Hun hadde fått høre at den gamle båtføreren hadde vært spedalsk og hadde med egne øyne sett at han ikke var synlig vansiret. Ikke desto mindre ble hun skrekkslagen over å høre at en av hennes eget kjøtt og blod hadde vært spedalsk. Det var noe helt annet, og hun opplevde en underlig følelse av vemmelse.

For Fotini, som hadde vokst opp i skyggen av kolonien, hadde lepra alltid vært en del av livet. Hun hadde sett flere spedalske komme til Pláka og bli skysset over bukten enn hun kunne telle. Hun hadde også sett de ulike stadiene hos ofrene for sykdommen: noen så vansiret at det gjorde dem funksjonshemmet, andre tilsynelatende uberørt. At de ikke måtte berøres, kunne være vanskelig å skjønne. Men hun forsto Alexis' reaksjon. Den var naturlig for en som kjente til de spedalske utelukkende fra historier i Det gamle testamente og fra bildene av de syke som ringte med bjeller når de kom gående og ropte: «Uren! Uren!»

«La meg forklare meg litt nærmere,» sa hun mildt. «Jeg vet hvordan du forestiller deg at spedalskhet er, men det er viktig at du får vite sannheten om sykdommen, ellers vil du aldri forstå det virkelige Spinalónga, det Spinalónga som var hjem for så mange gode mennesker.»

Alexis fortsatte å stirre på den lille øya tvers over det glitrende vannet. Besøket hennes dagen før hadde virket så fullt av motstridende bilder: restene av elegante, italienskinspirerte villaer, hager og endatil butikker som var hjemsøkt av spøkelset av en sykdom hun hadde sett skildret i episke filmer som en levende død. Hun tok en ny slurk av den sterke kaffen.

«Jeg vet at den ikke er dødelig for alles vedkommende,» sa hun, nesten som for å forsvare seg, «men den er alltid fryktelig vansirende, stemmer ikke det?»

«Ikke i den grad du kanskje tror,» svarte Fotini. «Det er ikke en sykdom som angriper raskt og brutalt som pesten. I blant bruker den evigheter på å utvikle seg – de bildene du har sett av folk som er så uhyggelig ødelagt, er av dem som har lidd i mange år, kanskje tiår. Det er to varianter av spedalskhet, og den ene utvikler seg mye langsommere enn den andre. Begge kan nå kureres. Men oldemoren din var uheldig. Hun hadde den varianten som utvikler seg raskest, og verken tiden eller historien var på hennes side.»

Alexis følte seg skamfull over sin første reaksjon, ydmyket av sin egen uvitenhet, men avsløringen av at en i hennes egen familie hadde vært spedalsk, hadde kommet så overraskende på henne.

«Oldemoren din var riktignok den som bar sykdommen, men den satte dype arr i din oldefar, Giorgis, også. Selv før konen hans ble forvist til Spinalónga, fraktet han varer ut til øya med fiskebåten sin, og det fortsatte han med etter at hun havnet der. Det betydde at han dag for dag så hvordan sykdommen gradvis ødela henne. Da Eleni først kom til Spinalónga, var hygienen der dårlig, og selv om den ble sterkt forbedret i løpet av den tiden hun var der, ble det gjort uopprettelig skade i de første årene. Jeg skal skåne deg for detaljene. Giorgis skånet Maria og Anna for dem. Men du vet hva som skjer, ikke sant? Lepra kan påvirke nervene i kroppen slik at man ikke kjenner det hvis man brenner seg eller skjærer seg. Det er grunnen til at spedalske har så lett for å påføre seg permanente skader, og konsekvensene av det kan være katastrofale.»

Fotini gjorde et opphold. Hun var opptatt av ikke å krenke den unge kvinnens følelser, men visste også godt at det var elementer i denne historien som ikke kunne kalles annet enn sjokkerende. Det var simpelthen et spørsmål om å trå varsomt.

«Jeg vil ikke at bildet du får av din mors familie skal domineres av sykdommen. Slik var det ikke,» skyndte hun seg å tilføye. «Se her, jeg har noen bilder av dem.»

På det store trebrettet som sto ved siden av kaffekannen, lå det en fillet konvolutt. Fotini åpnet den og strødde innholdet ut på bordet. Noen av fotografiene var ikke større enn togbilletter, andre som postkort. Noen var blanke med hvite kanter, andre var matte, men alle var i svart–hvitt, mange så falmet at de var utydelige. Mange var blitt tatt i et studio i tiden før det ble dagligdags å fotografere, og objektenes stive positur fikk dem til å virke like reserverte og fjerne som kong Minos.

Det første bildet Alexis kikket på, kjente hun straks igjen. Det var fotografiet som moren hadde hatt stående på nattbordet, av kvinnen i blondekjole og mannen med det sølvgrå håret. Hun tok det opp.

«Det er din grandtante Maria og grandonkel Nikolaos,» sa Fotini med et tydelig snev av stolthet. «Og dette,» sa hun og trakk frem et krøllet bilde fra bunnen av bunken, «var det siste bildet som ble tatt av oldeforeldrene dine sammen med de to jentene deres.»

Hun ga det til Alexis. Mannen var omtrent like høy som kvinnen, men bredskuldret. Han hadde mørkt, bølget hår, en velpleid bart, sterk nese og øyne som smilte selv om ansiktsuttrykket han hadde anlagt for fotografen var alvorlig og rolig. Hendene virket store i forhold til resten av kroppen. Kvinnen ved siden av ham var slående vakker, slank, med lang hals. Håret var bundet opp i fletter som var dandert i en kveil på toppen av hodet, og smilet var bredt og ekte. Foran dem satt to jenter i bomullskjoler. Den ene hadde tykt hår som hang løst nedover skuldrene, og øyne som var skrå som en katts. Hun hadde et skøyeraktig blikk og tykke lepper som ikke smilte. Den andre hadde sirlig flettet hår, finere trekk og en nese som rynket seg mens hun smilte til kamera. Hun kunne nesten beskrives som tynn og var den av jentene som lignet mest på moren, med hendene dydig foldet i fanget, mens søsteren hadde armene i kors og stirret, nesten som i trass, på personen som tok bildet.

«Det er Maria,» sa Fotini og pekte på barnet som smilte. «Og der er Anna, bestemoren din,» sa hun om den andre. «Og dette er foreldrene deres, Eleni og Giorgis.»

Hun spredde bildene ut på bordet, og enkelte ganger løftet brisen dem litt fra bordplaten og syntes nesten å bringe dem til live. Alexis så bilder av de to søstrene da de var spedbarn, da de var skolejenter og til slutt som unge kvinner, på det stadiet bare sammen med faren. Det var også et bilde av Anna arm i arm med en mann i kretisk folkedrakt. Det var et brudebilde.

«Så det må være min bestefar,» sa Alexis. «Anna ser så nydelig ut der,» tilføyde hun beundrende. «Virkelig lykkelig.»

«Mmm ... hun stråler av ung kjærlighet,» sa Fotini. Stemmen fikk et hint av sarkasme, noe som overrasket Alexis, og hun skulle til å fritte henne ut om det da hun fikk øye på et nytt bilde som fanget oppmerksomheten hennes.

«Det ligner på mor!» utbrøt hun. Den lille piken på fotografiet hadde en markant ørnenese og et søtt, men litt sjenert smil.

«Det *er* moren din. Hun må ha vært omtrent fem den gangen.»

Som enhver annen samling familiebilder, var dette et tilfeldig utvalg som bare fortalte fragmenter av en historie. Den virkelige levnetsskildringen ville blitt avslørt av bildene som manglet eller dem som ikke engang var blitt tatt, ikke dem som var omhyggelig rammet inn eller pakket pent ned i en konvolutt. Alexis visste det, men nå hadde hun i det minste fått et glimt av disse familiemedlemmene som moren hadde holdt hemmelig så lenge.

«Alt begynte her i Pláka,» sa Fotini. «Rett bak oss, der borte. Det var der familien Petrakis bodde.»

Hun pekte på et lite hus på hjørnet, et steinkast fra der de satt og drakk kaffe. Det var en enkel, hvitmalt bygning, like medtatt som alle de andre boligene i den forfalne landsbyen, og likevel sjarmerende. Murpussen flasset, og vinduslemmene, som var blitt malt utallige ganger siden Alexis' oldeforeldre hadde bodd der, hadde en skarp blåfarge som hadde sprukket og blæret seg i varmen. Balkongen som stakk ut over døren, buet seg nedover på midten under vekten av flere store urner der kaskader av flammerøde geranier flommet ut over kantene som om de prøvde å stikke av gjennom rekkverket. Det var et hjem likt utallige andre man fant på hver eneste greske øy, og det kunne ha vært bygget når som helst i løpet av de siste århundrene. Som enhver annen landsby som hadde vært heldig nok til å unnslippe masseturismens herjinger, var Pláka tidløs.

«Det var der bestemoren din og søsteren hennes vokste opp. Maria var bestevenninnen min: hun var bare så vidt et år eldre enn Anna. Faren, Giorgis, var fisker, som de fleste lokale mennene, og Eleni, hans kone, lærerinne. Faktisk var hun mer enn bare en lærerinne – hun styrte mer eller mindre den lokale barneskolen. Den lå rett borte i Eloúnda, byen du må ha kjørt gjennom før du kom hit. Hun elsket barn – ikke bare sine egne døtre, men alle barna hun underviste. Jeg tror Anna syntes det var vanskelig. Hun kunne være nokså grådig og hatet å dele ting med andre, spesielt morens hengivenhet. Men Eleni var generøs i ett og alt og hadde tid for alle sine barn, uansett om de var hennes eget kjøtt og blod eller bare elever.

Jeg pleide å late som om jeg også var en av Giorgis' og Elenis døtre. Jeg var alltid hjemme hos dem. Selv hadde jeg to brødre, så du kan sikkert forestille deg hvor forskjellig mitt hjem var fra deres. Moren min, Savina, syntes ikke å ha noe imot det. Hun og Eleni hadde vært venninner fra barndommen av og hadde delt alt siden de var små, så jeg tror ikke hun var redd for at hun skulle miste meg. Faktisk tror jeg alltid at hun fantaserte om at Maria eller Anna en vakker dag ville gifte seg med en av brødrene mine.

Da jeg var liten, var jeg nok oftere i huset til familien Petrakis enn hjemme hos meg selv, men siden ble det omvendt, da Anna og Maria mer eller mindre bodde hos oss.

Lekeplassen vår på den tiden, og i hele barndommen, var stranden. Den var i evig forandring, og vi gikk aldri lei av den. Vi badet hver eneste dag fra slutten av mai til begynnelsen av oktober og hadde ofte søvnløse netter på grunn av den uutholdelige stikkingen fra sand som hadde ligget mellom tærne og siden havnet i sengetøyet. Om kveldene fisket vi vår egen *picarel*, ørsmå fisk, og om morgenene gikk vi og så på fiskernes fangst. Vinteren bringer alltid med seg høyere tidevann, og som oftest var det skyllet noe på land som vi kunne studere: maneter, ål, blekksprut og enkelte ganger en skilpadde som lå ubevegelig i sanden. Uansett årstid gikk vi tilbake til Annas og Marias hus når det mørknet, og ofte ble vi hilst velkommen av den gode duften av varm bakst – Eleni laget gjerne ostepaier, og jeg gomlet vanligvis på en slik når jeg trasket opp bakken til mitt eget hus ved leggetid ...»

«Det virker som en idyllisk oppvekst,» innskjøt Alexis, betatt av Fotinis beskrivelser av denne perfekte og nesten eventyraktige barndommen. Det hun egentlig ønsket å få vite, var imidlertid hvordan alt sammen hadde tatt slutt. «Hvordan fikk Eleni lepra?» spurte hun plutselig. «Slapp de spedalske noen gang utenfor øya?»

«Nei, naturligvis gjorde de ikke det. Det var derfor øya var så fryktet. Ved århundrets begynnelse hadde myndighetene bestemt at alle spedalske på Kreta skulle plasseres på Spinalónga. Så snart legene var sikre på diagnosen, måtte folk forlate familiene sine for godt og dra dit. Det var kjent som «Den levende døds sted», og en bedre beskrivelse fins ikke.

På den tiden gjorde folk alt de kunne for å skjule symptomene, mest fordi konsekvensene ved å få diagnosen var så uhyggelige. Det var alt annet enn overraskende at Eleni var utsatt for leprasmitten. Hun ofret aldri en tanke på faren for å pådra seg infeksjoner fra kontakten med elevene – hun kunne ikke undervise dem uten å ha dem sittende tett inntil seg, og hvis et barn falt på den støvete skoleplassen, var hun den første til å løfte det opp. Og det viste seg at en av elevene hennes var spedalsk.» Fotini tidde.

«Tror du at foreldrene visste at barnet deres var smittet?» spurte Alexis vantro.

«Det er jeg ganske sikker på,» svarte Fotini. «Men de visste jo at de aldri ville få se barnet sitt igjen hvis det ble oppdaget. Det var bare én ansvarlig ting Eleni kunne gjøre da hun skjønte at hun var blitt smittet – og hun gjorde det. Hun ga beskjed om at hvert eneste barn på skolen skulle undersøkes, slik at bæreren av sykdommen kunne identifiseres, og ganske riktig var det en ni år gammel gutt ved navn Dimitri som måtte lide den grusomme skjebnen å skilles fra foreldrene sine for bestandig. Men alternativet var en god del verre. Tenk på all kontakten barn har med hverandre når de leker. De er ikke som voksne, som holder en viss avstand. De klenger og slåss og ligger i hauger oppå hverandre. Vi vet nå at sykdommen i sin alminnelighet bare sprer seg ved langvarig, tett kontakt, men det folk på den tiden var redd for, var at skolen i Eloúnda ville bli til en slags leprakoloni i seg selv, hvis ikke de fjernet det smittede barnet så fort de bare kunne.»

«Det må ha vært vanskelig for Eleni å gjøre det hun gjorde – spesielt når hun hadde et så nært forhold til elevene sine,» sa Alexis tankefullt.

«Ja, det var fryktelig. Fryktelig for alle berørte parter,» svarte Fotini.

Alexis' lepper var blitt tørre, og hun våget knapt å snakke av frykt for at hun ikke skulle få frem et ord. Stille skjøv hun den tomme koppen sin mot Fotini, som fylte den igjen og skjøv den tilbake over bordet. Mens Alexis rørte sukkeret ut i den mørke væsken, hadde hun følelsen av å bli trukket ned i Elenis virvel av sorg og lidelse.

Hvordan hadde det vært? Å seile vekk fra sitt eget hjem for praktisk talt å sitte fengslet innen synsvidde av familien, fratatt alt man holdt kjært? Hun tenkte ikke bare på kvinnen som hadde vært oldemoren hennes, men også på gutten. Ingen av dem hadde vært skyldig i noen forbrytelse, og likevel var begge blitt straffet.

Fotini strakte ut hånden og la den over Alexis'. Kanskje hun hadde gått for fort frem med historien, uten egentlig å kjenne denne unge kvinnen godt nok. Det var imidlertid ikke et eventyr, og hun kunne rett og slett ikke velge bort noen kapitler. Hvis hun trådte for varsomt nå, ville den sanne historien kanskje aldri bli fortalt. Hun så skyene gli over Alexis' ansikt. I motsetning til de hvite dottene som hang på den blå himmelen denne morgenen, var disse skyene mørke og tunge. Fotini hadde en mistanke om at det eneste mørke punktet i Alexis' liv inntil nå, hadde vært den vage skyggen fra morens ukjente fortid, og selv det hadde nok ikke vært noe annet enn et spørsmålstegn, ingenting som hadde holdt henne våken om nettene. Hun hadde ikke opplevd sykdom, langt mindre død. Nå måtte hun lære om begge deler.

«La oss gå en tur, Alexis.» Fotini reiste seg. «Vi får Gerasimo til å kjøre oss ut til øya senere – alt vil bli tydeligere når vi er der ute.»

En tur var nøyaktig det Alexis trengte. Disse fragmentene av morens historie, samt en altfor stor dose koffein, hadde gjort henne ør, og mens de gikk ned tretrappen til rullesteinsstranden, tok Alexis noen dype drag av den salte luften.

«Hvorfor har mor aldri fortalt meg noe av dette?» spurte hun.

«Hun har vel hatt sine grunner,» sa Fotini, vel vitende om at det gjensto mye mer å fortelle. «Og når du kommer tilbake til England, vil hun kanskje forklare deg hvorfor hun var så hemmelighetsfull.»

De ruslet langs stranden til den endte, og fortsatte opp en steinete sti som var kantet med kardeborre og lavendel og som førte vekk fra landsbyen. Vinden var sterkere her, og Fotini saktnet farten. Selv om hun var sprek til å være en kvinne i syttiårene, hadde hun ikke all sin gamle styrke, og skrittene ble mer usikre og forsiktige jo brattere stien ble.

Av og til stoppet hun, og en gang eller to pekte hun ut steder som kom til syne på Spinalónga. Til slutt kom de til en stor stein som var blitt slipt helt glatt av vind og regn og lang tids bruk som benk. De satte seg og så ut over sjøen mens vinden raslet i timianbuskene som vokste vilt i overflod rundt dem. Det var her Fotini begynte å fortelle Sofias historie.

I løpet av de neste dagene fortalte Fotini alt hun visste om historien til Alexis' familie, og hun lot ingen stein ligge urørt – fra småsteinene som var barndommens bagateller, til de store klippeblokkene som dannet Kretas egen historie. De to kvinnene ruslet langs stiene ved kysten, satt i timevis ved spisebordet og tok turer til omkringliggende landsbyer og småsteder i Alexis' leiebil. Hele tiden la Fotini nye brikker på plass i Petrakis-puslespillet. Alexis følte at hun ble eldre og klokere etter som historien foldet seg ut for henne, og Fotini følte seg ung igjen. Det halve århundret som skilte de to kvinnene forsvant, og der de gikk arm i arm kunne de endatil ha blitt tatt for å være søstre.

DEL 2

Kapittel 3

1939

MAI KOMMER MED DE vakreste dager til Kreta, dager som er som sendt fra himmelen. En slik dag, da trærne var tunge av blomster og den aller siste snøen hadde smeltet til krystallklare bekker i fjellene, dro Eleni fra fastlandet til Spinalónga. I brutal kontrast til denne svarteste av alle hendelser, var himmelen skinnende blå og skyfri. Folk hadde samlet seg for å se på, for å gråte, for å vinke farvel for siste gang. Selv om skolen ikke offisielt var stengt for dagen av respekt for lærerinnen som forlot den, gav tomheten gjenlyd mellom veggene i klasserommene. Både elever og lærere holdt seg borte. Ingen ville gå glipp av denne sjansen til å vinke farvel til deres elskede «Kyria Petrakis».

Eleni Petrakis var høyt elsket både i Pláka og landsbyene i nærheten. Hun hadde en utstråling som tiltrakk seg både barn og voksne, og ble beundret og respektert av dem alle. Grunnen var enkel. For Eleni var lærergjerningen et kall, og entusiasmen hennes var som en fakkel for barna. «Hvis de liker det, vil de lære det», var mantraet hennes. Dette var ikke hennes egne ord, men noe den lidenskapelige læreren som hadde åpnet døren til lærer-yrket for henne tyve år tidligere, hadde sagt.

Kvelden før hun dro hjemmefra for bestandig, hadde Eleni fylt en vase med vårblomster. Hun satte den midt på bordet, og den lille buketten med bleke blomster forvandlet hele rommet på magisk vis. Hun kjente kraften av en enkel handling, styrken i detaljer. Hun visste for eksempel at det å huske et barns fødselsdag eller yndlingsfarge, kunne være nøkkelen til å nå frem til barnets hjerte og deretter sinn. Barna sugde til seg lærdommen i klasserommene hennes fordi de ønsket å glede henne, ikke fordi de var tvunget til det, og prosessen ble hjulpet av måten hun illustrerte fakta og tall på, ved å skrive dem på et kort og henge dem fra taket så det så ut som om en flokk eksotiske fugler svevde over hodene på dem.

Men det var ikke bare en avholdt lærerinne som skulle ta turen over vannet til Spinalónga den dagen. De sa også farvel til en venn: ni år gamle Dimitri, hvis foreldre i over et år hadde gjort alt de kunne for å skjule symptomene. Hver måned var det blitt gjort et nytt forsøk på å kamuflere defektene hans – shortsene som nådde ned til knærne ble erstattet av langbukser, åpne sandaler av solide støvler, og om sommeren ble han nektet å bade i sjøen sammen med vennene for at ingen skulle se flekkene på ryggen hans. «Si at du er redd for bølgene!» tryglet moren, noe som selvsagt var latterlig. Disse barna var vokst opp med en glede over den spennende kraften i sjøen og så faktisk frem til de dagene da meltinivinden forvandlet det blanke Middelhavet til en jettegryte. Bare pyser var redd for de brytende bølgene. Gutten hadde levd med frykten for å bli oppdaget i månedsvis og hadde hele tiden visst, innerst inne, at det bare var en midlertidig utsettelse, og at han før eller siden ville bli avslørt.

Utenforstående som ikke kjente de ekstraordinære omstendighetene denne sommermorgenen, ville sikkert ha trodd at folk samlet seg til en begravelse. De var nesten ett hundre til sammen, de fleste kvinner og barn, og det hang en sørgmodig stillhet over dem. De sto på landsbytorget som en enhet, tause og ventende, og pustet nesten i takt. Like ved, i en tilstøtende sidegate, åpnet Eleni Petrakis gatedøren. Da hun fikk øye på alle menneskene som var samlet på det ellers så folketomme stedet, snudde hun automatisk om for å gå inn igjen. Men det var ikke et valg hun kunne ta. Giorgis ventet på henne ved kaien og hadde allerede fått en del av eiendelene hennes ned i båten. Hun trengte ikke så mange ting, siden Giorgis kunne komme med flere til henne i ukene som kom, og hun hadde ingen ønsker om å fjerne mer enn absolutt nødvendig fra familiens hjem. Anna og Maria ble værende bak den lukkede døren. De siste minuttene sammen med dem hadde vært de mest smertefulle i Elenis liv. Hun hadde hatt et brennende ønske om å holde rundt dem, knuge dem inntil seg, kjenne de varme tårene deres mot huden, berolige de skjelvende kroppene. Men ingen av disse tingene kunne hun gjøre. Ikke uten å risikere å smitte dem. Ansiktene deres var fordreid av sorg, og øynene hovne av gråt. Det var ikke mer å si. Nesten ikke mer å føle. Moren skulle reise fra dem. Hun ville ikke komme tilbake tidlig samme kveld, nedlesset av bøker og blek av tretthet, men også strålende glad for å se dem. Det var ingen vei tilbake fra stedet hun skulle til.

Jentene hadde oppført seg akkurat slik Eleni hadde forutsett. Anna, den eldste, hadde alltid vært lettbevegelig, og det var aldri noen tvil om hva hun følte. Maria, derimot, var et roligere, mer tålmodig barn som ikke så lett mistet besinnelsen. Som forventet hadde Anna vært mer åpenlyst opprørt enn søsteren i dagene frem mot morens avreise, og hennes manglende evne til å kontrollere følelsene sine hadde aldri vært tydeligere enn på denne dagen. Hun hadde tryglet moren om ikke å dra, tigget henne om å bli, rast og skreket og revet seg i håret. Som hennes rake motsetning hadde Maria bare grått, stille til å begynne med, så med kraftige, sønderrivende hulk som kunne høres ut i gaten. Men det siste stadiet hadde vært det samme: begge sto stille, utmattet, knust tilbake.

Eleni kjempet for å mestre den knusende sorgen som bygget seg opp og truet med å overvelde henne. Hun kunne la den strømme fritt når hun var kommet vekk fra Pláka, men det eneste håpet noen av dem hadde i dette øyeblikket, var at hun klarte å beholde selvbeherskelsen. Hvis hun ga etter, ville det bli så vondt for dem alle. Jentene skulle holde seg inne i huset. De skulle skånes fra synet av moren som gikk sin vei, et bilde som kunne brenne seg inn i hukommelsen deres for bestandig.

Det var det verste øyeblikket i Elenis liv, og nå det minst private. Utallige triste øyne iakttok henne. Hun visste at de var der for å ta farvel med henne, men aldri før hadde hun hatt så lyst til å være alene. Hun kjente hvert eneste ansikt i forsamlingen og elsket dem alle. «Farvel,» sa hun mildt. «Farvel.» Hun holdt god avstand til dem. Hennes gamle trang til å omfavne folk, hadde fått en brå død ti dager tidligere, den skjebnesvangre morgenen da hun hadde oppdaget de underlige flekkene på baksiden av benet. De var umiskjennelige, spesielt når hun sammenlignet dem med bildet på en brosjyre som var blitt spredt utover landsbygden for å advare folk om symptomene. Hun behøvde ikke å besøke en spesialist for å innse den grufulle sannheten. Allerede før hun gikk til legen visste hun at hun på en eller annen måte hadde pådratt seg den mest fryktede av alle sykdommer. Ordene fra Tredje Mosebok, som den lokale presten hadde lest oftere enn strengt nødvendig, hadde runget gjennom hodet:

Og når spedalskheten viser seg i hans legemes hud, så er mannen spedalsk, han er uren; presten skal si ham uren; han har fått sykdommen på sitt hode. Den som er blitt rammet av spedalskhet, skal gå med sønderrevne klær og med uflidd hår; han skal tildekke sitt skjegg og rope: Uren, uren!

Mange mente fortsatt at Det gamle testamentes brutale krav til behandling av spedalske fortsatt skulle følges. Dette avsnittet var blitt lest opp i kirkene i hundrevis av år, og forestillingen om den spedalske som en mann, kvinne eller endatil et barn som skulle utstøtes fra samfunnet, satt dypt i mange mennesker.

Da Eleni gikk gjennom forsamlingen, kunne Giorgis akkurat skimte toppen av hodet hennes, og han visste at øyeblikket han hadde gruet seg til, var kommet. Han hadde vært på Spinalónga tusenvis av ganger, for han hadde lenge spedd på sine magre inntekter som fisker ved å skipe varer til leprakolonien, men han hadde aldri forestilt seg en tur som denne. Båten var klar, og mens hun nærmet seg, sto han med armene hardt foldet over brystet og bøyd hode. Han tenkte at hvis han sto slik, anspent og stiv i hele kroppen, kunne han betvinge de voldsomme sinnsbevegelsene og forhindre at de strømmet ut av ham som voldsomme, ufrivillige skrik av fortvilelse. Hans evne til å skjule følelsene ble styrket av konens eksemplariske selvbeherskelse. Men innvendig var han knust av sorg. Jeg må gjøre dette, sa han til seg selv, som om det dreide seg om en helt ordinær båtreise. Denne overfarten var bare en av tusen turer han allerede hadde gjort og tusen andre som ville komme.

Ingen sa et ord mens Eleni gikk mot bryggen. Et barn begynte å gråte, men ble hysjet på av moren. Det skulle ikke mye til for at alle de sørgende menneskene ville miste fatningen. Selvdisiplinen og den formelle roen ville briste om noen så mye som snufset høyt, og øyeblikkets verdighet ville være en saga blott. Selv om de få hundre meterne hadde fortonet seg som en uendelig strekning, var Elenis ferd mot kaien nesten over, og hun snudde seg for å se på menneskene som hadde samlet seg en siste gang. Huset var ute av syne nå, men hun visste at skoddene var lukket og at døtrene satt i mørket og gråt.

Plutselig hørtes skrik. Det var den høye, hjerteskjærende gråten til en voksen kvinne, og hun ga like uhemmet uttrykk for sorgen som Eleni undertrykte sin egen. Eleni stoppet opp. Lydene var som et ekko av hennes egne følelser; de var det nøyaktige uttrykk for alle følelsene hun bar inne i seg, men hun visste at hun ikke var opphavet til dem. De fremmøtte ble urolige, tok blikket fra Eleni og snudde seg mot det ene hjørnet av torget, der en mann og en kvinne sto ved siden av et muldyr som var blitt bundet til et tre. Selv om han nesten var helt skjult i kvinnens armer, var det også en gutt der. Toppen på hodet hans nådde henne knapt til brystet, og hun sto bøyd over ham med armene rundt ham som om hun aldri ville slippe taket. «Gutten min!» gråt hun desperat. «Gutten min, kjære gutten min!» Ektemannen stilte seg ved siden av henne. «Katerina,» sa han oppmuntrende. «Dimitri må dra. Vi har ikke noe valg. Båten venter.» Skånsomt løsnet han morens knugende favntak. Hun sa sønnens navn en siste gang, stille, utydelig: «Dimitri ...», men gutten så ikke opp. Han stirret stivt ned i den støvete bakken. «Kom, Dimitri,» sa faren bestemt. Og gutten ble med.

Han holdt blikket rettet mot farens slitte lærstøvler. Det eneste han hadde å gjøre, var å plante sine egne føtter i avtrykkene etter dem i støvet. Det kom av seg selv – en lek de hadde lekt så mange ganger, mens faren tok lange skritt og Dimitri måtte hoppe og sprette til bena ikke rakk lenger og han falt, hjelpeløs av latter. Denne gang var imidlertid farens skritt langsomme og ustø. Dimitri hadde ingen problemer med å holde følge. Faren hadde befridd det sørgmodige muldyret fra byrden det hadde båret, og balanserte nå en liten kasse med guttens eiendeler på skulderen, den samme skulderen som han hadde båret sønnen på så mange ganger. Det virket som en uendelig lang vei å gå forbi de fremmøtte landsbybeboerne og ned til bryggekanten.

Den endelige avskjeden mellom far og sønn var kort, nesten mandig. Eleni, som skjønte hvor vanskelig det var for dem, hilste på Dimitri, som fra nå av ville bli hennes viktigste ansvar. «Kom,» sa hun oppmuntrende. «La oss reise ut og se vårt nye hjem.» Og hun tok gutten i hånden og hjalp ham ned i båten som om de skulle ut på et spennende eventyr og eskene som sto pakket rundt dem, var utstyr og proviant til en piknik.

Forsamlingen var fortsatt taus mens de så dem dra. Det var ingen protokoll for et øyeblikk som dette. Skulle de vinke? Skulle de rope farvel? Ansikter var bleke, mager strammet seg, hjerter kjentes tunge. Noen hadde motstridende følelser for gutten. De bebreidet ham for Elenis situasjon og for uroen de nå følte for sine egne barns helse. Men i det øyeblikket de dro, syntes mødrene og fedrene bare synd på de to stakkars menneskene som nå forlot familiene sine for bestandig. Giorgis skjøv båten fra land, og snart var årene hans engasjert i den vanlige kampen mot strømmen. Det var som om sjøen ikke ville at de skulle dra. En liten stund ble de fremmøtte stående og se etter dem, men da skikkelsene ble utydelige, begynte de å gå hver til sitt.

De siste til å snu seg bort og forlate torget var en kvinne på Elenis egen alder og en pike. Kvinnen var Savina Angelópoulos, som hadde vokst opp sammen med Eleni, og piken var hennes datter, Fotini, som – slik det lett ble i små landsbyer – var bestevenninnen til Elenis yngste datter, Maria. Savina hadde på seg et skaut som skjulte det tykke håret, men fremhevet de store, snille øynene; barnefødslene hadde ikke behandlet kroppen hennes pent, og hun var nå en tykkfallen kvinne med kraftige ben. Kroppslig var Fotini hennes rake motsetning, hun var slank som et ungt oliventre, men hun hadde arvet morens vakre øyne. Da den lille båten knapt var synlig lenger, snudde de seg og gikk raskt over torget. Målet var huset med den falmede, grønne døren, huset Eleni var kommet ut av litt tidligere. Skoddene var lukket, men ytterdøren var åpen, og mor og datter gikk inn. Snart etter holdt Savina de to jentene i armene sine og sørget for at de fikk den omfavnelsen moren, i sin visdom, ikke hadde vært i stand til å gi dem.

Jo nærmere øya båten kom, desto hardere holdt Eleni Dimitris hånd. Hun var glad for at denne arme gutten hadde noen som kunne ta seg av ham, og akkurat nå ofret hun ikke ironien i situasjonen en tanke. Hun ville undervise ham og oppfostre ham som om han var hennes egen sønn, og gjøre sitt beste for at ikke skolegangen hans skulle bli skadelidende av den uhyggelige vendingen livene deres hadde tatt. Hun var nå nær nok til å se at det sto noen mennesker utenfor festningsmurene, og forstod at de ventet på henne. Hvorfor skulle de ellers være her? Det var lite sannsynlig at de var kommet dit for å reise fra øya.

Giorgis manøvrerte båten kyndig inn til kaien, og snart hjalp han konen og Dimitri opp på fast grunn. Nærmest ubevisst unngikk han å komme i kontakt med guttens nakne hud og tok ham i albuen, ikke hånden, mens han hjalp ham opp av båten. Deretter konsentrerte han seg intenst om å fortøye båten ordentlig, slik at han kunne få kassene trygt i land og slippe å tenke på at han snart skulle forlate øya igjen uten Eleni. Guttens lille trekasse og den større kassen som tilhørte Eleni, sto snart på kaien.

Nå som de var fremme på Spinalónga, virket det for både Eleni og Dimitri som om de hadde krysset et stort hav og deres gamle liv allerede lå millioner av kilometer unna.

Før Eleni fikk summet seg, var Giorgis borte. Kvelden før var de blitt enige om ikke å ta farvel, og den beslutningen hadde begge vært tro mot. Giorgis var allerede kommet hundre meter fra land, og hatten var trukket så langt ned i pannen at de mørke plankene i bunnen av båten var alt som befant seg innenfor synsfeltet hans.

Kapittel 4

Menneskene utenfor murene som Eleni hadde sett tidligere, kom gående mot dem. Dimitri sto helt stille og stirret ned på føttene sine, mens Eleni rakte frem hånden mot mannen som kom frem for å hilse. Gesten skulle vise at hun aksepterte at dette var hennes nye hjem. Hun så seg selv gripe etter en hånd som var like kroket som toppen på en hyrdestav, en hånd som var så ille deformert av lepra at den eldre mannen ikke klarte å trykke Elenis utstrakte hånd. Men smilet hans sa nok, og Eleni svarte med et høflig «*Kalimera.*» Dimitri trakk seg taust unna. Han forble i denne sjokktilstanden i flere dager.

Det var skikken på Spinalónga at nye medlemmer av kolonien skulle mottas med en viss grad av formalitet, og Eleni og Dimitri ble ønsket velkommen som om de omsider var kommet frem til et fjernt, lenge etterlengtet reisemål. For noen spedalske var dette tilfellet. Øya kunne være et kjærkomment tilfluktssted fra et liv som omstreifer. Mange av de spedalske hadde levd i både måneder og år utenfor samfunnet, overnattet i skur og overlevd på matrester de hadde nasket til seg. For disse ofrene for sykdommen var Spinalónga en befrielse fra den elendige tilværelsen de hadde opplevd som utstøtte.

Mannen som hilste på dem, var Petros Kontomaris, øyas leder. Han var blitt valgt til stillingen av de vel tre hundre innbyggerne under den årlige avstemningen. Spinalónga var et demokrati, og hensikten med de regelmessige valgene var å sørge for at misnøye aldri fikk tid til å gjære. Det var Kontomaris' plikt å hilse alle nykommere velkommen, og bare han og en håndfull andre utpekte mennesker hadde lov til å komme og gå som de ville gjennom den store porten.

Eleni og Dimitri fulgte etter Petros Kontomaris gjennom tunnelen, hånd i hånd. Eleni visste antakelig mer om Spinalónga enn de fleste andre på fastlandet, på grunn av Giorgis' førstehåndskjennskap. Likevel var synet som møtte henne en overraskelse. I den trange gaten foran dem vrimlet det av mennesker. Det var akkurat som en markedsdag i Pláka. Folk gikk til og fra med kurver fulle av varer, en prest kom ut gjennom en kirkedør og to eldre kvinner tok seg langsomt oppover gaten mens de red på hvert sitt slitne esel med sidesal. Flere snudde seg og så på nykommerne, og noen nikket også til dem som en velkomsthilsen. Eleni så seg om. Hun gjorde sitt beste for ikke å virke uhøflig, men hadde samtidig vondt for å styre nysgjerrigheten. Ryktene hun alltid hadde hørt, så ut til å stemme. De fleste spedalske så ut slik hun gjorde: uberørt av sykdommen.

Men da en kvinne med hodet dekket av et sjal, stoppet for å la dem passere, fikk Eleni et glimt av et ansikt som var deformert av klumper på størrelse med valnøtter. Hun grøsset. Aldri før hadde hun sett noe så heslig, og hun ba om at Dimitri ikke hadde lagt merke til kvinnen.

De tre fortsatte oppover gaten, tett fulgt av eldre mann som leiet med seg to esler som bar eiendelene deres. Petros Kontomaris pratet med Eleni. «Vi har et hus til deg,» opplyste han. «Det ble ledig i forrige uke.»

På Spinalónga ble hus bare ledige etter dødsfall. Folk fortsatte å komme enten det var plass eller ikke, og det innebar at øya var overbefolket. Siden det var regjeringens politikk å oppmuntre spedalske til å leve på Spinalónga, var det også i dens interesse at det oppsto minst mulig uro på øya. Så fra tid til annen bevilget den penger til bygging av nye hus eller utbedringer av gamle. Året før, da de eksisterende husene nærmet seg grensen for sin kapasitet, var en stygg, men funksjonell boligblokk blitt satt opp og boligkrisen midlertidig avverget. Nok en gang kunne alle beboerne på øya ha sitt privatliv. Mannen som traff den endelige avgjørelsen om hvor nykommere skulle bo, var Kontomaris. Han betraktet Eleni og Dimitri som et spesialtilfelle. De skulle behandles som mor og sønn, og av den grunn hadde han bestemt at de ikke skulle plasseres i den nye blokken, men ta over huset som nylig var blitt ledig i hovedgaten. I hvert fall Dimitri kunne tenkes å bli boende der i årevis fremover.

«Kyria Petrakis,» sa han. «Her er hjemmet ditt.»

Helt i enden av hovedgaten, der butikkene tok slutt, lå et enslig hus tilbaketrukket fra veien. Det slo Eleni at det lignet en god del på hennes eget hjem. Så sa hun til seg selv at hun måtte slutte å tenke slik – det gamle steinhuset foran henne *var* hjemmet hennes nå. Kontomaris låste opp døren og holdt den åpen for henne. Inne var det mørkt, selv på denne vakre solskinnsdagen, og hjertet sank. For hundrede gang denne dagen fikk hun testet hvor langt motet hennes strakk. Dette var utvilsomt det beste husværet som fantes, og det var viktig at hun lot som om hun var fornøyd. Her fikk hun virkelig bruk for skuespillertalentet som i stor grad hadde vært en viktig del av måten hun underviste på.

«Jeg skal la dere få fred til å finne dere til rette,» sa Kontomaris. «Konen min kommer innom og hilser på dere senere og viser dere rundt på kolonien.»

«Konen din?» utbrøt Eleni med mer overraskelse i stemmen enn hun hadde ment. Men han var vant til reaksjonen.

«Ja, konen min. Vi møttes og giftet oss her. Det er ikke så uvanlig som du kanskje tror.»

«Nei, nei, det er det sikkert ikke,» sa Eleni forlegent og innså at hun hadde mye å lære. Kontomaris bukket nesten umerkelig og gikk ut.

Eleni og Dimitri ble stående og se seg om i formiddagsmørket. I tillegg til et loslitt gulvteppe var rommet møblert med en trekiste, et lite bord og to spinkle trestoler. Tårene sved i Elenis øyne. Dette var altså livet hennes redusert til. To sjeler i et nakent rom og et par skrøpelige stoler som så ut som om de kunne falle fra hverandre bare man rørte dem, for ikke å snakke om satte seg på dem. Hvilken forskjell var det egentlig på henne og Dimitri og disse falleferdige møblene? Nok en gang var det viktig å utstråle falsk optimisme.

«Kom, Dimitri, så går vi ovenpå og ser.»

De skrådde gjennom det dunkle rommet og gikk opp trappen. På toppen var det to dører. Eleni åpnet den venstre og gikk inn og åpnet skoddene så lyset flommet inn. Vinduene hadde utsikt mot gaten, og herfra kunne man også se sjøen glitre i det fjerne. En metallseng og enda en stol av tvilsom kvalitet var alt det denne glisne cellen inneholdt. Eleni lot Dimitri bli stående mens hun gikk inn på det andre soverommet, som var mindre og enda litt gråere. Hun gikk tilbake til det første, der Dimitri fortsatt sto.

«Dette skal være ditt rom,» forkynte hun.

«Mitt rom?» spurte han vantro. «Bare mitt?» Han hadde alltid delt rom med sine to brødre og to søstre. For første gang kom det spor av liv i det lille ansiktet. Helt uventet hadde han funnet i hvert fall én ting som hadde bedret seg i livet hans.

Da de gikk ned trappen igjen, pilte en kakerlakk over stuegulvet og forsvant bak trekisten som sto i kroken. Eleni skulle jakte på den siden, men akkurat nå ville hun tenne de tre oljelampene sine og gjøre den mørke boligen litt lysere. Hun åpnet kassen som inneholdt eiendelene hennes – hovedsakelig bøker og annet materiell hun ville trenge for å undervise Dimitri – og fant frem papir og blyant og begynte å lage en liste: Tre lengder bomull til gardiner, to bilder, noen puter, fem ulltepper, en stor kasserolle og noen deler av hennes beste servise. Hun visste at familien hennes ville like tanken på at alle spiste fra de samme blomstermønstrede porselenstallerkenene. Noe annet viktig hun ønsket seg, var frø. Selv om huset var utrivelig, gledet Eleni seg over den lille hageflekken på forsiden og hadde allerede begynt å planlegge hva hun skulle dyrke. Giorgis ville komme tilbake om noen dager, så i løpet av en uke eller to burde stedet være noenlunde slik hun ønsket seg det. Dette skulle bli den første av mange lister til Giorgis, og Eleni visste at han ville oppfylle ønskene hennes til minste detalj.

Dimitri satt og så på Eleni mens hun satte opp fortegnelsen over livsnødvendigheter. Han følte en viss ærefrykt for denne kvinnen som senest dagen før hadde vært lærerinnen hans, og nå skulle ta seg av ham ikke bare mellom åtte om morgenen og to om ettermiddagen, men hele resten av dagen også. Hun skulle bli hans mor, hans *meetera.* Men han kom aldri til å kalle henne noe annet enn «Kyria Petrakis». Han lurte på hva hans virkelige mor gjorde nå. Hun sto vel og rørte i den store gryten og forberedte kveldsmåltidet. I Dimitris øyne var det slik hun syntes å tilbringe mesteparten av tiden, mens han og brødrene og søstrene lekte ute i gaten. Han lurte på om han noensinne ville få se dem igjen, og ønsket av hele sitt hjerte at han hadde vært der nå og hatt det moro sammen med dem. Hvis han savnet dem så mye etter bare noen timer, hvor mye mer ville han da savne dem etter en dag, en uke, en måned? undret han seg. Klumpen i halsen vokste til den ble så vond at tårene rant nedover kinnene. Så var Kyria Petrakis ved siden av ham, klemte ham inntil seg og hvisket: «Så, så, Dimitri. Alt vil ordne seg … alt vil ordne seg.» Om han bare kunne tro henne.

Samme ettermiddag pakket de ut av kassene sine. Å omgi seg med velkjente gjenstander burde ha gjort dem lettere til sinns, men hver gang en ny eiendel kom frem, fulgte alle assosiasjonene til deres tidligere liv med og gjorde det vanskelig å glemme det som hadde vært. Hver pyntegjenstand, bok eller leke minnet dem bare enda mer enn den forrige om hva de hadde reist fra.

En av Elenis skatter var en liten klokke, en gave fra foreldrene på bryllupsdagen. Hun plasserte den midt på peishyllen, og en dempet tikking fylte nå de lange, stille periodene. Den slo hver time, og presis klokken tre, før det siste ekkoet hadde dødd bort, banket det forsiktig på døren.

Eleni åpnet den på vid vegg og slapp inn gjesten, en liten kvinne med rundt ansikt og striper av sølv i håret.

«*Kalispera,*» sa Eleni. «Kyrios Kontomaris sa at jeg kunne vente besøk av deg. Kom inn, er du snill.»

«Dette må være Dimitri,» sa kvinnen med det samme og gikk rett bort til gutten som forble sittende med hodet hvilende i hendene. «Kom,» sa hun og holdt hånden frem mot ham. «Jeg skal vise dere rundt. Jeg heter Elpida Kontomaris, men vær så snill og bare kall meg Elpida.»

Det var en klang av forsert munterhet i stemmen hennes og den typen entusiasme man brukte når man tok med seg et vettskremt barn til tannlegen. De forlot halvmørket inne i huset og svingte til høyre da de kom ut i ettermiddagssolen.

«Det viktigste her er vannforsyningen,» begynte hun i en

nøktern tone som røpet at hun hadde tatt nykommere med seg på omvisning på øya mange ganger før. Hver gang det kom en kvinne, sendte hennes mann Elpida ut for å ta imot henne. Dette var første gang hun hadde holdt talen sin med et barn til stede, så hun visste at hun ble nødt til å legge frem opplysningene på en annen måte enn tidligere. Hun ble i hvert fall nødt til å dempe den beiske tonen hun vanligvis holdt når hun beskrev øyas bekvemmeligheter.

«Her,» sa hun blidt og pekte på en gigantisk cisterne ved foten av en bakke, «samler vi vannet vårt. Og vi tilbringer også mye tid her med å prate og høre siste nytt.»

Sannheten, som var at de måtte gå flere hundre meter ned en bakke for å hente vann, og så bære det hele veien opp igjen, gjorde henne så rasende at hun knapt fikk uttrykt det. Hun klarte det selv, men det fantes dem som var så ødelagt av sykdommen at de knapt kunne løfte et tomt kar, langt mindre et som var breddfullt av vann. Før hun havnet på Spinalónga, hadde hun sjelden løftet mer enn et glass med vann, men nå var vannbæring i bøttevis en del av det daglige slitet. Det hadde tatt henne flere år å venne seg til det. Forandringene hadde kanskje vært større for Elpida enn for mange andre. Ettersom hun kom fra en velstående familie i Khaniá, hadde hun vært ukjent med kroppsarbeid før hun ankom Spinalónga ti år tidligere. Den hardeste oppgaven hun hadde påtatt seg før det, var å brodere et sengeteppe.

Men Elpida gjorde gode miner til slett spill under presentasjonen av øya og la størst vekt på de positive aspektene ved alt sammen. Hun viste Eleni Petrakis de få butikkene som om de skulle ha vært de fineste i Iráklio, pekte ut hvor man holdt marked annenhver uke og hvor de vasket klær. Hun tok henne også med seg til apoteket, som for mange var den viktigste bygningen av dem alle. Hun fortalte henne til hvilke tider det var varme i bakerovnen, og hvor kafeen lå, delvis gjemt nede i en liten sidegate. Presten ville besøke henne senere, men i mellomtiden viste hun henne hvor han bodde og tok dem med til kirken. Hun snakket begeistret om dukketeateret som ble arrangert for barna en gang i uken i rådhuset, og til sist pekte hun ut skolen, som sto tom denne dagen, men som tre dager i uken ble fylt med øyas lille befolkning av barn.

Hun fortalte Dimitri om andre barn på hans alder og prøvde å lokke frem et smil hos ham ved å beskrive hvor moro de hadde det når de lekte sammen, men uansett hvor hardt hun anstrengte seg, forble ansiktet hans uttrykksløst.

Det hun lot være å nevne denne dagen, spesielt i påhør av gutten, var uroen som sakte, men sikkert bredde seg på Spinalónga. Selv om mange spedalske i begynnelsen var takknemlige for fristedet øya ga dem, ble de desillusjonert etter en stund og følte seg sviktet av myndigheter som bare på minimalt vis dekket behovene deres. Elpida kunne se at Eleni snart ville bli oppmerksom på bitterheten som fortærte mange av de spedalske. Den hang formelig i luften.

Som konen til øyas leder, var hun i en vanskelig posisjon. Petros Kontomaris var blitt valgt av menneskene på Spinalónga, men den viktigste oppgaven hans var å fungere som mekler og kontaktmann med myndighetene. Han var en rettferdig mann som visste hvor langt han kunne tøye grensene overfor de styrende på Kreta, men Elpida så ham slåss kontinuerlig mot en høyrøstet og ofte radikal minoritet i leprakolonien som følte at de ble altfor dårlig behandlet, og konstant agiterte for forbedringer ved øyas bekvemmeligheter. Noen følte at de ble neglisjert, selv om Kontomaris hadde gjort alt han kunne for dem i de årene han hadde vært ansvarshavende. Han hadde forhandlet frem en godtgjørelse på femogtyve drakmer i måneden for hver innbygger, skaffet midler til den nye boligblokken, et anstendig apotek med klinikk og jevnlige besøk av en lege fra fastlandet. Han hadde også utarbeidet en plan som fordelte jord til alle på Spinalónga som ville dyrke frukt og grønnsaker til eget behov eller for salg på det ukentlige markedet. Kort sagt, han hadde gjort alt han evnet å gjøre, men befolkningen på Spinalónga ønsket hele tiden mer, og Elpida var ikke sikker på om mannen hennes hadde nok energi til å innfri forventningene deres. Han var i slutten av femtiårene, som henne, men helsen sviktet. Spedalskheten begynte å vinne kampen over kroppen hans.

Elpida hadde sett forandringene som hadde funnet sted etter at hun kom til øya, og de fleste av dem var et resultat av ektemannens anstrengelser. Likevel vokste misnøyen for hver dag som gikk. Vannsituasjonen var det viktigste ankepunktet, spesielt om sommeren. Det venetianske vannsystemet, som var konstruert mange hundre år tidligere, samlet vann i tunneler og lagret det under jorden for at det ikke skulle fordampe. Det var genialt enkelt, men tunnelene begynte så smått å rase sammen. I tillegg ble det fraktet ferskvann fra fastlandet hver uke, men det var aldri nok til å dekke de over to hundre beboernes behov for vaske- og drikkevann. Det var en daglig kamp, selv ved hjelp av muldyrene, spesielt for de eldre og mest uføre. Om vinteren var det strøm de trengte. En generator var blitt installert et par år tidligere, og alle hadde sett frem til å få varme og lys i de mørke, kjølige dagene fra november til februar, men slik skulle det ikke gå. Generatoren klappet sammen etter bare tre uker og hadde aldri virket siden. Anmodninger om nye deler ble ignorert, og maskineriet sto nå og forfalt, nesten helt overgrodd av ugress.

Vann og elektrisitet var ikke luksus, men nødvendigheter, og alle var klar over at spesielt mangelen på vann kunne forkorte livene deres. Elpida innså at selv om regjeringen hadde plikt til å gjøre tilværelsen deres tolerabel, var de bare minimalt interessert i å gjøre noe for det. Beboerne på Spinalónga kokte av sinne, og hun delte raseriet deres. Hvorfor skulle vannet være rasjonert i et land der store fjell kneiste mot himmelen og lokket med snøhvite tinder på klare vinterdager? De ønsket seg pålitelig tilgang til ferskvann, og de ønsket seg det straks. I den grad det kunne forekomme blant menn og kvinner som var til dels kraftig redusert av sykdom, hadde det inntruffet voldelige krangler om hva som burde gjøres. Elpida husket den gangen da én gruppe hadde truet med å storme fastlandet og en annen foreslo at man skulle ta gisler. Til syvende og sist innså de hvilken ynkelig, hjelpeløs stridsstyrke de ville utgjøre, uten båter, uten våpen og med svært lite krefter.

Det eneste de kunne gjøre, var å prøve å vinne gehør for kravene sine. Og det var der Petros' evner som politiker og diplomat ble deres mest verdifulle våpen. Elpida måtte holde en viss avstand mellom seg selv og resten av samfunnet, men hun ble alltid informert om det som skjedde, spesielt av de andre kvinnene som brukte henne for å få formidlet tankene sine til ektemannen hennes. Hun var lei av alt sammen og la i all hemmelighet press på Petros for ikke å stille opp i neste valg. Hadde han ikke gjort nok?

Mens Elpida viste Eleni og Dimitri rundt i de små gatene på øya, holdt hun alle disse tankene for seg selv. Hun så Dimitri klamre seg til Elenis flagrende skjørtekant mens de gikk, som om han fant en viss trøst i det, og hun sukket stille. Hva slags fremtid hadde gutten på dette stedet? Hun håpet nesten at den ikke ville bli lang.

Eleni syntes den lette nappingen i skjørtet var beroligende. Den minnet henne om at hun ikke var alene, og at hun hadde noen å ta vare på. Senest dagen før hadde hun hatt en mann og to døtre, og dagen før det igjen hadde hundre ivrige ansikter på skolen stirret på henne. Alle hadde trengt henne, og det hadde hun vokst på. Denne nye virkeligheten var vanskelig å ta inn over seg. Et øyeblikk lurte hun nesten på om hun allerede hadde dødd og denne kvinnen var en kimære som viste henne rundt i Hades og fortalte hvor de døde sjelene kunne vaske likkledene sine og kjøpe sine utilstrekkelige rasjoner. Hjernen fortalte henne imidlertid at det var virkelig nok. Det var ikke Karon, men hennes egen mann som hadde fraktet henne til helvete og latt henne bli igjen her for å dø. Hun stivnet, og Dimitri stoppet også. Hodet sank ned mot brystet, og hun kjente store tårer samle seg i øynene. For første gang mistet hun kontrollen. Halsen snørte seg sammen som om den ville nekte henne nye åndedrag, og hun hev desperat etter pusten for å få luft ned i lungene. Elpida, som inntil da hadde opptrådt så saklig og nøkternt, snudde seg mot henne og grep henne i armene. Dimitri kikket opp på dem begge. Samme dag hadde han for første gang sett moren sin gråte. Nå var det lærerinnens tur. Tårene strømmet fritt nedover kinnene hennes.

«Ikke vær redd for å gråte,» sa Elpida vennlig. «Gutten kommer til å se mange tårer her. Tro du meg, de får fritt utløp på Spinalónga.»

Eleni gjemte ansiktet mot Elpidas skulder. To forbipasserende stoppet og stirret. Ikke fordi de stusset ved synet av en gråtende kvinne, men rett og slett fordi de var nysgjerrige på nykommerne. Dimitri snudde seg bort, forlegen over Elenis gråt og de fremmedes nyfikne blikk. Han skulle ønske at bakken ville åpne seg, akkurat som under jordskjelvene han hadde lært om på skolen, og sluke ham. Han visste at det ofte var rystelser på Kreta, så hvorfor ikke akkurat nå?

Elpida så hvordan Dimitri hadde det. Elenis hulkende gråt

hadde begynt å påvirke henne også: hun følte med henne, men ville samtidig at hun skulle stoppe. Heldigvis hadde de stanset rett utenfor hennes eget hus, og hun tok Eleni med seg inn. Et øyeblikk følte hun seg flau over størrelsen på hjemmet sitt, som hun visste sto i grell kontrast til stedet Eleni og Dimitri nettopp hadde flyttet inn på. Ekteparet Kontomaris' hus, den offisielle residensen til øyas leder, var en av bygningene som stammet fra den perioden venetianerne hadde okkupert øya, med en vakker, nesten storslått balkong og søyler foran inngangsdøren.

De hadde bodd der de siste seks årene, og Elpida hadde vært så sikker på at mannen skulle vinne valg etter valg, at hun aldri engang hadde forestilt seg hvordan det ville være å bo et annet sted. Nå var det hun som prøvde å få ham til å frasi seg stillingen sin, og dette var en av de tingene de måtte gi avkall på hvis Petros gikk av. «Men hvem kan ta over?» pleide han å spørre. Og med rette. De eneste som angivelig ville ta kampen opp mot ham, hadde få støttespillere. En av dem var anføreren for agitatorene, Theodoros Makridakis, og selv om mange av sakene hans var gode, ville det bli en katastrofe for øya om han fikk makt. Hans mangel på diplomatiske evner ville bety at alle de fremskrittene de hadde fått myndighetene med på, ville bli satt til side og at eventuelle privilegier snarere ville bli trukket tilbake enn utvidet. Den eneste andre kandidaten til rollen var Spyros Kazakis, en vennlig, men veik person som bare var interessert i stillingen for å sikre seg huset som alle på Spinalónga innerst inne traktet etter.

Innvendig skilte det seg også i usedvanlig stor grad ut fra de aller fleste andre hjemmene på øya. Vinduer fra gulv til tak tillot lyset å flomme inn fra tre kanter, og i en lang, støvet lenke midt i rommet hang en lysekrone med små, fargede krystaller som tegnet et kaleidoskopisk mønster på de pastellfargede veggene.

Møblene var slitt, men komfortable, og Elpida signaliserte at Eleni skulle sette seg. Dimitri vandret rundt i rommet og studerte de innrammede fotografiene og skapet med glassdører som inneholdt ekteparets mest dyrebare minnegjenstander: en gravert sølvkrukke, en rad kniplepinner, flere innrammede bilder og, kanskje det mest fascinerende av alt, geledd på geledd av små soldater. I flere minutter sto han og kikket inn i skapet, men han så ikke gjenstandene inne i det; han stirret som hypnotisert på sitt eget speilbilde i glasset. Ansiktet hans virket like fremmed for ham som rommet han oppholdt seg i, og han møtte sitt eget blikk med en viss uro, som om han ikke kjente igjen de mørke øynene som stirret tilbake på ham. Dette var en gutt hvis hele univers hadde bestått av byene Ájos Nikólaos, Eloúnda og noen småsteder mellom, der søskenbarn, tanter og onkler bodde, og han følte det som om han var havnet i en annen galakse. Ansiktet gjenspeilet seg tydelig i det blankpussede glasset, og bak seg skimtet han Kyria Kontomaris som stod med armene rundt Kyria Petrakis og trøstet henne mens hun gråt. Han så på dem en stund, men så forandret han fokus slik at han kunne studere soldatene som var sirlig oppstilt i regimenter.

Da han til slutt snudde seg mot kvinnene, hadde Kyria Petrakis gjenvunnet fatningen og sto med begge hendene strukket ut mot ham. «Dimitri,» sa hun, «jeg beklager.» Gråten hennes hadde rystet ham og gjort ham flau, og det slo ham plutselig at hun kanskje savnet barna sine like mye som han savnet moren. Han prøvde å forestille seg hvordan moren ville ha følt det hvis hun var blitt sendt til Spinalónga i stedet for ham. Han grep Kyria Petrakis' hender og klemte dem hardt. «Ikke vær lei deg,» sa han.

Elpida gikk ut på kjøkkenet for å lage kaffe til Eleni og limonade av sukkervann og en sitronskive til Dimitri. Da hun kom tilbake, fant hun gjestene sine sittende og prate stille sammen. Guttens øyne lyste opp da han så drikken, og han tømte snart glasset til bunns. Eleni visste hun ikke om det skyldtes den søte kaffen eller vennligheten hun møtte, men hun følte seg omfavnet av Elpidas varme omtenksomhet. Det hadde alltid vært hennes rolle å vise andre omsorg, og hun fant det vanskeligere å motta enn å gi. Den nye situasjonen ville bli litt av en forandring.

Ettermiddagslyset begynte å svinne hen. En stund satt de nedsunket i egne tanker mens stillheten bare ble brutt av dempet klirring fra koppene og skålene. Dimitri kjælte med et nytt glass limonade. Aldri før hadde han vært i et hus som dette, der lyset skinte i regnbuemønster og stolene var mykere enn noe han noen gang hadde sittet i. Det var så ulikt hans eget hjem, der hver benk ble en soveplass om natten og hvert gulvteppe måtte gjøre nytten som sengeteppe. Han hadde trodd at alle levde slik. Men ikke her.

Da de hadde drukket ut, tok Elpida ordet.

«Skal vi fortsette turen?» spurte hun idet hun reiste seg. «Det er en som venter på å få treffe dere.»

Eleni og Dimitri fulgte etter henne ut av huset, Dimitri nokså motvillig. Han hadde likt seg der og håpet at han kunne komme tilbake en dag og drikke mer limonade og kanskje være modig nok til å be Kyria Kontomaris om å åpne skapet så han kunne kikke nærmere på soldatene og kanskje også få lov til å ta på dem.

Lengre oppe i gaten lå en bygning som var flere hundre år nyere en lederens residens. Med sine skarpe, rette linjer manglet det den klassiske estetikken til huset de nettopp hadde forlatt. Denne funksjonelle bygningen var sykehuset og deres neste stopp.

Eleni og Dimitris ankomst hadde sammenfalt med en av de

dagene det kom legebesøk til øya. Denne nyvinningen, samt byggingen av sykehuset, var resultatet av Petros Kontomaris' innsats for å forbedre den medisinske behandlingen av de spedalske. Det første hinderet hadde vært å overtale myndighetene til å finansiere prosjektet, og det andre å overbevise dem om at en forsiktig lege kunne behandle dem og hjelpe dem uten fare for selv å bli smittet. Til slutt hadde de gitt etter for begge kravene, og hver mandag, onsdag og fredag kom det en lege fra Ájos Nikólaos. Legen som hadde meldt seg frivillig til å påta seg oppgaven som mange av hans kolleger betraktet som farlig og dumdristig, var Christos Lapakis. Han var en jovial, rødmusset mann i begynnelsen av tredveårene, godt likt av staben på den dermatovenerologiske avdelingen på sykehuset og høyt elsket av pasientene på Spinalónga. Hans omfangsrike skikkelse var bevis på hedonismen hans, i seg selv en gjenspeiling av troen hans på at øyeblikket var alt man hadde, så man kunne like godt nyte det. Det skuffet hans respektable familie i Ájos Nikólaos at han fortsatt var ungkar, og han visste selv at han ikke forbedret sjansene for å finne den rette ved å arbeide i en leprakoloni. Det bekymret ham imidlertid ikke plagsomt mye. Han fant tilfredsstillelse i arbeidet sitt og var glad for de forbedringene, om de var aldri så små, han kunne gjøre i disse stakkars menneskenes liv. Han trodde ikke på et liv etter døden, man fikk ingen nye sjanser.

Dr. Lapakis brukte tiden på Spinalónga til å behandle sår og fortelle pasientene sine om alle de ekstra forholdsreglene de kunne ta og hvor stor nytte de kunne ha av mosjon. Nyankomne ble alltid utsatt for grundige undersøkelser. Innføringen av Doktorens dager, som de ble hetende i det lille samfunnet, hadde gjort mye for å høyne moralen på øya og hadde allerede gitt mange av de syke bedre helse. Hans vektlegging av renslighet, gode sanitærforhold og fysioterapi ga dem en grunn til å stå opp om morgenen og en følelse av at de ikke bare kom seg ut av sengen for å fortsette sitt gradvise forfall. Dr. Lapakis var blitt rystet over å se hvilke forhold mange av de spedalske på Spinalónga levde under. Han visste at det var essensielt for helsen deres at de holdt sårene sine rene, men da han kom til øya for første gang, hadde han oppdaget noe som lignet apati blant mange av dem. Følelsen av å være overlatt til seg selv var katastrofal, og de psykologiske traumene de ble påført ved å være isolert var faktisk alvorligere enn de fysiske skadene sykdommen forårsaket. Mange hadde mer eller mindre mistet interessen for livet. Og hvorfor skulle de ikke det? Livet hadde mistet interessen for dem.

Christos Lapakis behandlet både kropp og sjel. Han fortalte dem at de alltid måtte bevare håpet, og aldri gi opp. Han var myndig og ofte krass: «Du dør hvis du ikke vasker sårene dine,» kunne han si. Han var pragmatisk og fortalte dem sannheten lidenskapsløst, men også med nok innlevelse til å vise at han brydde seg om dem, og han var også praktisk og fortalte dem nøyaktig hvordan de skulle ta vare på seg selv. «Slik skal du vaske sårene dine,» kunne han si, «og slik trener du hendene og føttene hvis du ikke vil miste fingrer og tær.» Mens han snakket viste han dem øvelsene de skulle gjøre. Han fikk dem til å forstå bedre enn noen andre hvor livsviktig rent vann var. Vann var liv. Og for dem, forskjellen mellom liv og død. Lapakis støttet Kontomaris helhjertet og ga ham all den hjelpen han trengte i lobbyvirksomheten for å bedre ferskvannsforsyningen som kunne forvandle fremtidsutsiktene til mange av dem som bodde på øya.

«Her er sykehuset,» sa Elpida. «Dr. Lapakis venter dere. Han er akkurat ferdig med de faste pasientene sine.»

De kom inn i et rom som var like svalt og hvitt som et gravkammer, og satte seg på benken som gikk langs hele den ene veggen. De satt der ikke lenge. Legen kom snart ut og tok imot dem, og etter tur ble kvinnen og gutten undersøkt. De viste ham flekkene på huden, og han studerte dem grundig, undersøkte resten av den nakne huden deres og så etter tegn på at tilstanden deres hadde forverret seg uten at de hadde registrert det selv. Den bleke Dimitri hadde noen store, tørre flekker på ryggen og bena, noe som indikerte at han på dette stadiet hadde den mindre skadelige, tuberkuløse varianten av sykdommen. De mindre, mer skinnende lesjonene på Eleni Petrakis' ben og føtter gjorde dr. Lapakis mye mer bekymret. Det var ingen tvil om at hun hadde den hissigere, lepramotøse formen, og det var en stor mulighet for at hun kunne ha hatt den en tid før disse symptomene viste seg.

Guttens prognose er ikke så ille, tenkte Lapakis. Men den arme kvinnen, hun blir ikke lenge her på øya. Ansiktet hans røpet imidlertid ingenting om det han hadde oppdaget.

Kapittel 5

DA ELENI DRO TIL Spinalónga, var Anna tolv og Maria ti. Giorgis måtte egenhendig skape et hjem for sine to døtre og oppfostre dem uten morens hjelp. Av de to jentene hadde Anna alltid vært den vanskeligste. Hun hadde vært så balstyrig at det grenset mot det uregjerlige allerede før hun kunne gå, og fra den dagen hennes yngre søster ble født, var det som om hun var rasende på livet. Det kom derfor ikke som noen overraskelse på Giorgis at da Eleni ikke lenger var der, gjorde Anna opprør mot alt hun ble pålagt av huslige sysler og nektet å påta seg rollen som kvinnen i huset bare fordi hun var den eldste av de to jentene. Hun gjorde dette smertelig klart for faren og søsteren.

Maria hadde et helt annet og roligere gemytt. To mennesker med søsterens temperament kunne ikke ha bodd under samme tak, og Maria gled inn i rollen som fredsmegler selv om hun ofte måtte slåss mot en brennende trang til å reagere på Annas aggressivitet. I motsetning til Anna fant ikke Maria husarbeidet nedverdigende. Hun var praktisk anlagt av natur og satte ofte pris på å hjelpe faren med matlaging og renhold, en egenskap Giorgis i sitt stille sinn takket Gud for. Som de fleste menn av hans generasjon, kunne han ikke stoppe en sokk mer enn han kunne fly til månen.

For omverdenen virket Giorgis som en mann av få ord. Selv de endeløse, ensomme timene på sjøen fikk ham ikke til å lengte etter folk å snakke med når han var på tørt land. Han elsket lyden av stillhet, og også når han tilbragte kvelden ved kafébordet – noe han for øvrig kun gjorde fordi det var ansett som nødvendig for å bevise sin mandighet – forholdt han seg taus og lyttet til folkene rundt ham akkurat som når han var ute på sjøen og lyttet til bølgene som slo mot skroget i båten.

Mens familien kjente hans varme hjerte og hengivne omfavnelser, fant tilfeldige bekjentskaper den fåmælte oppførselen hans nesten asosial til tider. De som kjente ham bedre, så det som et uttrykk for stille stoisisme, en egenskap som kom godt med etter at livet hans nå hadde forandret seg så drastisk.

For Giorgis hadde livet sjelden vært annet enn tøft. Han var fisker som faren og bestefaren før ham, og som dem var han blitt vant til de lange øktene på sjøen. Vanligvis besto de av lange, kjedelige timer der man stort sett holdt seg i ro, men noen ganger gikk de mørke nettene med til å slåss mot voldsomme bølger, og i slike stunder var det en overhengende fare for at sjøen ville få viljen sin og ta ham en gang for alle. Livet ble tilbragt sammenkrøpet i skroget på en trekaik, men en kretisk fisker satte aldri spørsmålstegn ved sin lodd her i livet. For ham var det skjebne, ikke valg.

I flere år før Eleni ble forvist dit, hadde Giorgis spedd på inntektene sine ved å frakte varer til Spinalónga. Nå for tiden hadde han en båt med motor og dro dit en gang i uken med kasser av livsnødvendigheter som han satte i land på kaien og så overlot til de spedalske.

I de første dagene etter at Eleni dro, våget ikke Giorgis å overlate døtrene sine til seg selv et øyeblikk. Fortvilelsen deres syntes å tilta jo lenger moren var borte, men han visste at de før eller siden ble nødt til å finne en ny måte å leve på. Selv om gode naboer kom med mat, var det fremdeles Giorgis som hadde ansvaret for at de to jentene spiste. En kveld, da han sto overfor oppgaven med å tilberede et måltid selv, var det like før hans sørgelige utilstrekkelighet ved komfyren fikk Maria til å smile. Anna, derimot, hadde bare spydigheter til overs for farens bestrebelser.

«Jeg spiser ikke dette!» ropte hun og klasket gaffelen ned på tallerkenen med lammestuing. «Ikke engang et utsultet *dyr* ville spist dette!» Med det brast hun i gråt for tiende gang den dagen og fløy ut av rommet. Det var den tredje kvelden hun ikke hadde spist noe annet enn brød.

«Sulten vil snart ta knekken på staheten,» sa faren humoristisk til Maria, som tålmodig tygget på en bit av det overkokte kjøttet. De to satt ved hver sin ende av bordet. Samtalen forløp ikke akkurat flytende, og stillheten ble sporadisk akkompagnert av klirrende bestikk mot porselen og Annas såre hikst.

Til slutt kom dagen da jentene måtte på skolen igjen. Da endret alt seg som ved et trylleslag. Så snart de fikk noe annet enn moren å konsentrere seg om, begynte sorgen å avta. Dette var også den dagen da Giorgis igjen kunne la baugen på båten peke i retning av Spinalónga. Med en underlig blanding av frykt og opphisselse seilte han over det smale stykket med åpen sjø. Eleni visste ikke at han var på vei, men nyheter spredte seg fort på Spinalónga, og allerede før han hadde fortøyd båten, hadde Eleni dukket opp rundt hjørnet på den store muren og stilt seg i skyggen av den.

Hva kunne de si? Hvordan kunne de reagere? De rørte hverandre ikke, selv om begge desperat ønsket å gjøre det. I stedet uttalte de hverandres navn. Det var ord de hadde ytret tusen ganger før, men denne dagen lød stavelsene som lyder uten mening. I det øyeblikket ønsket Giorgis at han ikke hadde kommet. Han hadde sørget over konen sin den siste uken, men her var hun, akkurat slik hun alltid hadde vært, like spill levende og vakker som før, noe som bare bidro til å gjøre den forestående atskillelsen enda mer smertefull. Snart måtte han forlate øya og kjøre tilbake til Pláka i båten sin. Hver gang han kom hit, ville han oppleve den samme pinefulle avskjeden. Som den tungsindige mannen han alltid hadde vært, ønsket han et flyktig øyeblikk at de begge hadde vært døde.

Elenis første uke på øya hadde vært full av aktivitet og hadde gått mye fortere enn den hadde gjort for Giorgis, men da hun hadde fått høre at båten hans var blitt observert på vei ut fra Pláka, hadde all verdens motstridende følelser blusset opp i henne. Etter at hun kom hit hadde hun hatt rikelig å beskjeftige seg med, nesten nok til å holde tankene unna den skjellsettende forandringen som hadde funnet sted, men når Giorgis nå sto foran henne, og de grønne øynene hans stirret inn i hennes, kunne hun bare tenke to ting: hvor høyt hun elsket denne sterke, bredskuldrede mannen og hvor vondt det gjorde helt inn til margen hennes å være atskilt fra ham.

De stilte hverandre nesten formelle spørsmål om hvordan den andre hadde det, og Eleni ville vite hvordan det gikk med jentene. Hva annet kunne han gjøre enn å komme med et svar som bare så vidt streifet overflaten av sannheten? Før eller siden ville de venne seg til alt dette, det visste han, og da kunne han gi henne et ærlig svar på hvordan det sto til med dem. Den eneste sannheten denne dagen, var Elenis svar på Giorgis' spørsmål.

«Hvordan er det der inne?» Han nikket i retning av den store steinmuren.

«Det er ikke så fryktelig som du sikkert forestiller deg, og ting kommer til å bli bedre,» svarte hun med en slik beslutsomhet og overbevisning at Giorgis øyeblikkelig kjente at han ble litt mindre engstelig for henne.

«Dimitri og jeg har et hus helt for oss selv,» opplyste hun, «og det er ikke så ulikt hjemmet vårt i Pláka. Det er mer primitivt, men vi gjør det beste ut av det. Vi har vår egen, lille hage, og neste vår skal jeg plante urter der, hvis du kan ta med frø til oss. Det står allerede roser i blomst der, og snart kommer vinterstokkrosene. Det er faktisk ikke så ille.»

Giorgis ble lettet over det han hørte, og Eleni trakk en sammenbrettet papirlapp opp fra lommen og ga den til ham.

«Er det til jentene?» spurte Giorgis.

«Nei, det er ikke det,» sa hun unnskyldende. «Jeg tenkte at det kanskje var litt for tidlig for det, men jeg skal ha skrevet et brev til dem neste gang du kommer. Dette er en liste over ting vi trenger til huset.»

Giorgis merket seg bruken av ordet «vi» og kjente et stikk av misunnelse. En gang hadde det omfattet Anna, Maria og ham selv, reflekterte han, og så tvang en tanke som han i samme øyeblikk skammet seg over, frem: nå betydde «vi» Eleni og den forhatte guttungen som hadde tatt henne fra dem. «Vi» i betydningen familien hans, eksisterte ikke lenger. Det var blitt revet i stykker og omdefinert. Det som en gang hadde vært så klippefast, var nå blitt så skjørt at han knapt maktet å tenke på det. Giorgis hadde vondt for å tro at ikke Gud hadde sviktet dem alle. I det ene øyeblikket hadde han vært en families overhode; i det neste var han bare en mann med to døtre. De to tilstandene befant seg så langt fra hverandre som to planeter.

Det var på tide for Giorgis å dra tilbake. Han ønsket å være hjemme når jentene kom fra skolen.

«Jeg kommer tilbake om ikke så lenge,» lovet han. «Da skal jeg ha med meg alt du har bedt om.»

«La oss bli enige om noe,» sa Eleni. «Kan vi la være å si farvel? Ordet har egentlig ikke noen mening.»

«Du har rett,» svarte Giorgis. «Vi tar ikke farvel.»

De smilte og snudde seg samtidig fra hverandre, Eleni mot den skyggefulle inngangen i den høye, venetianske muren, og Giorgis mot båten. Ingen av dem så seg tilbake.

Neste gang han kom, hadde Eleni skrevet et brev som Giorgis tok med seg tilbake til jentene, men straks faren holdt frem konvolutten, ble Anna helt utstyrlig av nysgjerrighet, og idet hun prøvde å snappe den ut av hånden hans, ble den revet i to.

«Men det brevet var til oss begge!» protesterte Maria. «Jeg vil også lese det.»

Anna var allerede i døren.

«Det blåser jeg i. Jeg er eldst og skal se det først!» Med det snudde hun på hælen og løp nedover gaten mens Maria ble stående igjen og gråte av frustrasjon og sinne.

Omtrent hundre meter fra hjemmet deres gikk et lite smug inn mellom to hus, og det var her Anna satte seg på huk i skyggene, føyde de to delene sammen og leste det første brevet fra moren:

Kjære Anna og Maria,

Hvordan har dere det? Jeg håper dere er snille og flinke og arbeider med leksene deres. Deres far forteller meg at hans første forsøk på å lage mat ikke var så vellykket, men jeg er sikker på at han kommer til å bli bedre, og at han snart vil se forskjell på en agurk og en aubergine! Jeg håper det ikke varer lenge før dere også hjelper ham på kjøkkenet, men i mellomtiden må dere være tålmodige med ham mens han lærer.

La meg fortelle dere om Spinalónga. Jeg bor i et lite, forfallent hus i hovedgaten, med ett rom nedenunder og to soverom oppe, omtrent som hjemme. Det er ganske mørkt, men jeg planlegger å male veggene hvite, og når jeg har hengt opp bildene og satt frem porselenet, tror jeg det kan bli ganske pent. Dimitri liker å ha sitt eget rom – han har alltid måttet dele med andre, så dette er helt nytt for ham.

Jeg har fått en ny venninne. Hun heter Elpida og er gift med mannen som har ansvaret for styringen av Spinalónga. Det er svært hyggelige mennesker, og vi har enkelte ganger spist sammen med dem i huset deres, som er det største og fineste på hele øya. Det har lysekroner, og hvert eneste bord og hver eneste stol er pyntet med en eller annen form for blonder. Særlig Anna ville elsket det.

Jeg har allerede plantet noen geranier i hagen, og rosene er begynt å blomstre rundt døren, akkurat som hjemme. Jeg skal skrive og fortelle dere mye mer i mitt neste brev. Imens må dere oppføre dere pent. Jeg tenker på dere hver dag.

Med kjærlighet og kyss fra mor, som elsker dere. XXXX

PS. Jeg håper biene er flittige – ikke glem å samle inn honning.

Anna leste brevet om og om igjen før hun gikk sakte hjemover. Hun visste at hun ville få skjenn. Fra den dagen av skrev Eleni separate brev til de to jentene.

Giorgis besøkte øya mye mer regelmessig nå enn før, og møtene med Eleni var oksygenet hans. Han levde for de øyeblikkene da han fikk se henne komme ut av buegangen i muren. Noen ganger satt de på fortøyningssteinene; andre ganger sto de i skyggene av furuene som vokste i den tørre jorden. Det var som om de sto der bare for dem. Giorgis fortalte henne hvordan det gikk med døtrene og hva de hadde bedrevet, og snakket også med henne om Annas oppførsel.

«Iblant er det som om hun er besatt av en djevel,» sa Giorgis en dag da de satt og snakket sammen. «Det virker heller ikke som om det blir bedre med tiden.»

«Vel, da er det kanskje like bra at ikke Maria ligner på henne,» svarte Eleni.

«Det er kanskje derfor Anna er så ulydig store deler av tiden, fordi det ikke finnes antydning til ondskap i Maria,» reflekterte Giorgis. «Og jeg som trodde at raserianfall var noe barn vokste av seg.»

«Jeg er så lei meg for at jeg har etterlatt deg en slik byrde, Giorgis, det er jeg virkelig,» sukket Eleni og visste at hun ville gitt hva som helst for å kunne ha byttet ut tilværelsen på øya med den daglige kampen for å oppdra Anna.

Giorgis var ikke engang førti da Eleni dro, men han var allerede lut i ryggen av bekymring, og i løpet av de neste månedene skulle han eldes til det ugjenkjennelige. Håret hans skiftet farge fra olivensvart til å bli sølvgrått som bladene på eukalyptusene, og folk hadde en tendens til å omtale ham som «Stakkars Giorgis». Det ble navnet hans.

Savina Angelópoulos gjorde det hun kunne, samtidig som hun tok seg av sitt eget hjem. På stille, måneløse netter, da fangsten kunne være god, ville Giorgis fiske, og da ble det vanlig at Maria og Fotini sov andføttes i sistnevntes smale seng, mens Anna lå på gulvet ved siden av dem med to tykke tepper som madrass. Etter hvert ble det også slik at Maria og Anna spiste flere måltider hos familien Angelópoulos enn i sitt eget hjem, og det var som om Fotinis egen familie hadde vokst og hun hadde fått søstrene hun alltid hadde ønsket seg. Disse kveldene var det åtte rundt bordet: Fotini og hennes to brødre, Antonis og Angelos, foreldrene hennes og Giorgis, Anna og Maria. Enkelte dager, hvis hun fikk tid, prøvde Savina å lære Anna og Maria hvordan de skulle holde huset i orden, hvordan et teppe skulle bankes og hvordan en seng skulle res opp, men som oftest endte det med at hun selv gjorde alt for dem. De var bare barn, og Anna for sin del hadde ingen interesse av huslige gjøremål. Hvorfor skulle hun lære å reparere et laken, sløye en fisk eller bake et brød? Hun var fast bestemt på at hun aldri skulle trenge slike ferdigheter, og helt siden hun var liten, hadde hun hatt et sterkt behov for å flykte fra det hun betraktet som meningsløse huslige sysler.

Jentenes liv kunne ikke ha blitt mer forandret om en tornado hadde rykket dem opp og sluppet dem ned på Santorini. De holdt seg til en fast, daglig rutine som hindret dem i å tenke for mye. Det var den eneste måten de kom seg opp om morgenen. Anna kjempet mot alt og gjorde ikke annet enn å beklage seg og stille spørsmål ved hvorfor tingene var som de var. Maria bare avfant seg med det. Hun visste at det ikke var noe å vinne på å klage, at det sannsynligvis bare ville gjøre alt verre. Så klok var ikke søsteren. Anna ønsket alltid å gjøre motstand mot status quo.

«Hvorfor må *jeg* gå etter brød hver morgen?» sutret hun en dag.

«Det gjør du ikke,» svarte faren tålmodig. «Maria gjør det annenhver dag.»

«Vel, hvorfor kan ikke hun gjøre det *hver* dag? Jeg er eldst, og jeg skjønner ikke hvorfor jeg skal gå etter brød til henne.»

«Hvis alle begynte å spørre seg om hvorfor de skulle gjøre noe for andre, ville verden stoppe opp, Anna. Gå nå etter brødet. Øyeblikkelig!»

Giorgis' neve landet med et smell på bordet. Han var lei av at Anna alltid måtte krangle med ham om hver eneste huslig syssel, og nå skjønte selv hun at hun hadde drevet faren til bristepunktet.

På Spinalónga prøvde Eleni samtidig å venne seg til det som ville bli betraktet som uakseptabelt på fastlandet, men som i kolonien gikk for å være helt normalt. Hun mislyktes imidlertid med det og fikk i stedet lyst til å forandre alt hun kunne. På samme måte som Giorgis ikke skånte Eleni for sine bekymringer, delte hun sin uro for livet sitt og fremtiden på Spinalónga med ham.

Den første virkelig ubehagelige opplevelsen hun hadde på øya, var med Kristina Kroustalakis, kvinnen som drev skolen.

«Jeg forventer ikke at hun skal like meg,» sa hun en dag til Giorgis, «men hun oppfører seg som et dyr som er blitt presset inn i et trangt hjørne.»

«Hvorfor gjør hun det?» spurte Giorgis, selv om han allerede visste svaret.

«Hun er en ubrukelig lærerinne som ikke bryr seg en døyt om barna – og hun vet hva jeg synes om henne,» svarte Eleni.

Giorgis sukket. Eleni hadde aldri lagt skjul på hva hun mente om ting.

Nesten med én gang de kom til øya, hadde Eleni sett at skolen hadde lite å tilby Dimitri. Etter sin første dag, var han kommet mutt og betuttet hjem, og da hun spurte ham om hva han hadde gjort på skolen den dagen, lød svaret: «Ingenting.»

«Hva mener du med ingenting? Noe må dere da ha gjort?»

«Lærerinnen skrev alle bokstavene og tallene på tavlen, og jeg ble sendt bakerst i klassen fordi jeg sa at jeg allerede kunne dem. Etterpå fikk noen av de eldste elevene lov til å gjøre noen veldig enkle regnestykker, og da jeg ropte ut ett av svarene, ble jeg sendt ut av rommet for resten av dagen.»

Etter det begynte Eleni å undervise Dimitri selv, og så begynte vennene hans å komme til henne for å få timer. Barn som tidligere knapt hadde kunnet skjelne tall fra bokstaver, kunne snart lese flytende og regne, og før mange måneder var gått, var det lille huset fylt med barn fem lange formiddager i uken. De varierte i alder fra seks til seksten, og med ett unntak, en gutt som var født på øya, var alle blitt sendt dit fra Kreta etter å ha fått de første symptomene på spedalskhet. Majoriteten av dem hadde fått en viss skolegang før de kom, men de fleste, selv de eldste, hadde bare gjort små fremskritt i hele den tiden de hadde sittet i klasserommet til Kristina Kroustalakis. Hun behandlet dem som dumme, så de forble dumme.

Spenningen mellom Kristina Kroustalakis og Eleni begynte å bygge seg opp. Det var innlysende for nesten alle at Eleni burde overta skolen og at det verdifulle lærerstipendet burde bli hennes. Kristina Kroustalakis kjempet imot med nebb og klør og nektet i det hele tatt å overveie muligheten for å dele på lærerrollen, men Eleni ga seg ikke. Hun tvang frem en konklusjon på saken, ikke for sin egen del, men til beste for øyas sytten barn som fortjente så mye mer enn de noensinne ville få av den likeglade Kroustalakis. Pedagogikk var en investering i fremtiden, og Kristina Kroustalakis så ingen grunn til å bruke energi på dem som kanskje ikke hadde så lenge igjen å leve.

Til slutt ble Eleni invitert til å legge saken sin frem for øyas eldste. Hun tok med seg eksempler på arbeidet barna hadde gjort både før og etter at hun kom til øya. «Men dette viser bare naturlig fremgang,» protesterte et av medlemmene av eldsterådet, kjent som en nær venn av Kyria Kroustalakis. Men for de fleste av de tilstedeværende var saken klar. Elenis nidkjærhet og engasjement ga resultater. Drivkraften hennes var troen på at utdannelse ikke var et middel for å nå et ullent mål, men at det hadde en verdi i seg selv og gjorde barna til bedre mennesker. Faren for at flere av dem ikke ville få oppleve å bli tyve år, var uten relevans for Eleni.

Det var noen få avvikende stemmer, men majoriteten av koloniens eldste var for den kontroversielle avgjørelsen om å fjerne den etablerte lærerinnen fra stillingen og i stedet overlate den til Eleni. I all ettertid var det folk på øya som mente at Eleni hadde tilranet seg jobben, men det synet gikk overhodet ikke inn på henne. Barna var de eneste som betydde noe.

Skolen ga Dimitri nesten alt han trengte: en strukturert dag, hjerneføde og samhørighet. Det siste i form av en ny kamerat, Mikos, som var det eneste av de barna som var født på øya, som ikke var blitt sendt til fastlandet for adopsjon. Grunnen til det var at han hadde utviklet symptomer på sykdommen som spedbarn. Hvis han hadde vært frisk, ville han blitt sendt vekk fra foreldrene, som til tross for den overveldende skyldfølelsen over at barnet hadde arvet sykdommen etter dem, var henrykt over å få beholde ham.

Alt som skjedde i Dimitris nye liv, bidro til at han ikke tenkte for mye på hvordan tilværelsen hans pleide å være. På noen områder var dette nye livet en forbedring. Den lille, brunøyde gutten var utsatt for færre strabaser, færre bekymringer og mindre angst enn han hadde opplevd som den eldste av fem barn i en familie som livnærte seg av jordbruk. Men hver ettermiddag da han forlot skolebygningen for å vende tilbake til halvmørket i sitt nye hjem, fanget han opp understrømmene av de voksnes uro. Han hørte bruddstykker av samtaler når han passerte kafeen, og lavmælte diskusjoner mellom mennesker på gaten.

Noen ganger blandet nye rykter seg med de gamle. Det var den evigvarende spekulasjonen om de snart ville få en ny generator eller ikke, og den alltid like aktuelle debatten om vannforsyningen. I de siste månedene hadde man hvisket om at det snart skulle bevilges penger til nye boliger og høyere «pensjon» til hvert av medlemmene i kolonien. Dimitri fanget opp mye av det de voksne snakket om og la merke til at de kunne tygge på den samme saken i det uendelige, som hunder med gamle bein som var gnagd rene for den siste trevl av kjøtt for evigheter siden. Den minste hendelse, så vel som de større som sykdom og død, ble tatt opp til debatt og grublet på. Men en dag skjedde det noe som ingen hadde forutsett og som kom nesten uten forvarsel, noe som skulle få stor innvirkning på livet på øya.

En kveld noen måneder etter at Dimitri og Eleni var kommet til kolonien, satt de og spiste middag da de ble forstyrret av at noen banket heftig på døren. Det var Elpida, og den eldre kvinnen var andpusten og rød i kinnene av opphisselse.

«Eleni, kom, er du snill,» peste hun. «Det kommer båtlass med dem – *båtlass* – og de trenger vår hjelp. Kom!»

Eleni kjente nå Elpida godt nok til å vite at hvis hun sa at det trengtes hjelp til noe, var det unødvendig å stille noen spørsmål. Dimitris nysgjerrighet ble vekket. Han slapp bestikket og fulgte etter de to kvinnene der de hastet nedover gaten i skumringen, og lyttet til Kyria Kontomaris' historie som strømmet som en foss ut av henne.

«De er fra Athen,» gispet hun. «Giorgis er allerede kommet med to fulle båter, og han er her snart igjen med den tredje. Det er hovedsakelig menn, men jeg så også noen kvinner. De ser ut som fanger, syke fanger.»

De var kommet frem til inngangen til den lange tunnelen som førte ned mot kaien, og Eleni snudde seg mot Dimitri.

«Du må bli her,» sa hun bestemt. «Vær så snill, gå hjem igjen og spis opp maten din.»

Selv fra enden av tunnelen kunne Dimitri høre det ulne ekkoet av mannsstemmer, og han ble mer nysgjerrig enn noen gang på hva det var som forårsaket alt dette oppstyret. De to kvinnene skyndte seg videre, og var snart ute av syne. Dimitri sparket tankefullt en stein frem og tilbake foran inngangen et par ganger før han kastet et stjålent blikk bak seg og smatt inn i den mørke passasjen, der han sørget for å holde seg tett inntil den ene siden. Idet han rundet hjørnet, så han tydelig hva som hadde gjort folk så opprørt.

Nye beboere kom vanligvis en og en, og etter å ha fått en stillferdig velkomst av Petros Kontomaris, prøvde de så diskret som mulig å tilpasse seg samfunnet de var blitt en del av. I utgangspunktet ønsket de fremfor alt anonymitet på Spinalónga, og de fleste forholdt seg tause mens de ble ønsket velkommen. Men på kaien denne kvelden var det ingen slik ro. Da de snublet i land fra Giorgis' lille båt, mistet mange av nykommerne balansen og landet tungt på den steinete bakken. De ropte og hylte og vred seg, noen med åpenbart store smerter, og fra skjulestedet sitt inne i skyggene, så Dimitri hvorfor de hadde falt. De nyankomne så ikke ut til å ha armer, i hvert fall ikke armer som hang fritt langs sidene, og da han så nærmere etter, oppdaget han at alle hadde på seg underlige jakker som holdt armene deres låst bak på ryggen.

Dimitri så Eleni og Elpida bøye seg ned og løsne remmene som holdt menneskene surret sammen som pakker, og befri dem fra tøyfengselet. Der de lå i hauger på den støvete bakken, virket skapningene knapt menneskelige. En av dem sjanglet ned til vannkanten, bøyde seg ut over sjøen og kastet voldsomt opp. En annen gjorde det samme – og så en tredje.

Dimitri så både fascinert og engstelig på dem mens han sto like stille som steinmurene rundt ham. Etter hvert som nykommerne fikk av seg tvangstrøyene og rettet seg opp, gjenvant de litt verdighet. Selv på hundre meters avstand kunne han fornemme sinnet og aggresjonen de utstrålte. Litt etter litt, mens flere av dem snakket høylydt i munnen på hverandre, samlet de seg rundt en spesiell mann som tilsynelatende forsøkte å berolige dem.

Dimitri talte. Det var atten stykker av dem, og Giorgis snudde båten igjen for å dra tilbake til Pláka. Ennå gjensto det ett båtlass.

Like ved kaien i Pláka hadde folk samlet seg på torget for å studere denne underlige gruppen. Noen dager tidligere hadde Giorgis hatt med seg et brev fra Athen til Petros Kontomaris, der han ble varslet om de spedalske som skulle overføres til øya. I fellesskap var de blitt enige om å holde opplysningene for seg selv. Utsiktene til å få nesten femogtyve nye pasienter utplassert samtidig på Spinalónga, ville skape paniske tilstander blant dem som allerede var der. Det eneste Kontomaris var blitt fortalt, var at disse spedalske hadde laget bråk på sykehuset i Athen – og som en følge av det blitt sendt til Spinalónga. De var blitt skipet som kveg fra Pireás til Iráklio, to døgn i grov sjø. Hardt rammet av solstikk og sjøsyke var de så blitt overført til en mindre båt på den neste etappen til Pláka. Derfra skulle Giorgis frakte dem, seks og seks, det siste stykket på reisen. Det var tydelig for alle at denne medtatte gjengen av mishandlede og forviste mennesker ikke ville overleve en slik behandling særlig lenge.

Landsbybarna i Pláka, som ikke var redde for å stirre, hadde også samlet seg for å se på. Fotini, Anna og Maria var blant dem, og Anna fikk sjansen til å stille faren enkelte spørsmål mens han tok en liten pause før han transporterte den siste gruppen over vannet.

«Hvorfor er de her? Hva har de gjort? Hvorfor kunne de ikke bli i Athen?» spurte hun. Giorgis hadde ikke noen gode svar på de nærgående spørsmålene. Men en ting kunne han fortelle henne. Da han fraktet den første gruppen passasjerer over til øya, hadde han lyttet intenst til samtalene deres, og til tross for sinnet og misnøyen de hadde gitt uttrykk for, hadde han hørt at stemmene tilhørte utdannede og taleføre menn.

«Jeg har ingen svar å gi deg, Anna,» opplyste han. «Men Spinalónga vil gjøre plass for dem, det er det som betyr noe.»

«Hva med mor?» fremholdt hun. «Livet hennes kommer til å bli verre enn noen gang.»

«Der tror jeg du tar feil,» sa Giorgis og tæret på den dype brønnen av tålmodighet han holdt i beredskap for sin eldste datter. «Disse nykommerne er kanskje det beste som noen gang har hendt øya.»

«Hvordan i all verden kan du mene det?» ropte Anna og hoppet opp og ned av vantro. «Bare se på dem! De ser ut som *dyr*!» Det hadde hun rett i. De minnet faktisk om dyr, plassert i kasser som kveg, og hadde ikke fått stort bedre behandling heller.

Giorgis snudde ryggen til datteren og gikk tilbake til båten. Det var bare fem passasjerer denne gang. Da de kom til Spinalónga, gikk de andre nykommerne fritt omkring. Det var første gang på halvannet døgn de hadde strukket på bena. De fire kvinnene satt på huk i en samlet gruppe. Petros Kontomaris gikk fra den ene personen til den andre og ba om navn, alder, yrke og antall år siden de hadde fått stilt diagnosen.

Hele tiden tenkte han så det knaket. Hvert ekstra minutt han kunne oppholde dem her med byråkratiet sitt, ga ham litt bedre tid til å pønske ut hvor i himmelens navn disse menneskene skulle innlosjeres. Hvert sekunds trenering av det uunngåelige, utsatte øyeblikket da de skulle føres gjennom tunnelen og få erfare at det ikke fantes egne hjem til dem, og at de muligens var enda verre stilt enn de hadde vært på sykehuset i Athen. Hvert intervju tok noen få minutter, og da han var ferdig, sto én ting klart for ham. Tidligere da han hadde hentet inn nykommernes personalia, hadde flertallet vært fiskere, bønder eller kjøpmenn. Denne gang hadde han en liste over høyt utdannede fagfolk: advokat, lærer, lege, murermester, redaktør, ingeniør ... listen var lang. Dette var en helt annen kategori folk enn dem som utgjorde flertallet av beboerne på Spinalónga, og et øyeblikk følte Kontomaris seg nesten redd denne gruppen av atenere som var kommet hit, uforskyldt forkledd som tiggere.

Tiden var kommet for å introdusere dem for deres nye verden. Kontomaris førte gruppen med seg gjennom tunnelen. Ryktet om de nye pasientenes ankomst hadde spredd seg, og folk kom ut av husene sine og stirret på dem. Midt på torget stanset atenerne bak Kontomaris, som nå snudde seg mot dem og ventet til han hadde alles oppmerksomhet før han snakket til dem.

«Bortsett fra kvinnene, som vil bli innlosjert i et ledig rom på toppen av bakken, vil dere, rent midlertidig, få en soveplass i rådhuset.»

Folk hadde samlet seg rundt dem, og det oppsto uro blant dem mens også de lyttet til denne meddelelsen. Kontomaris hadde imidlertid vært forberedt på at planen hans ville møte motstand, og fortsatte.

«La meg forsikre dere om at dette bare er et midlertidig tiltak. Deres ankomst øker befolkningen vår med nesten ti prosent, og vi forventer nå at myndighetene gir oss pengene vi trenger til nye boliger, slik de lenge har lovet.»

Grunnen til motstanden mot at rådhuset skulle brukes som

sovesal, var at det var der Spinalóngas sosiale liv, det lille som var av det, fant sted. Det representerte, mer enn noe annet, det sosialt og politisk mest normale ved livet på øya, og å beslaglegge det på denne måten, var å berøve beboerne en nøkkelressurs. Men hvilke andre løsninger var det? Det var ett ledig rom i «blokken», det sjelløse nye boligkomplekset, og det var der de atenske kvinnene skulle plasseres. Kontomaris ville be Elpida om å ta dem med seg dit, mens han hjalp mennene til rette i deres provisoriske innkvarteringslokale. Hjertet sank i brystet på ham ved tanken på Elpidas oppdrag. Den eneste forskjellen mellom den nye blokken og et fengsel, var at dørene i blokken ble låst fra innsiden i stedet for utsiden. Men for mennene måtte det bli rådhuset.

Den kvelden ble Spinalónga hjem for treogtyve nykommere fra Athen. Snart innså mange av dem som var kommet for å glo, at det var nødvendig med mer konstruktive handlinger og tilbød atenerne mat, drikke og sengetøy. Enhver donasjon fra deres sparsomme forråd var et betydelig offer, men alle, med unntak av noen ytterst få, bidro med sin skjerv.

De nærmeste dagene ble spente. Alle ventet på å se hvilken innvirkning nykommerne ville få på kolonien, men i de neste to døgnene var de knapt å se. Mange av dem lå bare helt passive i de improviserte sengene sine. Dr. Lapakis besøkte dem og registrerte at samtlige ikke bare led av spedalskhet, men også var fullstendig utmattet etter den strabasiøse reisen uten tilstrekkelig mat og vann og uten skygge for den nådeløse solen. Det ville ta dem flere uker å komme til hektene etter de mange månedene, kanskje årene, med vanskjøtsel de hadde vært utsatt for lenge før de hadde lagt ut på reisen fra Athen. Lapakis hadde hørt at det ikke var noen merkbar forskjell på forholdene på leprasykehuset og i fengselet bare noen få hundre meter unna i utkanten av byen. Han fikk snart vite at dette ikke bare var en myte.

Alle pasientene var blitt barbarisk behandlet, og denne gruppen som var blitt sendt til Kreta, hadde vært drivkraften bak et opprør. De fleste var høyt utdannede folk som hadde ført an i en sultestreik, skrevet brev som ble smuglet ut til venner og politikere og hisset til strid på hele sykehuset. Men i stedet for å gå med på forandringer, hadde sykehusets direktør besluttet å kaste dem på dør; eller, som han foretrakk å uttrykke det: «overføre dem til et mer egnet oppholdssted». Forvisningen til Spinalónga markerte en avslutning for dem – og en ny begynnelse for øya.

Kvinnene fikk besøk av Elpida hver dag og hadde snart kviknet såpass til at de kunne få sin omvisningstur på øya, med den påfølgende kaffekoppen som avslutning, og endatil begynne å planlegge hvordan de skulle benytte den lille jordflekken som var ryddet til dem for at de skulle kunne dyrke sine egne grønnsaker. De innså nokså raskt at dette livet var langt bedre enn det gamle. Det *var* faktisk et liv. Forholdene på sykehuset i Athen hadde vært horrible. Helvetes flammer kunne ikke ha vært mer kvelende enn den trykkende heten på de usle, trange rommene deres. I tillegg hadde rotter svinset rundt på gulvene om natten og gitt dem følelsen av at de ikke hadde større verdi enn skadedyr selv.

Sammenlignet med det var Spinalónga et paradis. Den tilbød dem en frihet de tidligere ikke hadde kunnet drømme om, med frisk luft, fuglesang og en gate de kunne slentre frem og tilbake i. Her kunne de gjenoppdage sin menneskelighet. I de lange dagene på reisen fra Athen hadde noen vurdert å ta sitt eget liv, i den tro at de var på vei til et enda verre sted enn det redselsfulle Hades der de hadde kjempet for å overleve. På Spinalónga kunne kvinnene se soloppgangen fra vinduet i annen etasje, og de første dagene på øya stirret de som fortryllet på hvordan daggryet langsomt brøt frem.

Akkurat slik Eleni hadde gjort, forvandlet de oppholdsstedet de hadde fått til et hjem. Broderte bomullsduker hang foran vinduene om natten, og vevde tepper på sengene forvandlet rommet og fikk det til å se ut som et hvilket som helst enkelt, kretisk hjem.

For mennene var det en annen historie. De ble liggende i sengene sine i dagevis, mange av dem fortsatt utmattet etter sultestreiken de hadde iverksatt i Athen. Kontomaris sørget for at det ble satt frem mat til dem i rådhusets vestibyle, men da tallerkenene skulle hentes den første dagen, så øyboerne at retten de hadde tilberedt, knapt var rørt. Den store metallkjelen var fortsatt fylt til randen med lammestuing, og den eneste indikasjonen på at det var liv i bygningen, var at av de fem brødene som var blitt levert til rådhuset, var det bare tre igjen.

Den andre dagen ble alle brødene spist, og den tredje dagen var en kaningryte blitt renskrapt. Hver dag tilkjennega disse tegnene på økende appetitt at de ynkelige skapningene begynte å kvikne til. Den fjerde dagen kom Nikos Papadimitriou blunkende ut i det blendende solskinnet. Den femogførtiårige advokaten hadde en gang vært i sentrum av livet i Athen. Nå var han leder og talsmann for en gruppe spedalske og gikk inn for oppgaven med samme energi som han hadde utvist i sin juridiske karriere. Nikos var en bråkmaker av natur, og hvis han ikke hadde satset på jussen, kunne han fort ha endt opp med en kriminell løpebane. Kampen han hadde forsøkt å føre mot myndighetene i Athen ved å organisere opprøret på sykehuset, hadde ikke vært vellykket, men nå som de var havnet på Spinalónga, var det mer maktpåliggende enn noen gang for ham å bedre forholdene for lidelsesfellene hans.

Selv om han hadde en skarp tunge, kunne han også være svært sjarmerende, og han hadde lett for å vinne tilhengere.

Hans nærmeste venn og forbundsfelle var Mihalis Kouris, en ingeniør som i likhet med Papadimitriou hadde vært på sykehuset i Athen i nesten fem år. Samme dag tok Kontomaris dem med seg rundt på Spinalónga. I motsetning til de fleste andre som ble vist øya for første gang, var disse to mennene fulle av spørsmål: «Så hvor er vannkilden?» «Hvor lenge har dere ventet på generatoren?» «Hvor ofte kommer legen på besøk? «Hva sier dødelighetstallene?» «Hvilke byggeplaner har dere?»

Kontomaris besvarte spørsmålene så godt han kunne, men skjønte av sukkene og stønnene deres at de sjelden var fornøyd med det han sa. Øyas leder visste utmerket godt at Spinalónga ikke fikk tilstrekkelige ressurser. I seks år hadde han arbeidet utrettelig for å forbedre tingenes tilstand, og på mange områder hadde han lyktes, skjønt aldri i den grad alle ønsket. Det var en utakknemlig jobb, og mens han ruslet ut av byen mot gravplassen, lurte han på hvorfor han hadde brydd seg i det hele tatt. Det var her de ville havne, uansett hvor hardt han strevde for å gjøre forholdene bedre. Alle tre ville til slutt ligge under en steinhelle i en av disse underjordiske betongbunkerne til knoklene deres ble flyttet til side for å lage plass til det neste liket. Det fåfengte ved alt sammen, i tillegg til den fjerne lyden av Papadimitrious evige spørsmål, gjorde ham fristet til å sette seg ned og gråte. I nettopp det øyeblikket bestemte han seg for å fortelle atenerne de nakne fakta. Hvis de var mer interessert i realitetene enn i følelsen av å bli tatt vel imot, så gjerne for ham.

«Jeg skal fortelle dere,» sa han plutselig og snudde seg mot dem, «alt dere ønsker å vite. Men hvis jeg gjør det, blir byrden deres også. Forstår dere?»

De nikket bekreftende, og Kontomaris begynte å ramse opp detaljene ved alt som ikke var som det skulle være på øya. Han beskrev alle krumspringene han hadde måttet gjøre for å få gjennomført forandringer, og fortalte dem om sakene som for øyeblikket var til utredning. Så gikk alle tre tilbake til Kontomaris' hus og utarbeidet en ny plan, godt hjulpet av Papadimitriou og Kouris' friske perspektiv på øyas fasiliteter. Planen omfattet pågående arbeid, prosjekter som skulle iverksettes og fullføres i løpet av det inneværende året og forslag til hva som burde gjøres i den kommende femårsperioden. Disse prosjektene ville i seg selv skape den følelsen av fremskritt som beboerne på øya trengte så sterkt.

Fra den dagen av ble de to atenerne Kontomaris' nærmeste støttespillere. De følte seg ikke lenger som dødsdømte, men som to menn som hadde fått en ny begynnelse. Livet hadde ikke vært så løfterikt på lang, lang tid. I løpet av noen uker var forslagene, som inkluderte grundige spesifikasjoner for nybygg og restaureringsarbeider, klare til å sendes til myndighetene. Papadimitriou visste hvordan man la press på politikere, og advokatkontoret hans i Athen, et familiefirma med en viss innflytelse, ble involvert. «Alle på denne øya er greske borgere,» understreket han. «De har rettigheter, og vær sikker på at jeg skal slåss for dem.» Til stor overraskelse for alle – med unntak av Papadimitriou selv – gikk det bare en måned før myndighetene sa seg villige til å bevilge pengebeløpet de hadde bedt om.

Resten av atenerne gikk med liv og lyst inn for de nye byggeprosjektene så snart de hadde fått kreftene tilbake. De var ikke lenger enkeltindivider overlatt til sin egne skjebne, men medlemmer av et samfunn der alle bidro med sitt. September var på hell, og selv om temperaturene var mer moderate, var vannproblemet fortsatt presserende – de treogtyve ekstra beboerne stilte større krav enn noen gang til vannforsyningene fra fastlandet og de delvis sammenraste tunnelene. Noe måtte gjøres, og Mihalis Kouris var mannen til å gjøre det.

Straks reparasjonsarbeidene var fullført, speidet alle mot himmelen etter regn, og en natt tidlig i november, ble de bønnhørt. Det var et spektakulært lys- og lydshow da himmelen åpnet seg og støyende tømte sine sluser over øya, fastlandet og sjøen rundt. Hagl på størrelse med klinkekuler dundret i bakken, knuste vinduer og skremte geiter i sikkerhet oppe i åsene, mens lynene badet landskapet i apokalyptiske lysglimt. Neste morgen våknet øyboerne til vannmagasin som var breddfulle av kaldt, klart vann. Etter å ha løst det mest påtrengende problemet av dem alle, rettet atenerne så oppmerksomheten mot arbeidet med å bygge sine egne hjem. Det fantes et forsømt område mellom hovedgaten og sjøen, der tyrkerne hadde reist sine første hus. Disse boligene, som nå bare var tomme skall, var bygget helt inntil festningsmurene og lå der som en skjermet enklave. Med et pågangsmot og en effektivitet som man sjelden hadde sett maken til på Kreta, ble de gamle husene restaurert og gjenreist fra ruinene, med så godt som nye grunnmurer og presist snekkerarbeid. I god tid før den første snøen kronet det høyeste fjellet i horisonten, Díkti, var de klare til innflytting, og rådhuset var igjen tilgjengelig for alle. Ikke det at den opprinnelige motviljen mot de atenerne hadde vart særlig lenge. Det hadde bare tatt noen få uker før befolkningen på Spinalónga så potensialet i den nye gruppen og forsto at det de hadde å gi langt oversteg det de noen gang kunne ta.

Så, mens vinteren nærmet seg, begynte kampanjen for å få ny generator for alvor. Lys og varme ville bli svært verdifulle bekvemmeligheter når vinden fant veien inn gjennom de minste sprekker og pep gjennom de trekkfulle boligene i det svinnende ettermiddagslyset. Nå som myndighetene hadde fått erfare at Spinalónga talte med en hissigere stemme enn før, en stemme man ikke kunne lukke ørene for, varte det ikke lenge før det kom et brev som lovet å gi dem alt det nødvendige utstyret. Mange av innbyggerne i kolonien var kyniske. «Jeg ville ikke satt penger på at de holder ord,» var det flere som sa. «Før jeg kan slå på lyset i mitt eget hjem, stoler jeg ikke på at de innfrir løftene sine,» istemte andre. Den rådende oppfatning blant folk som hadde vært på Spinalónga i mer enn noen få år, var at myndighetenes løfter ikke var verdt mer enn det billige papiret de var skrevet på.

Bare ti dager før alle de riktige delene ble levert, var forventningene til generatoren hovedtemaet i Elenis identiske brev til Anna og Maria:

> *Generatoren kommer til å forandre livene våre fullstendig. Det var en her tidligere, så noen av de elektriske installasjonene er allerede på plass, og to av mennene fra Athen er eksperter på hvordan slike ting fungerer (gudskjelov). Hvert hjem er blitt lovet minst én lampe og en liten ovn, og dette skal komme samtidig som resten av utstyret.*

Anna leste brevet i skumringen en vinterettermiddag. Et lite bål brant på peisen, men hun kunne likevel se pusten sin i den kalde luften. Et vokslys kastet et blafrende skjær over arket, og hun stakk et hjørne av det inn i flammen. Langsomt fortærte ilden papiret til hun bare satt igjen med en liten flik som hun slapp ned i den smeltede voksen. Hvorfor måtte moren skrive så ofte? Trodde hun virkelig at de ønsket å høre om hennes varme, gode og nå lyse liv sammen med den gutten? Faren hadde pålagt dem å svare på alle brev de fikk, og Anna strevde med hvert eneste ord. Hun var ikke glad, og hun aktet ikke å late som om hun var det.

Maria leste brevet sitt og viste det til faren.

«Det var gode nyheter, synes du ikke?» spurte Giorgis. «Og det har de atenerne å takke for. Hvem ville ha trodd at den lurvete gjengen kunne gjøre en slik forskjell?»

Innen vinteren kom, før de bitende kalde desembervindene satte inn for alvor, hadde øya varme, og når mørket falt på, kunne de som ønsket det, lese i det svakeste lys fra en elektrisk pære.

Det ble advent, og Giorgis og Eleni måtte bestemme seg for hvordan de skulle forholde seg til julen. Det ville bli deres første jul fra hverandre på femten år. Høytiden var ikke like viktig som påsken, men det var en tid for ritualer og familiesammenkomster, og Elenis fravær ville føles som et gapende tomrom.

I noen få dager før og etter jul unnlot Giorgis å sette ut på den ruskete sjøen for å besøke Eleni. Ikke bare fordi den lumske vinden ville bite ham på hendene og i kinnene til de verket, men mest fordi døtrene trengte ham. På tilsvarende vis måtte Eleni konsentrere seg om Dimitri, og de eldgamle tradisjonene utspilte seg parallelt i de to hjemmene. Som alltid gikk jentene fra hus til hus og sang melodiøse *kalanda* og ble belønnet med søtsaker og tørket frukt, og etter morgenmessen første juledag satt de sammen med familien Angelópoulos og spiste svinestek og deilige *kourambiethes*, søte nøttekaker som Savina hadde bakt. Forholdene var ikke så mye annerledes på Spinalónga. Barna sang på torget, hjalp til med å bake de forseggjorte julebrødene som ble kalt *christopsomo*, Kristi brød, og spiste som aldri før. For Dimitri var det første gang han hadde nytt så store mengder kraftig kost og vært vitne til en slik hedonisme.

På hver av de tolv juledagene skvettet Giorgis og Eleni litt vievann i hvert av rommene i deres respektive hus for å holde *kallikantzari* borte, underjordiske skapninger som ifølge mytene dukket opp i julen for å gjøre ugagn i hjemmene, og første januar, St. Basilios' dag, fikk Eleni igjen besøk av Giorgis som hadde med seg gaver fra barna og Savina. Overgangen fra det gamle til det nye året var et vannskille, en milepæl som var blitt trygt passert og som førte familien Petrakis inn i en ny æra. Selv om Anna og Maria fortsatt savnet moren, visste de nå at de kunne overleve uten henne.

Kapittel 6

1940

ETTER DEN BESTE VINTEREN på mange år, opplevde Spinalónga sin mest praktfulle vår. Det var ikke bare teppene med markblomster som spredde seg over skråningene på øyas nordside eller tittet ut fra hver revne i fjellet som gjorde den så vidunderlig, men også følelsen av at det var blitt pustet nytt liv inn i kolonien.

Spinalóngas hovedgate, som bare noen måneder tidligere hadde vært omkranset av en serie forfalne bygninger, var nå en pen rad butikker med nymalte vinduslemmer og dører i dypblått og grønt. Det var nå hus der kjøpmennene med stolthet stilte ut varene sine og folk ikke bare handlet av nødvendighet, men også for fornøyelsens skyld. For første gang hadde øya sin egen økonomi. Folk var produktive: de byttet, kjøpte og solgte, noen ganger med fortjeneste, noen ganger med tap.

Øyas *kafenion* blomstret også, og det ble åpnet en ny taverna som spesialiserte seg på *kakavia*, fiskesuppe, som ble laget fersk hver dag. Et av de travleste stedene i hovedgaten var frisørsalongen. Stelios Vandis hadde vært den ledende frisøren i Réthymno, Kretas nest største by, men hadde kuttet ut yrket sitt da han ble forvist til Spinalónga. Da Papadimitriou fikk vite at det fantes en slik mann blant dem, insisterte han på at Vandis skulle gjenoppta arbeidet. Alle de atenske mennene var jålebukker. De hadde bymenneskets forfengelige trang til å sprade, og i tidligere tider hadde de alle nytt ritualet med å få både hår og bart trimmet annenhver uke. Det var nesten som om tilstanden og formen på hårpryden definerte maskuliniteten deres. Livet tok en vending til det bedre etter at de nå hadde funnet en som kunne gjøre dem pene igjen. Det var ikke en individuell stil de var mest interessert i, men identiske kraftige, velfriserte manker og barter.

«Stelios,» kunne Papadimitriou gjerne si, «gi meg din beste Venizelos.» Venizelos, den kretiske juristen som var blitt Hellas' statsminister, ble ansett for å ha den flotteste barten i hele den kristne verden, og det var bare rett og rimelig, fleipet mannfolkene, at Papadimitriou skulle etterligne ham, siden han tydeligvis ønsket seg lederstillingen på øya.

Etter hvert som Kontomaris' helse begynte å svikte, overlot han mer og mer av arbeidet sitt til Papadimitriou, og atenerens popularitet blant øyboerne vokste. Mennene respekterte ham for det han hadde fått utrettet på så kort tid; kvinnene var også takknemlige. Snart var han blitt gjenstand for en slags heltedyrkelse, utvilsomt godt hjulpet av sitt filmstjerneutseende. Som de fleste av atenerne hadde han alltid bodd i byen, og ett resultat av dette var at han ikke hadde den krumme holdningen og det værbitte ansiktet til den kretiske gjennomsnittsmannen som hadde tilbragt mesteparten av livet under åpen himmel for å kare til seg et magert utkomme av jorden eller sjøen. Inntil de siste få månedene med manuelt arbeid, hadde huden hans vært utsatt for lite sol og enda mindre vind.

Selv om ateneren hadde ambisjoner, var han ingen hensynsløs mann, og han ville ikke stille til valg med mindre Kontomaris var klar til å trekke seg tilbake.

«Papadimitriou, jeg er mer enn rede til å si fra meg denne posisjonen,» sa den eldste mannen en kveld tidlig i mars over et slag backgammon. «Det har jeg fortalt deg tusen ganger. Kolonien trenger friskt blod – og se hva du har fått til for øya allerede! Mine støttespillere vil stille seg bak deg, det er det ingen tvil om. Tro du meg, jeg er rett og slett for sliten til å fortsette.»

Papadimitriou ble ikke overrasket over denne siste bemerkningen. Han hadde sett hvordan Kontomaris' helse hadde forverret seg på de seks månedene som var gått siden han ankom øya. De to mennene hadde utviklet et nært forhold, og han hadde lenge visst at den skrantende lederen la alt til rette for at Papadimitriou skulle bli hans etterfølger.

«Jeg skal gjøre det hvis du virkelig er beredt til å gi deg,» sa han stille, «men jeg synes du skal tenke over det i noen dager til.»

«Jeg har allerede tenkt på det i mange måneder,» svarte Petros grettent. «Jeg vet at jeg ikke kan fortsette.»

De to mennene spilte videre i en stillhet som bare ble brutt av klakkene fra spillebrikkene.

«Det er én ting til jeg vil du skal vite,» sa Papadimitriou da de avsluttet spillet og han forberedte seg på å gå. «Hvis jeg vinner valget, ønsker jeg ikke å bo i huset ditt.»

«Men det er ikke mitt hus,» repliserte Kontomaris. «Det er lederens hus. Det følger med stillingen og har alltid gjort det.»

Papadimitriou tok et dypt drag av sigaretten og blåste ut røyken i stillhet. Han bestemte seg for å la saken ligge. Uansett var det et hypotetisk spørsmål, for utfallet av valget var ikke gitt. Han ville få to motkandidater, hvorav den ene hadde bodd på øya i seks eller syv år og hadde en stor tilhengerskare. Papadimitriou trodde slett ikke det var umulig at Theodoros Makridakis kunne bli valgt. En stor del av befolkningen delte Makridakis' negative innstilling til det meste, og selv om de elsket å nyte fruktene av Papadimitrious harde arbeid, i form av de dramatiske forandringene som hadde inntruffet de siste seks månedene, følte de også at interessene deres best kunne tjenes av en som var drevet av sinne. Det var enkelt å tro at forbitrelsen som drev Makridakis kunne hjelpe ham til å oppnå bedre resultater enn man kunne få ved fornuftige resonnementer og diplomati.

Det årlige valget i slutten av mars etterfulgte den heftigste valgkampen i øyas historie, og denne gangen spilte det faktisk noen rolle hvem som vant. Spinalónga var et sted det var verdt å styre, og lederskapet var ikke lenger et giftbeger. Tre menn stilte til valg: Papadimitriou, Spyros Kazakis og Theodoros Makridakis. På valgdagen avla hver eneste mann og kvinne sin stemme, og selv de som var innlagt på sykehuset, med små sjanser til noen gang å kunne forlate sengene sine igjen, ble gitt en stemmeseddel som så ble behørig bragt tilbake til rådhuset i en forseglet konvolutt.

Spyros Kazakis fikk bare en håndfull stemmer, og til Papadimitrious overraskelse og lettelse, var det færre enn ett hundre mennesker som hadde støttet Makridakis. Det betydde at brorparten av stemmene, med klar majoritet, gikk til ateneren. Befolkningen hadde stemt med hjertet, men også med fornuften. Makridakis' skryt og fagre løfter var vel og bra, men håndfaste resultater telte mer, og dem hadde Papadimitriou vunnet anerkjennelse for. Det ble et vendepunkt i siviliseringen av øya.

«Kjære medborgere av Spinalónga,» sa han. «Mine ønsker for øya er også deres ønsker.» Han snakket til folkene som hadde samlet seg på den lille plassen foran rådhuset kvelden etter valget. Opptellingen var nettopp blitt dobbeltsjekket og resultatene offentliggjort.

«Vi har allerede gjort Spinalónga til et mer sivilisert samfunn, og på noen områder er det nå et bedre sted å bo enn mange av de byene og landsbyene som betjener oss.» Han slo ut med hånden i retning av Pláka. «Vi har elektrisitet, det har ikke Pláka. Vi har en ypperlig medisinsk stab, og vi har glimrende lærere. På fastlandet lever mange på et eksistensminimum og sulter, noe vi ikke gjør. I forrige uke rodde noen av dem ut til oss fra Eloúnda. Ryktene om vår nye velstand hadde nådd dem, og de kom og spurte *oss* om mat. Er ikke det en helomvending?» Det gikk en bekreftende mumling gjennom forsamlingen. «Vi er ikke lenger de utstøtte som må gå rundt med tiggerskåler og rope: 'Uren! Uren!'» fortsatte han. «Nå kommer andre til oss og ber om almisser.»

Han stoppet et øyeblikk, lenge nok til at en av tilhørerne fikk anledning til å rope: «Et trefoldig hurra for Papadimitriou!» Da jubelen endelig stilnet, kom han med en siste oppfordring.

«Det er én ting som binder oss sammen. Sykdommen lepra. Når vi har våre uoverensstemmelser, må vi ikke glemme at vi ikke kan rømme fra hverandre. Vi må leve livet så godt vi kan alle sammen – det må være vårt felles mål.» Han løftet hånden i været og rettet pekefingeren mot himmelen, et tegn på feiring og seier. «For Spinalónga!» ropte han.

De to hundre tilhørerne kopierte gesten, og med stemmer som kunne høres helt til Pláka ropte de unisont: «For Spinalónga!»

Ubemerket av alle snek Theodoros Makridakis seg vekk i skyggene. Han hadde drømt om å bli øyas leder så lenge, og skuffelsen var bitter som en umoden oliven.

Neste ettermiddag begynte Elpida Kontomaris å pakke eiendelene sine. Om en dag eller to måtte hun og Petros flytte ut av huset og inn i Papadimitrious nåværende bolig. Hun hadde vært forberedt på denne dagen i lang tid, men det dempet ikke følelsen av frykt som tynget henne så sterkt at hun knapt klarte å opparbeide energi nok til å sette den ene foten foran den andre. Den tunge kroppen var lite lysten til å gjennomføre arbeidet, og de misdannede føttene verket mer enn noen gang, så pakkingen foregikk nærmest uten plan og orden. Mens hun sto og gruet seg til å måtte pakke ferdig det dyrebare innholdet i skapet med glassdørene – geleddene med soldater, de små porselensgjenstandene og det inngraverte sølvtøyet som hadde tilhørt familien hennes i generasjoner – spurte hun seg selv hvor disse verdisakene ville havne når hun og Petros ikke lenger levde. De etterlot seg ingen arvinger.

En forsiktig banking på døren avbrøt tankene hennes. Det var sikkert Eleni, tenkte hun. Selv om hun hadde nok å gjøre på skolen og med rollen som mor for Dimitri, hadde Eleni lovet å stikke innom for å hjelpe henne denne ettermiddagen, og hun pleide å holde ord. Men det var ikke Elpidas slanke, pene venninne som sto i døråpningen da hun gikk for å åpne, det var Papadimitriou.

«*Kalispera*, Kyria Kontomaris. Får jeg komme inn?» spurte han forsiktig da han så hvor overrasket hun ble.

«Ja ... for all del,» svarte hun og flyttet seg til side for å slippe ham frem.

«Det er bare én ting jeg skal si,» opplyste han da de sto ansikt til ansikt, omgitt av esker halvfulle av bøker, porselen og fotografier. «Det er ikke nødvendig for dere å flytte ut herfra. Jeg har ingen intensjoner om å ta fra dere huset. Petros har viet så mye av sitt liv til rollen som leder her på øya at jeg har bestemt meg for å gi ham det – kall det pensjonen hans, om du vil.»

«Men det er her lederen alltid har bodd. Det er ditt hus nå, og for øvrig vil ikke Petros høre snakk om noe annet.»

«Jeg bryr meg ikke om hva som har vært vanlig her tidigere,» svarte Papadimitriou. «Jeg vil at dere skal bli boende her, og dessuten ønsker jeg selv å bo i huset jeg restaurerer. Vær så snill,» ba han. «Alle parter er best tjent med det.»

Elpida ble blank i øynene. «Det er så snilt av deg,» sa hun og holdt begge hendene frem mot ham. «Så utrolig snilt. Jeg ser at du mener det, men jeg vet ikke hvordan vi skal få overtalt Petros.»

«Han har ikke noe valg,» sa Papadimitriou besluttsomt. «Det er jeg som bestemmer nå. Det jeg vil du skal gjøre, er å ta opp igjen alt fra disse eskene og sette det tilbake nøyaktig der det var. Jeg kommer tilbake senere for å forvisse meg om at du har gjort det.»

Elpida så at det ikke var tomme fraser. Mannen mente det han sa og var vant til å få det som han ville. Det var derfor han var blitt valgt til leder, og mens hun satte soldatene tilbake på geledd i skapet, grublet hun over hva det var som gjorde det så vanskelig å være uenig med Papadimitriou. Det var ikke bare størrelsen hans som gjorde det. Kroppen alene ville bare ha gjort ham til en bølle. Han hadde andre, mer subtile teknikker. Noen ganger overbeviste han folk om at hans syn var det rette, bare ved å legge stemmen i et bestemt toneleie; andre ganger oppnådde han det samme ved hjelp av sterke logiske argumenter. Hans evner som advokat var like finstemte som alltid, selv på Spinalónga.

Før Papadimitriou gikk, inviterte Elpida ham til å spise middag med dem når han kom tilbake til kvelden. Hennes største talenter kom til uttrykk på kjøkkenet. Hun laget bedre mat enn noen annen på Spinalónga, og bare en tosk ville avslå et slikt tilbud. Så snart han var ute av døren, gikk hun i gang med å tilberede måltidet, som skulle bestå av yndlingsretten hennes, *kefethes*, kjøttkaker i en saus av egg og sitron, og *revani*, en søt kake som var laget med semulegryn og sirup.

Da Kontomaris kom hjem den kvelden, etter endelig å ha fullført sine siste plikter som leder, virket skrittene hans ekstra lette. Straks han kom inn døren, ble han hilst velkommen av den gode duften av bakverk og en forklekledd Elpida som tok imot ham med utstrakte armer. Mens de omfavnet hverandre, hvilte han hodet på skulderen hennes.

«Det er over,» hvisket han. «Det er endelig over.»

Da han hevet blikket, oppdaget han at rommet så ut som det alltid hadde gjort. Det var ingen spor å se etter de halvfulle eskene som hadde stått spredt rundt omkring da han gikk hjemmefra om morgenen.

«Hvorfor har du ikke pakket?» Stemmen hadde en irritert klang. Han var trett og ønsket så inderlig at de neste par dagene skulle være overstått. Det at ingenting syntes å være klart til flyttingen, når han så lengselsfullt så frem til at de var etablert i sitt nye hjem, gjorde ham opprørt og fikk ham til å føle seg mer utslitt enn noen gang.

«Jeg pakket, og så pakket jeg ut igjen,» svarte Elpida mystisk. «Vi blir her.»

Som på stikkord banket det myndig på døren. Papadimitriou var kommet.

«Kyria Kontomaris inviterte meg til å spise middag med dere,» sa han ganske enkelt.

Først da alle hadde satt seg og fått glassene sine raust fylt med ouzo, begynte Kontomaris å gjenvinne fatningen.

«Jeg tror jeg er blitt utsatt for en konspirasjon,» sa han. «Jeg burde vel blitt sint, men jeg kjenner dere begge godt nok til å vite at jeg ikke har noe jeg skulle ha sagt i sakens anledning.»

Smilet tok brodden av den strenge tonen og de formelle ordene. Innerst inne var han henrykt over Papadimitrious generøsitet, ikke minst fordi han visste hvor mye det betydde for hans kone. De skålte for hverandre som for å stadfeste avtalen de hadde inngått, og spørsmålet om lederens hus ble aldri nevnt dem imellom igjen. Det oppsto en viss misnøye blant rådsmedlemmene og mange lurte på hva som skulle gjøres hvis en fremtidig leder ønsket å ta tilbake det praktfulle huset, men til slutt kom man frem til et kompromiss: hvert femte år skulle man på nytt debattere hvem som skulle få bo i huset.

Etter valget fortsatte arbeidet med å utvikle øya. Papadimitrious løfter hadde ikke bare vært valgflesk. Reparasjonsarbeidene og gjenreisingen holdt frem til alle hadde en anstendig bolig, en egen ovn, vanligvis i hagen foran huset, og, noe som var enda viktigere for følelsen av verdighet, en privat, utendørs latrine.

Nå som vannet ble effektivt samlet opp, var det rikelig til alle, og et stort fellesvaskeri med en lang rad betongkummer ble bygget. Det var intet mindre enn en luksus for kvinnene, som nå tok seg god tid med klesvasken og gjorde bygningen til et livlig samlingspunkt.

Det sosiale aspektet ved livene deres ble imidlertid også forbedret på andre områder enn de rent arbeidsmessige. For Panos Sklavounis, en atener som en gang hadde vært skuespiller, begynte arbeidsdagen når den var over for alle andre. Ikke lenge etter valget trakk han Papadimitriou til side. Sklavounis gikk rett på sak, temmelig aggressivt, noe som var typisk for mannens væremåte. Han likte konfrontasjon, og som skuespiller i Athen hadde han vært vant til spisse albuer.

«Kjedsomheten sprer seg som soppvekst her,» sa han. «Det folk trenger, er underholdning. Mange av dem kan ikke se frem til året som kommer, men jeg synes godt at de kan få noe å se frem til i neste uke.»

«Jeg skjønner hva du mener og er fullstendig enig,» svarte Papadimitriou. «Men hva foreslår du?»

«Underholdning. Underholdning i stor stil,» repliserte Sklavounis temmelig pompøst.

«Hva tenker du på?» spurte Papadimitriou.

«Filmer,» sa Sklavounis.

Seks måneder tidligere ville en slik idé ha virket komplett umulig, og tåpelig, som å fortelle de spedalske at de kunne svømme over til Eloúnda og gå på kino der. Nå var det imidlertid innenfor rekkevidde.

«Tja, vi har jo generatoren,» sa Papadimitriou. «Det er en god begynnelse, men ikke alt som trengs, er det vel?»

Hvis øyboerne kunne få noe å glede seg over og beskjeftige seg med om kveldene, kunne man sikkert også dempe mye av den misnøyen som fremdeles eksisterte. Når folk satt pent på rad og rekke i mørket, tenkte Papadimitriou, kunne de ikke drikke seg sanseløse eller legge tvilsomme planer på kafeen.

«Hva mer trenger du?» spurte han.

Sklavounis var rask til å svare. Han hadde allerede funnet ut hvor mange mennesker han kunne få plass til i rådhuset og hvor han kunne få tak i en fremviser, et lerret og filmruller. Og det viktigste av alt, han hadde regnet ut hva det ville koste. Det manglende elementet, inntil han hadde fått rådets godkjennelse, var penger, men siden så mange av de spedalske nå hadde en eller annen form for inntekt, kunne man kreve inngangspenger på forestillingene, og til slutt ville kanskje hele foretaket finansiere seg selv.

Bare noen uker etter at han hadde fremmet ønsket sitt, ble det satt opp plakater rundt i byen:

Lørdag 13. april
Kl. 19.00
Rådhuset
Atens apasjer
Billetter: 2 drakmer

Klokken seks samme kveld sto over hundre mennesker i kø utenfor rådhuset. Minst åtti andre var kommet da dørene ble åpnet halv syv, og filmen ble møtt med den samme entusiasmen lørdagen etter.

Eleni boblet over av begeistring da hun skrev til døtrene sine om det nye underholdningstilbudet:

Vi setter så stor pris på filmene – de er ukens høydepunkt. Men ting går ikke alltid som planlagt. Sist lørdag kom ikke rullene fra Ájos Nikólaos. Folk ble så skuffet da de skjønte at forestillingen måtte avlyses at det nesten ble opptøyer, og i flere dager gikk alle rundt med lange ansikter, som om høsten hadde sviktet! Nå vel, humøret steg etter hvert som uken gikk, og alle ble lettet da de så din far bære rullene i land.

Det gikk imidlertid ikke mange uker før Giorgis begynte å komme med mer enn de siste spillefilmene fra Athen. Han hadde også med seg filmaviser, noe som holdt publikum godt oppdatert om de dystre hendelsene som fant sted andre steder i verden. Selv om eksemplarer av Kretas ukentlige avis fant veien til øya, og man sporadisk hørte sprakende nyhetsinnslag på radioen, var det ingen som hadde hatt noen anelse om omfanget av Nazi-Tysklands herjinger i Europa. På en måte virket disse uhyrlige hendelsene fjerne, og innbyggerne på Spinalónga hadde mer nærliggende ting å tenke på. Etter at valget var unnagjort, nærmet påsken seg.

Tidligere hadde feiringen av den viktigste av alle kristne høytider vært dempet. Festlighetene som fant sted i Pláka laget alltid masse støy, og selv om en noe avkortet versjon av de samme ritualene alltid ble holdt i Spinalóngas lille kirke, som var viet St. Pantaleimon, følte alle at det ikke var det samme som den storstilte feiringen man hadde tvers over vannet.

Dette året skulle det bli annerledes, det skulle Papadimitriou sørge for. På Spinalónga skulle ikke feiringen av Kristi oppstandelse få et mindre ekstravagant uttrykk enn noe av det man kunne finne på Kreta eller på det greske fastlandet.

Fasten var blitt strengt overholdt. Folk flest hadde gått uten kjøtt og fisk i førti dager, og i den siste uken var vin og olivenolje blitt gjemt bort på de mørkeste steder. Torsdag i pasjonsuken ble korset i kirken som var stor nok til å romme kanskje ett hundre sjeler – så lenge de sto tettpakket som hvetekorn i et aks – dekket med sitronblomster, og folk stilte seg på en lang rekke nedover gaten for å sørge over Kristus og kysse føttene hans. Stillheten senket seg over forsamlingen av troende både inne i kirken og utenfor. Dette var et stemningsfullt, men melankolsk øyeblikk. Ikke minst når de kikket på ikonet av St. Panthaleimon som – ifølge de mer kyniske av de spedalske – angivelig skulle være legekunstens skytshelgen. Mange hadde mistet troen på ham for lenge siden, men livshistorien hans gjorde ham til det perfekte valget for en slik kirke. Som ung lege i romertiden hadde Panthaleimon fulgt sin mors eksempel og blitt kristen, en handling som nesten med sikkerhet ville utsette ham for forfølgelse. Hans suksess med å helbrede de syke vekket mistanke, og han ble arrestert, pint og til slutt kokt levende.

Uansett hvor kyniske øyboerne måtte være til helgenens helbredende evner, deltok alle i Kristus' store begravelsesprosesjon dagen etter. En kiste ble dekorert om morgenen, og sendt på ettermiddagen ble den blomsterprydede *epitaphoi*-en båret rundt i gatene. Det var en høytidelig prosesjon.

«Vi har øvet ofte nok på dette, synes du ikke?» bemerket Elpida sardonisk til Eleni mens de gikk langsomt gjennom gatene. Den lange slangen av folk snodde seg gjennom den lille landsbyen og opp stien som førte frem til nordsiden av øya.

«Det har vi,» samtykket hun, «men dette er noe annet. Denne mannen blir levende igjen ...»

«Noe som ikke kan sies om oss,» innskjøt Theodoros Makridakis, som tilfeldigvis gikk bak dem og sin vane tro hadde en negativ kommentar å komme med. At et menneske skulle gjenoppstå fra de døde, var en usannsynlig forestilling, men de sterkeste i troen blant dem, visste at det var det de var lovet: et nytt, plettfritt gjenoppstått legeme. Det var hele poenget med historien og meningen med dette ritualet. De troende klamret seg til det.

Lørdagen var en stille dag. Menn, kvinner og barn skulle sørge. Men alle hadde det travelt. Eleni organiserte barna i arbeidsgrupper som først skulle male egg og så pynte dem med løvsjablonger. Samtidig bakte kvinnene tradisjonelle kaker. I sterk kontrast til disse tiltalende syslene, hjalp mennene til med å slakte og tilberede lammene som var blitt skipet over til øya noen uker tidligere. Straks alle disse arbeidsoppgavene var gjort, gikk folk til kirken igjen og pyntet den med kvaster av rosmarin, laurbærblad og myrtekvister, og fra kvelden av sivet det en bittersøt duft ut fra bygningen, og atmosfæren var tung av forventning og røkelse.

Eleni sto i døren inn til den overfylte kirken. Folk var tause, høytidelige og spente og spisset ører for å høre hviskingen som innledet Kyrie Eleison. Den begynte så stille at det kunne ha vært brisen som raslet i løvet de hørte, men så vokste den til noe nesten følbart, fylte bygningen og strømmet ut i verden utenfor. Lysene som hadde brent inne i kirken, ble nå slukket, og under den stjerneløse himmelen ble verden kastet ut i et stummende mørke. I noen øyeblikk fornemmet Eleni ingenting annet enn lukten av smeltet talg som fylte luften.

Ved midnatt, da man kunne høre kirkeklokken i Pláka klinge over den blanke sjøen, tente presten et enslig lys.

«Kom og ta imot lyset,» befalte han. Papa Kazakos uttalte de hellige ordene med ærbødighet, men også med myndig tone, og øyboerne var ikke i tvil om at dette var en ordre om å komme frem til ham. En etter en strakte de nærmeste frem sine små talglys, og fra disse ble nye lys tent til både innsiden og utsiden av kirken fremsto som en blafrende skog av flammer. På mindre enn et minutt var mørket forvandlet til lys.

Papa Kazakos, en hjertevarm mann med et kraftig skjegg og en dyp forkjærlighet for det gode liv – noe som fikk mange til å tvile på om han egentlig hadde utvist noen som helst form for avholdenhet i fasten – begynte nå å lese evangeliet. Det var et velkjent avsnitt, og mange av de eldste øyboerne beveget leppene i perfekt synkronitet.

«*Christos anesti!*» erklærte han etter å ha avsluttet opplesingen. Kristus er oppstanden.

«*Christos anesti! Christos anesti!*» ropte forsamlingen tilbake i kor.

Det høye, triumferende ropet fylte gaten en god stund mens folk ønsket hverandre mange gode år fremover – «*Chronia polla!*» – og svarte med begeistring: «*E pisis*» – «I like måte».

Så var det på tide å bære de brennende lysene forsiktig hjem.

«Kom, Dimitri,» sa Eleni oppmuntrende til gutten. «La oss se om vi kan få dette hjem uten at det slukker.»

Hvis de kunne rekke hjem med flammen intakt, ville det bringe lykke hele det kommende året, og denne stille aprilnatten var det absolutt mulig å få det til. I løpet av noen minutter hadde hvert eneste hjem på øya et brennende lys i vinduet.

Den siste delen av ritualet var tenningen av bålet, den symbolske brenningen av forræderen Judas Iskariot. Hele dagen hadde folk båret brensel til bålet, og busker var blitt ribbet for visne grener. Da presten endelig tente bålet, steg jubelen i takt med de voksende flammene. Til slutt var alt sammen et brølende flammehav, og fyrverkeri eksploderte på himmelen. I samtlige små og større byer i hele landet, fra Pláka til Athen, feiret man påsken med liv og lyst, og dette året var festlighetene på Spinalónga like støyende som noe annet sted i landet. Og i Pláka kunne man tydelig høre de livlige tonene fra bouzoukien idet dansen begynte på øya.

Mange av de spedalske hadde ikke danset på årevis, men med mindre de var så forkrøplet at de ikke kunne gå, ble de oppmuntret til å reise seg og bli med i den langsomt roterende danseringen. Ut fra de støvete kistene hadde de hentet deler av nasjonaldrakter, så blant dem var det flere menn med rysjet turban, høye støvler og knebukser, og mange av kvinnene hadde iført seg sine broderte vester og fargeglade skaut i anledning natten.

Noen av dansene var adstadige, men når de ikke var det, tok de spreke og aktive sin tørn, og svingte seg rundt som om det var siste gang de noensinne kom til å danse. Etter dansen fulgte sangene, *mantinades*. Noen var glade, noen melankolske; noen var ballader som fortalte lange historier som nesten dysset de gamle og barna i søvn.

Da dagen grydde, hadde de fleste funnet veien til sengen, men noen hadde også sovnet på stolene i tavernaen, ikke bare fulle av raki, men også av det herligste lammekjøttet de noen gang hadde nytt. Ikke siden tyrkerne hadde okkupert øya, hadde Spinalónga opplevd så mye godt humør og hedonisme. Det var i Guds navn de feiret. Kristus var stått opp fra de døde, og på mange måter hadde det skjedd en oppstandelse for dem også. Optimismen var vekket til live blant dem.

Resten av måneden var preget av intens aktivitet. Flere spedalske var kommet fra Athen i mars og føyde seg til de seks som var kommet fra ulike deler av Kreta i løpet av vintermånedene. Dette betydde at det ble nødvendig med mer restaureringsarbeid, og alle innså at når temperaturen steg til det uutholdelige, ville mange arbeidsoppgaver bli utsatt til høsten. Det tyrkiske kvarteret var omsider ferdigstilt, og reparasjonen av de venetianske vannkummene var fullført. Ytterdører og vinduslemmer hadde fått et nytt lag maling, og alle taksteinene på kirken var kommet på plass.

Etter hvert som Spinalónga reiste seg fra sin egen aske, begynte Eleni å skrante. Hun betraktet den pågående gjenreisningen og kunne ikke la være å sammenligne den med sin egen gradvis sviktende helse. I månedsvis hadde hun prøvd å innbille seg at sykdommen hadde møtt motstand i kroppen hennes og at den hadde sluttet å utvikle seg, men så begynte hun å registrere nesten daglige forandringer. De glatte kulene på føttene var blitt mange flere, og det var mange uker siden hun hadde hatt følelse i dem.

«Er det ingenting legen kan gjøre for å hjelpe deg?» spurte Giorgis stille.

«Nei,» sa hun. «Jeg tror vi blir nødt til å innse det.»

«Hvordan går det med Dimitri?» spurte han i et forsøk på å skifte tema.

«Fint. Han er svært hjelpsom nå som jeg begynner å få problemer med å gå, og i det siste har han vokst kraftig og kan bære alle varene for meg. Jeg kan ikke fri meg fra tanken på at han er lykkeligere her enn han var før, skjønt jeg tviler ikke på at han savner foreldrene sine.»

«Snakker han noen gang om dem?»

«Han har ikke sagt et ord om dem på mange, mange uker. Skal jeg fortelle deg noe? Han har ikke fått et eneste brev fra dem på hele den tiden han har vært her. Arme barn.»

Innen utgangen av mai hadde livet gått inn i sitt vanlige sommermønster, med lange siestaer og lumre netter. Fluene summet, og hetedisen hang over øya fra midt på dagen til det skumret. Knapt noe beveget seg i disse timene med trykkende hete. Det hersket en følelse av bestandighet over samfunnet nå, og selv om ingen sa det høyt, følte de fleste at livet var verdt å leve. Mens Eleni slepte seg møysommelig til skolen en vanlig morgen, nøt hun den sterke lukten av kaffe som blandet seg med den søte duften av mimosa i gaten; synet av en mann som kom gående nedover bakken med eselet sitt søkklastet av appelsiner; lyden av backgammonbrikker av elfenben som klikket mot brettet når de ble skjøvet over filten og klapringen av terninger som akkompagnerte stemmesurret inne på kafeen. Akkurat som i enhver annen kretisk landsby, satt kvinnene i døråpningene ut mot gaten og nikket til henne mens hun passerte. Disse kvinnene så aldri på hverandre når de pratet sammen, av frykt for å gå glipp av noen av dem som kom og gikk rundt dem.

Det skjedde mye på Spinalónga. Det hendte til og med at noen giftet seg. Slike store begivenheter, det stadig mer blomstrende sosiale livet på øya og andre opplysninger som innbyggerne trengte å få kjennskap til, skapte snart behov for en avis. Yiannis Solomonidis, som tidligere hadde vært journalist i Athen, påtok seg ansvaret, og så snart de hadde skaffet seg en presse, ble det trykket femti eksemplarer av et ukentlig nyhetshefte, *Spinalóngas Stjerne*. De ble sendt rundt blant innbyggerne og slukt med interesse av alle. I begynnelsen inneholdt avisen bare lokale opplysninger, tittelen på ukens film, apotekets åpningstider, meldinger om tapt og funnet og gjenstander som var til salgs, og naturligvis om vielser og dødsfall. Med tiden begynte den å ha med oppsummerende artikler om hendelser på fastlandet, debattinnlegg og til og med tegneserier.

En dag i november fant det imidlertid sted en viktig begivenhet som det ikke ble skrevet om i avisen. Ikke en setning, ikke et ord ble rapportert om besøket av den mystiske, mørkhårede mannen som av utseende ville ha gått i ett med mengden i Iráklio. Men i Pláka ble han lagt merke til av flere mennesker, for det var sjelden at noen viste seg i landsbyen i dress, med mindre det gjaldt et bryllup eller en begravelse, og det var ingen av delene den dagen.

Kapittel 7

DR. LAPAKIS HADDE fortalt Giorgis at han ventet en gjest som trengte å bli fraktet over til Spinalónga og tilbake til Pláka noen timer senere. Navnet var Nikolaos Kyritsis. Han var i begynnelsen av tredveårene, hadde tykt, svart hår, og var ganske spedbygd i forhold til kretere flest. Den skreddersydde dressen fremhevet den slanke kroppen. Huden var stram over de fremtredende kinnbena. Noen syntes han så distingvert ut, mens andre syntes han virket underernært, og begge deler kunne være like riktig.

Kyritsis virket malplassert på kaien i Pláka. Han hadde ingen bagasje, ingen esker fulle av eiendeler, og ingen gråtende familiemedlemmer rundt seg, slik tilfellet var med de fleste Giorgis tok om bord i båten sin, bare en slank dokumentmappe som han knuget mot brystet. De eneste andre menneskene som dro til Spinalónga, var Lapakis og en og annen representant for myndighetene som skulle foreta en rask vurdering av økonomiske forespørsler. Denne mannen var den første virkelige besøkende Giorgis hadde kjørt dit, og han overvant sin vanlige sjenanse overfor fremmede og snakket til ham.

«Hva skal du egentlig på øya?»

«Jeg er lege,» svarte mannen.

«Men det er allerede en lege der,» sa Giorgis. «Jeg fraktet ham over i formiddag.»

«Ja, jeg vet det. Det er dr. Lapakis jeg skal besøke. Han er en gammel venn og kollega av meg.»

«Du er ikke spedalsk, er du vel?» spurte Giorgis.

«Nei,» svarte den fremmede og trakk litt på smilebåndet. «Og en dag vil ikke noen av beboerne på øya være det heller.»

Det var en djerv påstand, og tanken fikk Giorgis' hjerte til å slå fortere. Brokker av nyheter – eller var det bare rykter? – spredte seg iblant om at en eller annens onkel eller venn hadde hørt noe om utviklingen av en kur for spedalske. Det hadde vært snakk om innsprøytninger av gull, arsenikk og slangegift, men denne formen for behandling inneholdt utvilsomt et snev av galskap, og selv om man skulle ha råd til den, ville den egentlig virke? Ifølge folkesnakket var det bare atenerne som muligens hadde tro på slike kvakksalvermetoder. Giorgis tillot seg å dagdrømme litt mens han løsnet fortøyningene og forberedte seg på å frakte legen over. Elenis tilstand hadde forverret seg synlig de siste månedene, og han hadde begynt å miste håpet om at det ville bli funnet en kur som kunne få henne hjem igjen, men for første gang siden han hadde kjørt henne over til Spinalónga, atten måneder tidligere, kjente han seg litt mer optimistisk. Men bare litt.

Papadimitriou tok imot legen på kaien, og Giorgis så etter dem til begge forsvant inn i tunnelen, den pertentlige skikkelsen med den tynne dokumentmappen og øyas velvoksne leder som ruvet over ham.

Et iskaldt vindkast feide over sjøen og drev båten ut av kurs, men til tross for dette tok Giorgis seg i å nynne. Han ville ikke la seg bringe ut av fatning av vær og vind i dag.

Mens de to mennene gikk sammen oppover gaten, lot Papadimitriou spørsmålene hagle over Kyritsis. Han satt inne med nok opplysninger til å vite hva han skulle spørre om.

«Hvor langt er forskningen kommet? Når skal de begynne å teste medisinen? Hvor lang tid tar det før den kommer hit? Hvor nært knyttet er du til dette arbeidet?» Kyritsis hadde ikke ventet et slikt kryssforhør, men så hadde han heller ikke ventet å treffe en som Papadimitriou.

«Det er ennå tidlig,» sa han forsiktig. «Jeg er en del av et vidtfavnende forskningsprogram som finansieres av Pasteurstiftelsen, men det er ikke bare en kur vi leter etter. Det er nye retningslinjer for behandling og forebygging som ble fastlagt på Kairo-konferansen for et par år siden, og det er hovedpoenget mitt ved å komme hit. Jeg vil forsikre meg om at vi gjør alt vi kan – jeg vil ikke at kuren, hvis og når den blir funnet, skal komme for sent for dem som er her.»

Papadimitriou, som var en dyktig skuespiller, skjulte skuffelsen over at kuren fortsatt var i det blå ved å fleipe det hele bort: «Det var synd. Jeg hadde lovet familien min at jeg skulle være tilbake i Athen til jul, så jeg ventet at du skulle komme med en trylledrikk.»

Kyritsis var realist. Han visste at det kunne gå flere år før disse menneskene fikk en effektiv behandling, og han ville ikke gi dem falske forhåpninger. Spedalskhet var en sykdom like gammel som havet, og den kom ikke til å forsvinne over natten.

Mens de to mennene gikk sammen mot sykehuset, registrerte Kyritsis alt han så og hørte rundt seg med en viss vantro. Det så ut som en helt normal landsby, skjønt mindre fattigslig enn de fleste på denne siden av Kreta. Bortsett fra de sporadiske innbyggerne han så med en forstørret øreflipp eller kanskje en forkrøplet fot – tegn som mange andre neppe ville lagt merke til –

kunne folk som bodde her vært helt normale mennesker som drev med sitt. På denne tiden av året var det få ansikter som var fullt synlige. Menn gikk med luene langt nede i pannen og kragene trukket opp, og kvinnene hadde pakket hode og skuldre godt inn i ullsjal for å beskytte seg mot elementene, vinden som blåste sterkere for hver dag som gikk, og regnet som falt i strie strømmer og forvandlet gatene til elver.

De to mennene passerte de store butikkvinduene med sine fargeglade skodder, og bakeren, som akkurat var i gang med å trekke en plate med gylne brød ut av ovnen, fanget Kyritsis' blikk og nikket. Kyritsis tok seg til hattebremmen som svar. Like før kirken svingte de av fra hovedgaten. Høyt over dem lå sykehuset. Spesielt fra nedsiden var det et imponerende syn, en mye større bygning enn noen andre på øya.

Lapakis sto i hovedinngangen og tok imot Kyritsis, og de to mennene omfavnet hverandre hjertelig. En stund overlappet hilsener og spørsmål hverandre i et virvar av entusiasme. «Hvordan går det? Hvor lenge har du vært her? Hva skjer i Athen? Hva nytt kan du fortelle?» Omsider vek den gjensidige gleden over å se hverandre plassen for det praktiske. Tiden løp fra dem. Lapakis tok Kyritsis med seg på en rask omvisning på sykehuset, viste ham poliklinikken, behandlingsrommene og til sist sengepostene.

«Vi har så lite ressurser for øyeblikket. Vi skulle hatt flere folk liggende flere dager i strekk, men vi blir simpelthen nødt til å behandle de aller fleste på dagen og sende dem hjem igjen,» sa Lapakis trett.

På sykerommet sto ti senger tett inntil hverandre; det var bare en halvmeter mellom dem. Alle var opptatt, noen av menn og noen av kvinner, skjønt det var vanskelig å skjelne hvem de var, siden vinduslemmene var for og bare noen strimer av lys slapp gjennom. De fleste av disse pasientene var ved veis ende.

Kyritsis, som hadde tilbragt en del tid ved leprasykehuset i Athen, var ikke sjokkert. Der hadde forholdene, de overbefolkede rommene og lukten, vært hundre ganger verre. Her prøvde man i det minste å holde en viss standard når det gjaldt hygienen, noe som kunne bety forskjellen mellom liv og død for pasienter med betente sår.

«Alle disse pasientene er i en reaktiv tilstand,» sa Lapakis stille mens han lente seg mot dørkarmen. Dette var fasen av sykdommen da symptomene forsterket seg, noen ganger varte den i dagevis, andre til og med i ukevis. Så lenge de var i denne tilstanden, hadde pasientene fryktelige smerter med høy feber og sår som verket verre enn noen gang. Leprareaksjonen kunne gjøre dem sykere enn før, men noen ganger indikerte den at kroppen strevde for å bekjempe sykdommen, og når lidelsene ga seg, kunne de oppleve å bli bra.

De fleste pasientene var rolige mens de to mennene sto og kikket inn i rommet. En jamret seg litt, og en annen, som Kyritsis trodde var en kvinne, uten å kunne si det med sikkerhet, stønnet. Lapakis og Kyritsis trakk seg vekk fra døråpningen. Det virket påtrengende å stå der.

«Bli med meg inn på kontoret,» sa Lapakis. «Vi kan snakke sammen der.»

Han førte Kyritsis gjennom en mørk korridor til den aller siste døren på venstre side. I motsetning til sengeposten, hadde dette rommet utsikt. Store vinduer som gikk fra hoftehøyde og nesten helt opp til taket, vendte ut mot Pláka og fjellene som reiste seg bakenfor. På veggen var det hengt opp en arkitekttegning av sykehuset slik det var nå og, i rødt, skissen over et kommende tilbygg.

Lapakis så at tegningen hadde påkalt Kyritsis' oppmerksomhet.

«Dette er planene mine,» sa han. «Vi trenger en ny sengepost og flere behandlingsrom. Menn og kvinner bør holdes atskilt – selv om de ikke får beholde livet, kan vi i det minste la dem få beholde verdigheten.»

Kyritsis gikk bort og så på planen hans. Han visste hvor lavt myndighetene prioriterte helsespørsmål, spesielt med hensyn til dem som var uhelbredelig syke, og han kunne ikke unngå å la kynismen sin skinne gjennom.

«Dette blir ikke billig,» sa han.

«Jeg vet det, jeg vet det,» svarte Lapakis trett, «men nå som pasientene våre ikke bare kommer fra Kreta, men også fra fastlandet, er regjeringen forpliktet til å gi oss de midlene vi trenger. Og når du har snakket med noen av de spedalske menneskene vi har her, skjønner du fort at de ikke er typen som tar nei for et svar. Men hva har ført deg tilbake til Kreta? Det var hyggelig å få brevet ditt, men du sa egentlig ikke hva du skulle her.»

De to mennene begynte å snakke sammen i den uanstrengte, intime tonen som kjennetegner gamle studiekamerater. Begge hadde fått sin medisinske utdannelse i Athen, og selv om det var gått seks år siden sist de hadde møttes, klarte de å gjenoppta vennskapet som om de aldri hadde vært fra hverandre.

«Det har faktisk en ganske grei forklaring,» sa Kyritsis. «Jeg er blitt lei av Athen, og da jeg så at det var en ledig stilling på hudavdelingen på sykehuset i Iráklio, søkte jeg. Jeg visste at stillingen ville gjøre meg i stand til å fortsette forskningen min, ikke minst på grunn av det store antallet spedalske dere har her. Spinalónga er det perfekte stedet for et inngående studium av sykdommen. Er det i orden for deg om jeg kommer på besøk hit innimellom? Og, ikke minst, tror du pasientene dine vil finne seg i det?»

«Jeg har i hvert fall ingen innvendinger, og jeg tror ikke de vil ha det heller.»

«På et gitt tidspunkt vil det kanskje til og med bli nye behandlingsformer å prøve ut – men jeg lover ikke noe dramatisk. For å være helt ærlig har effekten av de siste legemidlene vært lite imponerende. Men vi kan ikke gi oss, kan vi vel?»

Lapakis satte seg ved skrivebordet. Han hadde lyttet intenst, og blitt lettere om hjertet for hvert ord han hadde hørt. I fem lange år hadde han vært den eneste legen som var villig til å besøke Spinalónga, og i løpet av den tiden hadde han behandlet en endeløs rekke av syke og døende mennesker. Hver kveld når han kledde av seg, undersøkte han kroppen for symptomer på sykdommen. Han visste at det var tåpelig, og at bakterien kunne leve i systemet hans i måneder og selv år før han ble oppmerksom på dem, men denne dype angsten var en av grunnene til at han bare reiste over til Spinalónga tre ganger i uken. Han var nødt til å gi seg selv en sjanse. Dette var et kall som han følte seg forpliktet til å følge, men han fryktet at sjansen for at han skulle gå klar av sykdommen ikke var større enn sjansen til et langt liv for en mann som regelmessig spilte russisk rulett.

Endelig hadde han fått litt hjelp, også. Det passet på mange måter perfekt, for på samme tid som han var nådd et punkt da han ikke lenger klarte å mestre den langsomme strømmen av syke som slepte seg opp bakken hver dag, noen for å bli værende på sykehuset i ukevis, andre bare for å få skiftet bandasjer og forbindinger, kom Athina Manakis. Hun hadde arbeidet som lege i Athen før hun oppdaget at hun hadde fått lepra og la seg inn på leprasykehuset der i byen. Så ble hun sendt til Spinalónga sammen med resten av de atenske urostifterne. Lapakis trodde knapt sitt eget hell: her var det en som ikke bare var villig til å bo på sykehuset, men som også hadde femogtyve års erfaring som allmennpraktiserende lege. Innbyggerne på Spinalónga var dessverre, som alle andre, plaget av en hærskare vanlige lidelser som kusma, meslinger og øreverk, men disse plagene ble sjelden behandlet. Athina Manakis' erfaring og hennes vilje til å arbeide til alle døgnets timer, gjorde henne uvurderlig, og Lapakis tok seg ikke det minste nær av at hun gjerne behandlet ham som en yngre bror som måtte oppdras. Hvis han hadde trodd på Gud, ville han ha takket Ham hjertelig.

Nå, som lyn fra klar himmel – eller rettere sagt, fra den grå novemberhimmelen som den dagen syntes å konkurrere med sjøen om å virke mest deprimerende – hadde han i tillegg fått besøk av Nikolaos Kyritsis, som ønsket å gjøre besøkene sine regelmessige. Lapakis kunne ha grått av glede. Han hadde hatt en ensom og utakknemlig jobb, men nå var det slutt på isolasjonen. Heretter når han forlot sykehuset, etter å ha vasket seg grundig med en svoveloppløsning i det store, venetianske lageret som nå fungerte som desinfiseringsrom, ville han slippe den nagende følelsen av utilstrekkelighet. Han hadde Athina, og nå ville han også få Kyritsis å støtte seg til.

«For all del,» sa han. «Kom så ofte du vil. Jeg kan ikke få sagt hvor glad jeg er for dette. Men fortell meg nå nøyaktig hva det er du driver med.»

«Vel,» sa Kyritsis mens han tok av seg jakken og draperte den pent over stolryggen, «det fins dem innen lepraforskningen som er sikre på at vi snart vil finne en kur. Jeg er fremdeles tilknyttet Pasteur-instituttet i Athen, og generaldirektøren vår ivrer for at vi skal påskynde utviklingen alt vi kan. Tenk hva det får å si, ikke bare for de flere hundre beboerne her, men for tusenvis av andre verden rundt – millioner, faktisk, når vi tar med India og Sør-Amerika. Ringvirkningen av en kur vil bli enorme. Etter min beskjedne mening er det ennå langt frem, men hvert lille bevis, hvert eneste sykdomsstudium, hjelper oss til å danne oss et bilde av hvordan vi kan forhindre spredning av sykdommen.»

«Jeg ønsker å tro at du tar feil når du sier at det ennå er langt frem dit,» svarte Lapakis. «Jeg er under et voldsomt press til å prøve ut alskens kvakksalverremedier. Disse menneskene er så sårbare, og de klamrer seg til det minste halmstrå, spesielt hvis de har penger å bruke på det. Så hva er egentlig planen din her?»

«Det jeg trenger, er tredve–førti kasus som jeg kan overvåke nøye i de nærmeste månedene, kanskje årene, hvis det skulle la seg gjøre. På Iráklio har jeg slitt litt med å komme forbi diagnosestadiet, for deretter forsvinner pasientene faktisk hit. Etter det jeg har sett, kan de knapt få det bedre enn her, men jeg trenger å følge opp flere av dem.»

Lapakis smilte. Dette var en ordning som begge ville ha god nytte av. Langs den ene veggen på kontoret, fra gulv til tak, sto arkivskapene på rekke og rad. Noen inneholdt de medisinske journalene til hver eneste levende beboer på Spinalónga. Andre inneholdt journalene til dem som hadde bukket under for sykdommen. Inntil Lapakis hadde sagt seg villig til å arbeide på øya, var ingen journaler blitt ført. Beboerne hadde knapt fått behandling i det hele tatt, og den eneste utviklingen hadde gått i retning av en gradvis forverring. Alt som var igjen av fortegnelser over beboerne i de første tiårene av koloniens eksistens, var en stor, svart bok som inneholdt pasientenes navn, ankomstdato og dødsdato. Livene deres var redusert til en enslig innførsel i en makaber gjestebok, og knoklene deres lå nå i hauger under steinhellene i fellesgravene på den andre siden av øya.

«Jeg har fortegnelser over alle som har vært her siden jeg kom i 1934,» sa Lapakis. «Jeg fører inn detaljerte opplysninger om tilstanden deres når de kommer, og noterer alle endringer etter hvert som inntreffer. De er ordnet etter alder – det virket like logisk som noe annet. Hvorfor ikke gå gjennom dem og plukke ut dem du ønsker å se? På den måten kan jeg kalle dem inn til sykehuset neste gang du kommer.»

Lapakis trakk opp den øverste skuffen på det nærmeste arkivskapet. Den fløt nesten over av papirer, og med en feiende håndbevegelse inviterte han Kyritsis til å kikke på dem.

«Jeg overlater resten til deg,» sa han. «Jeg må tilbake på avdelingen. Noen av pasientene trenger meg.»

Da Lapakis kom tilbake til kontoret sitt halvannen time senere, lå det en stabel med arkivmapper på gulvet. Mappen som lå øverst, var merket med «Eleni Petrakis».

«Du traff mannen hennes i formiddag,» bemerket Lapakis. «Han fører skyssbåten.»

De noterte seg alle de utvalgte pasientene, hadde en kort diskusjon om hver av dem, og så kikket Kyritsis på klokken på veggen. Det var på tide å gå. Før han gikk inn på desinfiseringsrommet for å spraye seg – enda han visste at dette tiltaket for å forsøke å begrense spredningen av bakterien var nytteløst – trykket de to mennene hverandre hardt i hendene. Lapakis fulgte ham så ned bakken til tunnelinngangen, og deretter gikk Kyritsis alene ned til kaien der Giorgis ventet, klar til å skysse ham det første stykket av veien tilbake til Iráklio.

Få ord ble vekslet på turen tilbake til fastlandet. Det var som om de hadde sluppet opp for ting å si på vei ut. Men da de la til kai i Pláka, spurte Kyritsis om Giorgis kunne være der på samme dag uken etter for igjen å frakte ham over til Spinalónga. Av grunner han ikke helt forsto, følte Giorgis seg oppstemt. Det var ikke bare inntektene han tenkte på. Han var simpelthen glad for at den nye legen, som han allerede hadde døpt ham, ville komme tilbake.

Gjennom den bitende kulden i desember, de arktiske temperaturene i januar og februar, og de ulende stormene i mars fortsatte

Nikolaos Kyritsis å besøke øya hver onsdag. Verken han eller Giorgis var henfallen til småprat, men de snakket i det minste med hverandre under overfarten til leprakolonien.

«Kyrie Petrakis, hvordan går det?» kunne Kyritsis spørre.

«Jeg har det bra, takk Gud,» svarte gjerne Giorgis forsiktig.

«Og hvordan går det med konen din?» spurte legen og fikk dermed Giorgis til å føle seg som en mann med et ordinært ekteskap. Ingen av dem dvelte ved ironien i at personen som stilte spørsmålet, var den som kjente svaret bedre enn noen.

Giorgis så frem til Kyritsis' besøk, og det samme gjorde den tolv år gamle Maria, siden de bar med seg et streif av optimisme og muligheten for at hun fikk se faren sin smile. Ingenting ble sagt, det var bare noe hun kunne fornemme. Sent på ettermiddagen gikk hun ned på kaien og ventet på at de skulle komme tilbake. Godt innpakket i ulljakken sin satt hun og så den lille båten komme glidende over vannet i det grå tussmørket før hun tok imot linen og fortøyde båten kyndig for natten.

Da april kom, hadde vinden mistet sitt skarpe bitt, og det var kommet en ørliten forandring i luften. Jorden begynte å varmes opp. Blårøde våranemoner og lyserøde orkideer tittet opp fra bakken, og trekkfuglene fløy over Kreta etter å ha tilbragt vinteren i Afrika. Alle ønsket den nye årstiden velkommen og så frem til de gode temperaturene de hadde i vente, men det lå også mindre positive forandringer i luften.

Krigen hadde allerede rast i Europa en stund, men akkurat i denne måneden ble også Hellas invadert. Folk på Kreta levde nå under et damoklessverd. Koloniens avis, *Spinalóngas Stjerne*, trykket regelmessige bulletiner om situasjonen, og filmavisene som fulgte med den ukentlige spillefilmen, skapte engstelse i befolkningen. Og så skjedde det de fryktet mest: tyskerne rettet blikket mot Kreta.

Kapittel 8

«MARIA, MARIA!» skrek Anna fra gaten nedenfor søsterens vindu. «De er her! Tyskerne er her!» Det var panikk i stemmen hennes, og mens Maria bykset ned trappen to trinn i slengen, ventet hun hvert øyeblikk å høre lyden av jernskodde såler i marsjtakt gjennom hovedgaten i Pláka.

«Hvor?» spurte Maria andpusten idet hun kolliderte med søsteren i gaten. «Hvor er de? Jeg ser dem ikke?»

«De er ikke akkurat her, din idiot,» svarte Anna. «Ikke ennå i alle fall, men de er her på Kreta, og det kan hende at de kommer denne veien.»

Enhver som kjente Anna godt, ville ha hørt et snev av forventning i stemmen. Hun følte innerst inne at alt som kunne bryte monotonien i en eksistens som ble styrt av årstidenes forutsigbare mønster og utsikten til å leve hele livet i den samme landsbyen, burde hilses velkommen.

Anna hadde løpt hele veien fra Fotinis hus, der flere av dem hadde sittet samlet rundt en sprakende radio. De hadde akkurat klart å oppfatte nyheten om at tyske fallskjermsoldater hadde landet på vestsiden av Kreta. Nå løp begge jentene mot landsbytorget, der folk pleide å samle seg i tider som dette. Det var sen ettermiddag, men baren var full av menn – og, usedvanlig nok, kvinner – som alle ropte i munnen på hverandre at de ville høre på radioen. Resultatet var naturligvis at mesteparten druknet i spetakkelet de laget.

Radiomeldingen var knapp og grell. «Klokken seks i morges landet en gruppe fallskjermsoldater på kretisk jord ved flyplassen Máleme. Man regner med at samtlige er døde.»

Det virket altså som om Anna hadde tatt feil. Tyskerne var egentlig ikke kommet i det hele tatt. Som vanlig, tenkte Maria, hadde søsteren overreagert.

Situasjonen var likevel spent. Athen hadde falt fire uker tidligere, og siden da hadde det tyske flagget vaiet over Akropolis. Det hadde vært skremmende nok, men for Maria, som aldri hadde vært der, virket Athen som et svært fjerntliggende sted. Hvorfor skulle folk i Pláka bry seg om det som skjedde der? Dessuten hadde tusenvis av allierte soldater nettopp kommet til Kreta fra fastlandet, og de ville vel klare å opprettholde sikkerheten? Og mens Maria lyttet til de voksne rundt henne som kranglet og debatterte og ga uttrykk for sine meninger om krigen, ble trygghetsfølelsen hennes forsterket.

«De har ikke en sjanse!» fnyste Vangelis Lidaki, barens eier. «Fastlandet er én ting, men ikke Kreta. Aldri i livet! Se på landskapet vårt. De vil ikke engang tenke på å forsere fjellene med stridsvognene sine!»

«Vi klarte ikke akkurat å holde tyrkerne vekk,» svarte Pavlos Angelópoulos pessimistisk.

«Eller venetianerne,» kom det fra en annen i forsamlingen.

«Vel, hvis denne gjengen kommer i nærheten av oss, skal de få en varmere velkomst enn de har forestilt seg,» brummet en tredje og slo knyttneven mot den åpne håndflaten.

Det var ingen tom trussel, og alle i rommet visste det. Selv om Kreta var blitt invadert tidligere, hadde innbyggerne alltid bitt voldsomt fra seg. Øyas historie var en lang oppramsing av kamp, represalier og nasjonalisme, og det var ikke et hus der det ikke fantes et bandolær, en rifle eller revolver. Livsrytmen virket kanskje bedagelig og innbydende, men bak fasaden oppsto det ofte langvarige feider mellom landsbyer eller familier, og det var få menn over fjorten år som ikke hadde fått opplæring i bruk av skytevåpen.

Savina Angelópoulos, som sto i døråpningen sammen med Fotini og de to Petrakis-jentene, visste godt hvorfor trusselen var reell denne gangen. Flyene var årsaken. De tyske flyene som hadde kommet med fallskjermsoldatene, kunne ta turen fra basen i Athen til øya på mindre tid enn det tok barna å gå til skolen i Eloúnda. Men hun holdt tankene sine for seg selv. Selv nærværet av de ti tusener av allierte soldater som var blitt evakuert fra fastlandet til Kreta, fikk henne til å føle seg mer sårbar enn trygg. Hun delte ikke mennenes skråsikkerhet. De ønsket å tro at seieren over noen få hundre tyskere som hadde landet i fallskjerm, var enden på visa. Savina følte instinktivt at det ikke var det.

Før uken var omme, var bildet blitt tydeligere. Folket samlet seg i baren eller på torget utenfor i disse sene maikveldene som var de første på året da dagens varme ikke forsvant med solen. Siden de befant seg mange mil unna sentrum for begivenhetene, måtte folk i Pláka nøye seg med rykter og fragmenter av informasjon, og daglig kom brokker av den virkelige historien drivende over fra vestsiden av Kreta som tistelfrø i vinden. Det lot til at selv om mange av dem som var kommet dalende ned fra himmelen, var blitt drept, hadde flere av dem på mirakuløst vis overlevd og vært i stand til å innta strategiske posisjoner. De første historiene hadde bare fortalt om spilt tysk blod og om menn som ble spiddet på bambusrør, kvalt av sine egne fallskjermer i oliventrærne eller knust mot steinene, men nå kom sannheten om at et skremmende antall av dem hadde overlevd, at flyplassen var blitt brukt til å lande tusener flere og at kampene gikk i tyskernes favør. Bare en uke etter den første landingen, annonserte tyskerne at Kreta var deres.

Den kvelden samlet alle seg i baren igjen. Maria og Fotini var utenfor og spilte bondesjakk ved å tegne i støvet med skarpe pinner, men de spisset ører da de hørte at stemmene inne ble opphisset.

«Hvorfor var vi ikke forberedt?» spurte Antonis Angelópoulos og satte glasset sitt ned på metallbordet med et smell. «Det var jo innlysende at de ville komme luftveien.» Antonis hadde lidenskap nok for både seg og sin bror, og som oftest skulle det lite til for å vekke den. Under de svarte øyenvippene gnistret øynene av sinne. Guttene var totalt ulike på alle måter. Angelos var myk i kantene både kroppslig og mentalt, mens Antonis var kvass, tynn og aggressiv.

«Nei, det var det ikke,» sa Angelos og slo avvisende ut med en lubben hånd. «Det var det siste man forventet.»

Det var ikke første gang Pavlos lurte på hvorfor sønnene hans aldri kunne være enige om noe som helst. Han tok et drag av sigaretten og avsa sin egen dom.

«Jeg støtter Angelos,» sa han. «Ingen drømte om et angrep fra luften. Det er det rene selvmordet å angripe denne øya på den måten – komme dalende ned fra himmelen for å bli skutt så snart man tar bakken.»

Pavlos hadde rett. For mange av dem hadde det ikke vært noe annet enn selvmord, men tyskerne hadde ingen betenkeligheter med å ofre noen få tusen mann for å oppnå målet, og før de allierte hadde fått organisert seg, var den viktige flyplassen Máleme, i nærheten av Khaniá, tatt.

I de første dagene fortsatte tilværelsen som vanlig i Pláka. Ingen visste egentlig hva det ville få å si for dem at de nå hadde tyske tropper på kretisk jord. I flere dager var de mer eller mindre i sjokk over at det hadde kunnet skje i det hele tatt. Så kom nyheten om at bildet var dystrere enn noen av dem hadde kunnet forestille seg. I løpet av en uke var de 40 000 greske og allierte soldatene på Kreta beseiret, og tusener av allierte måtte evakueres, med et stort antall sårede og drepte som følge. Diskusjonene i baren ble heftigere, og det ble drøftet hvordan landsbyen skulle forsvare seg når tyskerne kom østover. Lysten til å gripe til våpen spredte seg som en religiøs vekkelse. Folk var ikke redd for blodsutgytelser. Mange av dem så frem til å bevæpne seg.

Det ble realitet for innbyggerne i Pláka da de første tyske troppene marsjerte inn i Ájos Nikólaos og en liten enhet ble sendt derfra til Eloúnda. De to Petrakis-jentene var på vei hjem fra skolen da Anna stoppet og trakk søsteren i ermet.

«Se, Maria!» utbrøt hun. «Se der! De som kommer nedover gaten!»

Marias hjerte hoppet over et slag. Denne gang hadde Anna rett. Tyskerne var virkelig kommet. To soldater nærmet seg dem med målbevisste skritt. Hva gjorde okkupasjonsstyrker etter at invasjonen var gjennomført? Hun antok at de var ute etter å drepe alle. Hvorfor skulle de ellers komme? Bena ble til gelé.

«Hva skal vi gjøre?» hvisket hun.

«Fortsette,» hveste Anna.

«Bør vi ikke heller løpe den andre veien?» spurte Maria bedende.

«Ikke vær dum. Bare gå videre. Jeg vil se hvordan de ser ut på nært hold.» Hun grep søsteren i armen og trakk henne med seg.

Soldatene var uttrykksløse, og de blå blikkene deres stirret stivt rett frem. De var kledd i tykke, grå ulljakker, og de jernbeslåtte støvlene klikket rytmisk mot brosteinene. Idet de passerte, var det som om de overhodet ikke så de to jentene. Det var som om de ikke eksisterte.

«De kastet ikke så mye som et blikk på oss!» utbrøt Anna så snart de var utenfor hørevidde. Nesten femten år gammel ble hun nå vanligvis dypt fornærmet hvis noen av det annet kjønn ikke la merke til henne.

Bare noen dager senere fikk Pláka sin egen lille bataljon av tyske soldater. I den ene enden av landsbyen ble det en brutal start på dagen for en stakkars familie.

«Lukk opp!» ropte soldatene og hamret på døren med riflekolbene sine.

Selv om de ikke kunne ett ord tysk, skjønte familien både denne og de følgende ordrene. De hadde å flytte ut av huset innen klokken tolv eller ta konsekvensene. Fra den dagen av hadde de tyskerne i sin midte, slik Anna ivrig hadde spådd, og atmosfæren i landsbyen mørknet.

Fra den ene dagen til den andre fikk de få konkrete nyheter om hva som skjedde andre steder på Kreta, men rykter var det mer enn nok av, deriblant dem som hevdet at små grupper av allierte soldater var på vei østover mot Sitía. En kveld i skumringen kom fire forkledde britiske soldater ned fra fjellene der de hadde oppholdt seg i en forlatt gjeterhytte, og ruslet sorgløst inn i landsbyen. De kunne ikke ha fått en varmere velkomst om de hadde dukket opp i sine egne landsbyer i England. Det var ikke bare hungeren etter pålitelige nyheter som fikk folk til å flokke seg rundt dem, det var også landsbybefolkningens medfødte ønske om å være gjestfri og behandle enhver fremmed som en venn. Mennene var utmerkede gjester. De spiste og drakk alt de ble tilbudt, men først etter at ett medlem av gruppen, en mann som behersket gresk rimelig godt, hadde gitt dem en førstehånds beskrivelse av den foregående ukens hendelser på nordvestkysten.

«Det siste vi regnet med, var at de skulle komme fra luften – og absolutt ikke i så stort antall,» sa han. «Alle trodde at de ville komme sjøveien. En mengde døde med det samme, men det var plenty som landet trygt og omgrupperte seg.» Den unge engelskmannen nølte. Nesten mot bedre vitende tilføyde han: «Det var imidlertid enkelte som ble hjulpet til å dø.»

Han fikk det til å lyde nesten humant, men da han forklarte seg nærmere, var det mange av landsbyboerne som bleknet.

«Noen av de sårede tyskerne ble hakket i småbiter,» sa han og stirret ned i ølet sitt. «Av lokalbefolkningen.»

En av de andre soldatene tok så et sammenbrettet papirark opp fra brystlommen, foldet det sirlig ut og la det på bordet foran seg. Under den originale teksten på tysk hadde noen skrevet en oversettelse på både gresk og engelsk.

«Jeg synes dere bør se dette. Øverstkommanderende for det tyske luftkorpset, general Student, utstedte disse ordrene for noen dager siden.»

Landsbyboerne trengte seg sammen rundt bordet for å lese det som sto på papiret.

Vi har beviser for at kretiske sivile har vært ansvarlig for å lemleste og drepe våre sårede soldater. Represalier og straff må iverksettes umiddelbart og uten nåde.

Jeg beordrer herved enhver avdeling som har vært offer for disse overgrepene til å gjennomføre det følgende:

1. *Henrettelser ved skyting.*
2. *Total ødeleggelse av landsbyer.*
3. *Utryddelse av hele den mannlige befolkningen i enhver landsby som skjuler dem som har utøvet slike forbrytelser.*

Det trengs ikke militære tribunaler for å domfelle dem som har drept soldatene våre.

«Utryddelse av hele den mannlige befolkningen.» Ordene stakk dem i øynene. Landsbyboerne var stille som døde menn; den eneste lyden man hørte var pusten deres. Men hvor mye lenger ville de være fri til å puste i det hele tatt?

Engelskmannen brøt tausheten. «Tyskerne har aldri før møtt den motstanden de får her på Kreta. Den er kommet fullstendig overrumplende på dem. Og den kommer ikke bare fra mennene, men også fra kvinner og barn – og endatil prester. De regnet med en total og betingelsesløs kapitulasjon, fra både dere og de allierte. Men dere bør advares om at de har opptrådt svært brutalt i flere landsbyer på vestsiden. De har jevnet dem med jorden – selv kirker og skoler ...»

Han klarte ikke å fortsette. Det oppsto et lurveleven uten like i lokalet.

«Skal vi slåss mot dem?» ropte Pavlos Angelópoulos over larmen.

«Ja!» brølte de omtrent førti mennene til svar.

«Til døden!» ropte Angelópoulos.

«Til døden!» gjentok de andre.

Selv om tyskerne sjelden våget seg ut etter at det ble mørkt, skiftet mennene på å holde vakt ved bardøren. De snakket til langt på natt, til luften var stinn av røyk og sølvblanke skoger av tomme rakiflasker sto på bordene. Vel vitende om at det ville være en fatal feil å bli sett i dagslys, reiste soldatene seg for å gå like før daggry. Fra nå av var de i dekning. Titusener av allierte soldater var blitt evakuert til Alexandria noen dager tidligere, og de gjenværende måtte unngå å bli tatt av tyskerne hvis de skulle få gjennomført sine livsviktige etterretningsoppdrag. Denne gruppen var på vei til Sitía, der italienerne allerede hadde landet og tatt kontroll.

Engelskmennene syntes nok avskjedshilsenene og omfavnelsene var for lange og hjertelige etter så kort tids bekjentskap, men kreterne så ikke noe rart i å stille følelsene sine til skue på en så overstrømmende måte. Mens mennene hadde drukket, hadde noen av hustruene deres kommet til baren med pakker med mat som nesten var for tunge til at soldatene kunne løfte dem. De ville ha mat nok for minst fjorten dager fremover og skamroste kvinnene av takknemlighet. *«Efharisto, efharisto,»* gjentok en av dem om og om igjen og brukte den eneste greske ordet han kunne.

«Det er ingenting,» var svaret de fikk. «Dere hjelper oss. Det er vi som skal takke.»

Mens alle fortsatt var i baren, hadde Antonis Angelópoulos, den eldste av Fotinis brødre, sneket seg hjem og samlet noen få eiendeler: en skarp kniv, et ullteppe, en ekstra skjorte og en liten pistol som faren hadde gitt ham da han fylte atten. Etter å ha tenkt seg om et øyeblikk, pakket han også ned trefløyten som sto på en hylle sammen med farens dyrebare og vakkert dekorerte lyre. Han hadde spilt på fløyten, en *thiaboli*, siden han var barn, og ettersom han ikke visste når han ville komme tilbake, kunne han ikke la den bli igjen.

Idet han festet spennen på lærvesken, dukket Savina opp i døråpningen. Det var blitt lite søvn for de fleste den siste tiden. Alle var anspent, rastløse av uro, og ble ofte vekket av skarpe lysglimt på himmelen fra fiendtlige bomber som raserte øya deres. Hvordan kunne de sove når de fryktet at deres egne hjem skulle bli sprengt i stykker av granater eller bli invadert av de høyrøstede, tyske soldatene som bodde i enden av gaten? Savina hadde sovet lett og våknet umiddelbart av lyden av skritt mot det harde jordgulvet og skrapingen av pistolen mot murveggen idet den ble løftet ned fra kroken. Moren var den siste Antonis hadde ønsket å se. Savina kunne forsøke å stanse ham.

«Hva holder du på med?» spurte hun.

«Jeg skal hjelpe dem. Jeg skal være veiviser for soldatene – de overlever ikke en dag i fjellene uten en som kjenner terrenget.» Antonis kastet seg ut i et lidenskapelig forsvar for planene sine, som om han ventet å møte heftig motstand, men til sin store overraskelse så han at moren nikket samtykkende. Trangen til å beskytte ham var like sterk som noen gang, men hun innså at det var slik det måtte bli.

«Du har rett,» sa hun, og så tilføyde hun i en temmelig nøktern tone: «Det er vår plikt å hjelpe dem så godt vi kan.»

Savina omfavnet sønnen raskt, og så var han borte, engstelig for at han ikke skulle rekke å ta igjen de fire fremmede som kanskje allerede var på vei ut av landsbyen.

«Ta godt vare på deg selv,» hvisket moren til skyggen hans, selv om han for lengst var utenfor hørevidde. «Lov meg at du tar godt vare på deg selv.»

Antonis løp tilbake til baren. Soldatene var kommet ut på torget, og de siste hilsenene var sagt. Han skyndte seg etter dem.

«Jeg skal være veiviseren deres,» opplyste han. «Dere trenger å vite hvor hulene, sprekkene og kløftene er, for på egen hånd kan dere dø der ute. Og jeg kan lære dere hvordan dere skal overleve – hvor dere kan finne fugleegg, spiselige bær og drikkevann der dere ikke ville ventet det.»

Det oppsto anerkjennende mumling blant soldatene, og den gresktalende mannen tok ordet. «Det er et forrædersk terreng her. Det har vi allerede fått smertelig erfare ved flere anledninger. Vi er deg svært takknemlig.»

Pavlos sto helt stille et stykke unna. I likhet med konen sin følte han seg kvalm av frykt for det hans førstefødte innlot seg på, men han følte også beundring. Han hadde lært de to sønnene sine alt om hvordan naturen fungerte, og han visste at Antonis hadde kunnskapene som trengtes for å hjelpe disse mennene til å klare seg, som geiter i tilsynelatende goldt landskap. Han visste hva som ville forgifte dem og hva som ville livnære dem; han visste til og med hvilken type busker som best kunne erstatte tobakk. Stolt over Antonis' mot og rørt av hans nesten naive entusiasme, omfavnet Pavlos sønnen. Han snudde seg vekk allerede før de fem mennene var ute av syne og gikk hjem, der han visste at Savina ventet på ham.

Giorgis fortalte Eleni alt dette da han besøkte henne dagen etter.

«Stakkars Savina!» utbrøt hun hest. «Hun kommer til å bli syk av bekymring.»

«Noen må gjøre det – og den unge mannen var moden for et eventyr,» svarte Giorgis muntert i et forsøk på å gjøre Antonis' påfunn mindre alvorlig.

«Men hvor lenge blir han borte?»

«Det er det ingen som vet. Det er som å spørre om hvor lenge denne krigen kommer til å vare.»

De speidet innover i bukten mot Pláka. Noen få mennesker syslet med sine daglige gjøremål nede på kaien. På denne avstanden virket alt normalt. Ingen skulle tro at Kreta var okkupert av fiendtlige styrker.

«Har tyskerne skapt noen problemer?» spurte Eleni.

«Man merker knapt at de er der,» svarte Giorgis. «De patruljerer gatene om dagen, men om natten er de ikke å se. Likevel er det som om vi blir overvåket hele tiden.»

Det siste Giorgis ønsket, var å plage Eleni med den utrygge følelsen som preget stemningen i landsbyen. Han skiftet samtaleemne.

«Men hvordan går det med deg, Eleni?»

Helsen hennes var alvorlig svekket. Lesjonene i ansiktet hadde spredd seg, og stemmen var blitt ru.

«Jeg er litt sår i halsen,» tilsto hun, «men det er sikkert bare en forkjølelse. Fortell meg om jentene.»

Giorgis skjønte at hun ville snakke om noe annet, og han visste bedre enn å dvele ved spørsmålet om helsetilstanden hennes.

«Anna virker litt gladere for tiden. Hun er flink med skolearbeidet, men hun er ikke til mer hjelp i huset. Når sant skal sies, er hun kanskje mer doven enn noen gang. Hun bærer sin egen tallerken vekk fra bordet, men hun ville ikke drømme om å ta Marias med seg i samme slengen. Jeg gir snart opp å skjenne på henne ...»

«Du vet at du ikke bør la henne slippe så lett unna,» innskjøt Eleni. «Da blir uvanene hennes bare verre og verre. Og det legger et stort press på Maria.»

«Jeg vet det. Og Maria er så stille for tiden. Jeg tror hun er mer skremt av okkupasjonen enn Anna er.»

«Hun har opplevd mange nok omveltninger i livet allerede, arme barn,» sa Eleni. I stunder som denne følte hun seg overveldet av skyldfølelse over at døtrene måtte vokse opp uten henne.

«Det er så rart,» sa hun. «Vi er nesten fullstendig upåvirket av krigen her. Jeg føler meg mer isolert enn noen gang. Jeg kan ikke engang dele farene med dere.» Den lavmælte stemmen skalv, og hun måtte ta seg sammen for ikke å bryte sammen foran øynene på ektemannen. Det ville ikke hjelpe. Ikke på noen som helst måte.

«Vi er ikke i fare, Eleni.»

Det var selvsagt en løgn. Antonis var ikke den eneste av de lokale guttene som hadde sluttet seg til motstandskampen, og beretningene om tyskernes beryktede, brutale fremferd overfor det minst hint om sabotasje fikk innbyggerne i Pláka til å skjelve av frykt. Men på et eller annet vis lot livet til å fortsette som før. Dagene og årstidene dikterte fortsatt hva som måtte gjøres. Da det ble sensommer, måtte druene tråkkes; da det ble høst, måtte olivenene plukkes; og året rundt var det geiter som skulle melkes, ost som skulle ystes og stoffer som skulle veves. Solen sto opp, månen badet himmelen med sitt sølvblanke lys og stjernene funklet, likegyldige til det som skjedde under dem.

Men hele tiden var det spenning i luften, frykt for voldsomheter. Den kretiske motstanden ble bedre organisert, og flere menn fra landsbyen forsvant for å utøve sin rolle i krigen. Det bidro til å øke følelsen av at noe før eller siden ville endre seg dramatisk. Landsbyer som deres egen, der mennene var blitt *andarte*, medlemmer av motstandsbevegelsen, ble gjenstand for de mest brutale represalier fra tyskernes side.

En dag i begynnelsen av 1942 tok en flokk barn, blant dem Anna og Maria, den lengste veien hjem fra skolen, langs strandkanten.

«Se!» ropte Maria. «Se – det snør!»

Den siste snøen hadde falt for flere uker siden, og det var bare et tidsspørsmål før snøsmeltingen ville sette inne oppe på fjelltoppene. Så hva var da alt dette hvite som dalte ned fra himmelen rundt dem?

Maria var den første som forsto det. Det var ikke snø som falt fra himmelen. Det var papir. Noen øyeblikk tidligere hadde et lite fly brølt forbi over hodene på dem, men de hadde knapt kikket opp, så vanlig var det med tyske fly på denne delen av kysten. Det hadde sluppet ned en snøstorm av løpesedler, og Anna grep en idet den kom dalende ned mot henne.

«Se på dette,» sa hun. «Det er fra tyskerne.» De flokket seg rundt henne for å lese flygebladet.

EN ADVARSEL
TIL
KRETAS BEFOLKNING

HVIS SAMFUNNET DERES GIR HUSLY ELLER
FORSYNINGER TIL ALLIERTE SOLDATER
ELLER MEDLEMMER
AV MOTSTANDSBEVEGELSEN,
VIL STRAFFEN BLI HARD.
HVIS DERE ERKLÆRES SKYLDIGE, VIL
GJENGJELDELSEN
BLI STRENG OG UTFØRT MOMENTANT FOR
HELE LANDSBYEN.

Papirene fortsatte å dale ned og dannet et teppe av hvitt som virvlet rundt føttene deres før vinden blåste det ut på sjøen der det ble slukt av de skummende bølgene som slo mot land. Barna ble stående helt stille.

«Vi må ta noen av disse med oss tilbake til foreldrene våre,» foreslo en og plukket opp en håndfull før de blåste vekk. «Vi må advare dem.» De trasket videre med lommene fulle av propaganda og hjertene bankende av frykt.

Andre landsbyer var blitt advart på tilsvarende vis, men virkningen var ikke den tyskerne hadde håpet på.

«Du er gal,» sa Anna da faren hadde lest flygebladet og bare trakk på skuldrene. «Hvordan kan du bare avfeie det på den måten? Disse *andarte* setter alles liv på spill. Bare for at de skal få tilfredsstilt sin egen eventyrlyst!»

Maria satt forknytt i en krok av rommet. Hun kunne fornemme en nært forestående eksplosjon. Giorgis trakk pusten dypt og anstrengte seg for å styre temperamentet, motstå trangen til å rive datteren i filler i blindt raseri.

«Tror du virkelig at de gjør det for sin egen skyld? Fryser i hjel i hulene og spiser gress som dyr? Hvordan *våger* du?»

Anna krympet. Hun elsket å provosere frem slike scener, men hadde sjelden sett faren så sint.

«Du har ikke hørt historiene deres,» fremholdt han. «Du har ikke sett dem når de kommer vaklende inn i baren midt på natten, nesten døde av sult, med skosålene tynne som løkskall og så magre i kinnene at knoklene nesten kommer ut gjennom huden! De gjør det for deg, Anna, og meg og Maria.»

«Og for mor,» sa Maria stille fra kroken.

Alt Giorgis sa var sant. Om vinteren, når fjelltoppene var dekket av snø og vinden ulte rundt de forvridde steineikene, var det bare så vidt ikke motstandssoldatene frøs i hjel. Under oppholdet i hulene høyt oppe i fjellene over landsbyene, der det eneste drikkevannet var dryppene av fuktighet fra stalaktittene, var det mange som bukket under. Om sommeren ble de utsatt for den fulle effekten av solens hete og en tørst som ikke kunne slukkes så lenge elvene var tørre.

Slike flygeblad bare forsterket kreternes motstandsvilje. Det var ikke snakk om å overgi seg, og de var villige til å utsette seg for farene som fulgte med. Med økende regelmessighet dukket tyskerne opp i Pláka, ransaket husene for spor etter motstandsbevegelsen, som for eksempel radioutstyr, og forhørte Vangelis Lidaki siden han, som eier av baren, vanligvis var den eneste mannen som oppholdt seg i landsbyen midt på lyse dagen. Andre arbeidende menn var enten oppe i åsene eller ute på sjøen. Tyskerne kom ikke om natten, og dette var en kjensgjerning kreterne lærte seg å sette pris på. Okkupasjonssoldatene var redd for å gå noen steder etter at det var blitt mørkt. De nærte en sunn frykt for øyas steinete og vanskelige terreng og visste hvor sårbare de var for angrep i mørket.

En kveld i september satt Giorgis og Pavlos ved sitt vanlige hjørnebord i baren da tre fremmede kom inn. De to eldre mennene kikket opp et kort øyeblikk, men gjenopptok snart samtalen og den klikkende fiklingen med rosenkransene. Før okkupasjonen og etableringen av motstandsbevegelsen hadde det vært uvanlig å se ukjente menn i landsbyen, men nå skjedde det stadig vekk. En av de fremmede kom rett bort til dem.

«Far,» sa han stille.

Pavlos kikket opp og ble sittende og måpe av forbauselse. Det var Antonis. Han var nesten ikke til å kjenne igjen fra den gutteaktige ungdommen som full av idealisme hadde sluttet seg til motstandsbevegelsen året før. Klærne hang og slang rundt ham, og beltet var trukket to ganger rundt livet for å holde buksen på plass.

Pavlos' ansikt var fortsatt vått av tårer da Savina, Fotini og Angelos kom. Lidakis sønn var i all hast blitt sendt ut for å hente dem, og gjensynet ble akkurat slik det skulle være mellom mennesker som var glade i hverandre og som før krigen ikke hadde vært atskilt fra hverandre en eneste dag i livet. Det var ikke bare glede, men også forferdelse som preget dem da de fikk øye på Antonis. Han virket utsultet og utmattet og ikke bare et år, men et helt tiår, eldre enn sist de hadde sett ham.

Antonis var i selskap med to engelskmenn. Det var imidlertid ingenting ved utseendet som røpet nasjonaliteten deres. Begge var mørke i huden og hadde anlagt en ekstravagant bart som de hadde lært seg å krølle på lokalt vis, og begge behersket gresk godt nok til å kunne føre en samtale med vertskapet og fortelle dem om hvordan de hadde støtt på fiendtlige soldater og lurt dem til å tro at de var innfødte gjetere. De hadde vært på kryss og tvers av Kreta flere ganger det siste året, og en av oppgavene deres var å observere de italienske troppebevegelsene. Italienerne hadde hovedkvarteret sitt i Neápoli, den største byen i deres egen region, Lasíthi, og soldatene der syntes ikke å gjøre stort annet enn å spise og drikke og more seg, spesielt med de lokale prostituerte. Andre troppestyrker var imidlertid stasjonert på vestsiden av øya, og deres manøvrer var vanskeligere å overvåke.

Med de innskrumpne magene sprengfulle av lammestuing og øre i hodet av *tsikoudia* fortalte de tre mennene historier til langt på natt.

«Sønnen din er blitt en glimrende kokk,» sa en av engelskmennene til Savina. «Ingen lager så gode eikenøttbrød som ham.»

«Eller stuing av snegler og timian,» fleipet den andre.

«Ikke rart at dere er så tynne,» svarte Savina. «Antonis hadde knapt kokt mer enn en potet før alt dette begynte.»

«Antonis, fortell dem om den gangen vi lurte tyskerne til å tro at vi var brødre,» sa den ene, og slik fortsatte det. Øyeblikkene av frykt og angst ble forvandlet til humoristiske og underholdende anekdoter. Så ble lyrene hentet frem fra bakrommet til baren, og sangen begynte. Det ble sunget *mantinades*, og engelskmennene strevde med å lære seg tekstene som handlet om kjærlighet og død, krig og frihet, og hjertene og stemmene deres var i nesten fullkommen harmoni med hjertene og stemmene til deres kretiske verter som skyldte dem så mye.

Antonis tilbragte én natt sammen med familien sin, og de to engelskmennene ble innkvartert hos andre familier som var villige til å ta sjansen. Det var første gang noen av dem hadde sovet på annet underlag enn hard jord på nesten et år. Siden de måtte dra før daggry, ble luksusen ved å ligge på halmmadrasser kortvarig, og så snart de hadde fått på seg sine lange støvler og svarte turbaner, gikk de ut av landsbyen. Ikke engang en av lokalbefolkningen ville ha tvilt på at dette var innfødte kretere. Det var ingenting som kunne røpe dem. Ingenting annet enn en som lot seg friste av bestikkelser.

Antallet sultende mennesker på Kreta var nå blitt så høyt at det ikke var uvanlig at lokalbefolkningen tok imot det som ble kalt «tyske drakmer» for tips om hvor motstandsstyrkene oppholdt seg. Sult og nød kunne korrumpere selv hederlige mennesker, og forræderier av denne typen førte til noen av krigens verste grusomheter, med massehenrettelser og rasering av hele landsbyer. Gamle og syke ble brent levende i sine egne senger og menn tvunget til å levere fra seg våpnene sine før de ble skutt med kaldt blod. Faren for svik var høyst reell og betydde at Antonis og alle som ham bare sporadisk avla familiene sine korte besøk. De skjønte hvilken fare de selv utgjorde for dem de elsket høyest.

Gjennom hele krigen var Spinalónga det eneste stedet som forble uberørt av tyskernes nærvær. Der var de spedalske beskyttet mot den verste sykdommen av alle: okkupasjonen. Selv om spedalskheten hadde splittet familie og venner, var tyskerne enda mer effektive når det gjaldt å ødelegge alt de kom i kontakt med.

Som en følge av okkupasjonen, opphørte Nikolaos Kyritsis' besøk i Pláka umiddelbart, siden unødvendige reiser til og fra Iráklio ble sett på som mistenkelige av okkupasjonsstyrkene. Enda så sterkt han mislikte det, innstilte Kyritsis forskningen sin inntil videre. Han kunne ikke ignorere behovene til alle de sårede og døende som omga ham i Iráklio. Ringvirkningene av denne forferdelige invasjonen var at enhver med en viss medisinsk ekspertise jobbet døgnet rundt for å hjelpe de syke og lemlestede, la på forbindinger, spjelket brudd og behandlet symptomene på dysenteri, tuberkulose og malaria som var hyppig forekommende sykdommer på feltsykehusene. Når han kom hjem fra sykehuset om kvelden, var Kyritsis så utslitt at han sjelden tenkte på de spedalske, som en så smertelig kort tid hadde vært i fokus for alt han gjorde.

Fraværet av dr. Kyritsis var kanskje den verste bivirkningen av krigen for beboerne på Spinalónga. I de månedene da han hadde hatt sine ukentlige turer ut til øya, hadde han tent et fremtidshåp blant de spedalske. Nå var nåtiden igjen det eneste sikre for dem.

Giorgis' skytteltrafikk til og fra øya var mer regelmessig enn noen gang. Han ble snart oppmerksom på at atenerne ikke hadde noen problemer med å skaffe seg de samme luksusartiklene som før krigen, til tross for de skyhøye prisene de måtte betale.

«Hør her,» sa han til vennene sine mens de satt på kaien og bøtte garn en kveld, «det ville være idiotisk av meg å stille for mange spørsmål. De har penger å betale meg med, så hvilken rett har jeg til å spørre dem om hvordan de kan ha råd til å handle på svartebørsen?»

«Men det er folk her i traktene som snart bare har en håndfull mel igjen,» innvendte en av de andre fiskerne.

Misunnelsen over atenernes velstand dominerte samtalene i baren.

«Hvorfor skal de spise bedre mat enn oss?» ville Pavlos vite. «Og hvordan har det seg at de har råd til sjokolade og god tobakk?»

«Det er fordi de har penger,» sa Giorgis. «Selv om de ikke har frihet.»

«Frihet!» fnyste Lidaki. «Kaller du dette frihet? Landet vårt er overtatt av disse helvetes tyskerne, ungdommene våre blir slaktet ned, og gamle mennesker blir brent levende i sengene sine. Det er *de* som er fri!» sa han og pekte i retning av Spinalónga.

Giorgis visste at det var nytteløst å diskutere dette med dem, og sa ikke mer. Selv venner som hadde kjent henne godt, glemte av og til at Eleni var på øya. Noen ganger fikk han en forlegen unnskyldning for mangelen på taktfullhet. Enda det var han og dr. Lapakis som visste mest om hvordan livet på øya faktisk var, innså han at han sannsynligvis bare kjente halve sannheten. Han så ikke stort mer enn porten og de høye murene, men han hørte mange historier av Eleni.

På sitt siste besøk hadde han sett nye forandringer ved tilstanden hennes. Først var det de stygge klumpene som hadde spredd seg til bryst og rygg og, verst av alt, ansiktet. Nå begynte også stemmen hennes å bli mindre og mindre hørbar, og selv om Giorgis tenkte at det av og til kunne skyldes sinnsbevegelse, visste han at det ikke var hele forklaringen. Hun sa at halsen kjentes trang og at hun skulle oppsøke dr. Lapakis og få noe for det. Imens prøvde hun å virke blid og glad sammen med Giorgis, for hun ønsket ikke at han skulle komme hjem til jentene med ansiktet fullt av bekymrede rynker.

Han visste at sykdommen var i ferd med å vinne kampen og at hun, i likhet med majoriteten av de spedalske på øya, enten de var lutfattige eller satt på en formue, begynte å miste håpet.

Disse mennene som Giorgis bøtte garn sammen med og spilte kort og backgammon med i baren, var de samme menneskene som han hadde vokst opp med. Deres hyklerske, trangsynte oppfatninger ville også vært hans hadde det ikke vært for hans regelmessige kontakt med Spinalónga. Den kontakten hadde gitt ham en forståelse de aldri ville tilegne seg. Han behersket seg alltid og unnskyldte uvitenheten deres, for det var uvitenhet det var.

Giorgis fortsatte å bringe pakker og bylter med seg ut til øya. Hva angikk det vel ham om innholdet var fremskaffet på tvilsomt vis? Ville ikke alle ha kjøpt det beste de fikk tak i om de hadde hatt atenernes ressurser? Selv skulle han mer enn gjerne gitt døtrene sine de luksusartiklene som bare noen av beboerne på Spinalónga nå hadde råd til. Han selv tok det beste av fangsten sin – etter at Anna og Maria hadde spist seg mette – med seg ut til leprakolonien. Hvorfor skulle ikke de få de største brasmene eller havabborene? Menneskene der var syke og utstøtt fra samfunnet, men de var ikke forbrytere. Det var noe folk i Pláka beleilig nok glemte.

Tyskerne fryktet Spinalónga med de flere hundre spedalske og lot leveransene fortsette; det siste de ville risikere, var at noen av dem skulle forlate øya for selv å lete etter forsyninger på fastlandet. En av dem så imidlertid sitt snitt til å flykte. Det var på sensommeren i 1943, og etter at italienerne hadde gått med på våpenhvile, var det kommet enda flere tyske soldater til provinsen Lasíthi.

Sent på ettermiddagen lekte som vanlig Fotini, Anna, Maria og fem eller seks andre på stranden. De hadde etter hvert vent seg til å ha tyske soldater i nærheten, så det at en av dem patruljerte stranden, vekket ingen spesiell interesse.

«La oss kaste smutt!» ropte en av guttene.

«Ja, førstemann til tyve!» svarte en annen.

Det var ingen mangel på glatte, flate steiner på stranden, og snart fløy de sprettende over vannspeilet mens alle prøvde å nå det ærgjerrige målet.

Plutselig skrek en av guttene: «Stopp! Stopp! Det er noen der ute!»

Han hadde rett. Det kom en skikkelse svømmende fra øya. Den tyske soldaten hadde også registrert det og sto med armene foldet i forakt og stirret på vedkommende. Barna hoppet opp og ned mens de skrek til svømmeren at han måtte snu. Ingen av dem var i tvil om det grusomme utfallet.

«Hva er det han gjør?» hylte Maria. «Skjønner han ikke at han kommer til å bli drept?»

Den spedalske nærmet seg langsomt, men ubønnhørlig. Enten var han ikke klar over soldatens nærvær, eller så var han rett og slett villig til å ta sjansen – uansett hvor suicidalt det var – fordi han ikke lenger holdt ut livet i kolonien. Barna fortsatte å skrike av full hals, men da tyskeren hevet geværet, ble alle stumme av redsel. Han ventet til mannen var kommet femti meter fra stranden, og så skjøt han. Det var en kaldblodig henrettelse. Ren øvelsesskyting. På dette stadium av krigen verserte det utallige historier om blodbad og henrettelser, men barna hadde ikke opplevd noe av det selv. Nå så de forskjellen mellom historier og virkelighet. Ett enkelt skudd fløy over vannet, smellet ble forsterket av ekkoet fra åsene bak dem, og et rødt teppe spredte seg langsomt over den blanke sjøen.

Anna, som var den eldste av barna, skrek skjellsord til soldaten. «Din kjøter! Din tyske kjøter!»

Noen av de yngre barna gråt av redsel og sjokk, de felte den tapte uskyldens tårer. Samtidig hadde flere voksne kommet styrtende ut av husene sine og fikk øye på barna som sto i en tett flokk, hulkende og gråtende. Det var bare noen dager siden ryktene hadde nådd Pláka om at fienden hadde tatt i bruk en ny taktikk: hver gang de fikk mistanke om at et geriljaangrep kunne komme, hentet tyskerne alle de unge jentene ut fra den aktuelle landsbyen og brukte dem som gisler. Vel vitende om at ungenes sikkerhet på ingen måte var garantert, trodde landsbyboerne til å begynne med at det var et av barna som var blitt skutt av den tyske soldaten som sto ansikt til ansikt med dem litt lenger borte på stranden. Selv om de var ubevæpnet, var de rede til å rive ham i filler. Men med iskald ro snudde han seg og pekte besluttsomt ut mot øya. Den drepte mannen var for lengst forsvunnet, men den røde flekken fløt fortsatt på vannet som oljesøl.

Anna, som alltid var anføreren blant barna, brøt ut fra den gråtende ungeflokken og ropte til de engstelige voksne: «En spedalsk!»

De skjønte straks hva hun mente og snudde seg bort fra den tyske soldaten. Holdningen deres var blitt en helt annen. Noen av dem stilte seg nesten likegyldig til at en leprapasient var blitt drept. På den korte tiden det tok foreldrene å forsikre seg om at barna deres var i god behold, hadde soldaten forsvunnet. Det samme hadde offeret og alle spor etter ham. Alle kunne glemme ham.

Men Giorgis syntes ikke det var så lett. Hans følelser for innbyggerne på øya var alt annet enn nøytrale. Da han samme kveld kjørte den gamle båten sin ut til Spinalónga, kunne Eleni fortelle ham at den spedalske som var blitt så kaldblodig henrettet foran øynene på barna, var en ung mann ved navn Nikos. Det viste seg at han regelmessig hadde forlatt øya i ly av mørket for å besøke kone og barn. Ryktene ville ha det til at det var sønnens treårsdag denne dagen, og at han for en gangs skyld hadde ønsket å se ham før natten kom.

Barna på stranden i Pláka hadde ikke vært Nikos' eneste publikum. Folk hadde også samlet seg på Spinalónga for å følge med på det som skjedde. Det var ingen lover eller regler som beskyttet folk mot en slik dårskap, og få hadde en ektemann, kone eller elsker som kunne snakke dem til fornuft når trangen til å utføre en så vanvittig handling som dette meldte seg. Nikos hadde vært som en utsultet mann, og hungeren hadde dominert alle hans tanker og våkne øyeblikk. Han lengtet desperat etter konen sin, men enda mer etter å få se sønnen, hans eget kjøtt og blod, den uplettede, velskapte guttekroppen som var som et speilbilde av ham selv som barn. Han hadde betalt for dette ønsket med sitt liv.

Det ble sørget over Nikos på den lille øya den kvelden. Det ble bedt for ham i kirken og holdt likvake for ham, selv om de ikke hadde et lik å begrave. Døden ble aldri ignorert på Spinalónga. Den ble behandlet med den samme verdighet der som alle andre steder på Kreta.

Etter denne hendelsen, levde Fotini, Anna og Maria og alle de andre barna som hadde lekt sammen med dem den dagen, under en sky av angst. I løpet av et lite øyeblikk hadde alt forandret seg på stranden med de varme steinene, der de hadde hatt en så lykkelig oppvekst.

Kapittel 9

Selv om den spedalske som var blitt henrettet et kort stykke fra land hadde betydd lite for folk flest i Pláka, bidro hendelsen til at innbyggernes hat til tyskerne ble enda mer intenst. Drapet hadde brakt krigens realiteter helt frem til dørstokken deres og fått dem til å innse at landsbyen deres var like sårbar som ethvert annet sted berørt av denne verdensomspennende konflikten. Reaksjonene varierte. For mange var Gud den eneste kilden til sann fred, og kirkene var ofte overfylt av folk som satt krumbøyd i bønn. Noen eldre mennesker, som for eksempel Fotinis bestemor, tilbragte så mye tid sammen med presten at de bar med seg den søte duften av røkelse til enhver tid. «Bestemor lukter som et vokslys!» sang Fotini mens hun danset rundt den gamle kvinnen, som bare smilte overbærende til barnebarnet. Selv om Gud tilsynelatende ikke gjorde så mye for å hjelpe dem i kampen, var hun overbevist om at Han sto på deres side, og da historiene om vanhelligelsen og raseringene av kirkene nådde henne, ble hun bare styrket i troen.

Panegyria, helgendagene, ble fortsatt feiret. Ikoner ble hentet frem fra sine trygge gjemmer, og presten bar dem i spissen for prosesjonen av troende, tett fulgt av landsbyorkesteret som skapte en nesten djevelsk kakofoni av hornmusikk og trommer. Overdådige festmåltid og smellene av fyrverkeri var riktignok fraværende, men så snart relikviene var trygt tilbake i kirken, danset folk likevel vilt og sang sine lidenskapelige sanger med enda større innlevelse enn i fredstid. Raseriet og frustrasjonen over den vedvarende okkupasjonen ble vasket bort med de beste viner, men når morgenen kom og folk var blitt edru igjen, var alt som før. Det var da de minst klippefaste i troen begynte å spørre seg om hvorfor Gud ikke hadde besvart bønnene deres.

Tyskerne ble utvilsomt forundret over denne underlige blandingen av det hellige og det profane, men de var fornuftige nok til ikke å bannlyse festene. De gjorde imidlertid det de kunne for å forstyrre dem ved å kreve å få avhøre presten like før han skulle til å begynne gudstjenesten eller ved å ransake husene akkurat idet dansen kom i gang for alvor.

På Spinalónga ble det daglig tent lys for dem som led på fastlandet. Øyboerne var godt kjent med at kreterne levde i konstant frykt for den tyske bestialiteten, og ba om en snarlig ende på okkupasjonen.

Dr. Lapakis, som trodde mer på legevitenskapens makt enn på guddommelig inngripen, begynte å bli desillusjonert. Han visste at all forskning og testing mer eller mindre var stilt i bero. Han hadde sendt brev til Kyritsis i Iráklio, men siden han ikke hadde fått svar på mange måneder, konkluderte han med at kollegaen hadde mer presserende problemer å ta seg av og innstilte seg på at det kunne gå lenge før han traff ham igjen. Lapakis besøkte Spinalónga seks dager i uken nå. Noen av de spedalske trengte konstant tilsyn, og Athina Manakis mestret det ikke alene. En av disse pasientene var Eleni.

Giorgis kom aldri til å glemme den dagen han kom til øya og

ikke så konens slanke silhuett stå og vente på ham, men i stedet den kortere og mer lubne skikkelsen til Elpida, venninnen hennes. Hjertet hans hadde slått fortere. Hva hadde skjedd med Eleni? Det var første gang hun ikke hadde vært der for å møte ham. Elpida tok ordet først.

«Ikke bli urolig, Giorgis,» sa hun og prøvde å gjøre stemmen oppmuntrende. «Eleni har det bra.»

«Hvor er hun da?» Det var en umiskjennelig klang av panikk i stemmen hans.

«Hun må være på sykehuset i noen dager. Dr. Lapakis vil ha henne der til observasjon en stund, til hun blir bedre i halsen.»

«*Vil* hun bli bedre i halsen?»

«Jeg håper det,» sa Elpida. «Jeg er sikker på at legene gjør alt de kan.»

Han kunne ikke si noe på det. Elpida visste ikke mer enn Giorgis selv om hvilke sjanser Eleni hadde til å overleve.

Giorgis satte i land pakkene han hadde kommet med og dro rett tilbake til Pláka. Det var lørdag, og Maria la merke til at faren kom tilbake mye tidligere enn vanlig.

«Det var en kort visitt,» sa hun. «Hvordan har mor det? Fikk du brev med deg tilbake?»

«Nei, jeg er redd jeg ikke gjorde det,» svarte han. «Hun har ikke hatt tid til å skrive denne uken.»

Det var for så vidt sant, men han fikk det travelt med å komme seg ut av huset før Maria kunne stille ham flere spørsmål.

«Jeg er tilbake klokken fire,» sa han. «Jeg må ned og bøte garn.»

Maria skjønte at noe var galt, og følelsen satt i henne hele dagen.

I de neste fire månedene ble Eleni liggende på hospitalet, for syk til å komme seg gjennom tunnelen og møte Giorgis. Hver dag når han skysset Lapakis over til Spinalónga, speidet han forgjeves mot furuene der han håpet at hun skulle stå og vente på ham. Hver kveld fortalte Lapakis hvordan det sto til, i begynnelsen med en utvannet versjon av sannheten.

«Kroppen hennes kjemper fortsatt mot sykdommen,» kunne han si, eller: «Jeg mener at feberen hennes gikk en anelse ned i dag.»

Men legen skjønte snart at han bare bygget opp under falske forhåpninger og at jo bedre disse fikk feste seg, desto verre ville det bli når de siste dagene kom, slik han innerst inne visste at de snart ville gjøre. Det var ikke det at han løy når han sa at Elenis kropp kjempet mot sykdommen. Den var midt inne i et voldsomt slag, der hver trevl av henne sloss mot bakterien som prøvde å få overtaket. Leprafeber hadde to mulige utfall: forverring eller forbedring. Lesjonene på Elenis ben, rygg, nakke og ansikt var mangedoblet, og hun hadde store smerter i hele kroppen og fant ingen lindring hvordan hun enn snudde og vendte seg. Overalt hadde hun åpne sår som Lapakis behandlet så godt han kunne under prinsippet om at han kunne minimalisere virkningen av bakteriene hvis sårene ble holdt rene og desinfiserte.

Det var under denne fasen Elpida tok Dimitri med seg for å treffe Eleni. Gutten bodde for tiden i ekteparet Kontomaris' hus, en ordning de alle hadde håpet ville være midlertidig, men som nå så ut til å kunne bli permanent.

«Hallo, Dimitri,» sa Eleni svakt. Så snudde hun seg mot Elpida og klarte akkurat å få frem to ord til: «Tusen takk.»

Ordene var svært lave, men Elpida visste hva de uttrykte: en takk for at den tretten år gamle gutten nå var i trygge hender. Det ga henne en viss fred i sjelen.

Eleni var flyttet inn på et lite rom der hun fikk være alene, skjermet mot de andre pasientenes blikk. Der ble hun verken forstyrret av dem eller en forstyrrelse for dem om natten når smertene tiltok og sengeklærne ble våte av svette og stønnene ikke kunne holdes tilbake. Athina Manakis stelte henne i disse mørke timene, matet henne med suppe og vasket svetten av pannen hennes med en fuktig svamp. Mengden suppe hun fikk i seg, ble imidlertid stadig mindre, og en natt klarte hun ikke lenger å svelge i det hele tatt. Ikke engang vann kom ned gjennom strupen hennes.

Det var da Lapakis fant pasienten sin gispende etter pust neste morgen, ute av stand til å svare på noen av de vanlige spørsmålene hans, at han innså at Eleni var gått inn i en ny og kanskje avsluttende fase.

«Kyria Petrakis, jeg må få kikke på halsen din,» sa han mildt. På grunn av de nye sårene som var kommet rundt leppene, visste han at det ville bli smertefullt for henne å åpne munnen såpass at han kunne se inn i den. Undersøkelsen bare bekreftet frykten. Han så på dr. Manakis, som sto på den andre siden av sengen.

«Vi er tilbake om et øyeblikk,» sa han og trykket Elenis hånd ømt.

De to legene gikk ut av rommet og lukket døren stille etter seg. Dr. Lapakis snakket lavmælt og fort.

«Hun har minst et halvt dusin lesjoner, og strupelokket er betent. Hevelsen gjør at jeg ikke engang kan se baksiden på spiserøret. Vi må dempe lidelsene hennes – jeg tror ikke hun har lenge igjen.»

Han gikk inn på rommet igjen, satte seg ved siden av henne og tok hånden hennes på nytt. Pusten hennes syntes å ha blitt enda mer anstrengt i løpet av det korte øyeblikket de hadde vært ute av rommet. Dette var noe han hadde vært gjennom med mange pasienter, det øyeblikket da han visste at det ikke var mer han kunne gjøre for dem enn å sitte hos dem i de siste timene.

Sykehusets beliggenhet ga det den beste utsikten på hele Spinalónga, og mens han satt ved Elenis sengekant og lyttet til hennes stadig mer gispende åndedrag, stirret han ut gjennom det store vinduet mot Pláka inne i bukten. Han tenkte på Giorgis som ville legge ut mot Spinalónga senere på dagen og seile om kapp med de hvite skumtoppene over sjøen.

Elenis pust kom nå i korte gisp, og øynene var vidåpne, fulle av tårer og lysende av frykt. Han kunne se at det ikke ville bli en fredelig slutt på dette livet, og grep om begge hendene hennes som for å berolige henne. Slik satt de i to, kanskje tre timer før slutten endelig kom. Elenis siste åndedrag var et forgjeves gisp etter det neste som aldri kom.

Det beste en lege kunne fortelle de gjenlevende i familien var at deres kjære hadde dødd fredelig. Det var en usannhet Lapakis hadde fortalt før, og ikke hadde noe imot å fortelle igjen. Han skyndte seg ut av sykehuset. Han ønsket å være på kaien når Giorgis kom.

Båten, som ennå var et stykke fra land, danset opp og ned på de høye bølgene denne tidlige vårdagen. Giorgis ble forbauset over å se at dr. Lapakis sto og ventet på ham. Det var uvanlig at passasjeren hans var der først, men det var også noe ved holdningen hans som gjorde Giorgis nervøs.

«Kan vi bli her litt?» spurte Lapakis. Han visste at han måtte fortelle Giorgis den dårlige nyheten her og nå og gi ham sjansen til å forsone seg med den før de var tilbake i Pláka og han ble nødt til å snakke med døtrene. Han rakte frem hånden og hjalp Giorgis opp av båten, og så foldet han armene over brystet og stirret i bakken mens han nervøst sparket en stein frem og tilbake med tuppen på den høyre skoen.

Allerede før legen hadde sagt et ord, skjønte Giorgis at han kom til å få forhåpningene sine knust.

De satte seg på den lave steinmuren som var blitt bygget rundt furutrærne, og begge mennene stirret ut over sjøen.

«Hun er død,» sa Giorgis stille. Det var ikke bare det sørgmodige og slitne uttrykket i Lapakis' ansikt etter en strabasiøs dag som røpet sannheten. En mann kan rett og slett fornemme det når hans kone ikke lenger er der.

«Jeg beklager det dypt,» sa legen. «Til slutt var det ingenting vi kunne gjøre. Hun døde fredelig.»

Han la armen rundt Giorgis' skuldrer, og den eldre mannen, gråt så strie og tunge tårer at de dryppet ned på skoene og laget mørke flekker i støvet rundt dem. De satt slik i over en time til klokken nærmet seg syv. Himmelen var nesten blitt mørk og luften skarp og kald, før tårene sluttet å renne nedover kinnene hans. Han var like tørr som en oppvridd klut, og hadde nådd det punktet i sorgen da utmattelse og en underlig følelse av lettelse senker seg etter at de første bølgene av fortvilelse er over.

«Jentene lurer sikkert på hvor det blir av meg,» sa han. «Jeg må komme meg tilbake.»

Mens båten stampet seg i nesten stummende mørke innover mot lysene i Pláka, tilsto Giorgis for Lapakis at han ikke hadde fortalt døtrene om hvor alvorlig Elenis tilstand hadde vært.

«Det var riktig av deg,» sa Lapakis trøstende. «For bare en måned siden trodde jeg fremdeles at hun kunne vinne denne kampen. Det er aldri galt å bevare håpet.»

Giorgis kom hjem mye senere enn vanlig, og jentene var begynt å bli engstelige for ham. I samme øyeblikk som han kom inn døren, skjønte de at noe var fryktelig galt.

«Det er mor, ikke sant?» spurte Anna. «Det har hendt henne noe!»

Giorgis' ansikt gikk i oppløsning. Han grep en stolrygg mens han så på døtrene med fordreide trekk. Maria gikk frem til ham og la armene rundt ham.

«Sett deg, far,» sa hun. «Fortell oss hva som skjedde … vær så snill.»

Giorgis satte seg ved bordet og prøvde å ta seg sammen. Det gikk en stund før han klarte å snakke.

«Moren deres … er død.» Ordene kvalte ham nesten.

«Død!» hylte Anna. «Men vi visste ikke at hun kom til å *dø*!»

Anna hadde aldri akseptert at morens sykdom egentlig bare kunne ha ett utfall. Giorgis' beslutning om å holde sannheten om den forverrede tilstanden skjult for dem, gjorde at nyheten kom som et voldsomt sjokk. Det var som om moren hadde dødd to ganger, og fortvilelsen de hadde følt nesten fem år tidligere, måtte gjennomleves enda en gang. Eldre, men ikke så mye klokere enn hun hadde vært som tolvåring, reagerte Anna først med sinne over at faren ikke hadde forberedt dem på det som skulle komme, og at denne forferdelige hendelsen hadde kommet som lyn fra klar himmel.

I fem år hadde fotografiet av Giorgis og Eleni som hang på veggen ved ildstedet dannet utgangspunktet for det bildet Anna og Maria bar med seg av moren. De eneste minnene de hadde om henne var de generelle, om morskjærlighet og en følelse av glad rutine. De hadde fort glemt virkelighetens Eleni og hadde bare dette idealiserte bildet av henne i folkedrakt, et sidt, rikelig drapert skjørt, et smalt forkle og en praktfull *saltamarka*, en brodert bluse med ermer som hadde splitt opp til albuene. Med sitt glade ansikt og lange, mørke hår som var flettet og tvunnet rundt hodet, var hun et bilde på den typiske, kretiske skjønnhet. Det endelige ved morens død var vanskelig å fatte. De hadde alltid båret på håpet om at hun skulle komme tilbake, og jo mer snakk de hørte om en kur, desto større ble forhåpningene deres. Og nå dette.

Annas gråt fra rommet i annen etasje kunne høres ut i gaten

og ned til landsbytorget. Maria hadde ikke like lett for å slippe tårene løs. Hun stirret på faren, en mann som sorgen hadde gjort fysisk mindre. Elenis død betydde ikke bare en slutt for forhåpningene og forventningene hans, men slutten på et vennskap. Livet hans var blitt snudd på hodet da hun ble forvist til leprakolonien, men nå var det blitt uopprettelig forandret.

«Hun døde fredelig,» sa han til Maria mens de spiste middag samme kveld. Også Annas plass ved bordet var dekket, men hun kunne ikke overtales til å komme ned, langt mindre spise.

Ingenting hadde forberedt dem på virkningen av Elenis død. Den trekantede familieenheten skulle jo bare være midlertidig. I førti dager brente en oljelampe i oppholdsrommet som et tegn på respekt, og dørene og vinduene i huset forble lukket. Eleni var blitt begravet på Spinalónga, under en av betongplatene som markerte fellesgraven, men hun ble minnet i Pláka ved et enslig, brennende lys i kirken Ajía Marina som lå i utkanten av landsbyen, så nær sjøen at bølgene nesten skvulpet over kirketrappen.

Etter noen måneder begynte både Maria og Anna å legge den tyngste sorgen bak seg. En stund hadde deres private tragedie overskygget begivenhetene ute i verden, men da sorgen etter hvert bleknet litt, var alt som før rundt dem.

Da april kom med den dristige bortføringen av general Kreipe, som var øverstkommanderende for Sebastopol-divisjonen på Kreta, steg spenningen merkbart over hele øya. Ved hjelp av medlemmer av motstandsbevegelsen hadde allierte soldater, utkledd som tyskere, angrepet Kreipe og klart å smugle ham ut fra hovedkvarteret i Iráklio og over fjellene til sørkysten av Kreta, til tross for at store styrker var satt inn i jakten på dem. Herfra ble han skipet ut til Egypt som de alliertes mest verdifulle krigsfange. Det ble fryktet at represaliene etter denne dristige bortføringen skulle bli mer barbariske enn noensinne. Tyskerne gjorde det imidlertid klart at terroren de utsatte lokalbefolkningen for, uansett ville ha blitt gjennomført. En av de verste bølgene av alle fant sted i mai. Vangelis Lidaki hadde vært på vei hjem fra Neápoli da han så det grusomme synet av de utbrente landsbyene.

«De har tilintetgjort dem,» raste han. «De har brent dem til grunnen.»

Mennene i baren lyttet med vantro til beskrivelsene av røyken som fremdeles steg opp fra de utslettede landsbyene sør for Lasíthi-fjellene, og hjertene deres ble kalde.

Noen dager etter at dette skjedde, fant et eksemplar av en tysk kunngjøring veien til Pláka via Antonis, som hadde vært på et kort besøk i landsbyen for å vise foreldrene at han fortsatt var i live. Tonen i meldingen var like truende som alltid:

Landsbyene Margarikari, Lokhria, Kamáres og Sakthouria og deler av Iráklio er blitt jevnet med jorden og innbyggerne tatt hånd om.

Disse landsbyene hadde gitt kommunistiske bander beskyttelse, og vi anser hele befolkningen skyldig i å ha unnlatt å melde fra om disse forræderske aktivitetene.

Banditter har fått streife fritt omkring i Sakthouria-regionen med full støtte av lokalbefolkningen, som også har gitt dem husly. I Margarikari feiret forræderen Petrakgeorgis åpenlyst påske sammen med innbyggerne.

Lytt nøye til oss, kretere. Vit hvem deres virkelige fiender er, og beskytt dere mot dem som har skyld i at represaliene rammer dere. Vi har hele tiden advart dere mot farene ved å samarbeide med britene. Tålmodigheten vår begynner å ta slutt. Det tyske sverd vil ødelegge alle som går i ledtog med banditter og briter.

Arket ble sendt på rundgang og lest både en og to ganger til det ble krøllet av alle hendene det hadde vært innom. Det la ingen demper på landsbyboernes kampvilje.

«Dette viser bare at de begynner å bli desperate,» sa Lidaki.

«Jo, men vi begynner også å bli desperate,» repliserte konen hans. «Hvor mye lenger kan vi holde ut dette? Hvis vi sluttet å hjelpe *andarte*, kunne vi sove bedre i sengene våre.»

Samtalene fortsatte til langt på natt. Å overgi seg og samarbeide med tyskerne, stred mot alle kreternes instinkter. De burde gjøre motstand, de burde slåss. Dessuten likte de å slåss. Mennene trivdes med konflikter, alt fra mindre krangler til årelange blodfeider mellom familier. Kvinnene, på sin side, ba om fred og mente at bønnene deres var blitt hørt da de leste mellom linjene og fant tegn til synkende moral blant okkupantene.

Trykkingen og distribusjonen av slike trusler kunne gjerne ha vært et uttrykk for desperasjon, men uansett motivasjon, var det et faktum at landsbyer var blitt jevnet med jorden. Hvert eneste hjem var blitt redusert til en rykende ruin, og landskapet rundt var skjemmet av de nifse silhuettene av svarte, forvridde trær. Anna krevde av faren at de skulle fortelle tyskerne alt de visste.

«Hvorfor skal vi risikere at Pláka blir ødelagt?» spurte hun.

«Noe av det er bare propaganda,» innskjøt Maria.

«Men ikke alt!» svarte Anna.

Men propagandakrigen ble ikke bare ført av tyskerne. Britene hadde iverksatt sin egen kampanje og oppdaget at det var et effektivt våpen. De produserte flygeblad som ga inntrykk av at fiendens stilling ble stadig mer svekket, spredde rykter om en britisk landgang og overdrev motstandsbevegelsens suksess. «*Kapitulasjon*» var det gjennomgående temaet, og tyskerne våknet til store K-er som var malt på skilderhusene deres, på kaserneveggene og på kjøretøyene. Selv i landsbyer som Pláka ventet mødre nervøst på at sønnene deres skulle komme tilbake etter sine graffitiangrep på tyske installasjoner. Guttene var selvsagt henrykt over å få være delaktige i motstandskampen og forestilte seg ikke et øyeblikk at de utsatte seg for fare.

Slike forsøk på å undergrave tyskernes stilling var kanskje små i seg selv, men de bidro til å forandre det store bildet. Krigsbildet var i ferd med å endres over hele Europa, og det tyske jerngrepet om kontinentet hadde begynt å knake i sammenføyningene. På Kreta var moralen nå så lav at de tyske troppene begynte å trekke seg tilbake. Det forekom også desertasjoner.

Det var Maria som oppdaget at den lille garnisonen i Pláka var forduftet. Presis klokken seks var de alltid ute for å markere styrke ved å marsjere gjennom hovedgaten mens de av og til forhørte tilfeldige forbipasserende.

«Det er noe rart her,» sa hun til Fotini. «Noe er annerledes.»

Det tok ikke lang tid å finne ut av det. Klokken var blitt ti over seks, og de hadde ikke hørt den velkjente lyden av taktfast marsj.

«Du har rett,» svarte Fotini. «Alt er stille.»

Spenningen som hadde hengt i luften i årevis syntes å ha lettet.

«La oss gå en tur,» foreslo Maria.

I stedet for å gå ned til stranden slik de pleide, gikk de to jentene så langt hovedgaten rakk. Helt i enden lå huset der den tyske garnisonen hadde hatt hovedkvarteret sitt. Ytterdøren og vinduslemmene sto vidåpne.

«Kom,» sa Fotini. «Jeg vil se hvordan det er innvendig.»

Hun stilte seg på tå og kikket inn et av vinduene på forsiden. Hun kunne se et bord med et askebeger som var overfylt med sigarettstumper, og fire stoler, hvorav to lå veltet på gulvet.

«Det ser ut til at de er forsvunnet,» sa hun opprømt. «Jeg går inn.»

«Er du *sikker* på at det ikke er noen der?» spurte Maria.

«Temmelig sikker,» hvisket Fotini mens hun trådte over dørstokken.

Bortsett fra litt rusk og rask og en gulnet, tysk avis som lå slengt på gulvet, var huset tomt. De to jentene løp hjem og fortalte nyheten til Pavlos, som straks gikk ned til baren. Innen en time var alle i landsbyen informert, og samme kveld ble torget fylt med folk som feiret at deres lille plett av øya var fri.

Bare noen dager senere, 11. oktober 1944, ble Iráklio befridd. Bemerkelsesverdig nok, med tanke på alt blodet som var spilt i løpet av de siste årene, ble de tyske soldatene eskortert rolig ut gjennom byporten uten at et eneste liv gikk tapt. De voldelige angrepene ble utelukkende rettet mot dem man mente hadde samarbeidet med fienden. Tyske tropper holdt imidlertid okkupasjonen av de vestlige delene av Kreta, og det gikk ennå noen måneder før den situasjonen endret seg.

En tidlig sommermorgen året etter hadde Lidaki radioen stående på full styrke i baren. Han vasket glass fra kvelden før på sin vanlige, sjuskete måte: skyllet dem i en stor bolle med grått vann før han gned dem med en klut som han tidligere hadde tørket opp noe søl på gulvet med. Han ble lettere irritert da musikken plutselig ble avbrutt av en nyhetsmelding, men spisset ører da han hørte oppleserens høytidelige stemme.

«I dag, den åttende mai 1945, har de tyske troppene offisielt overgitt seg. Om noen dager vil alle fiendtlige soldater ha trukket seg ut fra Khaniá-området, og Kreta vil igjen være fritt.»

Musikken fortsatte, og Lidaki lurte på om han virkelig hadde hørt meldingen eller om det bare var fantasien som hadde spilt ham et puss. Han stakk hodet ut gjennom inngangsdøren og så Giorgis komme hastende mot ham.

«Har du hørt det?» spurte han.

«Det har jeg!» svarte Lidaki.

Det var altså sant. Tyranniet var over. Selv om folk på Kreta alltid hadde trodd at de ville klare å drive fienden bort fra øya, var gleden hemningsløs da det endelig skjedde. Festen over alle fester måtte holdes.

Del 3

Kapittel 10

1945

DET VAR SOM OM DE hadde pustet i giftig gass og det nå endelig var kommet oksygen i atmosfæren igjen. Medlemmer av motstandsbevegelsen vendte tilbake til landsbyene sine, ofte etter å ha reist flere hundre kilometer for å komme dit, og nye flasker med raki ble sprettet for å feire hver eneste hjemkomst. Bare en ukes tid etter at okkupasjonen var over, var det merkedagen for Ájos Konstandinos, og feiringen av helgenen var påskuddet alle trengte for å la all forsiktighet fare. En mørk sky hadde lettet, og galskapen senket seg i dens sted. Velfødde geiter og sauer roterte på spidd over hele Kreta, og fyrverkeri eksploderte mot stjernene og fikk enkelte til å minnes eksplosjonene som hadde sprengt byene deres og lyst opp himmelen i krigens første dager. Ingen dvelte imidlertid ved sammenligningen. Folk ønsket å se fremover nå, ikke bakover.

Til helligdagen som var viet Ájos Konstandinos kledde jentene i Pláka seg i sin fineste stas. De hadde vært i kirken, men tankene kretset om helt andre ting enn feiringens hellige innhold. Disse halvvoksne jentene hadde få grenser å forholde seg til, for de ble fremdeles betraktet som barn, og folk flest antok at uskylden styrte alt de sa og gjorde. Det var først senere, når deres kvinnelige attributter allerede var utviklet, at foreldre ble oppmerksomme på seksualiteten deres og begynte å holde et våkent øye med dem, iblant altfor sent. Innen den tid hadde selvsagt mange av disse jentene utvekslet stjålne kyss med landsbygutter og hatt hemmelige stevnemøter i olivenlundene eller på skjermede pletter på vei hjem fra skolen.

Mens hverken Maria eller Fotini noen gang var blitt kysset, hadde Anna allerede stor erfaring i kunsten å flørte. Hun var aldri lykkeligere enn når det var gutter i nærheten og hun kunne kaste på den fyldige hårmanken og smile på sitt vinnende vis og vite at publikummet aldri ville forlate henne. Hun var som en katt med løpetid.

«Denne kvelden kommer til å bli spesiell,» forkynte hun. «Det henger i luften.»

«Hvorfor tror du det?»

«Fordi de fleste av guttene er kommet tilbake,» lød svaret.

Det var mange unge menn i landsbyen som bare hadde vært guttunger da de reiste hjemmefra for å slutte seg til *andarte* i begynnelsen av okkupasjonen. Noen av dem hadde nå valgt å slutte seg til kommunistene og hadde dratt for å delta i kampene mot de høyreorienterte styrkene på det greske fastlandet, noe som medførte nye strabaser og blodsutgytelser.

Fotinis bror Antonis var en av dem som hadde vendt tilbake til Pláka. Enda så stor sympati han hadde for venstresidens idealer og striden på fastlandet, hadde fire års kamp mot tyskerne gjort ham mer enn rede til å komme hjem. Det var Kreta han hadde slåss for, og her ønsket han å bli. I løpet av den tiden han hadde vært hjemmefra, var han blitt sprek og sterk og helt ugjenkjennelig fra den radmagre skikkelsen som var kommet sjanglende inn i baren for å treffe familien etter de første månedene i motstandsstyrkene. Nå hadde han ikke bare bart, men skjegg i tillegg, noe som fikk ham til å se minst fem år eldre ut enn de treogtyve han faktisk var. Han hadde levd på en diett av fjellplanter, snegler og de ville dyrene han klarte å fange, og hadde overlevd så ekstrem hete og kulde at det hadde gitt ham en følelse av å være udødelig.

Det var denne romantiske skikkelsen Anna hadde kastet sitt blikk på denne kvelden. Det var hun ikke alene om, men hun var sikker på at hun i hvert fall ville klare å stjele seg til et kyss fra ham. Han var slank og smal om hoftene, og da dansen begynte, var Anna fast bestemt på å få ham til å legge merke til henne. Hvis han ikke gjorde det, ville han være den første mannen i landsbyen som hadde klart det kunststykket. Alle la merke til Anna, ikke bare fordi hun var et halvt hode høyere enn de fleste andre jentene, men fordi håret hennes var lengre og mer bølget og skinnende enn alle de andres. Selv når det var flettet, nådde det henne til hoftene. Det hvite i de store, ovale øynene var like klart som de blendende bomullsblusene alle jentene bar, og det glimtet i perleraden av tenner mens hun lo og pratet med vennene sine, intenst oppmerksom på sin egen skjønnhet under de vurderende blikkene til gruppene av menn som sto rundt på torget og ventet på at musikken skulle markere begynnelsen på festlighetene. Anna var nesten selvlysende i skumringen denne festdagen, og de andre jentene havnet helt i skyggen av henne.

Stoler og bord var satt ut på tre sider av torget, og på den fjerde sto et langt bukkebord som bar vekten av et dusin fat fulle av ostepaier, krydderpølser, søte kaker og pyramider av appelsiner og modne aprikoser. Duften av stekt lam hang over torget og ga folk vann i munnen av forventning. Men tradisjonen krevde at alt skjedde i rett orden. Spisingen og drikkingen ville begynne senere. Først skulle det danses.

Til å begynne med sto gutter og menn i samlet flokk og pratet, mens kvinnene holdt seg et stykke unna og fniste opprømt. Atskillelsen skulle ikke vare. Orkesteret spilte opp, og rundturene og trampingen begynte. Menn og kvinner reiste seg fra stolene, og flokkene med jenter og gutter gikk i oppløsning. Snart var hele den støvete danseplassen fylt. Mens den indre kretsen av kvinner beveget seg i ring, visste Anna at hun før eller siden ville komme ansikt til ansikt med Antonis og få danse i noen øyeblikk før alle beveget seg videre. Hvordan skal jeg få ham til å se meg som noe mer enn lillesøsterens venninne? spurte hun seg selv.

Hun slapp å prøve. Antonis sto foran henne. Dansen, en sakte *pentozali* ga henne en kort anledning til å studere de uutgrunnelige øynene som kikket frem mellom de svarte duskene på det tradisjonelle hodeplagget. En *sariki* var en krigerhatt som mange unge menn nå bar for å vise at de var blitt voksne, ikke bare i alder, men fordi de hadde en annen manns blod på hendene. I Antonis' tilfelle var det ikke bare en, men flere fiendtlige soldater som hadde måttet bøte med livet. Han håpet at han aldri mer ville få høre skriket av overraskelse idet kniven hans gled inn i det myke kroppsvevet mellom skulderbladene, og det hikstende gispet som fulgte. Han hadde aldri følt det som en seier, men det ga ham retten til å kunne sidestille seg med de fryktløse krigerne fra Kretas fortid, *pallikariaene*, i deres knebukser og høye støvler.

Anna smilte bredt til denne gutten som var blitt mann, men han gjengjeldte det ikke. De svarte øynene hadde i stedet holdt blikket hennes stivt fanget til hun nesten ble lettet over at han måtte fortsette til neste partner. Da dansen tok slutt, banket hjertet hennes fortsatt kraftig, og hun gikk tilbake til venninnene, som så på at noen av mennene, deriblant Antonis, snurret rundt foran dem som menneskelige snurrebasser. Det var en svimlende forestilling. Støvlene deres var minst en halvmeter over bakken når de hoppet, og de perfekt synkroniserte tonene fra lutten og den trestrengete lyren drev dem videre og ga dansen en åndeløs energi helt til siste akkord.

De gifte kvinnene og enkene gledet seg også over synet av de akrobatiske øvelsene, selv om forestillingen ikke var til ære for dem, men for de gifteferdige skjønnhetene som betraktet dem fra det ene hjørnet av torget. Mens Antonis virvlet rundt og musikken og trommeslagene steg mot et klimaks, var Anna sikker på at denne kjekke krigeren danset for henne alene. Alle tilskuerne klappet og jublet idet den ene dansen ble avsluttet og den neste begynte, nesten uten et øyeblikks pause. En gruppe litt eldre menn overtok den støvete scenen.

Anna ble djerv. Hun trakk seg ut av venninneflokken og nærmet seg Antonis som skjenket seg et glass vin fra en stor leirkrukke. Selv om han hadde sett henne mange ganger hjemme hos seg selv, hadde han knapt lagt merke til henne før i kveld. Før okkupasjonen hadde Anna bare vært en liten jentunge, nå var hun vokst til en formfullendt, yppig kvinne.

«Hei, Antonis,» sa hun likefrem.

«Hei, Anna.»

«Du må ha øvet deg mye på å danse mens du var borte,» sa hun, «siden du har lært deg alle de trinnene.»

«Vi så ikke annet enn geiter oppe i fjellene,» svarte Antonis leende. «Men de er utrolig lettbeint, så vi lærte kanskje et trinn eller to av dem.»

«Kan vi danse igjen snart?» spurte hun over de skarpe tonene fra lyren og de kraftige trommeslagene.

«Ja,» sa han og smilte med ett så hele ansiktet lyste opp.

«Fint. Jeg skal vente. Der borte,» sa hun og gikk tilbake til venninnene.

Antonis fikk følelsen av at Anna tilbød ham noe mer enn bare å danse *pentozali*. Da en passende dans begynte, gikk han bort til henne, tok henne i hånden og trakk henne med seg inn i ringen. Mens han holdt henne rundt livet, trakk han inn den utrolig sensuelle duften av svetten hennes, en mer berusende, søt parfyme enn noe han hadde kjent tidligere. Knuste kronblad av lavendel og rose kunne ikke sammenlignes. Da dansen var over, merket han den varme pusten hennes mot øret.

«Møt meg bak kirken,» hvisket hun.

Anna visste at en tur til kirken ikke ville vekke oppsikt på en helgendag, selv midt under en så løssluppen fest som dette. Dessuten delte Ájos Konstandinos dagen med konen sin, Ajía Eleni, og det gjorde den til en velegnet anledning til å minnes moren. Med raske skritt gikk hun inn i smuget bak kirken, og en kort stund etter var Antonis der også og famlet seg frem mot henne. Den halvåpne munnen hennes søkte umiddelbart hans.

Ikke siden han hadde betalt for det, var han blitt kysset på denne måten. I de siste månedene av krigen hadde han vært en flittig gjest på bordellene i Réthymno. Kvinnene der elsket *andarte* og ga dem rabatt, spesielt de som var så kjekke som Antonis. Geskjeften deres var den eneste som hadde blomstret under okkupasjonen, mens mennene søkte trøst etter lange fravær fra sine koner, og unge menn benyttet sjansen til å tilegne seg seksuelle erfaringer som aldri ville bli tolerert i deres strengt overvåkte lokalsamfunn. Kjærligheten hadde imidlertid vært totalt fraværende. Nå hadde han armene rundt en kvinne som kysset som en prostituert, men som sannsynligvis var jomfru, og det viktigste av alt var at Antonis følte et ekte begjær. Det var ikke til å ta feil av. Hjernen hans arbeidet raskt. Han var hjemme igjen for godt, med forventninger om at han skulle gifte seg og slå seg til ro, og her hadde han en kvinne som hungret etter kjærlighet og som bokstavelig talt hadde ventet på dørstokken hans, akkurat som hun hadde gjort i barndommen. Hun måtte bli hans. Det var forutbestemt.

De løsrev seg. «Vi må gå tilbake til torget,» sa Anna, vel vitende om at faren ville merke det hvis hun ble borte for lenge. «Men la oss gå hver for oss.»

Hun forsvant fra ham i skyggene og gikk inn i kirken. Der tok hun seg tid til å tenne et lys foran et bilde av jomfruen med barnet, og beveget leppene som fortsatt var våte etter kysset, i en stille bønn.

Idet hun kom tilbake til torget, så hun at det foregikk noe ute i gaten. En stor personbil hadde stoppet der, en av de få på en øy der folk flest fremdeles forflyttet seg ved hjelp av sine egne to ben eller et firbent dyr. Anna stoppet for å se på passasjeren som steg ut. Hun gjenkjente straks sjåføren, en distingvert mann i sekstiårene, som Alexandros Vandoulakis, overhodet for en velstående landeierfamilie som bodde på en stor gård utenfor Eloúnda. Han var en populær mann, og hans kone Eleftheria var også godt likt. De ga arbeid til minst et dusin menn i landsbyen – blant dem Antonis – hvorav flere nettopp var kommet hjem igjen etter lange fravær i motstandsbevegelsen og var blitt ønsket velkommen tilbake med åpne armer. De var rause med mennenes lønninger, skjønt mange hevdet med en viss sarkasme at det hadde de også råd til å være. Det var ikke bare de flere tusen hektar med olivenlunder som var kilden til velstanden deres. De eide et like stort landområde på det fruktbare Latishi-platået, der de dyrket mengder av poteter, korn og epler, noe som sikret dem en solid inntekt året rundt, attpåtil en garantert inntekt. Det milde klimaet på platået som lå åtte hundre meter over havet, var svært stabilt, og de grønne markene fikk et jevnt tilsig av vann fra den smeltende snøen på fjellene rundt. Alexandros og Eleftheria Vandoulakis tilbragte ofte høysommeren i Neápoli, vel tyve kilometer unna, der de eide en praktfull villa, og overlot driften av eiendommen i Eloúnda til sønnen Andreas. De hadde en enorm formue.

Det var imidlertid ingen overraskelse at en så velstående familie dukket opp for å feire sammen med fiskere, gjetere og landarbeidere. Det var det samme over hele Kreta. Alle landsbyboere møtte frem for å danse og feste, og de velstående jordeierfamiliene på de omkringliggende godsene sluttet seg uten videre til dem. De kunne ikke organisert en bedre fest selv, samme hvor rike de var, og det var ingenting de heller ville enn å ta del i jubelen. Både rik og fattig hadde lidd under okkupasjonen, så alle hadde lik grunn til å feire frigjøringen. Den sjelfulle stemningen i en *mantinade* eller livsgleden i en energisk *pentozali* vekket de samme følelsene i folk enten familien eide nitti oliventrær eller nitti tusen.

Ut fra bilens baksete steg ekteparet Vandoulakis' to døtre, og til slutt deres eldre bror, Andreas. De ble straks ønsket velkommen og gitt et bord med den beste utsikten til dansen. Andreas ble imidlertid ikke sittende der så lenge.

«Kom igjen,» sa han til søstrene sine. «La oss bli med i dansen.»

Han tok en i hver hånd og trakk dem med seg inn i kretsen, der de straks gikk i ett med de andre dansende, kledd som de var i samme antrekk som landsbyjentene. Anna så på dem. Noen av venninnene hennes var i gruppen deres, og det slo henne at hvis de fikk sjansen til å danse arm i arm med Andreas Vandoulakis, så burde hun få det også. Hun ble med i den neste *pentozalien*, og på samme måte som hun hadde gjort med Antonis en knapp time tidligere, låste hun Andreas' blikk i sitt eget.

Dansen tok slutt. Lammet var ferdig stekt og ble skåret opp i tykke skiver, som så ble lagt på tallerkener og sendt rundt til alle. Andreas var tilbake hos familien, men tankene var et helt annet sted.

Femogtyve år gammel ble han stadig minnet av foreldrene sine om at det var på høy tid han fant seg en kone. Alexandros og Eleftheria var frustrert over at han aldri gjorde annet enn å avvise døtrene til deres venner og bekjente. Noen var for kjedelige, andre for sytete og atter andre rett og slett for dumme, og selv om alle ville brakt med seg en svært generøs medgift, nektet Andreas å ha noe som helst med dem å gjøre.

«Hvem er den piken der? Hun med det praktfulle håret?» spurte han søstrene og nikket i retning av Anna.

«Hvordan kan vi vite det?» svarte de i kor. «Det er vel bare en av de lokale jentene.»

«Hun er nydelig,» sa han. «Slik er det jeg vil min kone skal se ut.»

Han reiste seg, og Eleftheria sendte Alexandros et megetsigende blikk. Hun syntes at siden størrelsen på medgiften likevel ikke ville spille noen rolle for Andreas' formue, betydde det lite hvem han giftet seg med. Eleftheria selv kom fra betraktelig mer beskjedne kår enn Alexandros, men det hadde ikke påvirket livene deres noe særlig. Hun ville at sønnen skulle bli lykkelig, og om det innebar å blåse i konvensjonene, så gjerne for henne.

Andreas hadde gått rett bort til flokken av jenter som satt i ring og spiste biter av det møre kjøttet med fingrene. Av utseende var det ingenting spesielt ved Andreas, som hadde arvet farens sterke trekk og morens lyse hud, men familiebakgrunnen ga ham en måte å føre seg på som gjorde at han skilte seg ut fra alle andre mennene på festen, med unntak av Alexandros Vandoulakis selv. De unge kvinnene ble blyge da de så at Andreas nærmet seg og skyndte seg å tørke hendene på skjørtene og slikke den fete kjøttsaften bort fra leppene.

«Noen som har lyst til å danse?» spurte han henslengt og så rett på Anna. Holdningen tilhørte en mann som var trygg på sin sosiale status, og det var bare ett svar på spørsmålet. Å reise seg og ta hånden som ble strukket ut mot henne.

Lysene på bordene var brent ned og sluknet, men nå hadde månen stått opp og kastet sitt klare lys over den ellers så ravnsvarte himmelen. Både raki og vin hadde flytt fritt, og musikerne, som var blitt grepet av stemningen, spilte fortere og fortere til det igjen virket som om de dansene fløy gjennom luften. Andreas holdt Anna tett inntil seg. De var kommet til den tiden på kvelden da man kunne ignorere tradisjonen med bytte av dansepartnere, og han bestemte seg fort for at han ikke ville skifte henne ut med en eldre matrone med få tenner og to venstreben. Anna var perfekt. Ingen andre dugde.

Alexandros og Eleftheria Vandoulakis så hvordan sønnen kurtiserte denne kvinnen, men de var ikke de eneste som gjorde det. Antonis satt ved et bord sammen med kameratene sine og var i ferd med å drikke seg sanseløs på grunn av det som utspilte seg rett foran øynene på ham. Mannen han arbeidet for var i ferd med å forføre piken han ville ha. Jo mer han drakk, desto mer ulykkelig ble han. Han hadde følt seg mindre motløs da han sov under åpen himmel oppe i fjellene under krigen, pisket av vinden og halvt druknet av regnet. Hvilke sjanser hadde han til å få Anna for seg selv når han måtte konkurrere med en mann som var arving til halve Lasíthi?

I et hjørnet av plassen satt Giorgis og spilte backgammon med en gruppe eldre menn. Blikket hans flakket kontinuerlig mellom brettet og torget der Anna fortsatt danset med den mest ettertraktede ungkaren på denne siden av Ájos Nikólaos.

Familien Vandoulakis reiste seg omsider for å dra. Andreas' mor skjønte instinktivt at sønnen ikke hadde lyst til å bli med dem hjem, men av hensyn til omdømmet til denne landsbyskjønnheten han var blitt så begeistret for, var det viktig at han gjorde det. Sønnen var ikke dum. Hvis han ville bryte med tradisjonene og selv velge hvem han ville gifte seg med, i stedet for å la seg manipulere av foreldrene, trengte han å ha dem på sin side.

«Unnskyld,» sa han til Anna, «jeg må gå nå, men jeg vil gjerne treffe deg igjen. Jeg sender deg et brev i morgen og foreslår når vi kan møtes neste gang.»

Han snakket som en mann som var vant til å gi ordrer og forventet at de skulle bli fulgt. Anna hadde ingen innvendinger og innså for en gangs skyld at det ville lønne seg å gjøre som hun ble bedt om. Dette kunne tross alt være veien vekk fra Pláka for hennes del.

Kapittel 11

«HEI! ANTONIS! Kom hit litt!»

Stemmen var bydende, en herre som tilkalte en tjener. Andreas hadde stoppet lastebilen et stykke unna stedet der Antonis sto og hugget ned noen gamle oliventrær, og nå vinket han ham bort til seg. Antonis tok en pause i arbeidet og støttet seg til øksen. Han hadde ennå ikke vent seg til å stå på pinne for sin unge arbeidsgiver. Selv om den omflakkende tilværelsen han hadde ført de siste årene hadde vært uendelig hard og ukomfortabel, hadde den også medført en herlig frihet, og han fant det vanskelig å tilpasse seg både de daglige rutinene og kravet om at han skulle stille seg i givakt hver gang sjefen snakket til ham. Som om ikke det var nok, hadde han også en spesifikk grunn til å mislike mannen som nå sto og ropte til ham fra førersetet i lastebilen. Han følte seg fristet til å plante øksen i nakken på Andreas Vandoulakis.

Antonis glinset. Pannen var full av svetteperler, og skjorten klistret seg til ryggen. De var ikke kommet lenger enn til slutten av mai, men varmen var trykkende. Han aktet ikke å stille seg i givakt, i hvert fall ikke riktig ennå. Nonsjalant trakk han korken ut av gresskarflasken som hadde ligget ved føttene hans og tok en slurk av vannet.

Anna … For en drøy uke siden hadde Antonis knapt lagt merke til henne, og i hvert fall ikke ofret henne en tanke, men på landsbyfesten hadde hun tent en lidenskap i ham som gjorde ham søvnløs. Igjen og igjen opplevde han øyeblikket da de hadde kysset. I ti korte minutter hadde omfavnelsen vart, men for Antonis hadde hvert sekund fortont seg like langt og vedvarende som en hel dag. Så var alt sammen over. Sjansen til kjærlighet var blitt snappet bort rett foran øynene på ham. Han hadde holdt øye med Andreas Vandoulakis fra det øyeblikket han kom og sett ham danse med Anna. Allerede da, før frontlinjene var trukket opp, hadde han visst hvem som hadde vunnet krigen. Oddsene hadde vært mot ham fra første stund.

Antonis begynte å gå bort til Andreas, som var blind for nyansene i oppførselen hans.

«Du bor i Pláka, ikke sant?» spurte Andreas. «Jeg vil at du skal levere dette for meg. I dag.»

Han rakte ham en konvolutt. Antonis trengte ikke å se på den for å vite hvilket navn som sto på forsiden.

«Det lar seg vel gjøre en gang,» sa han med påtatt likegyldighet mens han brettet konvolutten i to og stakk den i baklommen på buksen.

«Jeg vil ha det levert *i dag*,» sa Andreas strengt. «Ikke glem det.»

Motoren i lastebilen startet støyende, og Andreas rygget i full fart ut av olivenlunden. Hjulene virvlet opp en skitten sky av tørr jord som ble hengende i luften og fylte Antonis' lunger med støv.

«Hvorfor skulle jeg ta med meg det forbannede brevet ditt?» brølte Antonis idet lastebilen forsvant. «Faen ta deg!»

Han visste at dette brevet ville forsegle skjebnen hans, men han visste også at han ikke hadde noe annet valg enn å sørge for at det kom trygt frem dit det skulle. Andreas Vandoulakis ville snart få vite det hvis han hadde unnlatt å gjøre jobben sin, og da ville det bli bråk. Hele dagen lå den stive konvolutten i lommen hans. Det knirket i den hver gang han satte seg, og han fantaserte om å rive brevet i stykker, krølle det sammen til en ball og kaste det ned i en dyp kløft eller se det brenne langsomt i bålet han hadde laget av restene fra dagens trehugst. Men det eneste han ikke var fristet til å gjøre, var å åpne det. Han ville ikke holde ut å lese det. Det var heller ikke nødvendig. Det var nokså innlysende hva som sto i det.

Anna ble overrasket over å se Antonis stå utenfor døren hennes tidlig den kvelden. Han hadde banket på døren og håpet at hun ikke var inne, men der sto hun, med det samme brede smilet som hun sendte så kritikkløst til alle som kom i hennes vei.

«Jeg har et brev til deg,» sa Antonis før hun fikk sjansen til å snakke. «Det er fra Andreas Vandoulakis.» Ordene satte seg nesten fast i halsen, men han fant en pervers tilfredsstillelse i å kunne si dem uten å røpe hva han følte. Annas øyne ble store av utilslørt glede.

«Takk,» sa hun og tok imot den nå myke og krøllete konvolutten mens hun omhyggelig unngikk å møte blikket hans. Det var som om hun hadde glemt intensiteten i kysset deres. Hadde det ikke betydd noe for henne? undret Antonis. Da det skjedde, hadde det virket som en begynnelse, men nå innså han at kysset som for ham hadde virket så løfterikt og spennende, bare hadde vært et øyeblikks underholdning for henne.

Hun flyttet kroppsvekten fra den ene foten til den andre, og han kunne se at hun var ivrig etter at han skulle gå og gi henne sjansen til å åpne brevet. Plutselig tok hun et skritt bakover, sa farvel og lukket døren. Da den smalt igjen, var det som om han hadde fått et slag i ansiktet.

Inne i huset satte Anna seg ved det lave bordet og åpnet konvolutten med skjelvende hender. Hun ønsket å nyte dette øyeblikket. Hva ville hun finne? Ord som eksploderte som fyrverkeri på arket? Følelser like gripende som ved synet av et stjerneskudd? Som enhver annen attenåring som forventet slike poetiske vendinger, var hun nødt til å bli skuffet av brevet som lå foran henne:

Kjære Anna,

Jeg ønsker å treffe deg igjen. Kan du være så snill å komme til lunsj med din far neste søndag? Mor og far ser frem til å møte dere.

Din,
Andreas Vandoulakis

Selv om innholdet gjorde henne opprømt, og utgjorde enda et lite skritt på veien bort fra Pláka, ble hun betenkt over den formelle tonen. Anna hadde sett for seg at Andreas som hadde vært så heldig å få høyere utdannelse, ville være en ordenes mester, men det var omtrent like mye følelser i denne raskt skrevne meddelelsen som i de kjedelige bøkene om gresk grammatikk som hun hadde vært så glad for å kunne legge fra seg da skolegangen var over.

•

Lunsjen fant behørig sted, og mange flere fulgte. Anna ble alltid fulgt av faren sin, i tråd med den strenge etiketten som ble fulgt av både rik og fattig i slike situasjoner. Ved de første fem–seks anledningene ble far og datter hentet midt på dagen av en tjener i Alexandros Vandoulakis' bil, kjørt til den store villaen i Neápoli og kjørt hjem igjen presis klokken halv fire. Mønsteret var alltid det samme. Når de kom, ble de vist inn i en stor salong der hvert eneste møbel var pyntet med skjøre, hvite blondekanter og gjenstander av vakkert, nesten gjennomsiktig porselen sto utstilt på en stor kommode. Her tilbød Eleftheria Vandoulakis dem en liten tallerken med søtt syltetøy og et ørlite glass likør, mens hun ventet for å ta imot de tomme tallerkenene og glassene på et brett når de var ferdige. Så toget alle inn i den dunkle spisestuen, der oljemalerier av forfedre med store mustasjer stirret strengt ned på dem fra veggene. Selv her foregikk alt i svært formelle vendinger. Alexandros kom inn, korset seg og sa: «Velkommen,» og gjestene svarte i kor med ordene: «Jeg er heldig som får være her hos dere.» Det var det samme hver eneste gang, inntil Anna visste nesten på sekundet hva som skulle skje når.

Besøk etter besøk satt de vaglet på de sirlig utskårne, høyryggete stolene ved det mørke, blankpolerte bordet og tok høflig imot alle rettene som ble satt frem for dem. Eleftheria gjorde alt hun kunne for å få gjestene til å slappe av, for mange år tidligere hadde hun vært gjennom de samme prøvelsene da hun ble vurdert av den forrige generasjonen i familien Vandoulakis for å se om hun var skikket til å bli Alexandros' kone, og hun husket som om det var i går hvor uutholdelig stivt alt sammen hadde vært. Men til tross for den omtenksomme kvinnens anstrengelser, gikk samtalen trått, og både Giorgis og Anna var smertefullt klar over at de var på prøve. Det var imidlertid som det skulle være. Hvis dette skulle være innledningen til en forlovelse, og ingen hadde ennå definert det som det, var det mange rammer som skulle trekkes opp.

Da tiden var kommet for det syvende møtet, hadde familien Vandoulakis flyttet til det store huset i Eloúnda, der de alltid tilbragte månedene mellom september og april. Anna begynte å bli utålmodig. Hun og Andreas hadde ikke vært alene med hverandre siden dansen i mai, og som hun en kveld sa oppgitt til Fotini og moren: «Det kan knapt kalles å være alene, siden hele landsbyen stirret på oss! Hvorfor tar det så lang tid?»

«Hvis det er det rette for både dere og familiene deres, er det ingen grunn til å ha det travelt,» svarte Savina fornuftig.

Anna, Maria og Fotini satt i familien Angelópoulos' hus og skulle angivelig undervises i håndarbeid. I virkeligheten var alle der for å diskutere «Vandoulakis-situasjonen», som den nå ble kalt. Anna følte seg etter hvert som et dyr som ble gransket på det lokale markedet. Kanskje hun likevel skulle ha siktet litt lavere. Men hun var fast bestemt på ikke å la entusiasmen spakne. Hun hadde rundet atten, skoletiden var for lengst over og hun hadde egentlig bare én ambisjon: å bli godt gift.

«Jeg får bare se på de neste månedene som en utholdenhetsprøve,» sa hun. «Og for øvrig har jeg jo far å ta meg av i mellomtiden.»

Men det var naturligvis Maria som tok seg av Giorgis og som visste at hun måtte bli boende hjemme en stund til og utsette sin egen fjerne drøm om å bli lærerinne. Hun sa imidlertid ingenting. Det var sjelden en god idé å yppe til strid med Anna.

Det var først ut på våren neste år at Alexandros Vandoulakis følte seg sikker på at sønnen ikke begikk noen feil om han giftet seg med Anna, til tross for forskjellen i velstand og sosial status. Hun var tross alt usedvanlig pen, mer enn intelligent nok og tydelig glad i Andreas. En dag, etter enda en lunsj, trakk de to fedrene seg alene tilbake til salongen. Alexandros Vandoulakis sa nøyaktig det han mente.

«Vi er alle innforstått med ubalansen i dette forholdet, men vi føler oss sikre på at det ikke vil få noen betydning for noen av partene. Min kone har overbevist meg om at Andreas vil bli lykkeligere med din datter enn med noen annen kvinne han har møtt, så all den tid Anna utøver sine plikter som hustru og mor, finner vi egentlig ingen innvendinger å komme med.»

«Jeg har ikke mye å tilby i form av medgift,» sa Giorgis og konstaterte det innlysende.

«Det er vi fullstendig klar over,» svarte Alexandros. «Medgiften hennes kan være et løfte om å være en god kone og gjøre alt hun kan for å hjelpe til med driften av godset. Det er en viktig jobb og krever en dyktig kvinne i kulissene. Jeg kommer til å pensjonere meg om noen år, og Andreas vil få en tung bør å bære.»

«Jeg er sikker på at hun vil gjøre sitt beste,» svarte Giorgis ganske enkelt. Han følte seg på dypt vann. Denne familien var så velstående og innflytelsesrik at det skremte ham like mye hver gang han så hvordan det gjenspeilet seg i alt de omga seg med: de store, mørke møblene, de tykke gulvteppene og overdådige veggteppene og de verdifulle helgenbildene som hang på veggene var alle sammen en manifestasjon av familiens betydning. Men det spilte ingen rolle om han ikke følte seg hjemme der, reflekterte han. Det som betydde noe, var om Anna virkelig kunne venne seg til en slik prakt, og ingenting tydet på at hun ikke følte seg fullkomment vel hjemme hos familien Vandoulakis, enda han følte seg like bortkommen der som om han var i et fremmed land. Anna kunne nippe forsiktig til et glass, spise pent med det rette bestikket og si de riktige tingene som om hun hadde fått det inn med morsmelken. Men han visste naturligvis at hun bare spilte.

«Det som er like viktig som noe annet, er at grunnutdannelsen hennes er god. Din kone har vært en dyktig lærerinne, Kyrie Petrakis.»

Henvisningen til Eleni gjorde Giorgis om mulig enda mer fåmælt. Familien Vandoulakis visste at Annas mor døde noen år tidligere, men mer enn det aktet han ikke å la dem få vite.

Da de kom hjem samme ettermiddag, ventet Maria på dem. Det var som om hun skjønte at dette hadde vært et avgjørende møte.

«Nå?» sa hun. «Har han fridd?»

«Ikke ennå,» svarte Anna. «Men jeg vet at han kommer til å gjøre det. Jeg bare vet det.»

Maria visste at det var ingenting i hele verden søsteren ønsket høyere enn å bli Anna Vandoulakis, og selv ønsket hun det også for henne. Det ville ta henne vekk fra Pláka og inn i den andre verdenen hun alltid hadde fantasert om, der hun aldri ville behøve å lage mat, gjøre rent, stoppe strømper eller spinne.

«De har ingen illusjoner om oss,» sa Anna. «De vet hva slags hus vi bor i, og de vet at jeg ikke bringer en formue med meg inn i ekteskapet, bare noen få smykker etter mor, det er alt ...»

«Så de vet om mor?» innskjøt Maria vantro.

«Bare at far er enkemann,» svarte Anna. «Og det er alt de kommer til å få vite.» Det samtaleemnet var avsluttet.

«Så hva skjer nå?» spurte Maria og styrte dem begge bort fra det farlige området.

«Jeg venter,» sa Anna. «Jeg venter til han frir. Men ventetiden er ren tortur, og jeg kommer til å *dø* hvis han ikke gjør det snart.»

«Han gjør det, helt sikkert. Det er tydelig at han elsker deg. Alle sier det?»

«Hvem er alle?» spurte Anna skarpt.

«Det vet jeg egentlig ikke, men ifølge Fotini virker det som om alle på godset mener det.»

«Hva vet vel Fotini?»

Maria visste at hun hadde sagt for mye. Selv om det hadde vært få hemmeligheter mellom de tre jentene tidligere, hadde det forandret seg de siste månedene. Fotini hadde fortalt Maria om hvor forelsket broren var i Anna og hvor hardt det var for ham å høre at arbeiderne på godset knapt snakket om annet enn den forestående forlovelsen mellom sjefens sønn og piken fra landsbyen. Stakkars Antonis.

Anna ga seg ikke før Maria fortalte henne det.

«Det er Antonis. Han er besatt av deg, det vet du sikkert. Han forteller Fotini all sladderen på godset, og alle sier at Andreas snart skal fri til deg.»

En liten stund frydet Anna seg over at hun var gjenstand for så mye diskusjon og spekulasjon. Hun elsket å vite at hun var i sentrum for folks oppmerksomhet og ville vite mer.

«Hva annet sier de? Ikke stopp nå, Maria, fortell meg det!»

«De sier at han gifter seg under sin stand.»

Det var ikke det Anna hadde forventet og absolutt ikke det hun ønsket å høre. Hun reagerte med sinne.

«Hva bryr vel jeg meg om hva de mener? Hvorfor *skulle* jeg ikke gifte meg med Andreas Vandoulakis? Jeg ville aldri giftet meg med en som Antonis Angelópoulos. Han eier ikke mer enn skjorten han står og går i.»

«Ikke snakk sånn om broren til vår beste venninne – og dessuten, grunnen til at han ikke eier noe som helst, er at han var ute og sloss for landet sitt mens andre holdt seg hjemme og fylte lommene sine.»

Marias sarkastiske avslutningsreplikk var mer enn Anna kunne tolerere. Hun kastet seg frem mot søsteren, og som vanlig når Maria viklet seg inn i en krangel med den uberegnelige Anna, valgte hun å trekke seg unna. Hun flyktet ut av huset, og siden hun var raskere enn Anna, var hun snart ute av syne i labyrinten av små, trange gater i enden av landsbyen.

Maria var selvbeherskelsens mester. I motsetning til den ustabile søsteren, som stilte sine følelser, tanker og handlinger til skue for all verden, var hun ettertenksom. Som oftest holdt hun tankene og synspunktene sine for seg selv, etter å ha erfart at folk ofte angret på følelsesutbrudd og ubetenksomme ord. I de siste årene hadde hun lært seg å styre temperamentet bedre enn noen gang. På den måten ga hun inntrykk av å være tilfreds med det meste, hovedsakelig for å beskytte faren. Noen ganger unnet hun seg imidlertid den luksus å komme med et spontant utbrudd, og når det først kom, kunne det ha samme effekt som et tordenskrall på en skyfri dag.

Til tross for godsarbeidernes mening og Alexandros Vandoulakis' nagende betenkeligheter, fant forlovelsen sted i april. Paret var blitt overlatt til seg selv i den mørke dagligstuen etter middagen, som hadde vært en stivere affære enn noen gang. Forventningene til forlovelsen hadde vært så store at da den endelig skjedde, og Andreas ba om hennes hånd, vekket det ikke særlig heftige følelser i Anna. Hun hadde forestilt seg scenen så mange ganger at da den endelig inntraff, var det som om hun var en skuespiller på en scene. Hun følte seg nummen, uvirkelig.

«Anna,» sa Andreas, «jeg har noe å spørre deg om.»

Det var ingenting som kunne kalles romantisk, fantasifullt eller magisk ved frieriet. Det var like funksjonelt som gulvbordene de sto på.

«Vil du gifte deg med meg?»

Anna hadde nådd målet. Hun hadde vunnet et veddemål med seg selv og kunne peke nese av dem som trodde hun ikke ville våge å gifte seg inn i en velstående og innflytelsesrik familie.

Det var hennes første tanker da hun aksepterte Andreas' hånd og kysset ham lidenskapelig på leppene for første gang.

Som skikken tilsa, ble Anna overlesset med gaver av sine fremtidige svigerforeldre i forlovelsestiden. Vakre klær, silkeundertøy og kostbare pyntegjenstander ble kjøpt til henne slik at hun ikke skulle mangle noe den dagen hun ble en Vandoulakis, selv om faren kunne gi henne svært lite.

«Det er som om hver eneste dag er merkedagen for helgenen min,» sa Anna til Fotini, som var kommet for å se den siste ladningen luksusartikler som var blitt levert fra Iráklio. Ut fra det lille huset i Pláka strømmet duften av ekstravaganse, og i denne tiden like etter okkupasjonen, da et par silkestrømper var uoppnåelig for alle andre enn de aller rikeste, var Annas utstyrskiste et syn som alle jentene stilte seg i kø for å se. De østersfargede silkeunderlivene og nattkjolene som lå i esker mellom lag av silkepapir, var som hentet ut fra Hollywood-filmer. Når hun løftet opp noen av plaggene for å vise dem til venninnene, fløt stoffet mellom fingrene hennes som kildeklart vann som rant ned i en kulp. De overgikk selv hennes villeste drømmer.

En uke før selve bryllupet fant sted, begynte arbeidet med den tradisjonelle brødkronen i Pláka. Etter å ha hevet seks ganger, ble en stor ring av surdeig dekorert med intrikate mønstre av blomster og palmeblad, og i siste fase av stekingen, ble den glasert til en gyllenbrun farge. Den ubrutte ringen symboliserte brudens vilje til å bli hos sin mann fra begynnelse til slutt. I huset til familien Vandoulakis begynte samtidig Andreas' søstre arbeidet med å dekorere soverommet i ekteparets fremtidige hjem med silkestoffer og kranser av eføy, granatepler og laurbærblader.

Et overdådig selskap var holdt for å markere forlovelsen, og det ble ikke spart på noe til selve bryllupet, som ble feiret i mars året etter. Før vielsen, som skulle skje i Eloúnda, ankom gjestene familien Vandoulakis' hjem. Det var en underlig blanding folk. Velstående mennesker fra Eloúnda, Ájos Nikólaos og Neápoli menget seg med arbeidere fra godset og folk fra Pláka. Da landsbyboerne fikk se Anna, gispet de. Nok gullmynter til å fylle et bankhvelv klirret på brystet hennes, og tunge, juvelbesatte ringer dinglet i ørene. Hun glitret i vårsolen, og i sin røde, tradisjonelle brudestas var hun som tatt ut fra *Tusen og en natt*.

Giorgis så på henne med stolthet og ikke så rent lite forundring. Han hadde nesten vanskelig for å tro at dette kunne være hans egen datter. Mer enn noen gang ønsket han at Eleni hadde vært der og sett hvor vakker deres førstefødte var. Han lurte på hva hun ville ha ment om at Anna giftet seg inn i en så betydningsfull familie. Så mye ved hans eldste datter minnet ham om konen, men det var også en del av henne som virket totalt fremmed. Han så det nesten som en umulighet at han, en skarve fisker, kunne ha noe som helst med denne åpenbaringen å gjøre.

Maria hadde hjulpet Anna med å gjøre seg klar denne formiddagen. Søsteren skalv så voldsomt på hendene at hun måtte kneppe hver eneste knapp for henne. Hun visste at det var dette Anna ønsket og at hun nå oppnådde sitt endelige mål. Hun var sikker på at søsteren hadde øvet seg så ofte på å være *la grande dame* i dagdrømmene sine at hun ikke ville ha noen problemer med å tilpasse seg virkeligheten.

«Fortell meg at dette er sant,» sa Anna. «Jeg kan nesten ikke tro at jeg virkelig skal bli Kyria Vandoulakis!»

«Det er helt sant,» forsikret Maria henne og spekulerte samtidig på hvordan livet i det store huset ville fortone seg. Hun håpet at det hadde mer enn bare vakre smykker og stilige klær å by på. Selv for Anna kunne slike ting kanskje ha sine begrensninger.

Den brokete forsamlingen av gjester gjorde dette til et evenement utenom det vanlige, men det at festen før vielsen ble holdt i brudgommens hus og ikke brudens, var enda mer uvanlig enn gjestelisten. Alle forsto grunnen. Det var unødvendig å presisere det. Hva slags fest kunne man holde i det lille huset til Giorgis Petrakis? De elegante fruene fra Neápoli fniste bare ved tanken, akkurat slik de hadde gjort da de fikk høre at Vandoulakis-gutten skulle gifte seg med datteren til en fattig fisker. «Hva i all *verden* tenker familien på?» hadde de fnyst hånlig. Men uansett hva man mente om paret, var alle kommet for å nyte den gode lunsjen som besto av vin fra Vandoulakis' egen produksjon, lammestek og ost, og når alle de to hundre magene var mettet, var tiden kommet for vielsen. Det var en underlig kortesje av personbiler, lastebiler og eselkjerrer som omsider satte seg i bevegelse ned mot Eloúnda.

For både rike og fattige kretere var vielsesseremonien den samme. To *stephana*, de enkle bryllupskronene som var laget av tørkede blomster og strå og forbundet med et bånd, ble lagt på parets hoder av presten og så skiftet tre ganger for å befeste forbindelsen mellom dem. Disse kronene ville senere bli rammet inn av Annas svigermor og hengt høyt over parets seng for at ingen, slik ordtaket lød, skulle tråkke på ekteskapet deres. Store deler av tiden druknet ordene i det hellige ritualet under gjestenes prat, men da bruden og brudgommen til slutt tok prestens hender, senket stillheten seg i kirken. De trådte en sakte dans rundt alteret, Isaiah-dansen, og gjestene visste at de snart ville være ute i solskinnet igjen.

I en ny prosesjon bak ekteparet, som kjørte i en åpen vogn, dro alle tilbake til familien Vandoulakis' hjem, der det var satt opp bukkebord til en ny fest. Folk spiste, drakk og danset til langt på natt, og like før soloppgang ble det avfyrt en skuddsalve for å markere slutten på feiringen.

•

Etter bryllupet forsvant Anna mer eller mindre fra livet i Pláka. Hun kom på besøk en gang i uken for å hilse på faren, men med tiden begynte hun i stedet å sende bilen ned dit for å hente ham hjem til seg, så besøkene hennes i Pláka ble stadig færre og mer sporadiske. Som konen til den fremtidige godseieren opplevde hun at hennes sosiale status ble kraftig forandret. Det var imidlertid ikke noe problem for henne. Det var nøyaktig det hun hadde ønsket seg – et brudd med fortiden.

Anna kastet seg helhjertet inn i sin nye rolle og oppdaget snart at pliktene som svigerdatter var like viktige som pliktene som ektefelle. Hver eneste dag var hun sammen med Eleftheria og venninnene hennes og gikk enten på besøk hos dem eller mottok dem hjemme hos seg selv, og akkurat som hun hadde håpet, nøt de så mye fritid at det grenset mot lediggang. Hennes viktigste plikt var å hjelpe til med å overvåke de huslige syslene i familien Vandoulakis' hjem, noe som stort sett innebar å se til at tjenestepiken satte frem nok mat til mennene når de kom hjem om kvelden.

Hun lengtet etter å gjennomføre forandringer i familiens to hjem, å kaste ut de mørke gardinene og tunge møblene. Hun maste på Andreas til han omsider trakk moren til side for å spørre henne om lov, og så rådførte Eleftheria seg i sin tur med husholdningens faktiske overhode. Det var slik alt måtte gjøres.

«Jeg vil ikke at det store huset skal bli altfor forandret,» sa Alexandros Vandoulakis til konen sin. Han siktet til huset i Eloúnda. «Men Anna kan jo gi huset i Neápoli noen strøk med maling om hun ønsker det.»

Den ferske bruden gikk inn for oppgaven med liv og lyst og ble snart båret av sted på en bølge av entusiasme for stoffer og tapeter. Hun tok utallige turer til en importør av fine franske og italienske varer i Ájos Nikólaos. Det holdt henne beskjeftiget og aktiv, noe som også kom Andreas til gode, siden han da kom hjem til en blid og sprudlende kone hver eneste kveld.

En annen av pliktene hennes var å arrangere *panegyria*-festene som familien Vandoulakis holdt for arbeiderne sine, og på dette feltet utmerket Anna seg. Under disse festene hendte det ofte at hun følte hvordan Antonis Angelópoulos stirret på henne, og når hun snudde seg, så hun at blikket hans var hardt som stål. Av og til snakket han også til henne.

«Kyria Vandoulakis,» kunne han si med overdreven ærbødighet mens han bukket temmelig dypt. «Hvordan står det til?»

Oppførselen hans fikk henne til å krympe seg, og svaret ble kort.

«Takk, bare bra.»

Så snudde hun ryggen til ham igjen. Både blikket og holdningen hans viste at han utfordret retten hennes til å være der som hans overordnede. Hvordan *våget* han?

Annas ekteskap endret ikke bare hennes status, det gjorde også sitt til at Marias liv forandret seg. Den yngste søsteren hadde nå påtatt seg rollen som overhodet for husholdningen i sitt eget hjem. Mye av Marias energi hadde tidligere gått med til å blidgjøre og tilfredsstille søsteren, og Annas fravær, gjorde arbeidsbyrden hennes lettere. Hun gikk med fornyede krefter inn for å holde huset i orden og ble ofte med faren når han leverte varer til Spinalónga.

For Giorgis, som ikke kunne legge blomster på graven hennes, var hvert besøk på øya en anledning til å minnes Eleni. Han fortsatte å skysse dr. Lapakis frem og tilbake i både godt og dårlig vær, og på disse turene snakket legen ofte om arbeidet sitt og betrodde Giorgis hvor mange av de spedalske som nå var døende og hvor sterkt han savnet dr. Kyritsis' besøk.

«Han førte med seg et håp om bedre tider,» sa Lapakis trett. «Jeg tror ikke på så mye selv, men jeg så at tro kan være en god ting, et mål i seg selv. For noen av de spedalske var troen på at dr. Kyritsis kunne klare å helbrede dem nok til at de ikke lenger ønsket å dø. Mange av dem har igjen følelsen av at de ikke har noe å leve for.»

Lapakis hadde fått enkelte brev fra den gamle kollegaen, der han forklarte og dypt beklaget fraværet sitt. Kyritsis var fortsatt involvert i arbeidet med å bygge opp igjen det ødelagte sykehuset i Iráklio, og hadde ikke anledning til å gjenoppta forskningen sin for øyeblikket. Lapakis fortvilte og klaget sin nød til Giorgis. Folk flest ville ha falt på kne og bedt til Gud, men siden Lapakis ikke trodde på noen gud, betrodde han seg til fergemannen, som hadde gjennomgått verre lidelser enn ham.

Selv om folk fortsatte å dø av sykdommen, var livet på Spinalónga ennå fullt av uventede hendelser for dem som ikke hadde den ondartede varianten. Siden krigens slutt hadde det vært to filmfremvisninger i uken, markedet gikk bedre enn noensinne og avisen blomstret. Dimitri, som nå var sytten, hadde allerede begynt å undervise fem- og seksåringene, mens en mer erfaren lærer tok seg av de eldre barna, og han fortsatte å bo hjemme hos ekteparet Kontomaris, en ordning som var til gjensidig glede for alle parter. I den grad det var mulig, hersket det en følelse av tilfredshet på øya. Selv ikke Theodoros Makridakis var villig til å lage bråk. Han likte en frisk debatt i baren, men hadde for lengst gitt opp tanken på å overta stillingen som øyas øverste leder. Nikos Papadimitriou gjorde den jobben altfor godt.

Maria og Fotini var kommet inn i et mønster av daglige gjøremål som førte dem gjennom de neste årene som en dans, med en evig gjentatt sekvens av trinn. Med tre sønner trengte Savina

Angelópoulos hjelp av sin spreke og flinke datter for å gi mennene i huset mat og stell, så i likhet med Maria hadde Fotini huslige plikter som holdt henne knyttet til Pláka.

Selv om Eleni kanskje hadde ønsket seg en bedre fremtid for datteren enn et liv i landsbyen, kunne hun ikke ha drømt om å få et mer samvittighetsfullt barn. For Maria hadde det aldri vært på tale å gjøre noe annet enn å ta seg av faren, selv om hun en gang i tiden hadde drømt om å stå med kritt i hånden foran en skoleklasse, akkurat slik moren hadde gjort. I likhet med det trykte mønsteret på de gamle gardinene deres, hadde disse drømmene for lengst bleknet.

De to jentene delte gledene og begrensningene ved denne tilværelsen i flere år, og i hele denne tiden da de gjorde pliktene sine, slo det dem aldri at de hadde noen grunn til å beklage seg. Det skulle hentes vann fra landsbypumpen, bæres ved til komfyrene, gulv skulle sopes, tepper skulle bankes, mat skulle lages. Maria hentet jevnlig inn honning fra bikubene i åsene over Pláka, der timianen gjorde produktet så søtt at hun i flere år ikke hadde behov for å kjøpe et eneste gram sukker. På plassene bak husene deres flommet gamle olivenkanner over av basilikum og mynte og *pithoi*, og store urner som en gang hadde vært brukt til oppbevaring av vann og olje, før de sprakk og ikke lenger hadde noen praktisk nytte, var nå perfekte vekststeder for omhyggelig stelte geranier og liljer.

Jentene var arvinger til tusen år med folklore og ble nå betraktet som gamle nok til å bli opplært i gamle håndverk og ferdigheter som var blitt muntlig overlevert fra den ene generasjonen til den neste. Fotinis mor var en rik kilde til slik kunnskap og viste dem hvordan de skulle farge ull med ekstrakter av kronbladene på iris, hibiskus og krysantemum og hvordan de skulle flette fargede gresstrå til forseggjorte kurver og matter. Andre kvinner ga dem kunnskaper om de magiske egenskapene ved de lokale urtene, og de gikk langt opp i fjellene for å finne vill salvie, cistus og kamilleblomst, som alle ble brukt som legemidler. På en god dag kunne de komme tilbake med den mest dyrebare urten av alle, *origanum dictamus*, som etter sigende både kunne lege sår og kurere sår hals og mageproblemer. Maria hadde alltid den rette eliksiren å gi faren hvis han var dårlig, og ryktene om hennes helbredende evner, spredte seg snart til hele landsbyen.

Mens de var på sine lange turer opp i fjellene, samlet de også *horta*, de jernrike grønnsakene som var et fast innslag i ethvert kosthold. Barndommens sølekaker ble avløst av velduftende paier av mørdeig og urter.

En av Marias viktigste oppgaver fra sen høst til tidlig vår var å holde liv i ilden i komfyren. Det ga dem ikke bare varme mens vintervinden ulte rundt hushjørnene, det holdt også liv i husets ånd. Et *spiti* – grekerne brukte det samme ordet for «hus» og «hjem» – var et guddommelig symbol på enhet, og deres, kanskje mer enn andres, trengte konstant næring.

Uansett hvor slitsomme Marias huslige oppgaver kunne ha fortonet seg for folk som bodde i en by – eller for Anna, som nå levde i en viss luksus – var det alltid tid for prat og sladder. Fotinis hus var sentrum for dette. Siden lediggang ble betraktet som en synd, fant utvekslingen av sladder sted mens man syslet med uskyldige ting som å sy og brodere. Dette holdt ikke bare de unge jentenes hender beskjeftiget, men ga dem også sjansen til å forberede fremtiden. Samtlige putetrekk, pynteputer, duker og løpere i en gift kvinnes hus var blitt vevet eller brodert av henne selv, hennes mor eller hennes mormor. Anna hadde vært et unntak. I løpet av alle de årene hun hadde sittet og gjort håndarbeid sammen med andre kvinner som var eldre og klokere enn henne, hadde hun bare fullført et lite hjørne av et putetrekk. Det hadde vært typisk for hennes vedvarende tilstand av opprør. Staheten hennes var raffinert. Mens de andre jentene satt og pratet og sydde, gjorde hendene hennes overhode ingen nytte for seg. Hun gestikulerte og laget mønstre i luften med tråden, men stakk sjelden hull i stoffet. Nå kom det godt med at hun hadde giftet seg inn i en familie som kjøpte alt de trengte av andre.

På faste tider av året var kvinnene med på sesongarbeidet utendørs. Under druehøsten var de blant de første opp i de store karene for å tråkke de saftige fruktene. Og så, like før høst ble til vinter, var de med å riste oliventrærne slik at de modne olivenene drysset ned i de åpne kurvene. Slike dager var fulle av latter og flørt, og avslutningen av fellesarbeidet ble markert med dans og underholdning.

En etter en forsvant medlemmene av denne glade, men arbeidsomme gruppen av kvinner ut av flokken. De fant seg ektemenn, eller, som var tilfellet for de fleste, ektemenn ble funnet for dem. Stort sett kom disse ektemennene fra Pláka eller nabolandsbyer som Vrouhas eller Selles. Foreldrene hadde vanligvis kjent hverandre i årevis og hadde iblant planlagt ekteskapet mellom barna allerede før de små kunne telle eller skrive sitt eget navn. Da Fotini kunngjorde sin egen forlovelse, innså Maria at hverdagen ville bli en helt annen. Hun ga imidlertid utelukkende inntrykk av fryd og glede overfor venninnen, og refset seg selv for misunnelsen hun følte da hun forestilte seg sin egen fremtid som en av de gamle enkene som satt på dørstokkene og heklet i solnedgangen.

I likhet med Maria var Fotini toogtyve år gammel. Faren hennes hadde levert varer til fiskerestauranten på kaien i mange år, og eieren, Stavros Davaras, var både en god venn og en trofast kunde. Sønnen, Stephanos, arbeidet allerede for faren sin og skulle en dag overta virksomheten, som hadde et jevnt tilsig av kunder midt i uken og fullt hus på søndager og helligdager. Pavlos Angelópoulos betraktet Stephanos som et godt pari for datteren, og det faktum at de to familiene allerede var gjensidig avhengig av hverandre, ble sett på som et fordelaktig fundament for ekteskapet. Fotini og Stephanos hadde kjent hverandre siden de var små og var trygge på at de ville utvikle følelser for hverandre: følelser som ville bringe varme inn i det som tross alt bare var en praktisk ordning. En beskjeden medgift ble avtalt, og så snart forlovelsesperioden var overstått, fant bryllupet sted. Den store trøsten for Maria var at Fotini ikke kom til å flytte langt unna. Selv om Fotini nå hadde andre, mer krevende forpliktelser enn før – arbeidet i tavernaen i tillegg til å holde hjemmet i orden og forsere det minefeltet det var å bo under samme tak som svigerforeldrene – ville de to venninnene fortsatt se hverandre hver eneste dag.

Fast bestemt på ikke å vise sin skuffelse over å være en av de siste ugifte kvinnene i en stadig minkende gruppe, gikk Maria løs på pliktene sine med enda større iver enn før, ble stadig oftere med faren ut til Spinalónga og sørget for at hjemmet deres til enhver tid var i plettfri orden. For en ung kvinne var dette livet alt annet enn tilfredsstillende. Hun ble beundret i landsbyen for viljen til å hjelpe Giorgis, men samtidig førte mangelen på en ektemann til at statusen hennes ble redusert. Å være en ugift kvinne ble sett på som en forbannelse, og sivilstanden hennes førte med seg daglig ydmykelse i en landsby som Pláka. Hvis hun ble stort eldre før hun fant en å forlove seg med, ville respekten for hennes pliktoppfyllende adferd snart gå over til forakt. Problemet var at det var få menn igjen å velge mellom i Pláka, og Maria ville ikke engang vurdere en mann fra en annen landsby. Det var utenkelig at Giorgis skulle bryte opp fra røttene sine i Pláka, og derfor like utenkelig at Maria noen gang skulle flytte.

Hun hadde, tenkte hun, like stor sjanse til å bli gift som til å se sin elskede mor komme gående inn døren.

Kapittel 12

1951

ANNA HADDE VÆRT gift i fire år og trivdes med sin nye status. Hun elsket Andreas lydig og besvarte villig lidenskapen han viste henne. For alle rundt henne fortonte Anna seg som den perfekte hustru. Hun var imidlertid klar over at familien ventet på at hun snart skulle kunngjøre at hun var gravid. Det bekymret henne imidlertid ikke i det hele tatt at hun ikke hadde barn. Det var ingen grunn til å forhaste seg, og hun elsket denne bekymringsløse tiden altfor høyt til å ville bytte den ut med morsrollen. Eleftheria hadde luftet emnet en dag de diskuterte dekoren i et av de mindre soverommene i huset i Neápoli.

«Dette var barneværelset,» sa hun, «da jentene våre var små. Hvilken farge vil du ha det malt i?»

Eleftheria syntes at hun ga svigerdatteren den perfekte anledning til å si noe om de tanker og forhåpninger hun måtte ha om det å bli mor, og ble skuffet da Anna uttrykte en forkjærlighet for lysegrønt. «Det vil stå så godt til stoffene jeg har valgt ut til møblene,» sa hun.

Sammen med foreldrene hans bodde Anna og Andreas store deler av sommeren i familiens store, nyklassisistiske villa i Neápoli, der Anna hadde gjennomført en større utskifting av innboet. Eleftheria betraktet draperiene og de skjøre møblene som høyst upraktiske, men det lot til at hun ikke klarte annet enn å la den unge kvinnen få viljen sin. I september flyttet familien tilbake til huset i Eloúnda, og også dette var Anna i gang med å omforme etter sin egen smak, til tross for svigerfarens sans for den mørke, tunge stilen som hans generasjon foretrakk. Hun ba ofte sjåføren kjøre seg inn til Ájos Nikólaos for å handle, og en dag sent på høsten kom hun tilbake fra byen etter å ha besøkt møbeltapetsereren og undersøkt hvordan det gikk med de siste gardinene hun hadde bestilt. Hun styrtet inn på kjøkkenet og plantet et kyss på bakhodet til skikkelsen som satt ved bordet.

«Hallo, elskede,» sa hun. «Hvordan gikk det med pressingen i dag?»

Det hadde vært den første dagen for olivenpressingen, en viktig dato på kalenderen. Pressen ble brukt for første gang på mange måneder, og det var alltid like spennende å se om maskineriet fungerte. Tusenvis av liter med olje skulle utvinnes fra de tallrike kurvene med olivener som sto og ventet på å bli most, og det var viktig at alt gikk knirkefritt. Den gylne væsken som rant fra pressen og ned i krukkene var grunnlaget for familiens velstand, og for Anna betydde hver liter olje en ny meter stoff eller en ny, skreddersydd kjole som fulgte kurvene hennes perfekt. Mer enn noe annet illustrerte disse kjolene avstanden hun hadde fått til de andre landsbykvinnene, som fortsatt gikk kledd i formløse skjørt lik dem bestemødrene deres hadde brukt hundre år tidligere. For å beskytte seg mot den bitende novembervinden hadde Anna denne dagen iført seg en smaragdgrønn kåpe som omfavnet bysten og hoftene mykt før den falt nesten helt ned til bakken i elegante folder. En pelskrage strakte seg oppover halsen og varmet ørene og kjærtegnet kinnene.

Silkefôret i kåpen raslet mot bena da hun gikk gjennom rommet. Hun pludret i vei om dagens bagatellmessige hendelser og satte på kaffevann da mannen ved bordet med ett reiste seg. Anna snudde seg og utstøtte et skrik av overraskelse.

«Hvem er *du*?» spurte hun skremt. «Jeg … jeg trodde du var min mann.»

«Såpass skjønte jeg.» Mannen smilte og moret seg synlig over forfjamselsen hennes.

Da de sto ansikt til ansikt, så Anna naturligvis at mannen hun hadde hilst så hengivent på, ikke var hennes ektemann, men han var svært lik ham på alle måter. De brede skuldrene, håret og, nå som han sto, endatil høyden syntes å være identisk med Andreas'. Den sterke og distinkte Vandoulakis-nesen var den samme, og de litt skrå øyne var nesten nifst like. Da han snakket, ble hun tørr i munnen. Hva i all verden var det som foregikk?

«Jeg er Manoli Vandoulakis,» sa han og rakte frem hånden. «Du må være Anna.»

Anna visste at Andreas hadde en fetter, og hadde hørt Manolis navn nevnt enkelte ganger i samtaler, men ikke mer enn det. Hun hadde aldri forestilt seg ham som en blåkopi av hennes egen mann.

«Manoli!» Hun gjentok navnet. Det var tiltalende. Nå gjaldt det å gjenvinne kontrollen over situasjonen. Tenk at hun hadde dummet seg ut ved å ta feil av ham og vært skjødesløs nok til å kjærtegne en fremmed. «Vet Andreas at du er her?» spurte hun.

«Nei, jeg kom for en time siden og bestemte meg for å overraske alle sammen. Jeg lyktes i hvert fall med deg! Du ser ut som om du har sett et spøkelse.»

«Jeg har følelsen av å ha gjort det,» svarte Anna. «Likheten mellom dere er nesten uhyggelig.»

«Jeg har ikke sett Andreas på ti år, men vi pleide å være svært like. Folk trodde stadig vekk at vi var tvillinger.»

Anna kunne se hvorfor, men hun så også mange andre ting som gjorde denne versjonen av ektemannen svært ulik originalen. Selv om Manoli hadde de samme brede skuldrene som Andreas, var han mye tynnere, og hun kunne tydelig se skulderbladene hans under skjorten. Han hadde latter i øynene og dype smilerynker rundt dem. Han syntes det var fantastisk morsomt at hun hadde forvekslet ham med fetteren, og hun skjønte ganske snart at han hadde arrangert det slik med vilje. Livet var til for å nytes, lyste det ut av øynene hans.

I samme øyeblikk kom Andreas og faren inn, og det ble høye utbrudd av fryd og forbløffelse da de fikk øye på Manoli. Ikke lenge etter satt de tre mennene rundt en flaske raki, og Anna ba seg unnskyldt for å forberede middagen. Da Eleftheria kom inn en drøy time senere, var den neste flasken med raki allerede tømt, og både hun og Manoli gråt av glede da de omfavnet hverandre. Brev ble øyeblikkelig sendt av sted til Andreas' søstre, og søndagen etter ble det holdt et stort selskap for å feire Manolis tilbakekomst etter ti års fravær.

Manoli Vandoulakis var en sorgløs sjel som hadde tilbrakt det siste tiåret, hovedsakelig på det greske fastlandet, med å sløse bort en anselig arv. Moren døde da han ble født, og faren gikk bort fem år senere, i en alder av tredve, etter et hjerteinfarkt. Manoli hadde vokst opp med dyster forestilling om at faren hadde dødd av hjertesorg, og enten dette var sant eller ikke, hadde det fått ham til å bestemme seg for å leve hver dag som om det skulle være den siste. Filosofien virket fullstendig logisk for ham, og selv ikke hans onkel Alexandros, som hadde vært vergen hans siden Yiannis Vandoulakis døde, hadde kunnet stoppe ham. Som barn hadde Manoli lagt merke til hvordan alle rundt ham utførte stadig tilbakevendende plikter og arbeidsoppgaver og tilsynelatende bare moret seg på helligdager og søndager. Han ville ha glede hver eneste dag i livet.

Selv om minnene om foreldrene langsomt hadde bleknet, ble han ofte fortalt at de hadde levd gode og pliktoppfyllende liv. Men hvilken nytte hadde de hatt av sin eksemplariske oppførsel? Det hadde ikke holdt døden unna, hadde det vel? Skjebnen hadde rykket dem bort lik en ørn som plukket byttet sitt med seg fra en bratt klippevegg. Til helvete med det, tenkte han. Hvis forsynet ikke lot seg lure, kunne han like gjerne se hva annet livet hadde å tilby ham enn noen få tiår i en kretisk fjellside.

Ti år tidligere hadde han reist hjemmefra. Bortsett fra sporadiske brev til onkelen og tanten – noen fra Italia, noen fra Jugoslavia, men de fleste fra Athen – for å forsikre dem om at han fortsatt var i live, hadde han hatt liten kontakt med familien. Alexandros var klar over at hvis ikke hans eldre bror Yiannis hadde dødd så ung, ville det vært Manoli som nå hadde stått fremst i rekken til å arve familiegodset, ikke hans egen sønn. Men slike tanker var hypotetiske. I stedet for landeiendom, hadde Manoli fått en liten formue i kontanter da han fylte atten, og det var disse pengene han hadde sløst bort mesteparten av i Roma, Beograd og Athen.

«Det heftige livet hadde en høy pris,» betrodde han Andreas noen dager etter at han var kommet tilbake. «De beste kvinnene var som god vin, kostbare, men verdt hver drakme.» Nå hadde imidlertid Europas kvinner loppet ham for alt han eide, og det eneste han satt tilbake med, var noen få slanter og onkelens løfte om arbeid på godset.

Hjemkomsten snudde det meste på hodet, ikke bare for

onkelen og tanten, men også for Andreas. Det var bare seks måneder mellom ham og fetteren, og de var nesten som tvillinger. Som barn hadde de kjent hverandres tanker og følt hverandres smerter, men etter at de fylte atten, hadde livene deres tatt så vidt forskjellige vendinger at det var vanskelig å forestille seg hvordan tingene ville bli nå når Manoli var tilbake.

Tidspunktet kunne imidlertid knapt vært bedre. Alexandros Vandoulakis skulle trekke seg tilbake året etter, og Andreas kunne virkelig trenge en hjelpende hånd med driften av godset. Alle syntes det passet best om Manoli ble den hjelpende hånden, istedenfor en utenforstående, og selv om Alexandros hadde sin tvil om hvorvidt nevøen ville klare jobben, skjøv han betenkelighetene til side. Manoli var tross alt en av familien.

I flere måneder bodde Manoli i hovedbygningen på godset. Det var mange rom som aldri ble brukt, så han gikk ikke i veien for noen, men i desember skaffet Alexandros ham et eget hus. Manoli hadde trivdes med denne smaksprøven på et normalt familieliv og det å tilhøre dynastiet han hadde valgt å holde seg borte fra i ti år, men onkelen forventet at han en gang i fremtiden skulle gifte seg, og det var grunnen til at han forlangte at han skulle bo for seg selv.

«Det blir vanskelig å finne en jente som er villig til å bo i et hus der det allerede er to husfruer,» sa han til nevøen. «En tredje kvinne i huset er å be om trøbbel.»

Manolis hus hadde tilhørt Alexandros' tidligere godsforvalter. Det lå bare en kilometer fra hovedbygningen, og med sine fire soverom og store dagligstue var det mer enn romslig nok for en ungkar. Men Manoli fortsatte å gjeste familiehjemmet regelmessig. Han ønsket å få maten servert og bli oppvartet, akkurat som Alexandros og Andreas, og her hadde han to kvinner som gjorde nettopp det for ham. Alle elsket den livlige tonen hans og tok ham vel imot, men Alexandros forlangte alltid at han skulle gå hjem når kvelden var over.

Manoli hadde levd et omflakkende liv; han hadde flagret som en sommerfugl fra det ene stedet til det andre. Og hvor enn han var, etterlot han seg brutte løfter. Allerede som barn hadde han utfordret de fleste grenser. Bare for å vise seg, hadde han en gang holdt hånden inne over en flamme til huden begynte å smelte, og en annen gang hadde han hoppet fra den høyeste klippen ved kysten av Eloúnda og skrubbet opp ryggen så kraftig at sjøen rundt ham ble farget rød. I Europas hovedsteder hadde han gamblet til han sto igjen i bare skjorten – og så gjort et spektakulært comeback. Det var bare slik han var. Mot sin vilje opplevde han at han drev med det samme spillet i Eloúnda, men forskjellen var at han nå var nødt til å bli værende. Han hadde ikke lenger råd til å flykte, selv om han skulle ha ønsket det.

Til Alexandros' overraskelse arbeidet Manoli hardt, men han hadde ikke det samme engasjementet som fetteren. Andreas tok alltid lunsjen med seg ut på markene for å spare den tiden det tok å gå frem og tilbake fra huset, men Manoli foretrakk å komme seg vekk fra den stikkende solen i noen timer og hadde gjort det til en vane å innta lunsjen ved det store spisebordet på kjøkkenet i hovedbygningen. Anna hadde ingen innvendinger mot det. Hun satte pris på å ha ham i huset.

Samværet deres var mer preget av flørt enn av samtale. Manoli fikk henne til å le, noen ganger så voldsomt at tårene rant, og responsen han fikk på sin ertende humor og måten pupillene hennes utvidet seg på og øynene som glitret når hun fanget blikket hans, var nok til å holde ham borte fra olivenlundene til langt ut på ettermiddagen.

Noen ganger var Eleftheria der – i stedet for i Neápoli – og hun var redd for at nevøen egentlig ikke gjorde så mye som han burde på godset. «Menn burde ikke slenge rundt inne i huset midt på dagen,» bemerket hun til Anna. «Det er kvinnens domene. Deres er utendørs.»

Anna valgte å ignorere svigermorens misbilligende kommentar og tok imot Manoli mer overstrømmende enn noen gang. Hun syntes ikke det var noe i veien for at de kunne være venner når de var i så nær slekt med hverandre. Skikken var at en kvinne fikk større frihet som gift enn hun hadde hatt som ugift, så i begynnelsen var det ingen som reagerte på at Anna tilbragte en time hver dag, noen ganger mer, sammen med sin «fetter». Men enkelte bet seg merke i hvor hyppige Manolis visitter var, og dermed begynte folk å snakke.

En dag denne våren lot Manoli lunsjen trekke enda lenger ut enn vanlig. Anna fornemmet uvørenheten hans og tenkte for en gangs skyld over den farlige stillingen hun satte seg i. Vanligvis, når han forlot henne, tok han hånden hennes og holdt den et øyeblikk før han kysset den på en nærmest absurd teatralsk måte. Hun kunne ha tatt det for en tilfeldig, litt tøysete handling, men når han samtidig trykket langfingeren mot sentrum av håndflaten hennes og holdt den der, gikk det ilinger gjennom henne. Og han strøk henne over håret. Det var bare dødt stoff, sa han leende, og dessuten var det hun som hadde begynt, tilføyde han ertende, ved å kysse en totalt fremmed … på håret. Og slik fortsatte det. Han hadde plukket noen markblomster denne dagen og overrakte henne en bukett fargeglade, om enn litt visne, valmuer. Det var en romantisk gest, og hun ble sjarmert, ikke minst da han trakk en av dem løs og stakk den forsiktig ned i blusen hennes. Berøringen var lett, og et øyeblikk var hun ikke helt sikker på om kontakten mellom ru fingre og glatt hud var tilfeldig, eller om han bevisst hadde kjærtegnet brystet hennes med fingertuppene. Sekundet etter, da hun kjente fingrene hans mot halsen, var all tvil som blåst bort.

Anna kunne være ubesindig nok, men nå var det noe som holdt henne tilbake. Herregud, tenkte hun, dette grenser til galskap. Hva er det jeg gjør? Som fra et sted et stykke unna så hun seg selv stå inne på det enorme kjøkkenet, tett inntil en mann som ikke var hennes ektemann, uansett hvor lik ham han var. Hun så situasjonen slik den måtte fortone seg for noen som tilfeldigvis kikket inn vinduet, og uansett hvor hardt hun prøvde å overbevise seg selv om noen annet, visste hun at det bare kunne oppfattes på én måte. Hun var et sekund fra å bli kysset. Hun kunne fortsatt ta et valg.

I ekteskapet med Andreas manglet hun ingenting. Han var varm og kjærlig og ga henne frie tøyler til å gjøre alle de forandringene hun ville i hjemmet deres; hun gikk til og med tålelig bra sammen med svigerforeldrene. De hadde imidlertid falt raskt inn i et mønster, som man gjerne gjorde i slike ekteskap, og livet hadde en forutsigbarhet som gjorde det lite sannsynlig at det neste halve århundret ville by på overraskelser av noe slag. Full av forventning og begeistring hadde hun gått inn i sitt nye liv, for snart å oppdage at det kunne være like kjedelig som det gamle. Det livet hennes manglet, var spenning, hemmeligheter – det ulovlige. Men om disse tingene var verdt å risikere alt for, visste hun faktisk ikke.

Jeg burde stoppe dette, tenkte hun. Ellers kan jeg miste alt. Hun tiltalte Manoli på sin vanlige, overlegne måte. Det var en del av leken deres, måten hun snakket til ham på. Mens han flørtet vilt, behandlet hun ham som en mindreverdig.

«Hør her, unge mann,» sa hun. «Du vet utmerket godt at jeg er opptatt. Du kan ta blomstene dine med deg et annet sted.»

«Kan jeg det?» svarte Manoli. «Nøyaktig hvor vil du at jeg skal ta dem?»

«Vel, søsteren min er ikke opptatt. Du kunne jo ta dem med til henne.» Som om den egentlige Anna var et sted langt borte, hørte hun en stemme si: «Jeg skal invitere henne til lunsj neste søndag. Du kommer til å like henne.»

Den følgende søndagen ble helgenen Giorgis feiret, så det var en perfekt anledning for å invitere Maria og faren på besøk. Det føltes mer som plikt enn som en spesiell glede å treffe dem. Hun syntes ikke at hun hadde noe til felles med den kjedelige lillesøsteren, og hadde lite å snakke med faren om. Resten av uken drømte Anna om Manolis ømme berøring og så frem til neste gang de kunne være alene, men før det skjedde, tenkte hun furtent, måtte den brysomme familielunsjen finne sted.

På denne tiden var det fremdeles knapphet på mange matvarer på Kreta, men det merket man ikke stort til hjemme hos familien Vandoulakis, og aller minst på denne helgendagen, da det bekvemt nok ble betraktet som en religiøs plikt å holde fest. Giorgis ble henrykt over invitasjonen.

«Maria, se her! Anna har invitert oss på lunsj.»

«Så vennlig av Hennes Nåde,» sa Maria med uvanlig sarkasme. «Når?»

«På søndag. Om to dager.»

Innerst inne var Maria glad for at de var blitt invitert. Hun lengtet etter å styrke båndet til søsteren, siden hun visste at det var det moren ville ha ønsket, men ikke desto mindre følte hun en gryende angst etter hvert som tidspunktet nærmet seg. Giorgis, derimot, som nå endelig var begynt å legge den lange sørgeperioden bak seg, var lykkelig over utsikten til å få treffe datteren igjen.

Anna krympet seg da hun hørte den skramlende lyden av farens nylig ervervede lastebil i oppkjørselen, og gikk med minimal begeistring ned den store trappen for å ta imot dem. Manoli, som allerede var kommet, hadde nådd ytterdøren lenge før henne og åpnet den.

Maria var slett ikke slik han hadde ventet. Hun hadde de største, brune øynene han noen gang hadde sett, og nå stirret de vidåpne av overraskelse på ham.

«Jeg er Manoli,» sa han og gikk mot henne med utstrakte armer mens han tilføyde: «Andreas' fetter.»

Så likeglad var Anna med å holde kontakten med sin egen familie at hverken Maria eller Giorgis hadde hørt et eneste ord om denne slektningens hjemkomst.

Manoli hadde alltid trivdes i selskap med pene piker, men sjelden mer enn med denne, som i tillegg til å være en skjønnhet, også virket som uskylden selv. Han sugde inn hver eneste detalj: en smal midje, en passe stor byste og muskuløse armer etter mange år med hardt fysisk arbeid. Hun virket på samme tid både skjør og sterk.

Klokken ett satte alle seg ned for å spise. Med Alexandros, Eleftheria, deres to døtre og deres respektive familier, var de mange mennesker rundt bordet. Praten gikk høyrøstet og livlig.

Manoli hadde på forhånd bestemt seg for å flørte med Annas yngre søster. En så dreven kvinnebedårer som ham, gjorde det av gammel vane. Det han ikke hadde regnet med, var at Maria skulle være så pen og så lett å erte. Gjennom hele lunsjen la han beslag på henne med sitt lekne snakk, og selv om hun ikke var vant til denne sleivete tonen, klarte hun å parere de vittige bemerkningene hans. Hennes uaffekterte væremåte gjorde henne så ulik de kvinnene han vanligvis traff, at han etter hvert dempet den spøkefulle tonen og begynte å stille henne seriøse spørsmål. Han oppdaget at hun hadde gode kunnskaper om ville urter og deres legende egenskaper, og de snakket alvorlig om deres plass i en verden der vitenskapen sprengte nye grenser nesten hver eneste dag. Maria og Anna var ulike som en rå perle og en slipt diamant. Den ene hadde en naturlig glans og sin egne, unike form. Den andre var blitt slipt og polert for å oppnå sin glitrende skjønnhet. Manoli elsket begge disse juvelene, og den lavmælte, milde piken som var så åpenbart glad i faren sin, virket svært tiltrekkende på ham. Hun var helt og holdent seg selv og var preget av en naivitet han forunderlig nok fant besnærende.

Anna holdt øye med Manoli mens han trakk søsteren inn i magnetfeltet sitt, fortalte henne historier og fikk henne til å le. Hun så hvordan søsteren smeltet i varmen hans. Før måltidet var over, skjønte Anna hva hun hadde gjort. Hun hadde gitt Manoli fra seg, som en ferdigpakket gave til søsteren, og nå ville hun ha ham tilbake.

Kapittel 13

DEN NESTE UKEN var vanskelig for Manoli. Han var havnet i en svært uvant posisjon. Hvordan skulle han oppvarte Maria? Hun var så annerledes enn de fleste av kvinnene han hadde truffet på reisene sine. Dessuten var reglene og mønstrene for menn og kvinners oppførsel i Pláka vidt forskjellige fra dem som dikterte de tilsvarende forholdene i storbyene han hadde bodd i. Her på landsbygden på Kreta ble hver bevegelse, hvert ord gjenstand for nitid granskning. Han hadde vært fullstendig klar over dette alle de gangene han hadde besøkt Anna, og selv om han alltid hadde vært nøye med at visse grenser ikke ble overtrådt, hadde han visst at han lekte med ilden. I Anna hadde han sett en kvinne som kjedet seg, en isolert kvinne som hadde kuttet båndene til landsbyen hun hadde vokst opp i, og som hadde nådd målet sitt om å komme i slik posisjon at hun kunne betale andre mennesker for å gjøre arbeidet som ellers ville ha holdt henne beskjeftiget. Hun hadde forbedret posisjonen sin, men svevde nå i et venneløst, sosialt vakuum som Manoli med glede hadde prøvd å fylle for henne. En kvinne med øyne som så sultent stirret inn i hans, og lepper som tøyde seg til et så generøst smil: det ville vært uhøflig å ignorere henne.

Maria var en helt annen. Ikke bare manglet hun søsterens ambisjon om å gifte seg utenfor landsbyen, hun virket uinteressert i å gifte seg i det hele tatt. Hun bodde i et lite hus sammen med faren som var enkemann, tilsynelatende tilfreds, men samtidig så absolutt et perfekt koneemne. Manoli ville aldri ha innrømmet det overfor seg selv, men det var for en stor del hennes manglende interesse som tiltrakk ham. Men han hadde all verdens tid og ville være tålmodig, så sikker var han på at hun før eller siden kunne overvinnes. Selvtillit hadde aldri vært en mangelvare for mannlige medlemmer av Vandoulakis-familien. Det slo dem sjelden at de ikke kom til å få det de ønsket seg. Manoli hadde også mye som talte til hans fordel. Det viktigste var kanskje det at Fotini hadde beskyttet Maria mot sladderen om Manoli og Anna. Kilden til denne evig rennende fontenen av historier var Fotinis bror, Antonis. Det var gått mer enn fem år siden kysset som ikke hadde betydd noe for Anna, og altfor mye for Antonis, men følelsen av å være vraket, sved fremdeles. Han foraktet Anna og hadde med skadefryd sett hvordan ektemannens fetter kom og gikk i huset – stadig oftere nå som Eleftheria og Alexandros tilbragte mer og mer tid i Neápoli. Antonis avla rapport for Fotini hver eneste gang han stakk innom for å spise middag på tavernaen som nå var hjemmet hennes.

«Han var der i minst to timer i en lunsjpause i forrige uke,» sa han og godtet seg.

«Jeg vil ikke høre historiene dine,» sa Fotini ryskt mens hun skjenket raki i glasset hans. «Og fremfor alt vil jeg ikke at Maria skal få høre dem heller.»

«Hvorfor ikke? Søsteren er en tøs. Tror du ikke at hun vet det allerede?» glefset Antonis.

«Naturligvis vet hun ikke det. Og det gjør ikke du heller. Hva så om mannens fetter kommer og besøker henne? Han tilhører familien, så hvorfor skulle han ikke gjøre det?»

«Sporadiske besøk er én ting, men at det skjer nesten daglig, er noe helt annet. Selv ikke familiemedlemmer gidder vanligvis å besøke hverandre så ofte.»

«Vel, uansett hva du tror om det, må ikke Maria få vite noe – og ikke Giorgis heller. Han har lidd nok. Å se Anna gift med en velstående mann var det beste som kunne ha hendt ham – så du har å holde munn. Jeg mener det, Antonis.»

Og hun viste det. Hun satte flasken fra seg med et smell på bordet foran broren og stirret morskt på ham. Hun var like beskyttende overfor Giorgis og Maria Petrakis som hun ville vært overfor sitt eget kjøtt og blod, og ønsket av hele sitt hjerte å verne dem mot disse ondskapsfulle og skadelige ryktene. En del av henne trodde dessuten ikke på dem. Hvorfor skulle Anna, som hadde fått livet snudd på hodet den kvelden hun traff Andreas, ta sjansen på å miste alt? Tanken var latterlig, og dessuten levde hun i håpet om at Manoli, offeret for Antonis' sjofle ryktespredning, en dag ville få øynene opp for Maria. Siden lunsjen på merkedagen for Ájos Giorgis, hadde Maria snakket ustanselig om Andreas' fetter og flere ganger lagt ut om hver minste detalj om møtet deres hjemme hos familien Vandoulakis.

Manoli var blitt sett noen få ganger i landsbyen. På grunn av sin tilknytning til Giorgis hadde han fått en varm mottakelse blant mennene i Pláka og ble snart en fast gjest i baren. Han spilte backgammon, delte ut sigaretter og diskuterte politikk innhyllet i en sky av røyk. Selv i denne lille landsbyen ved en vei som bare førte til enda mindre landsbyer, sto verdenspolitikken høyt på dagsordenen. Og enda så langt unna det var, vekket hendelsene på det greske fastlandet både begeistring og raseri.

«Det er kommunistene som har skylden!» påsto Lidaki og hamret knyttneven i bardisken.

«Hvordan kan du si det?» spurte en annen. «Hadde det ikke vært for monarkiet, ville ikke fastlandet ha vært i nærheten av det kaoset det er i.» Og slik kunne det fortsette til langt ut i de små timer. «To grekere, én krangel,» sa ordtaket og de fleste kveldene i uken var det tyve landsbyboere eller mer der inne, og like mange diskusjoner som det var olivener i en krukke.

Manoli hadde en bredere verdensanskuelse enn andre i baren – mange hadde ikke vært lengre hjemmefra enn til Iráklio, og de færreste hadde vært så langt borte som Khaniá – og han bidro med nye perspektiver til diskusjonene og samtalene. Selv om han passet seg vel for å skryte av sine tilfeldige erobringer, som det hadde vært mange av på reisene hans, underholdt han dem med historier om italienere, jugoslaver og deres brødre på det greske fastlandet. Han hadde alltid en munter tone, og alle likte ham og gleden han spredde i baren. Hver gang det oppsto en pause i diskusjonene, hadde Manoli en anekdote eller to å fortelle, og de andre gjestene lot ham mer enn gjerne få ordet. Beretningene om det tyrkiske kvarteret i Athen, Spansketrappen i Roma og barene i Beograd var hypnotiserende, og når han snakket, hersket stillheten kun brutt av klikkingen fra kulene på rosenkransene. Han trengte ikke å smøre for tykt på for å underholde. Historiene om det korte fengselsoppholdet, om den gangen han drev omkring på et skip uten styring i Middelhavet og om duellen han hadde utkjempet i en bakgate i en jugoslavisk havneby, var alle sanne nok. Det var historiene til en mann som hadde reist uten ansvar for noen andre enn seg selv, og opprinnelig uten en eneste bekymring. De viste ham som en uvøren, men ikke hensynsløs mann, og han hoppet over det verste for ikke å fremstille seg selv som upassende for Giorgis' datter.

Selv Antonis, som hadde sluttet å sitte furtende i en krok hver gang sjefens belevne fetter dukket opp, tok nå hjertelig imot ham. Musikken var deres felles interesse, pluss det at begge hadde vært borte fra provinsen i flere år. Selv om de var flere tiår yngre enn de gråsprengte mennene de drakk med, hadde de på mange måter et klokere syn på verden enn de eldste noen gang kom til å få. Som barn hadde Manoli lært å spille lyre, og på reisene hans hadde den både vært en følgesvenn og en sikkerhet – ved en anledning det eneste som sto mellom ham og sultedøden. Ofte hadde han måttet spille og synge for å få råd til å kjøpe middag, og lyren var den eneste eiendelen av en viss verdi han ikke hadde gamblet bort. Det dyrebare instrumentet hang nå på veggen bak baren, og når flasken begynte å bli tom for raki, tok han den ned fra kroken og lot buen sende lyden av de vibrerende strengene skjelvende ut i natteluften.

På samme måte hadde Antonis' trefløyte, en *thiaboli*, vært en trofast ledsager i de årene han hadde vært hjemmefra. De myke tonene hadde fylt hundre forskjellige huler og gjeterhytter og gitt lindring til kameratenes hjerte og sjel og, mer prosaisk, hjulpet dem gjennom de mange, lange timene med årvåken venting. Enda så ulike Manoli og Antonis var, opplevde de musikken som et nøytralt område der velstand og sosial rang ikke hadde noen betydning. De to spilte gjerne sammen i baren i en time eller to og lot de melankolske melodiene fortrylle bargjestene og de landsbyboerne som fikk musikken drivende inn gjennom vinduene i den stille kveldsluften.

Selv om alle var klar over hvor velstående Manolis foreldre hadde vært og hvilken formue han selv hadde skuslet bort, aksepterte de fleste i landsbyen ham nå som en av deres egne, en mann som måtte arbeide hardt for å tjene til livets opphold og som, naturlig nok, drømte om en kone og en familie. For Manoli virket det enkle livet i landsbyen som en belønning i seg selv. Til tross for at han ikke fikk treffe Maria, som hadde vært hans opprinnelige motivasjon for å besøke Pláka, fant han mye å bli glad i der. Båndene mellom barndomsvenner, lojaliteten til familien og en livsstil som ikke hadde forandret seg på mange århundrer, alt dette tiltalte ham. Hvis han kunne sikre seg en kvinne som Maria, eller en av de andre landsbyskjønnhetene, ville det komplettere følelsen av tilhørighet. Men bortsett fra under feiringen av spesielle høytidsdager i landsbyen, hadde han få sjanser til å få treffe henne.

De strenge reglene som folk fortsatt holdt i hevd i landsbyer som Pláka, drev ham til vanvidd. Selv om de gamle tradisjonene var en del av det som tiltalte ham, oppfattet han de obskure ritualene for en beilers atferd som direkte latterlig. Han visste at han ikke kunne fortelle Anna hvilke intensjoner han hadde, og dessuten besøkte han henne ikke så ofte lenger. Det var et mønster han visste at han måtte bryte hvis han skulle ha håp om å erobre Maria. Anna hadde vært akkurat så grinete som han hadde regnet med sist han avla henne en visitt.

«Vel, tusen takk for at du kommer og hilser på meg,» hadde hun sagt skarpt.

«Hør her,» sa Manoli, «jeg synes ikke at jeg bør komme hit i lunsjpausen mer. Folk begynner å mumle om at jeg ikke arbeider så mye som jeg bør.»

«Gjør som du vil,» glefset hun med øynene fulle av forbitrede tårer. «Du er åpenbart lei av meg. Jeg går ut fra at du har funnet en annen å leke med.»

Med det marsjerte hun ut av rommet, og døren smalt igjen bak henne som et tordenbrak.

Manoli ville savne det nære forholdet deres og glimtet i Annas øyne, men det var en pris han var villig til å betale.

Siden han ikke hadde noen til å lage mat til seg hjemme, spiste Manoli ofte på en av tavernaene i Eloúnda eller Pláka. Hver fredag var han på Fotinis taverna, som hun og Stephanos nå hadde overtatt etter foreldrene hans. Under et slikt besøk i juli, satt han der og stirret ut over sjøen mot Spinalónga. Øya, som var formet som et egg halvt nedsenket i havet, var blitt et så velkjent syn at han knapt ofret den en tanke. Som alle andre spekulerte han iblant på hvordan det var der borte, men han dvelte ikke for lenge ved det. Spinalónga bare var der, en klippeblokk bebodd av spedalske.

En tallerken med ørsmå fisk, *picarel*, lå på bordet foran Manoli, og mens han spiddet dem etter tur med gaffelen, var det plutselig noe som fanget oppmerksomheten hans. I tussmørket kom en liten båt tøffende fra øya. En bred, trekantet stripe dannet seg i kjølvannet dens på det svarte havet. Om bord var det to personer, og idet båten kom inn i havnen, så han at den ene var svært lik Maria.

«Stephanos!» ropte han. «Er det Maria og Giorgis? Det er ikke vanlig å se en kvinne være med og fiske, er det vel?»

«De har ikke fisket,» svarte Stephanos. «De har vært ute med en av sine leveranser til leprakolonien.»

«Å,» sa Manoli og tygget sakte og ettertenksomt. «Noen må vel det også.»

«Giorgis har gjort det i årevis. Det er mer å tjene på det enn å fiske – og sikrere penger,» sa Stephanos og satte en tallerken med stekte poteter ned på Manolis bord. «Men han gjør det hovedsakelig fordi ...»

Fotini, som hadde oppholdt seg i bakgrunnen, så hvilken vending samtalen var i ferd med å ta. Selv om det ikke ville være meningen, forsto hun at Stephanos kunne komme til å glemme Giorgis' ønske om å holde sannheten om Elenis tragiske død skjult for familien Vandoulakis.

«Vær så god, Manoli!» Hun formelig stupte frem med en tallerken med oppskårne auberginer. «De er nylaget, med hvitløk. Jeg håper du vil like dem. Vil du unnskylde oss et øyeblikk?»

Hun grep ektemannen i armen og trakk ham med seg ut på kjøkkenet.

«Nå må du være forsiktig!» utbrøt hun. «Vi må *alle* glemme at Anna og Marias mor noen gang var på Spinalónga. Det er det eneste som nytter. Vi vet at det ikke er noe å skamme seg over, men Alexandros Vandoulakis ser kanskje annerledes på det.»

Stephanos ble forlegen.

«Jeg vet det, jeg vet det. Det hender bare at jeg glemmer det. Det var tåpelig av meg,» mumlet han. «Manoli kommer hit så ofte at jeg glemmer forbindelsen mellom ham og Anna.»

«Det er ikke bare Annas posisjon jeg tenker på,» innrømmet Fotini. «Maria har varme følelser for Manoli. De har bare truffet hverandre én gang, hjemme hos Anna, men siden har hun ikke snakket om annet, i hvert fall ikke til meg.»

«Sier du det? Den stakkars jenta trenger en mann, men han virker som litt av en røver,» svarte Stephanos. «Men det er vel ikke så mange å velge mellom her.»

Stephanos så alt i svart og hvitt. Han forsto hva konen tenkte på og innså at han og Fotini hadde en rolle å spille for å få ført disse to menneskene sammen.

Nøyaktig en uke senere bød sjansen seg til å arrangere et møte mellom Maria og Manoli. Da Manoli kom inn på tavernaen den fredagen, smatt Fotini ut gjennom en sidedør og løp opp til familien Petrakis' hus. Giorgis hadde spist og gått til baren for å spille backgammon, og Maria satt i det svinnende lyset og forsøkte å lese.

«Maria, han er her,» sa Fotini andpusten. «Manoli er på tavernaen. Hvorfor ikke komme ned og hilse på ham?»

«Jeg kan ikke,» sa Maria. «Hva ville far tro?»

«I himmelens navn,» svarte Fotini. «Du er treogtyve år. Vær nå litt modig. Faren din behøver ikke å få vite det engang.»

Hun grep venninnen i armen. Maria strittet imot, men bare halvhjertet; innerst inne verket hun etter å gå.

«Hva skal jeg si til ham?» spurte hun engstelig.

«Ta det med ro,» sa Fotini oppmuntrende. «Menn som Manoli lar aldri det bli ditt problem, i hvert fall ikke lenge. Han kommer til å snakke i ett.»

Fotini fikk rett. Da de kom inn på tavernaen, tok Manoli straks styringen. Han spurte ikke Maria om hvorfor hun var der, men inviterte henne uten videre til å sette seg ved bordet hans, spurte hvordan hun hadde hatt det siden sist de traff hverandre og forhørte seg om hvordan det gikk med faren. Så, mer fremmelig enn menn vanligvis var i slike situasjoner, sa han: «Det er åpnet en ny kino i Ájos Nikólaos. Har du lyst til å bli med meg dit?»

Maria, som allerede blusset av begeistring over å ha truffet Manoli igjen, rødmet dypt. Hun stirret ned i fanget og klarte knapt å svare.

«Det ville vært hyggelig,» sa hun omsider. «Men det passer seg ikke helt ... å gå på kino med en man nesten ikke kjenner.»

«Nå skal du høre, jeg skal be Fotini og Stephanos om å bli med også. De kan fungere som anstand. La oss gå på mandag. Den dagen holder tavernaen stengt, ikke sant?»

Så før hun en gang hadde fått tid til å bli nervøs og tenke gjennom alle grunnene for ikke å gjøre det, hadde hun takket ja til invitasjonen. Om bare tre dager skulle alle sammen dra til Ájos Nikólaos.

Manoli oppførte seg upåklagelig, og utfluktene deres ble en ukentlig begivenhet. Hver mandag dro alle sammen av sted klokken syv for å se den nyeste filmen og spise middag etterpå.

Giorgis var henrykt over å se datteren kurtisert av denne kjekke og sjarmerende mannen, som han hadde likt allerede før datteren var blitt kjent med ham. Selv om det var en svært moderne oppførsel – at de gikk ut med hverandre før de var formelt forlovet – var de tross alt på vei inn i en mer moderne tid, og det at Maria hadde anstand, bidro til å dempe de kritiske bemerkningene fra landsbyens eldste kvinner.

Alle fire trivdes i hverandres selskap, og turene ut fra Pláka innebar en kjærkommen forandring i deres ellers så rutinepregede liv. Latteren satt løst, og mange ganger lo de så de gråt av Manolis vittigheter og påfunn. Maria unte seg den luksusen det var å dagdrømme om at hun kanskje kunne tilbringe resten av livet med å se på dette pene, markerte ansiktet som var eldet av liv og latter. Noen ganger når han så henne inn i øynene, kjente hun de usynlige nakkehårene reise seg og håndflatene bli klamme. Selv en varm kveld kunne hun plutselig begynne å skjelve. Det var en ny opplevelse for henne å bli oppvartet. For en lise Manoli var fra de ellers så grå kulissene i livet hennes! Det var stunder da hun lurte på om han egentlig var i stand til å ta noe som helst alvorlig. Den boblende livsgleden smittet alle rundt ham. Maria hadde aldri før opplevd en så bekymringsløs lykke og begynte å tro at denne euforiske tilstanden var kjærlighet.

Men det som alltid hvilte tungt på samvittigheten hennes, var hvordan det skulle gå med faren hvis hun giftet seg. I de fleste ekteskap flyttet kvinnen ut fra sitt eget hjem og inn til mannens foreldre. Det ville åpenbart ikke skje med Manoli, siden han ikke hadde noen foreldre, men like umulig var det at han skulle flytte inn i det lille huset deres i Pláka. Med hans bakgrunn var det utenkelig. Problemet spant rundt og rundt i hodet hennes, og ikke et eneste sekund virket det rart at Manoli ennå ikke hadde kysset henne engang.

Manoli viste seg fra sin beste side og hadde for lengst funnet ut at han sannsynligvis bare kunne vinne Maria ved å oppføre seg ulastelig. Samtidig syntes han det var absurd at han i et annet land hadde kunnet gå til sengs med en kvinne nesten før han hadde fått vite hva hun het, mens han her hadde tilbragt time på time sammen med Maria uten engang å røre henne. Begjæret etter henne var intenst, men samtidig var ventingen noe nytt og spennende. Han var sikker på at tålmodigheten ville bli belønnet, og ventetiden gjorde bare at han ble enda mer betatt. Da han i de første månedene av kurtisen hadde sett på det bleke, ovale ansiktet som var rammet inn av vakkert svart, flettet hår, hadde hun slått blikket blygt ned og ikke våget å se på ham. Men med tiden var hun blitt modigere og begynt å stirre tilbake. Hadde han kikket ekstra godt etter, ville han fått tilfredsstillelsen av å se pulsåren på den vakre halsen hennes slå litt raskere før et smil bredte seg i hele ansiktet. Hvis han tok denne jomfruen nå, ville han bli nødt til å forlate Pláka. Selv om han hadde deflorert utallige jenter tidligere, kunne selv ikke han bringe skam over den skjønne Maria, og dessuten var det en stemme inne i ham som formante ham til å styre lystene sine. Det var på tide å slå seg til ro.

Anna på sin side kokte av misunnelse og forbitrelse. Manoli hadde knapt besøkt henne siden Giorgis og Maria hadde vært til lunsj, og under flere familietilstelninger hadde han holdt seg borte. Hvordan *våget* han å behandle henne på denne måten? Snart fikk hun vite av faren at Manoli gjorde kur til Maria. Var det bare for å provosere henne? Om hun bare kunne vise ham at hun faktisk ikke brydde seg. Det bød seg imidlertid aldri en slik anledning, og derfor fikk hun heller ingen renselse. Hun prøvde desperat ikke å tenke på dem sammen, og i ren og skjær ergrelse kastet hun seg ut i stadig mer ekstravagante prosjekter i huset for å få tankene over på noe annet. Hele tiden visste hun at tingene gikk sin uunngåelige gang i Pláka, men hun hadde ingen å betro seg til, og raseriet bygget seg opp inne i henne som damp i en trykkoker.

Andreas, som reagerte med forferdelse på det underlige humøret hennes, spurte gjentatte ganger hva som var i veien, men fikk bare beskjed om ikke å plage henne. Han ga opp. Han hadde en stund fornemmet at den lykkelige tiden fra ekteskapets første dager, med de kjærlige blikkene og ømme ordene, var over, og han påtok seg større og større arbeidsoppgaver på godset. Eleftheria la også merke til forandringen. Anna, som hadde virket så lykkelig og full av liv bare noen måneder tidligere, var nå alltid sint. For Anna var det å skjule følelsene sine på denne måten, forferdelig unaturlig. Hun hadde lyst til å skrike og bære seg og rive av seg håret, men når faren og Maria besøkte henne fra tid til annen, ble ikke engang Manoli nevnt.

Instinktivt følte Maria at hun gjennom sitt vennskap med Manoli hadde beveget seg inn på søsterens territorium og at søsteren kanskje betraktet hele familien Vandoulakis som sitt eget domene. Hvorfor gjøre situasjonen verre ved å snakke om det? Hun var totalt uvitende om omfanget av Annas raseri og antok at den distanserte holdningen hennes hadde et eller annet å gjøre med det faktum at hun ennå ikke var blitt gravid.

En kveld i februar, seks måneder etter at de ukentlige utfluktene hadde begynt, gikk Manoli inn i baren for å treffe Giorgis. Den gamle mannen satt alene og leste i lokalavisen og kikket opp idet Manoli nærmet seg inne i en sky av røyk.

«Giorgis, får jeg sette meg?» spurte Manoli høflig.

«Ja,» svarte Giorgis og kikket ned i avisen igjen. «Jeg eier ikke dette stedet, gjør jeg vel?»

«Det er noe jeg vil spørre deg om. Jeg skal gå rett på sak. Jeg vil gjerne gifte meg med datteren din. Tillater du det?»

Giorgis foldet avisen omhyggelig sammen og la den fra seg på bordet. For Manoli virket det som en evighet før han sa noe.

«Om jeg tillater det? Naturligvis tillater jeg det! Du har oppvartet landsbyens vakreste pike i over et halvt år – og jeg trodde at du aldri skulle spørre. Det er på høy tid!»

Giorgis' bryske svar skjulte den enorme gleden han følte over spørsmålet. Nå ville ikke bare den ene, men begge døtrene hans bli en del av provinsens mektigste familie. Det var ikke snobberi som lå til grunn for følelsen, bare en enorm lettelse over at begges fremtid ville være sikret. Det var det beste en far kunne drømme om på sine barns vegne, spesielt en far som bare var en skarve fisker. Bak Manoli kunne han skimte de blinkende lysene på Spinalónga gjennom barvinduet. Om bare Eleni kunne ha fått oppleve dette øyeblikket.

Han strakte ut hånden og trykket Manolis, midlertidig stum. Ansiktsuttrykket hans sa mer enn nok.

«Takk skal du ha. Jeg skal ta meg godt av henne, og i fellesskap skal vi ta oss av deg også,» sa Manoli, fullstendig klar over at Marias ekteskap kunne føre til en svært ensom tilværelse for faren hennes.

«Hei! Kom hit med din beste *tsikoudia*!» ropte han til Lidaki. «Vi har noe å feire her. Det er et mirakel. Jeg er ikke lenger foreldreløs.»

«Hva er det du snakker om?» spurte Lidaki mens han kom strenende mot dem med en flaske og to glass, vel vant med Manolis verbale sprell.

«Giorgis har sagt seg villig til å bli min svigerfar. Jeg skal gifte meg med Maria!»

Det var noen få andre i baren den kvelden, og selv før den omtalte kvinnen visste noe som helst om det, skålte landsbyens mannfolk for hennes fremtid sammen med Manoli.

Da Giorgis kom hjem senere samme kveld, var Maria i ferd med å gjøre seg klar til å gå til sengs. I det samme faren kom inn gjennom døren, og lukket den raskt for å holde februarvinden ute og varmen fra ovnen inne, la hun merke til det underlige ansiktsuttrykket hans. Han formelig strålte av opphisselse og glede.

«Maria,» sa han og grep henne i begge armene, «Manoli har bedt om å få gifte seg med deg.»

En stund sto hun med bøyd hode mens en blanding av glede og smerte fylte henne i like store doser. Hun ble trang i halsen.

«Hvilket svar ga du ham?» spurte hun hviskende.

«Det du hadde villet at jeg skulle gi ham. Ja, naturligvis.»

Maria hadde aldri før opplevd denne underlige blandingen av følelser. Hjertet kjentes som en smeltedigel av ingredienser som nektet å blande seg. Brystet snørte seg sammen av angst. Hva var dette? Skulle lykke føles omtrent som kvalme? Akkurat som Maria ikke kunne sette seg inn i andres smerte, kunne hun heller ikke vite hvordan kjærlighet føltes for et annet menneske. Hun var ganske sikker på at hun elsket Manoli. Med hans sjarme og vidd var det ikke vanskelig å gjøre det. Men en hærskare av bekymringer begynte å gnage i henne. Hvordan skulle det gå med faren? Hun ga umiddelbart uttrykk for uroen sin.

«Det er fantastisk, far. Det er virkelig fantastisk, men hva med deg? Jeg kan ikke la deg bli alene igjen her.»

«Ikke tenk på meg. Jeg kan bli her – jeg ønsker ikke å flytte fra Pláka. Det gjenstår fortsatt mye å gjøre for meg her.»

«Hva mener du?» spurte hun, enda hun visste nøyaktig hva han mente.

«Spinalónga. Øya trenger meg fremdeles – og så lenge jeg er sprek nok til å kjøre båten ut dit, holder jeg det gående. Dr. Lapakis stoler på meg, og det gjør alle beboerne der ute også.»

Det var like stor trafikk til og fra leprakolonien som alltid. Hver måned var det nye pasienter og matvarer som skulle skysses over, samt bygningsmaterialer til de statlig finansierte utbedringsarbeidene som ble gjennomført. Giorgis var et viktig ledd i hele operasjonen. Maria forsto hvorfor han følte seg så sterkt knyttet til øya. De snakket sjelden om det mer, men de hadde en gjensidig forståelse for at dette var kallet hans og en måte å opprettholde forbindelsen med Eleni på.

Både far og datter sov dårlig den natten, og morgenen kunne ikke komme tidsnok. Den dagen tok Giorgis Maria med seg til Manolis hus på familien Vandoulakis' gods. Det var søndag, og Manoli sto i døren og tok imot dem. Maria hadde aldri sett huset hans før, og nå skulle det bli hjemmet hennes. Det tok henne ikke lange tiden å regne ut at det var fire ganger så stort som huset i Pláka, og tanken på å bo der virket nesten skremmende.

«Velkommen,» sa Manoli og varmet henne med ett enkelt ord. «Kom inn, begge to. Vi kan jo ikke stå her ute i kulden.»

Det var faktisk den kaldeste dagen de hadde opplevd hittil dette året. Det brygget opp til uvær, og vinden syntes å komme fra alle kanter på én gang, virvlet opp tørt løv og sendte det snurrende rundt anklene deres. Marias førsteinntrykk da de kom inn, var at det var mangel på lys og en generell uorden som hun ikke ble overrasket over å finne i et hus som hadde en hushjelp, men ikke en frue. Manoli tok dem med seg inn i dagligstuen som var litt mer ryddig og velstelt, med broderte duker og noen få fotografier på veggene.

«Onkel og tante kommer straks,» opplyste han, nesten nervøst, og så sa han til Maria: «Din far har gitt meg lov til å be om din hånd. Vil du gifte deg med meg?»

Hun nølte litt før hun svarte. For dem begge føltes det som en evighet. Han så på henne med bedende blikk og en anelse tvil.

«Ja,» sa hun omsider.

«Hun sier ja!» brølte Manoli og hadde øyeblikkelig fått igjen selvtilliten. Han omfavnet henne og kysset henne på hendene og snurret henne rundt til hun tryglet om nåde. Det ville alltid bli overraskelser sammen med Manoli, og den overstrømmende gleden tok pusten fra henne. Mannen var en menneskelig *pentozali*.

«Du skal bli min kone!» sa han opprømt. «Onkel og tante gleder seg sånn til å treffe deg igjen, Maria. Men før de kommer, må vi snakke om noe så viktig som deg, Giorgis. Vil du komme og bo med oss her?»

Manoli hadde på sedvanlig vis gått rett på sak. Ved å be Giorgis om å bo sammen med dem, hadde han forsøkt å gjenopprette det tradisjonelle mønsteret som tilsa at foreldre til syvende og sist ble tatt vare på av barna sine. Manoli hadde ikke diskutert spørsmålet med Maria, og var ikke klar over hvilket følsomt tema dette var, selv om han visste at hun ønsket å ha faren i nærheten.

«Det er snilt av deg å spørre, men jeg kan ikke flytte fra landsbyen. Maria forstår det, ikke sant, Maria?» sa han bedende til datteren.

«Selvsagt forstår jeg det, far. Det er helt i orden for meg, så lenge du kommer på besøk så ofte du kan – og dessuten kommer vi til Pláka og besøker deg nesten hver eneste dag.»

Giorgis visste at Maria ville holde ord og at han kunne se frem til besøkene hennes uten frykt for å bli skuffet. Hun ville ikke bli som Anna, som nå nesten hadde sluttet helt å skrive brev til ham.

Manoli kunne egentlig ikke forstå hvorfor hans fremtidige svigerfar følte seg så knyttet til det gamle huset i landsbyen, men han aktet ikke å gjøre noe vesen ut av det. I samme øyeblikk hørtes lyden av dekk mot den steinlagte veien utenfor og så bildører som smalt igjen. Alexandros og Eleftheria sto ved døren, og Manoli slapp dem inn. Varme håndtrykk ble utvekslet. De to familienes stier hadde ikke krysset hverandre på mange måneder, og alle var glade for å treffes igjen. Som familiens overhode var det Alexandros' plikt å si noe.

«Giorgis og Maria. Det blir en glede nok en gang å ønske deg velkommen inn i familien. Min bror og hans kone, Manolis avdøde foreldre, ville ha vært like overbevist som oss om at Maria kommer til å gjøre nevøen vår lykkelig.»

Ordene kom fra hjertet, og Maria rødmet av forlegenhet og glede. Alexandros og Eleftheria visste like godt nå som da Anna giftet seg, at det ikke ville følge noen medgift med denne piken, bare en utstyrskiste med broderier og blonder som ville myke opp de skarpe kantene i Manolis spartanske hjem. De ville imidlertid ikke dvele ved dette, for det var mer å tjene enn å tape på at Manoli slo seg til ro med en lokal pike. Ekteskapet ville oppfylle løftet til Manolis far om å sørge for at sønnen fikk det bra. Da gutten hadde forsvunnet til Europa, hadde Alexandros følt det som et voldsomt nederlag. Alt han hadde lovet Yiannis, var da blitt til verdiløse ord. Mesteparten av den tiden nevøen hadde vært borte, hadde ikke Alexandros engang visst om han var død eller levende, og sjelden hvilket land han befant seg i, men så snart Manoli ble gift med Maria, ville han være forankret i Eloúnda og alltid være der for å hjelpe Andreas med administrasjonen av det store godset.

Alle fem utbragte en skål for hverandres helse.

«*Iassas!*» sa de i kor og lot det klirre i glassene.

Samtalen kom snart inn på når bryllupet kunne finne sted.

«La oss gifte oss i neste uke,» sa Manoli.

«Ikke vær tåpelig!» utbrøt Eleftheria forferdet. «Du aner ikke hvor mye som skal til for å arrangere et skikkelig bryllup. Det vil ta minst seks måneder.»

Naturligvis fleipet Manoli, og han fortsatte å erte tanten.

«Det må da kunne gjøres tidligere enn det. La oss gå og snakke med presten. Kom, så går vi og hører om han kan vie oss i dag.»

En del av ham mente det. Han var like utålmodig som en tiger som hadde fått ferten av et bytte. Tankene raste fremover i tid. Maria, så vakker, så lys i huden og så formfullendt, med håret bølgende utover en pute og med en strime av måneskinn som lyste ned på sengen og den perfekte kroppen. Der lå hun og ventet på ham. Men i seks hele måneder? Herregud, hvordan i all verden skulle han klare å vente så lenge?

«Vi må gjøre alt slik foreldrene dine ville ha ønsket seg det,» sa Alexandros. «Skikkelig!» tilføyde han, fullstendig klar over hvor fremfusende Manoli kunne være.

Manoli kikket bort på ham. Han visste at onkelen mente at han trengte å bli holdt i ørene, og selv om han var svært glad i Alexandros, elsket han å bygge opp under uroen onkelen følte for ham.

«Naturligvis skal vi gjøre alt skikkelig,» sa han med ekte oppriktighet. «Alt skal gjøres etter regelverket, det lover jeg.»

Så snart hun kunne, skyndte Maria seg til Fotini for å fortelle henne nyheten.

«Det er bare én ting som bekymrer meg,» sa hun. «Far.»

«Men vi er jo her og kan holde et øye med ham, og det samme kan foreldrene mine,» forsikret Fotini henne. «Slapp av, Maria. Det er på tide at du gifter deg. Faren din forstår det, det vet jeg at han gjør.»

Maria prøvde å ikke føle seg urolig, men bekymringen for Giorgis syntes alltid å komme mellom henne og en følelse av absolutt lykke.

Kapittel 14

FORLOVELSEN MELLOM Manoli og Maria ble feiret med et selskap der hele Pláka var invitert. Det fant sted bare en måned etter at Manoli hadde fridd. Begge følte det som om lykken smilte til dem. Så mange av Marias barndomsvenninner var blitt giftet bort av fedrene sine til menn de ikke elsket, men som det ble forventet at de skulle utvikle varme følelser for etter hvert, som om det kunne sammenlignes med å dyrke geranier i en urne. De fleste ekteskap ble inngått av bekvemmelighetshensyn, så Maria var både overrasket over og glad for at hun fikk gifte seg av kjærlighet. Hun visste at hun delvis hadde søsteren å takke for dette, men den rette anledningen for å uttrykke takknemlighet bød seg aldri, siden de sjelden så hverandre. Til alles forbauselse og bekymring deltok hun ikke engang i forlovelsesselskapet. Hun sendte sine unnskyldninger med Andreas, som kom sammen med foreldrene sine.

Manoli elsket tanken på at han skulle gifte seg. Han følte seg sikker på at hans tid som omflakkende libertiner var over for bestandig og så nå frem til å bli tatt vare på av Maria, og kanskje også få barn med henne. I motsetning til Maria, som takket sin ene gud i kirken hver uke, mente han at han hadde flere guder å takke for hellet sitt, først og fremst Afrodite, som hadde skjenket ham denne vakre piken på en forgylt tallerken. Han ville heller latt være å gifte seg enn å inngå et ekteskap hvor det ikke fantes kjærlighet og skjønnhet, og han var lettet over å ha funnet begge deler i rikt monn.

Forlovelsesselskapet var i full sving, og festdeltakerne skapte et yrende liv på landsbytorget. Stephanos gikk rundt med store matfat, og Maria og Manoli blandet seg med gjestene.

Manoli trakk fetteren til side.

«Andreas,» sa han og måtte nesten skrike for å bli hørt over støyen fra orkesteret og sangen, «kan du tenke deg å være forlover i bryllupet vårt?»

Forloveren, *koumbaros*, var en nøkkelfigur i det kretiske bryllupet. Under selve seremonien var rollen hans nesten like viktig som prestens, og med tiden – og Guds vilje – ville han bli gudfar for deres første barn.

Andreas hadde regnet med å bli bedt om dette. Han ville blitt såret om de ikke hadde spurt ham, en så åpenbar kandidat var han. Manoli og han var mer enn brødre og hadde et tettere forhold til hverandre enn tvillinger, og han var den perfekte personen til å hjelpe å knytte ekteskapsbåndene mellom disse to menneskene, ikke minst fordi han allerede var Marias svoger. At han hadde forventet å bli spurt, dempet imidlertid ikke gleden.

«Ingenting kunne vært hyggeligere, fetter! Det skal være meg en ære,» sa han.

Andreas følte fortsatt et merkelig behov for å ta vare på Manoli. Han husket godt tiden etter at onkelen døde og Manoli var blitt et medlem av husholdningen. Andreas, som alltid hadde vært et rolig og nokså alvorlig barn, og Manoli, som var en villere og mindre disiplinert gutt, kunne ikke ha vært mer ulike. De hadde sjelden kranglet som barn, i motsetning til de fleste brødre, og det hadde aldri vært noen sjalusi mellom dem. Fem år ut i livet var begge blitt presentert for en ferdig laget bror og lekekamerat. Andreas hadde høstet fordeler av fetterens eventyrlystne, ansvarsløse væremåte, og det var ingen tvil om at Manoli trengte den faste hånden onkelen og tanten kunne gi ham. Andreas, som var seks måneder eldre enn fetteren, påtok seg naturlig nok den beskyttende rollen, mens det var Manoli som førte Andreas på avveier og ansporet ham til å bli mer djerv og uvøren i rampestrekene etter hvert som de ble eldre.

Maria fikk den første av mange gaver til utstyrskisten sin, og festen fortsatte til langt på natt. Deretter ble landsbyen det stilleste stedet på hele Kreta. Selv hundene ville være for trette til å gjø før solen var kommet godt klar av horisonten.

Da Andreas kom hjem, lå alle og sov. Alexandros og Eleftheria hadde dratt tilbake før ham, og huset var nifst stille og mørkt. Han listet seg inn på soverommet og hørte Anna bevege seg i sengen.

«Hei, Anna,» hvisket han lavt, i tilfelle hun fortsatt sov.

Sannheten var at Anna ikke hadde fått blund på øynene hele natten. Hun hadde ligget og vridd seg, gal av sinne ved tanken på festlighetene nede i Pláka. Hun kunne se for seg søsterens strålende smil og Manolis mørke øyne som stirret betatt på henne – kanskje mens han holdt hendene rundt livet hennes og de solte seg i komplimentene fra alle festdeltakerne.

Da Andreas slo på nattbordlampen, rullet hun seg rundt.

«Nå?» sa hun. «Var det gøy?»

«Det var en flott fest,» svarte han uten å se på henne mens han kledde av seg. Dermed så han heller ikke uttrykket i det tårevåte ansiktet hennes. «Og Manoli har bedt meg om å være *koumbaros*!»

Akkurat den invitasjonen var uunngåelig, men Anna hadde ikke stålsatt seg mot slaget. Andreas ville fra nå av spille en betydningsfull rolle i Manoli og Marias liv og knytte dem alle enda tettere sammen. Dermed var Anna dømt til en evighet med smertefullt innsyn i søsterens lykke. I skyggene sved tårene henne i øynene mens hun rullet seg over på magen og begravde ansiktet mot puten.

«God natt, Anna. Sov godt.» Andreas krøp til køys. Sekunder senere vibrerte sengen under snorkingen hans.

De skarpe, kalde marsdagene gikk fort unna, våren kom med en eksplosjon av knopper og blomster, og tidlig på sommeren var planene for bryllupet godt i gang. Datoen var satt til oktober, og det skulle skåles for ekteparet i den nye vinen fra årets avling. Maria og Manoli fortsatte sine ukentlige utflukter, hele tiden i selskap med Fotini og Stephanos. At bruden var jomfru, var en uuttalt betingelse for ekteskapet, og fristelsens makt var allment kjent; det var i alles interesse at den vordende bruden ikke skulle være alene med sin forlovede før på bryllupsnatten.

En kveld i mai, da alle fire satt over en drink i Ájos Nikólaos, la Maria merke til at Fotini virket spesielt opprømt.

«Hva er det, Fotini? Du ser ut som en katt som har fått fløte!»

«Det er akkurat sånn jeg føler meg … Vi skal ha barn!» brast det ut av henne.

«Er du gravid? Gratulerer, så fantastisk,» sa Maria og grep begge venninnens hender. «Når skal det skje?»

«Om syv måneder omtrent, tror jeg – det er ennå tidlig.»

«Det er bare noen få måneder etter bryllupet vårt – nå må jeg komme tilbake til Pláka og besøke deg hver eneste dag,» sa Maria og boblet nesten over av entusiasme.

Alle skålte for den gode nyheten. For begge jentene virket det som om det bare var noen øyeblikk siden de hadde bygget sandslott på stranden, og nå satt de her og diskuterte bryllup og barn.

Senere den sommeren bestemte Maria at de skulle besøke Anna. Det bekymret henne at det var så lenge siden hun hadde sett henne, og forundret henne at søsteren viste en så total mangel på interesse for det forestående bryllupet. Det hadde vært en av de varmeste dagene i august, når selv ikke nettene bød på særlig lindring fra den stekende heten, og i stedet for den vanlige turen til Ájos Nikólaos med Fotini og Stephanos, avtalte Manoli og Maria å dra på besøk til Anna. Det var et dristig foretak. Ingen invitasjon var kommet, og ikke med et ord var det blitt antydet at den heller overlegne og flyktige Anna ønsket å treffe dem. Budskapet var klart for Maria. Hvorfor skulle søsteren oppføre seg på denne måten hvis det ikke var for å vise misnøye over et eller annet? Maria ønsket å komme til bunns i saken. Hun hadde skrevet flere brev – et som beskrev forlovelsesselskapet som Anna hadde gått glipp av, angivelig på grunn av sykdom, og et annet som fortalte om det vakre undertøyet hun hadde fått til utstyrskisten sin – men ingen av dem var blitt besvart. Anna hadde telefon, men det hadde ikke Maria og Giorgis, og kommunikasjonen mellom dem hadde opphørt fullstendig.

Da Manoli kjørte opp den velkjente veien til det imponerende Vandoulakis-huset, og tok svingene på samme måte som enhver annen ung mann ville ha gjort etter å ha kjørt dem tusen ganger, var Maria nervøs. Fatt mot, sa hun til seg selv. Hun er søsteren din. Hun kunne ikke forstå hvorfor hun følte seg så anspent ved utsikten til å besøke en som var et så nært familiemedlem.

Da de stoppet, var Maria den første som steg ut av bilen.

Manoli somlet, brukte lang tid på å ta ut tenningsnøkkelen og justerte sladrespeilet for å kunne se seg selv når han kjemmet håret. Maria sto og ventet på ham, utålmodig etter å få dette overstått. Forloveden hennes vred om det store, runde dørhåndtaket – dette var tross alt som et slags annet hjem for ham – men den rikket seg ikke, så han grep dørhammeren og banket hardt på døren tre ganger. Omsider ble døren åpnet. Ikke av Anna, men av Eleftheria.

Hun ble overrasket over å se Manoli og Maria. Det var sjelden at noen kom uanmeldt på besøk, men alle visste at Manoli ikke var typen som tok hensyn til etikette, og hun omfavnet ham hjertelig.

«Kom inn, kom inn,» sa hun oppkavet. «Så hyggelig å se dere. Jeg skulle ønske jeg hadde visst at dere ville komme, for da kunne vi spist middag sammen, men jeg finner sikkert noe å by dere og …»

«Vi er egentlig kommet for å treffe Anna,» sa Manoli og avbrøt henne. «Hvordan går det med henne? Vi har mer eller mindre mistet kontakten – for mange måneder siden.»

«Sier du det? Aha, jeg skjønner. Det var jeg ikke klar over. Jeg skal gå opp si at dere er her.»

Fra soveromsvinduet hadde Anna sett den velkjente bilen komme kjørende. Hva skulle hun gjøre? Hun hadde klart å unngå en konfrontasjon i det lengste, i den tro at hvis hun bare holdt seg unna Manoli, ville følelsene for ham gradvis forsvinne. Men hver dag så hun speilbildet hans i ektemannen når han kom hjem fra arbeidet, og de nettene da Andreas elsket med henne, var det lett for henne å mane frem bildet av Manoli bak øyelokkene. Lidenskapen hun følte for denne livligere versjonen av ektemannen, var like sterk som den hadde vært den dagen han hadde stukket en blomst ned mellom brystene hennes, og bare tanken på ham var nok til å gjøre henne opphisset. Hun lengtet etter å se det glitrende smilet som tente begjæret hennes og sendte ilinger nedover ryggraden, men ethvert møte mellom dem ville heretter skje i Marias nærvær, og det ville fungere som en påminnelse om at Manoli aldri kunne bli hennes.

Hun hadde latt som om hun hadde full kontroll. Inntil i kveld. Nå var hun trengt opp i et hjørne. De to menneskene hun elsket og hatet mest her i verden, ventet på henne nedenunder.

Eleftheria banket forsiktig på døren.

«Anna, søsteren din og forloveden hennes er her!» ropte hun uten å gå inn. «Kommer du ned og hilser på dem?»

Uten noen gang å ha snakket om det, hadde Eleftheria lenge hatt sine mistanker om Annas følelser for Manoli. Hun var den eneste som visste hvor ofte han hadde besøkt henne, og den eneste som utmerket godt hadde visst at Anna ikke var syk den dagen søsteren feiret forlovelsen. Selv nå kunne hun fornemme svigerdatterens uvilje mot å forlate soverommet. Det kunne umulig ta så lang tid å gå over gulvet mot døren. Alle brikkene begynte å falle på plass. Hun ventet tålmodig en stund til før hun banket igjen, denne gang mer pågående. «Anna? Kommer du?»

Fra den andre siden av den lukkede døren hørtes Annas skarpe svar. «Ja, jeg kommer. Jeg kommer ned så snart jeg er klar.»

En liten stund senere, med nymalte, røde lepper og det glansfulle, svarte håret skinnende om skuldrene, rev Anna opp døren og gikk ned trappen. Hun trakk pusten dypt før hun åpnet døren til dagligstuen. Som et sant bilde på husets *la grande dame*, enda Eleftheria var husets virkelige frue, seilte hun inn i rommet og hilste søsteren med et lett kyss på kinnet. Så snudde hun seg mot Manoli og holdt frem en blek, slapp hånd for å trykke hans.

«Hallo,» sa hun smilende. «Dette var overraskende. En hyggelig overraskelse.»

Anna hadde alltid vært en dyktig skuespiller. Og på mange måter *var* det hyggelig å se denne mannen, denne besettelsen hennes, men det var også så mye mer enn det. Hun hadde tenkt på ham dag ut og dag inn i mange måneder, og nå sto han her i levende live foran henne, enda mer tiltrekkende og barsk enn hun husket ham. Etter noe som for Anna fortonte seg som mange minutter senere, men som i virkeligheten bare var et sekund eller to, oppdaget hun at hun fortsatt holdt ham i hånden. Hennes var klam av svette. Hun trakk den til seg.

«Jeg syntes det var så lenge siden jeg hadde sett deg,» sa Maria. «Tiden går så fort, og du vet at vi skal gifte oss i oktober, ikke sant?»

«Ja da, det er strålende nytt. Virkelig strålende.»

Eleftheria kom trippende inn med et brett med glass og små tallerkener fylt med oliven, terninger med fetaost, mandler og varme spinatpaier. Det var et mirakel at hun hadde klart å trylle frem et så rikt utvalg av *meze* i løpet av noen minutter, men ikke desto mindre ba hun om unnskyldning for at hun ikke kunne ære dem med et mer utsøkt måltid. Hun fortsatte å svinse rundt i rommet mens hun hentet en vakker karaffel med ouzo fra skjenken og fylte opp glassene deres.

Alle satte seg. Anna vaglet seg ytterst på stolen; Manoli lente seg bedagelig tilbake og virket fullstendig avslappet. Rommet var fylt av et varmt, oransje lys som solnedgangen sendte inn gjennom blondegardinene, og selv om samtalen var litt oppstyltet, klarte Anna å holde en slags dialog gående. Hun visste at rollen hennes krevde det i en situasjon som denne.

«Fortell om far. Hvordan går det med ham?»

Det var vanskelig å si om Anna faktisk brydde seg, men det hadde aldri slått Maria at hun kanskje ikke gjorde det.

«Det går bra. Han er strålende fornøyd med at vi skal gifte

oss. Vi inviterte ham til å komme og bo hos oss etter vielsen, men han er fast bestemt på å bli værende i Pláka,» opplyste hun.

Hun hadde alltid klart å unnskylde søsterens tilsynelatende mangel på interesse: avstanden fra Pláka, hennes nye rolle som gift kvinne, alle pliktene som Maria antok hun hadde på et gods som dette gjorde det nok vanskelig for søsteren å holde kontakten. Hun visste at også hun ville bli påvirket av slike forandringer, og det ville være til stor hjelp om Anna ville vise litt mer omsorg for faren, i det minste prøve å besøke ham oftere. Hun skulle til å nevne det da de hørte stemmer ute i gangen.

Alexandros og Andreas var kommet tilbake fra en tur til landeiendommene deres oppe på Lasíthi-platået, og selv om de to fetterne møttes jevnlig for å diskutere driften av godset, omfavnet de hverandre nå som om de var gamle venner som ikke hadde sett hverandre på lenge. Nye glass ble funnet frem og fylt, og husets to menn satte seg.

Maria fornemmet en viss spenning i atmosfæren, men klarte ikke å sette fingeren på hva det kom av. Anna syntes å holde samtalen gående uten problemer, men hun kunne ikke unngå å legge merke til at de fleste av bemerkningene hennes var rettet mot Manoli og ikke henne. Kanskje det bare skyldtes plasseringen deres. Manoli satt tvers overfor Anna, mens Andreas og Maria satt litt til side for dem på en polstret benk med Eleftheria mellom seg.

Manoli hadde glemt hvor utrolig tiltrukket han hadde vært av Anna. Det var noe så praktfullt kokett ved henne, og nå tenkte han tilbake på lunsjmøtene deres med noe som minnet om nostalgi. Selv om han offisielt var en forlovet mann, lå den gamle røveren på lur like under overflaten.

Eleftheria så forandringen ved Anna. Hun kunne ofte være furten og fåmælt, men denne kvelden virket hun oppglødd.

Kinnene blusset, og selv i det dunkle lyset, kunne hun se at smilet var ekstra bredt. Begeistringen over alt Manoli sa, var nesten smiskende.

Som vanlig dominerte Manoli samtalen. Anna prøvde å unngå å hisse seg opp over at han stadig vekk omtalte Maria som sin «vakre forlovede», og mente at han gjorde det med vilje for å irritere henne. Han drev fremdeles gjøn med henne, tenkte hun, lekte fortsatt med henne slik han hadde gjort for alle de månedene siden, og gjorde det klart for henne at han ikke hadde glemt flørtingen deres. Måten han betraktet henne på mens han lente seg fremover og snakket med henne som om det ikke var noen andre i rommet, gjorde det innlysende. Om de bare hadde vært alene i rommet. Denne timen hun hadde tilbragt i selskap med Manoli, var både himmel og helvete.

Mesteparten av samtalen dreide seg om bryllupet. Når vielsen skulle holdes, hvem som skulle inviteres og hva som ble forventet av Andreas som *koumbaros*. Det var nesten blitt mørkt da Maria og Manoli reiste seg for å gå. Øynene deres hadde vent seg til skumringen, og først nå slo Eleftheria på en av de små bordlampene slik at de kunne finne veien ut av rommet uten å snuble i teppekanter eller kollidere med møbler.

«Det var bare en ting til, Anna,» sa Maria, fast bestemt på ikke å dra uten å ha fullført oppdraget sitt. «Kan du ikke komme og besøke far snart? Jeg vet at du har det travelt, men jeg tror han ville sette stor pris på det.»

«Ja, ja, det skal jeg,» sa Anna med uvanlig aktelse for lillesøsteren. «Jeg har forsømt ham. Skammelig gjort av meg. Jeg kommer ned til Pláka om noen uker. Hva med den tredje onsdagen i september? Kunne det passe.»

Det var et uforpliktende, henslengt spørsmål, men med en ondskapsfull undertone. Anna visste utmerket godt at en onsdag i september var det samme for Maria som en onsdag i april, juni eller august, eller en mandag eller tirsdag for den saks skyld. Hun satt fast i det samme mønsteret av huslige sysler seks dager i uken, og med unntak av søndager spilte det absolutt ingen rolle for henne hvilken dag Anna valgte å komme. I tillegg hadde Maria forventet at Anna skulle foreslå en dag som lå litt nærmere i tid. Svaret hennes var det imidlertid ingenting å utsette på.

«Det ville vært hyggelig. Jeg skal gi beskjed til far,» sa hun. «Og jeg vet at han kommer til å se frem til det. Han kommer vanligvis tilbake fra Spinalónga med dr. Lapakis i femtiden.»

Pokker ta henne for å nevne den øya! tenkte Anna. Hun syntes de alle hadde vært flinke som i løpet av de fem siste årene aldri hadde latt den fulle sannheten om deres forhold til leprakolonien komme Vandoulakis-familien for øre. Hun innså nå også at det var like mye i Marias interesse å holde tett om fortiden. Hvorfor kunne de ikke bare glemme alt sammen? Alle visste at Giorgis leverte varer til Spinalónga og skysset øyas lege frem og tilbake. Var ikke det skammelig nok, uten at det skulle snakkes om det i tide og utide?

Avskjedsklemmene ble utvekslet, og så kunne Manoli og Maria endelig kjøre. Selv om Anna hadde virket litt irritabel til tider, følte Maria at isen kanskje var begynt å smelte. Hun prøvde alltid å ikke sette seg til doms over søsteren, være forsiktig med å kritisere henne, men hun var ingen helgen heller.

«Det ville være på høy tid at Anna kom til Pláka,» sa hun til Manoli. «Hvis jeg skal la far bli igjen der alene, må hun begynne å besøke ham litt oftere.»

«Det ville forbløffe meg om hun gjorde det,» sa Manoli. «Hun liker å følge sine egne regler. Og hun liker det ikke når tingene ikke går som hun vil.»

Kjennskapen til Anna forundret Maria. Han snakket om søsteren som om hun var en han forsto seg på. Anna var riktignok ikke en svært sammensatt person, men likevel overrasket det henne at Manoli kunne komme med en så nøyaktig observasjon.

Maria talte dagene til bryllupet. Det var bare fire uker igjen. Hun skulle ønske at de kunne gå fortere, men tanken på at hun skulle forlate faren dempet fortsatt noe av gleden, og hun bestemte seg for å gjøre alt hun kunne for at overgangen skulle gå så knirkefritt som mulig. Det mest praktiske tiltaket ville være å gjøre huset skinnende rent til den dagen Giorgis ville bli alene. Hun hadde utsatt dette arbeidet i sommermånedene når luften både ute og inne dirret av hete. Det var mye svalere nå, en perfekt dag for en slik jobb.

Det var også den dagen Anna hadde lovet å komme på besøk. Noen av eiendelene hennes ble fortsatt oppbevart i huset, og hun ønsket kanskje å ta dem med seg. Noen var barndomslekene hennes. Hun kunne vel få bruk for dem snart, tenkte Maria. Det ville nok ikke bli lenge til det kom et barn i familien Vandoulakis' hjem.

En vårrengjøring på høsten. Det lille huset var vanligvis ryddig – Maria sørget bestandig for det – men det var et gammelt skap fylt med skåler og fat som sjelden ble brukt som kunne trenge en vask, møbler som burde poleres, lysestaker som skulle pusses og mange bilderammer som hun ikke hadde tørket støv av på mange måneder.

Mens Maria arbeidet, hadde hun radioen på og nynnet med til musikken. Klokken var tre på ettermiddagen.

En av yndlingssangene hennes av Mikis Theodorakis ble spilt. De energiske bouzouki-tonene var det perfekte akkompagnementet til rengjøringsarbeidet, så hun skrudde volumet på full styrke. Musikken overdøvet lyden av døren som åpnet seg, og siden Maria sto med ryggen mot den, la hun ikke merke til at Anna kom inn og satte seg.

Anna ble sittende stille i ti minutter og se på at Maria arbeidet. Hun hadde ingen intensjoner om å hjelpe til, kledd som hun var i en kjole av den fineste, hvite bomull med broderte, blå blomster. Hun skjønte ikke helt hvorfor hun følte en viss pervers glede av å se søsteren arbeide, og skjønte enda mindre hvordan Maria kunne virke så glad og ubekymret og synge mens hun vasket hyller og skap. Men da hun tenkte på mannen Maria skulle gifte seg med, forsto hun det fullt ut. Søsteren måtte være verdens lykkeligste kvinne. Det var ikke til å holde ut. Hun skiftet stilling i stolen, og Maria skvatt da hun plutselig hørte stolbenet skrape mot gulvet.

«Anna!» hylte hun. «Hvor lenge har du sittet der? Hvorfor har du ikke sagt at du var her?»

«Jeg har sittet her i evigheter,» sa Anna dovent. Hun visste at det ville irritere Maria å vite at hun hadde iakttatt henne.

Maria klatret ned fra stolen hun hadde stått på og tok av seg forkleet.

«Skal jeg lage litt limonade til oss?» spurte hun og tilga umiddelbart søsteren for oppførselen hennes.

«Ja takk,» sa Anna. «Det er varmt til å være september, synes du ikke?»

Maria fikk det travelt med å dele sitroner, presse saften ned i en mugge og blande den ut med vann samtidig som hun rørte i sukker. Begge drakk to glass før noen av dem sa noe igjen.

«Hva er det du holder på med?» spurte Anna. «Slutter du aldri å arbeide?»

«Jeg gjør huset klart til den dagen far blir alene her,» svarte

Maria. «Jeg har funnet frem noe du kanskje vil få bruk for.» Hun nikket i retning av en liten haug med leker: dukker, en fløyte, til og med en liten vev.

«Du får kanskje bruk for dem før meg,» bjeffet Anna og gikk i forsvarsposisjon. «Du og Manoli håper sikkert å føre Vandoulakis-navnet videre så snart dere er gift.»

Hun klarte ikke lenger å skjule sjalusien hun følte, og den siste setningen var ladet med bitterhet. Selv ikke hun fant lenger noen glede i å være barnløs. Sitronskallene som lå flatklemt og tørre på bordet foran henne, var like bitre og lite fruktbare som henne.

«Anna, hva er det?» Spørsmålet var ikke til å unngå, selv om det innebar å bli mer nærgående enn Maria syntes hun burde være. «Noe er galt. Du kan fortelle meg det, det vet du.»

Anna aktet på ingen måte å betro seg til Maria. Det var det siste hun ville finne på. Hun var kommet for å besøke faren, ikke for å snakke fortrolig med søsteren.

«Det er ingenting i veien,» glefset hun. «Hør her, jeg tror jeg stikker innom Savina en tur og kommer tilbake når far er hjemme.»

Idet Anna snudde seg for å gå, så Maria at søsteren var så svett på ryggen at det fine stoffet i den tettsittende kjolen var blitt gjennomsiktig. At noe plaget henne, var like klart som vannet i en fjellbekk, men Maria innså at hun ikke ville få vite hva det var. Kanskje Anna ville betro seg til Savina, som i sin tur ville fortelle Maria hva problemet besto i. I årevis hadde det vært så lett å tyde den eldste søsterens følelser; de var som plakatene som ble slått opp på hver trestamme og husvegg for å annonsere tid og sted for en konsert. Ingenting hadde vært skjult. Nå virket alt så godt innpakket, så omsvøpt og hemmelig.

Maria fortsatte å vaske og pusse i en times tid til, inntil Giorgis kom hjem. For første gang følte hun seg ikke skyldbetynget over å skulle flytte fra ham. Han virket sterk for en mann på hans alder, og hun visste at han ville overleve uten henne i huset. For tiden virket han ikke altfor tynget av bekymringer, og hun visste at kameratskapet med andre menn i landsbyen gjorde at han sjelden satt ensom om kveldene.

«Anna var innom tidligere,» sa hun pludrende. «Hun kommer snart tilbake.»

«Hvor er hun nå da?» spurte Giorgis.

«Hos Savina, tror jeg.»

I samme øyeblikk kom Anna inn. Hun ga faren en god klem, og begge satte seg mens Maria laget noe å drikke til dem. Samtalen hoppet fra det ene til det andre. Hvordan hadde Anna hatt det? Var hun ferdig med alt arbeidet i de to husene? Hvordan sto det til med Andreas? De spørsmålene Maria ønsket å høre faren stille – Var Anna lykkelig? Hvorfor var hun så sjelden i Pláka? – ble aldri stilt. Ingenting ble nevnt om Marias forestående bryllup, ikke med et ord ble det henvist til det. En time gikk fort, og så reiste Anna seg for å gå. De tok farvel med hverandre, og Giorgis takket ja til å komme hjem til Anna på lunsj søndagen halvannen uke senere.

Etter middagen, da Giorgis var gått ned til baren, bestemte Maria seg for å gjøre unna en siste jobb. Hun sparket av seg skoene for å klatre opp på en vaklevoren stol, slik at hun kunne nå den øverste hyllen i et høyt skap, men idet hun steg opp, så hun et underlig merke på foten. Hjertet hoppet over et slag. I dårlig lys ville det knapt ha vært synlig. Det var som en omvendt skygge, en flekk tørr hud som var en anelse lysere enn resten. Det så nesten ut som om hun var blitt solbrent, og at overhuden hadde flasset av og blottlagt den lysere huden under. Kanskje var det ikke noe å bekymre seg for i det hele tatt, men Maria ble kvalm av angst. Vanligvis badet hun om kvelden, og i det svake lyset kunne det ha gått måneder før hun la merke til denne flekken. Hun skulle betro seg til Fotini siden, men hun hadde ikke tenkt å bekymre faren med det ennå. Alle hadde mer enn nok å tenke på for øyeblikket.

Den natten var den verste Maria hadde opplevd. Hun lå våken nesten til daggry. Hun kunne ikke vite noe med sikkerhet, og likevel var hun ikke i tvil om hva denne flekken betydde. Nattetimene gikk pinefullt sakte mens hun lå og vred seg i sengen, svett av frykt. Da hun omsider falt i en kort og urolig søvn, drømte hun om moren og om opprørt sjø og høye bølger som kastet Spinalónga hit og dit som om den var et stort skip. Det var en lettelse da dagen grydde. Hun ville gå og snakke med Fotini tidlig. Venninnen var alltid oppe klokken seks, for å vaske opp etter kvelden før og begynne tilberedelsene av maten som skulle serveres den neste. Det virket som om hun arbeidet hardere enn noen andre i landsbyen, noe som var ekstra tungt for henne når hun nå var inne i det tredje trimesteret av svangerskapet.

«Maria! Hva gjør du her så tidlig?» utbrøt Fotini. Hun så tydelig at venninnen var bekymret for noe. «La oss ta en kopp kaffe.»

Hun la arbeidet til side, og de satte seg ved det store bordet på kjøkkenet.

«Hva er i veien?» spurte Fotini. «Du ser ut som om du ikke har fått blund på øynene i hele natt. Er du nervøs for bryllupet eller noe slikt?»

Maria så på Fotini, og skyggene under øynene var like mørke som den urørte kaffen. Tårene spratt.

«Maria, hva er det?» Fotini strakte ut hånden og la den over venninnens. «Fortell meg det, er du snill.»

«Det er dette,» sa Maria. Hun reiste seg og satte foten på stolen og pekte på den lyse flekken med tørr hud. «Ser du den?»

Fotini bøyde seg frem. Hun skjønte straks hvorfor Maria hadde virket så engstelig denne morgenen. Takket være brosjyrene som regelmessig ble fordelt i Pláka, visste alle i distriktet hvordan de første synlige tegnene på spedalskhet artet seg, og dette så mistenkelig ut som et av dem.

«Hva gjør jeg nå?» spurte Maria med tårene strømmende nedover kinnene. «Jeg vet ikke hva jeg skal gjøre.»

Fotini beholdt roen.

«For det første må du ikke la noen her i landsbyen få vite om dette. Kanskje er det ingenting, og det er ingen vits i at folk skal trekke forhastede slutninger, spesielt ikke familien Vandoulakis. Du må få stilt en skikkelig diagnose. Faren din skysser legen hjem fra øya nesten hver eneste dag, ikke sant? Jeg synes du skal be ham om å ta en titt.»

«Dr. Lapakis er en god venn av far, men han er nesten for nær, og noen kan få høre om det. Det var en annen lege der ute. Han var der jevnlig før krigen. Jeg husker ikke hva han heter, men jeg tror han arbeidet i Iráklio. Far vet det.»

«Da synes jeg du skal besøke ham. Du har flust med unnskyldninger for å reise til Iráklio nå som bryllupet er like rundt hjørnet.»

«Men det betyr at jeg må fortelle far om dette,» gråt Maria. Hun prøvde å tørke tårene bort fra ansiktet, men de fortsatte bare å renne. Hun kunne ikke unngå det. Selv om hun kunne holde det hemmelig for alle andre, var Giorgis nødt til å få vite det, og det var ham Maria aller helst ville ha holdt det skjult for.

Maria gikk hjem igjen. Klokken var bare åtte, men Giorgis var allerede dratt, og hun visste at hun måtte vente til kvelden med å snakke med ham. For å avlede tankene fortsatte hun arbeidet hun hadde begynt på dagen før med fornyet energi. Hun pusset møbler til de skinte og pirket løs støv med neglene fra de innerste og mørkeste krokene i hvert skap og hver skuffe.

Da klokken var rundt elleve, banket det på døren. Det var Anna. Maria hadde allerede vært våken i syv timer. Hun var utslitt.

«Hei, Anna,» sa hun stille. «Tilbake så snart?»

«Jeg glemte noe,» svarte Anna. «Vesken min. Den må ha glidd ned mellom putene.»

Hun skrådde gjennom rommet og ganske riktig, gjemt under en stolpute lå en liten håndveske av samme stoff som kjolen hun hadde hatt på seg dagen før.

«Der, jeg visste at den måtte være der.»

Maria trengte en pause.

«Vil du ha noe kaldt å drikke?» spurte hun fra sin opphøyde stilling på en krakk.

Anna sto som forstenet og så på henne. Maria vred seg nervøst og kløv ned fra krakken. Søsterens blikk fulgte henne, men det var rettet mot de bare føttene. Hun hadde oppdaget det illevarslende merket, og nå var det for sent for Maria å skjule det.

«Hva er den flekken på foten din?» spurte hun.

«Jeg vet ikke,» sa Maria defensivt. «Sikkert ingenting.»

«Kom hit, la meg få se på den!» sa Anna.

Maria ville ikke krangle med søsteren, som nå hadde bøyd seg ned for å kikke nærmere på foten.

«Jeg tror ikke det er noe å bekymre seg for, men jeg skal likevel få det undersøkt,» sa hun bestemt uten å bevege seg.

«Har du fortalt far om det? Og har Manoli sett det?» spurte Anna.

«Ingen av dem vet om det ennå,» svarte Maria.

«Vel, når skal de få vite det? For hvis du ikke vil fortelle dem det, gjør jeg det. For meg ser det ut som lepra,» sa Anna. Hun visste like godt som Maria hva diagnosen ville innebære.

«Hør her,» sa Maria, «jeg skal fortelle far om det i kveld. Men ingen andre skal få vite noe. Det er kanskje ingenting.»

«Du skal gifte deg i neste uke, så ikke vent for lenge med å finne ut av det. Så snart du vet hva det er, kommer du til meg og forteller meg det.»

Annas tone var uforskammet, og det slo Maria at det virket som hun faktisk frydet seg over at søsteren kunne være spedalsk.

«Hvis jeg ikke har hørt noe fra deg om to ukers tid, kommer jeg tilbake.»

Med den avskjedsreplikken gikk hun, og døren smalt igjen bak henne. Bortsett fra Marias hamrende hjerte, var et svakt hint av fransk parfyme det eneste som røpet at Anna i det hele tatt hadde vært der.

Samme kveld holdt Maria frem foten for Giorgis.

«Det er dr. Kyritsis vi bør besøke,» sa han. «Han arbeider på det store sykehuset i Iráklio. Jeg skal skrive til ham med det samme.»

Han sa ikke stort mer enn det, men magen vrengte seg av frykt.

Kapittel 15

INNEN EN UKE ETTER at han hadde skrevet, fikk Giorgis svar fra doktor Kyritsis.

Kjære Kyrie Petrakis,

Tusen takk for brevet ditt. Det var leit å høre om dine bekymringer for din datter, og jeg vil selvsagt svært gjerne ta imot dere begge for en nærmere undersøkelse. Jeg venter dere mandag 17. september ved middagstider.

Jeg vil også få lov til å uttrykke min medfølelse over at din vakre hustru Eleni gikk bort. Jeg vet at det er noen år siden, men jeg fikk først nylig høre om det av dr. Lapakis, som jeg igjen har opprettet kontakt med.

Med vennlig hilsen
Nikolaos Kyritsis

Legetimen var bare noen få dager unna, noe som var en stor lettelse for både far og datter, som nå ikke tenkte på stort annet enn merket på Marias fot.

Etter frokosten mandag morgen, la de ut på den tre timer lange bilturen til Iráklio. Ingen syntes det var rart at de skulle begi seg av sted på en så lang reise sammen, for de antok at det gjaldt et eller annet i forbindelse med det forestående bryllupet. Vordende bruder måtte kjøpe kjoler og alskens annen finstas, og hvor var det vel bedre å gjøre det enn i Iráklio? spurte de gamle konene i landsbyen hverandre den kvelden.

Det var en lang og ofte forblåst kjøretur langs kysten, og idet de nærmet seg byen og fikk øye på den mektige, venetianske havnen, ønsket Maria mer enn noe annet at de ikke hadde hatt noen grunn for å være her. Hun hadde aldri før sett så mye støv og kaos, og spetakkelet fra lastebiler og byggearbeider gjorde henne nesten døv. Giorgis hadde ikke besøkt byen siden krigen, og bortsett fra de solide bymurene som gjenstridig hadde stått imot tysk bombardement, var mesteparten av byen forandret til det ugjenkjennelige. De kjørte rundt i en tilstand av mild forvirring og passerte store, åpne plasser med plaskende fontener, for så bare å passere de samme stedene igjen en stund senere og innse irritert at de hadde beveget seg i ring. Omsider fikk de øye på det nyreiste sykehuset, og Giorgis parkerte utenfor.

Klokken var ti minutter på tolv, og innen de hadde kommet seg gjennom alle sykehusets irrganger og hadde funnet dr. Kyritsis' avdeling, var de forsinket til avtalen. Spesielt Giorgis var oppkavet.

«Jeg skulle ønske at vi hadde beregnet bedre tid,» klaget han.

«Ta det med ro, han forstår det sikkert. Det er ikke vår feil at denne byen er blitt forvandlet til en labyrint – eller at de har bygget sykehuset som en også.»

En sykepleier ønsket dem velkommen og noterte seg noen personlige opplysninger om dem mens de satt i den kvelende varme korridoren. Dr. Kyritsis ville komme straks. Far og datter ble sittende i taushet og ånde inn de fremmedartede, antiseptiske luktene som karakteriserte sykehuset. De hadde ikke stort å si til hverandre, men det var mye å se på mens sykepleiere hastet av sted gjennom korridoren og en og annen pasient ble trillet forbi. Etter en stund kom sykepleieren deres tilbake og viste vei inn på et kontor.

Om krigen hadde forandret Iráklios utseende, hadde den satt enda større spor etter seg på dr. Kyritsis. Selv om den slanke figuren var uforandret, var det tykke, svarte håret blitt sølvgrått, og det tidligere så glatte ansiktet var nå tydelig preget av alderen og altfor mye arbeid. Han så ikke en dag yngre ut enn sine toogførti år.

«Kyrie Petrakis,» sa han og kom rundt skrivebordet og håndhilste på Giorgis.

«Dette er min datter, Maria,» sa Giorgis.

«Despineda Petrakis. Det er over ti år siden jeg så deg, men jeg husker deg som barn,» sa dr. Kyritsis og trykket hånden hennes. «Vær så god, sett dere og fortell meg hvorfor dere er kommet.»

Maria begynte nervøst å beskrive symptomene sine.

«For to uker siden oppdaget jeg et lyst merke på den venstre foten. Det er en anelse tørt og litt numment. Med min mors historie kunne jeg ikke bare ignorere det, så derfor er vi her.»

«Og det er bare denne ene flekken? Eller er det andre?»

Maria så bort på faren. Etter at hun hadde oppdaget det første merket, hadde hun funnet flere andre. Ingen så henne noen gang uten klær, og hun hadde hatt store problemer med å vri hodet nok til at hun kunne undersøke sin egen rygg i det lille speilet på soverommet, men selv i det dunkle lyset hadde hun sett flere andre flekker på huden. Merket på foten var ikke lenger det eneste.

«Nei,» svarte hun. «Det er noen andre.»

«Jeg blir nødt til å undersøke dem, og hvis jeg finner det nødvendig, blir vi nødt til å ta noen prøver.»

Dr. Kyritsis reiste seg, og Maria fulgte etter ham inn på konsultasjonsrommet, mens Giorgis ble sittende alene igjen på kontoret og betrakte de anatomiske tegningene som prydet veggene. Aller først undersøkte Kyritsis det lyse feltet på foten hennes, og så tok han for seg dem hun hadde på ryggen. Deretter testet han hvor følsom huden var på disse områdene, først ved å bruke en fjær, så en nål. Han var ikke i tvil om at nervene ikke fungerte helt som de skulle, men om det skyldtes spedalskhet, kunne han ikke si med hundre prosent sikkerhet. Han tok detaljerte notater og merket så av på en tegning av en kropp hvor flekkene var blitt funnet.

«Jeg beklager, Despineda Petrakis, men jeg blir nødt til å skrape av litt vev her. Det tar ikke lang tid, men jeg er redd huden vil føles litt øm etterpå.»

Maria satt taus og ventet mens Kyritsis og en sykepleier gjorde klar preparatglass og de nødvendige instrumentene. For bare en måned siden hadde hun vist frem de siste gjenstandene i utstyrskisten til venninnene sine, noen silkestrømper som fløt over hendene hennes, lettere enn luft og gjennomsiktige som øyenstikkervinger. Hun hadde prøvd dem på, og de la seg så lett mot huden at det var som om de slanke bena hennes fortsatt hadde vært bare, med den mørke sømmen på baksiden som det eneste beviset på deres eksistens. Deretter hadde hun prøvd skoene hun skulle bruke i bryllupet, og nå skulle den samme foten som hun hadde stukket inn i den lekre skoen, under kniven.

«Despineda Petrakis, vær så snill og legg deg ned på benken.» Dr. Kyritsis stemme avbrøt drømmene hennes.

Skalpellen var kvass. Den gikk bare to millimeter inn i huden, men i fantasien ble snittet kraftig forsterket. Det føltes som om hun ble skåret opp som kjøtt mens legen samlet vev fra underhuden som han så kunne legge på et preparatglass og studere under et mikroskop. Hun krympet seg og fikk tårer i øynene av smerte og frykt. Kyritsis gjorde det samme på ryggen hennes, og så var sykepleieren raskt på pletten med en antiseptisk salve og noen bomullsdotter.

Straks hun hadde sluttet å blø, ble Maria hjulpet opp fra benken av sykepleieren, og de gikk inn igjen på dr. Kyritsis' kontor.

«Vel,» sa legen. «Jeg vil få resultatet av vevsprøvene om noen dager. Jeg må undersøke om de inneholder Hansen-basillen, som er det eneste definitive bevis på spedalskhet. Jeg kan skrive til deg, eller hvis du foretrekker det, kan du komme tilbake hit og snakke med meg personlig. Selv mener jeg at det er best for alle parter hvis diagnosen kan gis ansikt til ansikt.»

Til tross for den lange kjøreturen det innebar, visste både far og datter at de ikke ønsket å motta den slags nyheter via posten.

«Vi kommer og snakker med deg,» sa Giorgis på vegne av dem begge.

Før de dro fra sykehuset, avtalte de ny time. Dr. Kyritsis ville vente dem til samme tid uken etter. Oppførselen hans var svært profesjonell, og han hadde ikke gitt dem så mye som et hint om hva han ventet at resultatet ville bli. Han ønsket ikke å bekymre dem unødvendig, og han ville under ingen omstendigheter gi dem falske forhåpninger, så derfor opptrådte han helt nøytralt, nesten likeglad.

Det ble den lengste uken i Marias liv. Bare Fotini visste at venninnen levde på kanten av et stup. Hun prøvde å beskjeftige seg med så mange praktiske oppgaver som mulig, men ingenting var nok til å avlede tankene fra det som kunne skje neste mandag.

Fredagen før de skulle tilbake til Iráklio fikk hun besøk av Anna. Hun var spent: Hadde Maria vært og tatt testene? Hva ble resultatet? Hvorfor visste hun det ikke? Når skulle de få svaret? Det lå ikke et snev av sympati eller bekymring i spørsmålene. Maria svarte bare med enstavelsesord, og til slutt gikk Anna igjen.

Så snart søsteren var ute av syne, skyndte Maria seg ut for å treffe Fotini. Hun var blitt opprørt over den nesten hevngjerrige undertonen hun hadde sporet i Anna.

«Hun er nok bare spent på hvordan det vil gå fordi det kan påvirke henne også på den ene eller andre måten,» sa Fotini og holdt venninnen hardt i hånden. «Men vi må ikke dvele ved det. Vi må være optimister, Maria.»

I noen dager hadde Maria gjemt seg vekk. Hun hadde sendt Manoli beskjed om at hun ikke følte seg bra og ikke kunne treffe ham før uken etter. Heldigvis fant han ingen grunn til å tvile på henne, og da han traff Giorgis på baren i Pláka, bekreftet hans kommende svigerfar Marias historie og forsikret Manoli om at datteren snart ville være bra igjen. At hun ikke fikk treffe Manoli, gjorde Maria ekstra ulykkelig. Hun savnet det glade vesenet hans og følte seg blytung av fortvilelse over tanken på at bryllupet deres nå var i fare.

Mandagen opprant omsider. Maria og Giorgis gjentok turen til Iráklio, men denne gang fant de lettere frem til sykehuset og satt snart utenfor Kyritsis' kontor igjen. Det var hans tur til å komme for sent. Sykepleieren kom ut og hilste på dem og beklaget forsinkelsen. Dr. Kyritsis var blitt oppholdt, men ville være klar til å ta imot dem om en halv time, opplyste hun. Maria var nesten fra seg. Hittil hadde hun klart å holde angsten under kontroll, men de tredve minuttene ekstra hun nå måtte vente, tøyde grensene for utholdenheten hennes, og hun vandret frem og tilbake i korridoren for å prøve å roe seg.

Endelig kom legen, full av unnskyldninger for at de hadde måttet vente, og tok dem med seg inn på kontoret. Holdningen hans virket annerledes enn under deres forrige besøk. Marias journal lå på skrivebordet, og han åpnet og lukket den igjen, som om det var noe han trengte å sjekke. Naturligvis var det ikke det. Han visste nøyaktig hva han måtte si, og det var ingen grunn til å holde disse menneskene på pinebenken enda lenger. Han kom straks til poenget.

«Despineda Petrakis, jeg er redd at lesjonene på huden din inneholder bakterier som indikerer at det er lepra i kroppen din. Jeg beklager at jeg har så dårlige nyheter å komme med.»

Han var ikke sikker på hvem som ble mest knust av nyheten, datteren eller faren. Piken var svært lik sin avdøde mor, og han kunne ikke unngå å tenke på brutaliteten i måten historien nå gjentok seg på. Han hatet disse øyeblikkene. Selvsagt var det forskjønnende fraser han kunne bruke for å mildne slaget, som: «Sykdommen er ikke så langt fremskreden, så vi har gode muligheter for å hjelpe deg», eller: «Jeg tror vi har tatt den tidlig», men uansett hvordan de dårlige nyhetene ble fremført, var de ikke noe annet enn det: dårlige nyheter, katastrofale og brutale.

Far og datter ble sittende helt stille etter at de hadde fått bekreftet det de fryktet mest. Begge så for seg Spinalónga og visste nå med sikkerhet at dette kom til å bli Marias endelige bestemmelsessted, hennes skjebne. Selv om hun i begynnelsen hadde engstet seg syk, hadde Maria prøvd å overbevise seg selv om at alt ville ordne seg de siste dagene. Å forestille seg det verste, ville vært uutholdelig.

Kyritsis skjønte at han måtte fylle den gapende stillheten i rommet, og mens den fryktelige nyheten sank inn, ga han dem en viss oppmuntring.

«Dette er fryktelig dårlige nyheter for dere, og jeg beklager at jeg måtte komme med dem. Dere skal imidlertid vite at det er blitt gjort store fremskritt innen studiet av lepra. Da konen din var syk, Kyrie Petrakis, var de eneste lindrende og behandlende metodene ennå, etter mitt syn, ekstremt primitive. Man er kommet langt i løpet av de siste årene, og jeg håper inderlig at du vil få nyte godt av det, Despineda Petrakis.»

Maria stirret i gulvet. Hun hørte legen snakke, men det lød som om han befant seg et sted langt, langt borte. Først da hun hørte ham si navnet hennes, gløttet hun opp.

«Etter min mening,» sa han, «kan det ta både åtte og ti år før sykdommen din utvikler seg. Den typen spedalskhet du har, er for øyeblikket nøytral, og hvis helsen din ellers forblir god, utvikler den seg neppe til den lepromatøse typen.»

Hva er det han sier? tenkte Maria. At jeg i praksis er fordømt, men at det vil ta meg lang tid å dø?

«Så,» spurte hun med nesten hviskende stemme, «hva skjer nå?»

For første gang siden hun var kommet inn i rommet, så Maria direkte på Kyritsis. Hun forsto av det stødige blikket hans at han ikke fryktet sannheten, og at han ikke ville unnlate å fortelle henne alt hun trengte å vite. For farens skyld, om ikke for sin egen, måtte hun være tapper. Hun måtte ikke gråte.

«Jeg skal skrive til dr. Lapakis og forklare ham situasjonen, og i løpet av den neste uken en gang vil du måtte slutte deg til leprakolonien på Spinalónga. Det er neppe nødvendig å påpeke det, men jeg vil råde deg til å si så lite som mulig til noen, bortsett fra dine nærmeste. Folk har fremdeles svært gammelmodige oppfatninger om spedalskhet og tror at man kan få det bare man er i samme rom som et offer.»

På dette punktet tok Giorgis ordet.

«Vi vet det,» sa han. «Man kan ikke leve tvers overfor Spinalónga i lengre tid uten å vite hva folk flest mener om spedalske.»

«Fordommene har ingen forankring i vitenskapen,» forsikret Kyritsis ham. «Datteren din kan ha blitt smittet hvor som helst og når som helst – men de fleste er for dårlig informert til å vite det, er jeg redd.»

«Jeg tror vi skal gå nå,» sa Giorgis til Maria. «Legen har fortalt oss det vi trenger å vite.»

«Ja, og takk skal du ha.» Maria var rolig og fattet. Hun visste hva hun måtte gjøre og hvor hun skulle tilbringe resten av livet. Ikke sammen med Manoli utenfor Eloúnda, men alene på Spinalónga. Et øyeblikk var hun faktisk ivrig etter å komme i gang. Den siste uken hadde hun levd i uvisshet, men nå var alt klart. Alt var uavvendelig.

Kyritsis åpnet døren for dem.

«Bare en siste ting,» sa han. «Jeg har korrespondert regelmessig med dr. Lapakis og kommer til å gjenoppta besøkene mine på Spinalónga en gang i fremtiden. Jeg vil derfor være involvert i behandlingen din.»

Begge lyttet til de trøstende ordene hans. Det var snilt av ham å være så omtenksom, men det hjalp ikke.

Maria og Giorgis forlot sykehuset og kom ut i den strålende ettermiddagssolen. Overalt rundt dem var folk opptatt med sitt, uvitende om sorgen til de to individene som sto der. Livet til dem som hastet i den ene eller andre retningen, var det samme nå som det hadde vært da de sto opp om morgenen. Dette var bare nok en vanlig dag. Maria misunte dem de trivielle oppgavene som om bare noen dager ville bli helt fremmed for henne. De hadde ankommet sykehuset med et snev av håp og hadde forlatt det uten noe i det hele tatt.

Tausheten syntes å være deres enkleste skjulested. I hvert fall for en stund. Men etter at de hadde kjørt i en times tid, tok Maria ordet.

«Hvem forteller vi det til først?»

«Vi blir nødt til å fortelle det til Manoli, så Anna og etter det familien Vandoulakis. Ellers blir det ikke nødvendig å fortelle det til noen. De kommer til å vite det.»

De snakket om hva som trengte å gjøres før Maria dro. Det var ikke stort. Med bryllupet så nært forestående, hadde alt vært gjort klart til avreisen hennes.

Da de kom tilbake til Pláka, sto Annas bil parkert utenfor huset deres. Hun var det siste mennesket i verden Maria ønsket å treffe. Hun ville mye heller ha søkt trøst hos Fotini. Anna hadde imidlertid fortsatt nøkkel og hadde låst seg inn. Det var nesten mørkt, og hun hadde sittet i skumringen og ventet på at de skulle komme hjem. Det var ingen tvil om at nyhetene var dårlige. De nedslåtte minene da de kom inn gjennom døren, sa alt, men Anna, like ufølsom som alltid, brøt umiddelbart tausheten.

«Vel?» sa hun. «Hva ble resultatet?»

«Testene var positive.»

Anna ble forvirret. Positive? Det lød jo bra, så hvorfor de lange ansiktene? Hun innså at hun knapt selv visste hva som ville være det beste resultatet. Hvis søsteren *ikke* var spedalsk, ville hun gifte seg med Manoli, noe Anna absolutt ikke ønsket. Hvis Maria *var* spedalsk, ville det øyeblikkelig påvirke Annas status i familien Vandoulakis. De ville snart oppdage at Maria ikke var den første Petrakis som hadde bodd på Spinalónga. Ingen av disse utfallene var ønskelige, men hun klarte ikke å avgjøre hvilket som var det minste av de to ondene.

«Noe som betyr hva?» hørte Anna seg selv spørre.

«Jeg er spedalsk,» svarte søsteren.

Ordene var sterke. Selv Anna lot endelig stillheten senke seg.

Alle tre visste nøyaktig hva dette innebar, og det var helt unødvendig å stille flere spørsmål.

«Jeg skal gå og snakke med Manoli i kveld,» sa Giorgis bestemt. «Og Alexandros og Eleftheria i morgen. Alle disse trenger å få vite det så snart som mulig.»

Så gikk han ut. Døtrene ble sittende igjen en stund, skjønt de hadde lite å si til hverandre. Anna skulle være sammen med svigerforeldrene senere på dagen og lurte på om hun skulle fortelle dem noe før Giorgis fikk anledning til det. Ville det mildne sjokket hvis hun fortalte dem nyheten selv?

Selv om det var sent, visste Giorgis at Manoli ville være i baren i landsbyen. Han marsjerte inn og snakket nesten bryskt til ham.

«Jeg må ha en prat med deg, Manoli. Alene,» sa han.

De satte seg ved et bord i et hjørne av baren, utenfor hørevidde.

«Jeg har dårlig nytt å fortelle, er jeg redd. Maria vil ikke kunne gifte seg med deg.»

«Hva er det som har skjedd? Hvorfor ikke? Få høre!» Ekte vantro skingret i Manolis stemme. Han visste at Maria ikke hadde vært bra de siste dagene, men han hadde ikke trodd at det var noen alvorlig. «Du må fortelle meg hva som er galt?»

«Hun er spedalsk.»

«Spedalsk?» brølte han.

Ordet tordnet gjennom rommet og brakte alle som var der til taushet. Men det var et ord de fleste gjestene var vant til, så det varte ikke lenge før samtalen gikk som før i lokalet.

«Spedalsk,» gjentok han, lavmælt denne gang.

«Ja, spedalsk. I overmorgen kjører jeg henne over til Spinalónga.»

«Hvordan fikk hun det?» spurte Manoli og ble straks bekymret for egen helse.

Hva skulle Giorgis fortelle ham? Det kunne ta mange år før symptomene på lepra manifesterte seg, og det var absolutt mulig at Maria var blitt smittet av moren sin allerede som barn. Han tenkte på Anna og hvilke følger dette kunne få for henne. Faren for at også hun skulle være spedalsk var uendelig liten, men han visste at det skulle mye til for å overbevise familien Vandoulakis om det.

«Jeg vet ikke. Men det er lite sannsynlig at noen vil ha blitt smittet av henne,» svarte han.

«Jeg vet ikke hva jeg skal si. Det var en forferdelig nyhet.»

Manoli flyttet stolen litt vekk fra Giorgis. Det var en ubevisst handling, men meningsfull nok. Dette var ikke en mann som skulle til å gi trøst, heller ikke en som trengte det. Giorgis kikket på ham og ble overrasket over det han så. Det var ikke den nedslåtte skikkelsen til en knust mann som nettopp hadde fått vite at han ikke kunne gifte seg med drømmekvinnen sin. Manoli var rystet, men på ingen måte ødelagt.

Han syntes fryktelig synd på Maria, men det var ikke verdens undergang for ham. Selv om han hadde elsket henne, hadde han også lidenskapelig elsket dusinvis av andre kvinner, og han var realistisk. Før eller siden ville det komme en ny kvinne som ble gjenstand for hengivenheten hans; Maria hadde ikke vært den ene, store kjærligheten. Han trodde ikke på den forestillingen. Etter hans erfaring var kjærligheten en vare, og hvis man var født med det i rikt monn, var det alltid mye igjen til den neste kvinnen. Stakkars Maria. Manoli følte at det å bli spedalsk måtte være den verste skjebnen noe menneske kunne få, men, i himmelens navn, han kunne ha blitt smittet av den samme sykdommen hvis hun hadde oppdaget den litt senere. Gud forby.

De to mennene snakket litt sammen før Giorgis tok farvel. Han måtte svært tidlig opp for å besøke Alexandros og Eleftheria. Da han kom til huset deres neste morgen, var alle fire allerede oppe og ventet på ham. En tydelig nervøs tjenestepike tok Giorgis med seg inn i dagligstuen, der Alexandros, Eleftheria, Andreas og Anna satt som voksfigurer, kalde, tause, stirrende.

Siden Anna skjønte at det bare ville være et spørsmål om tid før sannheten om familiens historie ble avdekket, hadde hun tilstått for Andreas at moren hadde dødd på Spinalónga. Hun hadde håpet at ærlighet skulle oppfattes som en dyd i denne situasjonen. Hun skulle bli skuffet. Selv om Alexandros Vandoulakis var en intelligent mann, hadde han det samme synet på spedalskhet som en uskolert bonde. På tross av Annas forklaringer om at sykdommen bare kunne overføres ved nær menneskelig kontakt over tid, og at det selv da var små sjanser for å få den, syntes han å tro på den eldgamle myten om at spedalskhet var arvelig, og at dens forekomst i en familie var en forbannelse. Ingenting kunne få ham fra det.

«Hvorfor holdt dere det hemmelig at Maria var spedalsk?» spurte han, hvitglødende av sinne. «Dere har ført skam over familien vår!»

Eleftheria prøvde å dempe ektemannens utbrudd, men han var fast bestemt på å fortsette.

«For vår verdighet og Vandoulakis-navnets skyld skal Anna få bli i familien, selv om vi aldri skal glemme hvordan dere har lurt oss. Ikke bare én spedalsk i familien, men to, får vi nå vite. Bare en ting kunne ha gjort denne situasjonen mer alvorlig enn den er, og det hadde vært om nevøen vår, Manoli, allerede hadde giftet seg med Maria. Fra nå av ser vi helst at du holder deg unna hjemmet vårt, Giorgis. Anna kan besøke deg i Pláka, men du er ikke lenger velkommen her.»

Ikke med ett ord ble det uttrykt medfølelse for Maria, ikke en tanke ble ofret hennes tunge skjebne. Vandoulakis-familien hadde sluttet rekkene, og selv den vennlige Eleftheria satt taus, redd for at ektemannen skulle rette sin vrede mot henne hvis hun tok familien Petrakis i forsvar. Giorgis hadde ikke annet å gjøre enn å gå, og han forlot datterens hjem for siste gang i taushet. På kjøreturen tilbake til Pláka ristet kroppen hans av gråt mens han sørget over denne endelige oppsplittingen av familien. Den var nå så godt som ødelagt.

Kapittel 16

Da Giorgis kom hjem, var Fotini allerede på plass for å hjelpe Maria. Begge kikket opp fra samtalen idet han kom inn, og de skjønte uten å spørre at møtet med familien Vandoulakis hadde vært vanskelig. Giorgis virket enda blekere og mer forkommen enn de hadde ventet.

«Eier de ikke medfølelse?» ropte Maria og spratt opp fra stolen for å trøste faren.

«Ikke vær altfor sint på dem, Maria. I deres posisjon har de mye å tape.»

«Jo, men hva sa de?»

«De sa at de beklaget at bryllupet ikke kommer til å finne sted.»

På sett og vis var det sant som Giorgis sa. Han bare utelot en god del. Hva var vitsen med å fortelle Maria at de aldri ønsket å se ham igjen og at de aller nådigst ville la Anna få fortsette som et medlem av familien? Selv Giorgis forsto viktigheten av verdighet og et godt navn, og hvis Alexandros Vandoulakis mente at Petrakis-familien sto i fare for å besudle hans, hvilke valg hadde han da?

Giorgis' nøytrale ord sto godt til Marias sinnstilstand. De siste dagene hadde vært innhyllet i et drømmeaktig preg, som om alt dette egentlig ikke skjedde med henne, men med en annen. Faren beskrev Manolis reaksjon på nyheten for henne, og hun hadde ingen problemer med å lese mellom linjene: han var lei seg, men ikke knust av sorg.

Giorgis overlot de to kvinnene til forberedelsene med Marias avreise, selv om det ikke var stort som skulle gjøres. Det var bare noen uker siden hun hadde gjort klart alt utstyret hun skulle ha med seg inn i ekteskapet, så kartongene med eiendelene hennes sto allerede i en krok av rommet. Hun hadde vært nøye med ikke å ta ting som Giorgis kunne få bruk for selv, men hun hadde forutsett at huset Manoli bodde i, manglet mye av det som skulle til for å forvandle det til et hjem, og det var mye husgeråd som var pakket pent ned i kartongene: skåler, treskjeer, en kjøkkenvekt, en saks og et strykejern.

Det hun nå måtte avgjøre, var hva hun kunne ta opp igjen fra kassene. Det virket upassende å ta med seg ting hun hadde fått i gave til bryllupet når hun skulle flytte til en leprakoloni i stedet for til et hjem i en olivenlund, og hvilken nytte ville hun ha av nattøyet og undertøyet hun hadde fått til utstyrskisten sin når hun skulle sendes til Spinalónga? Mens hun tok dem opp, føltes det som om alle disse luksusartiklene tilhørte et annet liv, i likhet med de broderte dukene og putetrekkene som hun hadde brukt så lang tid på å lage. Hun ble sittende med dem i fanget og lot tårene dryppe ned på det vakre syarbeidet. Alle disse månedene med forventning og glede hadde fått en brå slutt, og den brutale forvandlingen var nesten ikke til å holde ut.

«Hvorfor ikke ta dem med?» spurte Fotini og la armen rundt venninnen. «Det er ingen grunn til at du ikke skal ha fine ting på Spinalónga.»

«Du har kanskje rett. De kan muligens gjøre livet litt lettere å leve.» Hun la dem ned igjen og lukket kartongen. «Så hva mer synes du jeg skal ta med meg?» spurte hun tappert, som om hun gjorde seg klar til å legge ut på en lang og trivelig reise.

«Vel, faren din leverer varer til øya flere ganger i uken, så vi kan alltid sende deg alt det du måtte trenge. Men hvorfor ikke ta med noen av urtene dine? Det er lite trolig at alle sortene vokser på øya, og det er helt sikkert noen der ute som kan ha nytte av dem.»

De brukte resten av dagen på å gå gjennom det Maria kunne få bruk for på øya. Det var en effektiv adspredelse fra den forestående katastrofen avreisen ville føles som. Fotini holdt praten gående til det ble mørkt. Ingen av dem hadde vært ute av huset hele dagen, men nå ble Fotini nødt til å gå. Det var bruk for henne på tavernaen, og dessuten syntes hun at Maria og faren skulle få være alene denne siste kvelden.

«Jeg kommer ikke til å si farvel,» sa hun. «Ikke fordi det blir for smertefullt, men fordi det ikke er et farvel. Jeg kommer til å treffe deg igjen, neste uke og uken etter det.»

«Hvordan da?» spurte Maria og så forskrekket på venninnen. Et flyktig øyeblikk lurte hun på om også Fotini hadde fått lepra. Men nei, det kunne hun ikke, fant hun ut.

«Jeg kommer til å bli med faren din på noen av turene hans,» sa Fotini nøkternt.

«Men hva med barnet?»

«Barnet kommer ikke før i desember, og uansett kan Stephanos passe det når jeg skal besøke deg.»

«Det ville være vidunderlig å kunne se frem til besøk fra deg,» sa Maria og fattet plutselig nytt mot. Mange av beboerne på øya hadde nok ikke sett en slektning på mange år. Hun hadde imidlertid muligheten til å treffe faren sin regelmessig, og nå venninnen også.

«Så sånn er det. Ingen avskjed,» sa Fotini oppmuntrende. «Bare et «på gjensyn om en uke».» Hun omfavnet ikke venninnen, for selv hun var nervøs for en så nær kontakt, spesielt med tanke på det ufødte barnet. Ingen, ikke engang Fotini, klarte helt å kvitte seg med frykten for at spedalskhet kunne smitte ved selv den mest overfladiske menneskelige kontakt.

Da Fotini var gått, ble Maria alene for første gang på flere dager. Hun brukte de neste timene til å lese morens brev, mens hun fra tid til annen kikket ut av vinduet og så bort på Spinalónga. Øya ventet på henne. Snart ville alle spørsmålene hun hadde om hvordan livet artet seg på en leprakoloni bli besvart. Det var ikke lenge nå, ikke lenge nå. Drømmene ble avbrutt av at det banket hardt på døren. Hun ventet ingen, og i hvert fall ikke noen som banket på med en slik kraft.

Det var Manoli.

«Maria,» sa han stakkåndet, som om han hadde løpt. «Jeg ville bare si farvel. Jeg er fryktelig lei meg for at det skulle ende på denne måten.»

Han holdt ikke ut armene for å omfavne henne. Ikke det at hun forventet det heller. Det hun kanskje hadde håpet på, var en sterkere sorg fra hans side. Fremtredenen hans bekreftet det Maria allerede hadde hatt en svak mistanke om, at Manolis intense lidenskap snart ville finne en annen mottaker. Strupen snørte seg sammen. Det føltes som om hun hadde svelget knust glass og hverken kunne snakke eller gråte. Han unnlot å møte blikket hennes. «Adjø, Maria,» mumlet han. «Adjø.» På et blunk var han borte, og så var døren igjen lukket. Maria følte seg like hul som stillheten som nok en gang fylte huset.

Giorgis var ennå ikke kommet tilbake. Han hadde tilbragt den siste dagen av datterens frihet med normale, trivielle rutiner, bøtt garn, rengjort båten og fraktet dr. Lapakis. Først på turen tilbake med legen fortalte han ham nyheten. Han sa det så henslengt at dr. Lapakis til å begynne med ikke oppfattet det.

«Jeg tar med meg datteren min over til Spinalónga i morgen,» sa Giorgis. «Som pasient.»

Det var helt normalt at Maria var med faren på enkelte av turene over til Spinalónga, så Lapakis reagerte ikke med det samme, og de siste ordene blåste bort med vinden.

«Vi var og besøkte dr. Kyritsis,» tilføyde Giorgis. «Han kommer til å skrive til deg.»

«Hvorfor det?» spurte Lapakis og ble mer oppmerksom.

«Datteren min har fått lepra.»

Selv om Lapakis prøvde å skjule det, ble han forferdet.

«Har datteren din fått lepra? Maria? Herregud! Jeg forsto ikke … Det er derfor du tar henne med til Spinalónga i morgen.»

Giorgis nikket mens han konsentrerte seg om å manøvrere båten inn i Plákas lille havn. Lapakis steg i land. Han hadde truffet den vakre Maria mange ganger og var rystet over opplysningen. Han følte seg forpliktet til å si noe.

«Hun vil få den best tenkelige pleie på Spinalónga,» sa han. «Du er et av de få menneskene som vet hvordan stedet virkelig er. Det er ikke så ille som folk tror, men likevel er jeg forferdelig lei meg for at dette har skjedd.»

«Takk,» sa Giorgis og fortøyde båten. «Vi sees igjen i morgen, men jeg blir kanskje litt senere enn ellers. Jeg har lovet å skysse Maria over svært tidlig, men jeg skal gjøre mitt beste for å komme tilbake etter deg til vanlig tid.»

Den eldre fiskeren lød uforklarlig rolig, like normal som om han snakket om det som skulle skje en hvilken som helst dag. Så det var slik folk oppførte seg i de første dagene etter tapet av et familiemedlem, tenkte Lapakis. Kanskje det var like bra.

Maria hadde laget middag til faren og seg selv, og klokken syv den kvelden satte de seg til bords, tvers overfor hverandre. Det var det rituelle ved måltidet som var det viktige denne kvelden, ikke det å spise, for ingen av dem hadde noen matlyst. Dette skulle bli deres siste måltid sammen. Hva snakket de om? De snakket om hverdagslige ting, som hva Maria hadde pakket i kartongene sine, og de snakket om mer alvorlige ting, som når hun ville få møte faren igjen på øya og hvor ofte Savina ville vente ham til middag i familien Angelópoulos' hus. En tilfeldig tilhører ville ha trodd at Maria bare skulle flytte ut for å bosette seg i et annet hus. Klokken ni om kvelden gikk de til sengs, begge like utslitt.

Klokken halv syv neste morgen hadde Giorgis båret alle Marias kartonger og knytter ned på kaien og lempet dem over i båten. Han gikk tilbake til huset for å hente henne. Fortsatt husket han tydelig, som om det var i går, hvordan avskjeden med Eleni hadde vært. Han husket den maidagen da solen hadde skint på en flokk venner og skolebarn som vinket farvel til konen hans. Denne morgenen var alt dødsens stille i landsbyen. Maria ville simpelthen bare forsvinne.

En kald vind feide gjennom de trange gatene i Pláka, og den isende høstluften omsluttet Maria og lammet kropp og sinn med en nummenhet som nesten blokkerte sansene, men ikke klarte å mildne sorgen. De siste meterne frem til bryggen lente hun seg tungt til faren, lik en gammel kvinne som følte smerte ved hvert skritt hun tok. Men smertene var ikke fysiske. Kroppen var like sterk som hos enhver ung kvinne som hadde pustet inn den klare kretiske luften hele livet, og huden var like ungdommelig og øynene like intenst brune og skinnende som på en hvilken som helst annen jente på øya.

Den lille båten vugget og krenget i bølgene, ustabil under lasten av underlig formede bylter knyttet sammen med hyssing.

Giorgis klatret møysommelig ned og støttet datteren med den ene hånden, mens han forsøkte å holde båten i ro med den andre. Straks hun var trygt om bord, pakket han henne godt inn i et pledd for å skjerme henne mot elementene, og de lange, mørke hårlokkene som danset fritt i vinden, var det eneste som røpet at hun ikke bare var enda et stykke fraktgods. Omhyggelig løsnet han fortøyningen – det var ikke mer som skulle sies eller gjøres – og reisen begynte. De skulle ikke bare ut på nok en kort tur for å levere forsyninger. Denne reisen markerte starten på et nytt liv. Livet på en leprakoloni. Livet på Spinalónga.

Kapittel 17

AKKURAT DA MARIA ønsket at tiden skulle stå stille, syntes den å gå fortere enn noen gang, og snart ville hun bli dumpet på et kaldt sted der bølgene slo evig mot land. For en gangs skyld hadde hun prøvd å mane motoren på den lille båten til å stoppe, men avstanden mellom fastlandet og øya ble tilbakelagt på et blunk, og det var ingen vei tilbake. Hun hadde lyst til å klamre seg til faren og trygle ham om ikke å la henne bli igjen, alene uten annet enn eskene som hele livet hennes nå lå nedpakket i. Men tårene var oppbrukt. Hun hadde dynket Fotinis skulder mange ganger siden hun først oppdaget merket på foten, og puten i sengen var blitt hard og flat etter alle tårene hun hadde felt i løpet av de siste to ulykkelige nettene. Dette var ikke tidspunktet for gråt.

I noen minutter sto de der alene. Giorgis aktet ikke å dra tilbake før noen kom og tok imot datteren. Han var like fortrolig med rutinene for mottakelsen av nyankomne som øyboerne selv, og visste at det ikke ville gå lenge før de fikk selskap.

«Maria, vær tapper,» sa Giorgis stille. «Jeg er tilbake i morgen. Kom og møt meg hvis du kan.»

Han holdt hendene hennes i sine. Han var modig nå for tiden, og spesielt i forhold til datteren. Han blåste i om han ble smittet. Kanskje ville det til og med være den beste løsningen, siden han da kunne komme og bo sammen med Maria. Det største problemet hvis det skulle skje, var leveransene til Spinalónga. Øyboerne klarte seg ikke uten, og det ville bli et svare strev å finne en annen som kunne stå for dem.

«Selvsagt kommer jeg hvis det er tillatt,» svarte hun.

«Det er jeg sikker på at det er. Se der,» sa Giorgis og pekte mot skikkelsen som kom ut av tunnelen i den gamle festningsmuren. «Her har vi Nikos Papadimitriou, øyas leder. Jeg sendte ham en melding i går og sa at jeg skulle komme hit med deg i dag. Han er mannen å spørre.»

«Velkommen til Spinalónga,» sa Papadimitriou til Maria. Den muntre tonen hans forundret henne og distraherte henne et øyeblikk. «Faren din sendte meg en melding i går for å fortelle at du var på vei. Det kommer snart noen og bærer eiendelene opp til det nye hjemmet dit. Skal vi gå?»

Han indikerte at hun skulle følge etter ham opp de få skrittene til tunnelen. Bare noen få uker tidligere hadde hun vært i Ájos Nikólaos og sett en Hollywood-film der heltinnen hadde kommet kjørende i en limousin og var blitt eskortert langs en rød løper inn i et elegant hotell mens en bærer tok seg av bagasjen. Maria prøvde å forestille seg selv i den samme scenen.

«Før vi går,» skyndte hun seg å si, «kan jeg få be om tillatelse til å komme og treffe far når han skysser dr. Lapakis og leverer varer?»

«Ja, naturligvis!» sa Papadimitriou overstrømmende. «Jeg trodde det var en selvfølge. Jeg vet at du ikke vil prøve å rømme. En gang i tiden måtte vi nekte folk å komme ned hit i tilfelle de ville prøve å stikke av, men nå for tiden har ikke folk lyst til å forlate øya.»

Giorgis ønsket å gjøre seg fort ferdig med avskjeden.

«Jeg vet at de vil være snille mot deg,» var de beroligende ordene han hørte seg selv si til henne. «Jeg vet at de vil være snille.»

En av dem var nødt til å snu seg først, og Giorgis ventet på at datteren skulle gjøre det. Han hadde alltid angret på at han hadde hatt det så travelt med å komme seg vekk da Eleni gikk i land på øya fjorten år tidligere. Så dyp hadde sorgen hans vært at han hadde lagt av sted med båten selv før de hadde tatt ordentlig farvel, men nå måtte han være modigere for datterens skyld. Giorgis visste så mye om øya nå, mens det den gang bare hadde vært en jobb, en kort tur en eller to ganger i uken for å sette ting fra seg på kaien og så slå hastig retrett. I årene siden hadde han fått et ganske annet syn på alt sammen, og han hadde fulgt bedre med i utviklingen på øya enn noen annen utenfor den.

Nikos Papadimitriou hadde vært øyas leder helt siden valget i 1940, da Petros Kontomaris endelig hadde trukket seg tilbake, og han hadde nå sittet i stillingen enda lenger enn forgjengeren sin. Han hadde oppnådd store ting på Spinalónga, der forholdene var blitt stadig bedre, så få lot seg lenger overraske over at han ble nesten enstemmig gjenvalgt hver eneste vår. Maria husket den dagen da faren hadde skysset atenerne over til Spinalónga. Det hadde vært en av de mest dramatiske episodene på den tiden, i en hverdag sørgelig blottet for spenning. Moren hadde skrevet mye om den kjekke, mørkhårede lederen og alt han hadde gjort for å forandre øya. Nå var håret hans grått, men han hadde fortsatt den samme krøllbarten som Eleni hadde beskrevet.

Maria fulgte Papadimitriou inn i tunnelen. Han gikk sakte og lente seg tungt til stokken, men til slutt så de lyset i den andre enden. Da Maria kom ut fra mørket og inn i sin nye verden, var overraskelsen like stor for henne som for enhver annen som kom dit for første gang. Til tross for at morens brev hadde vært fulle av beskrivelse og farge, hadde ingenting forberedt henne på det hun nå fikk se. En lang gate med en rad butikker, alle med nymalte vinduslemmer, hus med vinduskasser og urner fulle av sent blomstrende geranier og et eller to større og finere hus med vakkert utsmykkede balkonger. Selv om det ennå var for tidlig til at folk flest var oppe, fantes det én morgenfugl. Bakeren. Duften av nybakte brød og kaker fylte gaten.

«Despineda Petrakis, før jeg viser deg det nye hjemmet ditt, må du hilse på min kone,» sa Papadimitriou. «Hun har laget frokost til deg.»

De svingte til venstre inn i en liten sidegate, som i sin tur førte inn på en liten, åpen plass med hus på alle sider. Papadimitriou åpnet døren på et av dem og måtte dukke seg for å komme inn. Disse husene var bygget av tyrkerne, og en mann av Papadimitrious størrelse var minst et hode høyere enn de opprinnelige beboerne.

Inne var huset lyst og ryddig. Det var et kjøkken i tilknytning til dagligstuen og en trapp som førte opp til etasjen over. Maria fikk endatil et glimt av et bad bakenfor kjøkkenet.

«La meg presentere deg for konen min. Katerina, dette er Maria.»

De to kvinnene håndhilste. Til tross for at Eleni hadde beskrevet det stikk motsatte i mange av brevene sine, hadde Maria forestilt seg at stedet skulle være befolket av halte og deformerte mennesker, og hun ble overrasket over hvor elegant og vakker denne kvinnen var. Katerina var yngre enn mannen sin, og Maria anslo henne til å være i slutten av førtiårene. Håret var fortsatt mørkt, og hun hadde lys hud nesten uten en rynke.

Bordet var dekket med en hvit, brodert linduk og pent, mønstret porselen. Da alle hadde satt seg, løftet Katerina en praktfull sølvkanne, og en jevn strøm av varm, svart kaffe fylte koppene.

«Det er et lite hus ved siden av som nettopp er blitt ledig,» sa Papadimitriou. «Vi tenkte at det kunne passe for deg, men hvis du heller ønsker det kan du få et eget rom i en leilighet sammen med andre lengre oppe i høyden.»

«Jeg tror jeg helst vil bo for meg selv,» sa Maria. «Hvis det er i orden for dere.»

Det sto et fat med nybakte wienerbrød på bordet, og Maria forsynte seg begjærlig med et. Hun hadde spist svært lite de siste dagene. Hun hungret etter informasjon om kolonien også.

«Husker dere moren min, Eleni Petrakis?» spurte hun.

«Visst gjør vi det! Hun var en vidunderlig kvinne og en glimrende lærer i tillegg,» svarte Katerina. «Det syntes alle. I hvert fall nesten alle.»

«Var det noen som ikke gjorde det?» spurte Maria.

Katerina stusset.

«Det var en kvinne som underviste på skolen før moren din kom, og som betraktet henne som en fiende. Hun lever fortsatt og har et hus oppe i høyden. Enkelte hevder at det er bitterheten over det som skjedde som holder henne gående,» sa Katerina. «Hun heter Kristina Kroustalakis, og henne skal du passe deg litt for – hun vil før eller siden få rede på hvem moren din var.»

«Men en ting om gangen, Katerina,» sa Papadimitriou, misfornøyd med at konen kanskje skremte gjesten deres. «Det du trenger aller først, er en omvisning på øya. Katerina vil vise deg rundt, og i ettermiddag forventer dr. Lapakis å få treffe deg. Han lar alle som kommer hit, gjennomgå en foreløpig undersøkelse.»

Papadimitriou reiste seg. Klokken var blitt over åtte om morgenen, og det var på tide at øyas leder innfant seg på kontoret sitt.

«Jeg kommer utvilsomt til å treffe deg igjen snart, Despineda Petrakis. Men nå overlater jeg deg i Katerinas kyndige hender.»

«Takk for nå, og takk for den hjertelige velkomsten,» svarte Maria.

«Skal vi drikke opp kaffen og begynne rundturen?» spurte Katerina blidt da Papadimitriou var gått. «Jeg vet ikke hvor mye du vet om Spinalónga – sikkert mer enn folk flest – men det er ikke et fælt sted å bo. De eneste problemene oppstår fordi man er tvunget til å dele den samme lille plassen med de samme menneskene hele livet. Jeg som kommer fra Athen, hadde vondt for å venne meg til det i begynnelsen.»

«Jeg har bodd i Pláka i hele mitt liv,» sa Maria, «så jeg er ganske vant til slikt. Hvor lenge har du vært her?»

«Jeg kom med samme båt som Nikos, for fjorten år siden. Vi var fire kvinner og nitten menn. Av de fire kvinnene er det to igjen av oss nå. Men femten av mennene lever fortsatt.»

Maria knyttet sjalet tettere rundt seg idet de gikk ut av huset. Da de svingte inn i hovedgaten, var den et helt annet syn enn det første Maria hadde fått. Folk kom og gikk for å utføre sine daglige ærend, til fots, på muldyr eller med esel og kjerre. Alle så målbevisste og travle ut. Enkelte av dem kikket opp og nikket i retning av Katerina og Maria, og noen av mennene lettet på hatten. Som konen til øyas leder, fortjente Katerina spesiell respekt.

Nå var alle butikkene åpne. Katerina pekte dem ut etter hvert som de passerte og snakket ivrig om menneskene som drev dem. Maria kunne umulig huske alle disse opplysningene, men Katerina interesserte seg for alle detaljer ved livene deres og elsket intrigene og sladderen som kolonien var full av. Den første butikken var øyas *pantopoleion,* landhandelen som solgte alt man trengte til huset, fra sopelimer til oljelamper, og hadde mange av varene sine stilt opp i stabler utenfor bygningen, en dagligvarebutikk som hadde vinduene fulle av krukker med olivenolje, en *mahairopoieion* – knivmaker, rakibutikken og ikke minst bakeren, som lokket alle forbipasserende inn ved hjelp av de utstilte radene av nybakte, gylne brød og stabler av grove, kretiske kavringer, *paximithia*. Hver butikk hadde sitt eget håndmalte skilt med eierens navn og hva han hadde å tilby. Det viktigste etablissementet av alle, i hvert fall for mennene på øya, var baren, som ble drevet av den ungdommelige og populære Gerasimo Mandakis. Det satt allerede noen gjester der i små grupper og drakk kaffe, rundt askebegre som var fulle av ulmende sigaretter.

Like før de kom til kirken, lå en enetasjes bygning som Katerina fortalte Maria var skolen. De kikket inn gjennom et vindu og så flere rader med barn. Foran dem sto en ung mann og snakket.

«Så hvem er læreren?» spurte Maria. «Kom ikke den kvinnen du snakket om tilbake som lærerinne etter at mor døde?»

Katerina lo. «Nei, ikke over St. Pantaleimons lik. Barna ville ikke ha henne tilbake, og det ville heller ikke de fleste av de eldre. En stund overtok et av mine bysbarn, men så døde han. Moren din hadde imidlertid lært opp en annen lærer, og han sto klar i kulissene. Han var svært ung da han begynte, men barna forguder ham og sluker hvert ord han sier.»

«Hva heter han?»

«Dimitri Limonias.»

«Dimitri Limonias! Jeg husker det navnet. Det var gutten som kom over hit sammen med mor. Vi ble fortalt at det var han som hadde smittet henne med sykdommen – og han er her fortsatt. Han lever fortsatt!»

Slik det av og til var med lepra, hadde Dimitris symptomer knapt utviklet seg siden han først hadde fått stilt diagnosen, og nå var han altså lærer på skolen her. Maria kjente et øyeblikk et stikk av bitterhet over at skjebnen hadde vært så ekstra ublid mot moren.

De ville ikke gå inn og forstyrre undervisningen. Katerina visste at Maria ville få andre anledninger til å treffe Dimitri.

«Det later til å være mange barn her,» bemerket Maria. «Hvor kommer alle sammen fra? Er foreldrene her også?»

«Stort sett har de ikke foreldrene sine her. De er barn som fikk lepra på fastlandet og ble sendt hit. Folk prøver å unngå å få barn når de kommer til Spinalónga. Hvis barnet blir født friskt, tas det fra foreldrene og blir adoptert bort til noen på fastlandet. Vi har hatt ett eller to slike tragiske tilfeller ganske nylig.»

«Det må være forferdelig trist. Men hvem tar seg av disse barna, de som blir sendt hit?» spurte Maria.

«De fleste blir adoptert. Nikos og jeg hadde et slikt barn inntil han var gammel nok til å flytte ut og bo for seg selv. De andre bor sammen i et hus som fellesskapet har ansvaret for, men alle blir tatt godt vare på.»

De to kvinnene fortsatte oppover hovedgaten. Høyt oppe i åsen over dem tronet sykehuset, den største bygningen av dem alle.

«Jeg skal ta deg med opp der siden,» sa Katerina.

«Man kan se den bygningen fra fastlandet,» sa Maria. «Men den ser enda større ut på nært hold.»

«Den ble nylig utvidet, så den er større enn den pleide å være.»

De gikk rundt til nordsiden av øya der bebyggelsen tok slutt og ørner svevde på himmelen over dem. Her fikk Spinalónga føle den fulle kraften i vinden fra nordøst, og bølgene slo mot klippene langt under dem og sendte skumsprøyt høyt opp i luften. Sjøen endret totalt karakter her, fra det vanligvis så rolige farvannet i kanalen som skilte Spinalónga fra Pláka til de krappe bølgene med hvite topper som galopperte over det åpne havet. Hundrevis av kilometer unna lå det greske fastlandet, med dusinvis av små øyer imellom, men fra dette utkikkspunktet var det ingenting annet å se enn luft og himmel og rovfugler. Maria var ikke den første som kikket over kanten og et øyeblikk lurte på hvordan det ville være å kaste seg utfor. Ville hun treffe sjøen først eller bli smadret mot de takkete kantene på klippene?

Det begynte å duskregne, og bakken ble sleip og glatt.

«Kom,» sa Katerina. «La oss gå tilbake. Tingene dine er sikkert båret opp nå. Jeg skal vise deg det nye hjemmet ditt og hjelper deg gjerne å pakke ut hvis du vil.»

Idet de gikk forsiktig nedover stien, la Maria merke til mange atskilte, nøye opparbeidede parseller der folk utrolig nok dyrket grønnsaker. Løk, hvitløk, poteter og gulrøtter vokste på denne forblåste fjellsiden, og de sirlige, ugressfrie radene vitnet om hvilken innsats og omsorg som måtte til for å få noe til å gro i dette steinete landskapet. Hver parsell var et oppmuntrende tegn på håp og viste at livet var til å holde ut på denne øya.

De passerte et lite kapell med utsikt over det åpne havet og kom til slutt til gravplassen som var omsluttet av en steinmur.

«Moren din ble begravet her,» sa Katerina til Maria. «Det er her alle på Spinalónga havner.»

Katerina hadde ikke tenkt å la det lyde så bryskt, men Maria reagerte uansett ikke på det. Hun holdt følelsene sine for seg selv. Det var en annen som gikk rundt på øya. Den virkelige Maria var et sted langt borte, fortapt i tanker.

Gravene var umerket, av den enkle grunn at det var fellesgraver. Det var altfor mange dødsfall her til å tillate noen den luksus å tilbringe døden i ensomhet. I motsetning til de fleste gravplasser, som var anlagt rundt en kirke slik at alle de troende stadig ble minnet på at de skulle dø, var denne bortgjemt, hemmelig. Ingen på Spinalónga trengte et *memento mori.* Alle visste så altfor godt at dagene deres var talte.

Like før de hadde fullført rundturen, passerte de et hus som var det fineste Maria hadde sett på øya. Det hadde en stor balkong og søyler ved inngangsdøren. Katerina stoppet og gjorde henne oppmerksom på det.

«Offisielt er det huset til øyas leder, men da Nikos overtok stillingen, ønsket han ikke å tvinge den forrige lederen og hans kone ut av hjemmet deres, så de ble boende der de var, og det samme gjorde Nikos. Ektemannen døde for mange år siden nå, men Elpida Kontomaris bor der ennå.»

Maria kjente straks igjen navnet. Elpida Kontomaris hadde vært morens beste venn. Det var sørgelig å tenke på at moren syntes å ha blitt overlevd av nesten alle rundt henne.

«Hun er et godt menneske,» tilføyde Katerina.

«Jeg vet det,» sa Maria.

«Hvordan vet du det?»

«Mor pleide å fortelle om henne i brevene sine. Det var hennes beste venninne.»

«Men visste du at hun og ektemannen adopterte Dimitri etter at moren din døde?»

«Nei, det visste jeg ikke. Da hun døde, ønsket jeg egentlig ikke å vite mer om hva som skjedde her. Det var ikke nødvendig.»

I en lang periode etter Elenis død hadde selv Maria mislikt at faren ofret så mye tid på kolonien. Hun hadde mistet all interesse for den etter at moren var gått bort. Nå angret hun naturlig nok på det.

Fra nesten alle steder på turen hadde man kunnet se inn til Pláka, og Maria innså at hun snarest mulig måtte venne seg av med å stirre bort dit. Hvilken nytte kunne hun ha av å se hvilke aktiviteter folk bedrev på den andre siden av sundet? Fra nå av hadde ingenting av det som skjedde der borte noe med henne å gjøre, og jo snarere hun avfant seg med det, desto bedre.

De var tilbake ved den lille klyngen av hus der de hadde begynt turen. Katerina tok Maria med seg til en rustfarget ytterdør og fisket en nøkkel opp av lommen. Huset var like mørkt innvendig som det virket utenfra, men Katerina skrudde på taklyset og gjorde det litt triveligere. Huset virket rått, som om det hadde vært ubebodd lenge. Og det var også tilfelle. Den tidligere beboeren hadde tilbragt mange måneder på sykehuset og aldri frisknet til, men på grunn av de dramatiske forbedringene folk kunne oppleve etter selv de hardeste tilfellene av leprafeber, var det vanlig å la beboerne beholde husene til alt håp var ute.

Rommet var sparsomt møblert: et mørkt bord, to stoler og, ved den ene veggen, en «sofa» som var støpt av betong og dekket med et tykt, vevet teppe. Ellers var det lite igjen etter den forrige beboeren, bare en glassvase som inneholdt noen støvete plastblomster, og en tom tallerkenhylle på veggen. En gjeterhytte oppe i fjellene virket mer innbydende.

«Jeg blir her og hjelper deg med å pakke ut,» sa Katerina besluttsomt.

Maria var fast bestemt på å skjule hva hun følte for denne usle boligen, men trodde ikke hun klarte det med mindre hun ble overlatt til seg selv. Hun var nødt til å være myndig.

«Det er snilt av deg, men jeg synes ikke jeg kan legge beslag på mer av tiden din nå.»

«Som du vil,» sa Katerina. «Men jeg stikker innom igjen i ettermiddag for å se om det er noe jeg kan gjøre. Du vet hvor jeg er hvis du trenger meg.»

Dermed gikk hun. Maria var glad for å få være alene med tankene sine. Katerina hadde vært velmenende, men Maria syntes hun var en anelse for geskjeftig, og den kvitrende stemmen var begynt å irritere henne. Det siste Maria ønsket, var at noen skulle fortelle henne hvordan hun skulle ordne i huset sitt. Hun ville skape dette miserable stedet om til et hjem, og hun ville gjøre det selv.

Det første hun gjorde, var å ta vasen med de ynkelige plastrosene og tømme den i søppelet. Det var da fortvilelsen overveldet henne, der hun sto i et rom som luktet av forfall og de gamle eiendelene til en død mann. Hun hadde klart å holde masken hele formiddagen, men nå brøt hun sammen. Alle timene med selvbeherskelse og påtatt godt humør for faren, for ekteparet Papadimitriou og for seg selv, hadde vært en påkjenning, men nå ble forferdelsen over den skjebnen som hadde rammet henne, for tung å bære. Det var en veldig kort reise som hadde markert slutten på livet hennes i Pláka, men samtidig var det den lengste distansen hun noen gang hadde tilbakelagt. Hun følte seg så uendelig langt fra hjemmet og alt hun var fortrolig med. Hun savnet faren og vennene sine og sørget mer enn noensinne over den brutale slutten drømmene om en lys fremtid sammen med Manoli hadde fått. Stående i dette mørke rommet ønsket hun at hun var død. Et øyeblikk tenkte hun at hun kanskje *var* død, siden helvete ikke kunne vært et dystrere og mindre innbydende sted enn dette.

Hun gikk ovenpå til soverommet. En hard seng og en halmmadrass med flekket trekk var alt rommet inneholdt, med unntak av en liten Jomfru Maria-statue av tre som var spikret klosset opp på den ene veggen. Maria la seg ned på sengen med knærne trukket opp mot brystet og gråt. Hun ante ikke hvor lenge hun ble liggende slik før hun til slutt falt i en urolig søvn full av vonde drømmer.

Et sted inne fra det stummende mørket i den dype marerittaktige drømmen hørte hun den fjerne lyden av dundrende trommer og merket at hun ble løftet mot overflaten. De taktfaste dunkene var slett ikke trommer, men lyden av noen som hamret intenst på døren nedenunder. Hun åpnet øynene, og en stund var det som om kroppen nektet å bevege seg. Alle lemmene var stivnet i kulden, og hun måtte bruke alt hun hadde av viljestyrke for å løfte seg opp fra sengen og komme seg på bena. Søvnen hadde vært så dyp at hun hadde merke på det venstre kinnet etter to knapper i madrassen, og hun hadde aldri våknet hadde det ikke vært for det at noen nesten slo i stykker døren hennes.

Hun gikk ned den smale trappen, og idet hun trakk bolten til side og åpnet døren, fortsatt mer eller mindre i svime, så hun to kvinner stå i tussmørket utenfor. Den ene var Katerina, den andre en eldre kvinne.

«Maria! Er alt i orden?» utbrøt Katerina. «Vi var så bekymret for deg. Vi har banket på døren i snart en time. Jeg var redd for at du kunne … kunne … kunne ha skadet deg selv.»

Katerina hadde ikke ment å plumpe ut med det siste, men de hadde vært så redde for henne. I årenes løp hadde det vært flere nykommere som hadde prøvd å ta livet av seg, enkelte av dem hadde lyktes.

«Ja, alt er i orden. Det er sant – men takk for at du engstet deg for meg. Jeg sovnet … Men kom inn, i ly for regnet.»

Maria satte døren på vidt gap og flyttet seg til side så de to kvinnene kunne slippe forbi henne.

«La meg presentere dere for hverandre. Dette er Elpida Kontomaris.»

«Kyria Kontomaris. Jeg kjenner navnet ditt så godt. Du var mors beste venninne.»

De to kvinnene holdt hverandre lenge i hendene.

«Jeg kan se mye av moren din i deg,» sa Elpida. «Du ser ikke så annerledes ut enn på bildene hun hadde av deg, selv om de ble tatt for lenge siden. Jeg var så glad i moren din. Hun var den beste venninnen jeg noen gang har hatt.»

Katerina så seg om i rommet. Det så nøyaktig ut som det hadde gjort da hun gikk derfra mange timer tidligere. Marias kartonger sto uåpnet, og det var tydelig at hun ikke engang hadde forsøkt å pakke ut tingene sine. Dette var fortsatt en død manns hus. Det eneste Elpida Kontomaris så, var en forvirret, ung kvinne i et nakent, kaldt rom. De fleste andre på øya inntok et varmt måltid og så frem til en komfortabel natt i sin velkjente seng på denne tiden av døgnet.

«Hva sier du til å tilbringe natten hjemme hos meg?» spurte hun vennlig. «Jeg har et ledig rom, så du blir ikke til bry.»

Maria skuttet seg. Alt som var skjedd, samt den fuktige, rå luften i rommet, gjorde henne kald helt inn til margen. Hun nølte ikke med å akseptere. Hun husket at de hadde passert Elpidas hus tidligere samme dag, og med sitt blikk for detaljer, hadde hun lagt merke til de vakre blondegardinene i vinduene. Jo, det var et sted hun gjerne ville være denne natten.

De neste nettene sov Maria i Elpida Kontomaris' hus, og om dagen dro hun tilbake til stedet som skulle bli hennes eget hjem. Hun arbeidet hardt for å gjøre det hyggeligere, kalket veggene og ga den gamle ytterdøren et strøk med en skarp grønnfarge som ledet tankene hen på tidlig vår i stedet for sen høst. Hun pakket ut bøkene, fotografiene og et utvalg små bilder som hun hengte på veggene, og så strøk hun de broderte bomullsdukene sine og la dem på bordet og på de komfortable stolene som Elpida hadde funnet ut at hun selv ikke lenger trengte. Hun satte opp en hylle og plasserte krukkene med tørkede urter på den, og hun gjorde det tidligere så skitne kjøkkenet til et ugjestmildt sted for bakterier ved å skrubbe det til det skinte.

Den første dagen preget av håpløshet og fortvilelse lå bak henne, og selv om hun i mange uker ennå dvelte ved det hun hadde mistet, begynte hun å ane konturene av en fremtid. Hun tenkte mye på hvordan livet med Manoli kunne ha artet seg, og begynte å lure på hvordan han ville ha opptrådt i vanskelige tider. Selv om hun savnet hans gode humør og evne til å se det morsomme i enhver situasjon, kunne hun ikke forestille seg at han ville ha taklet motgangen de før eller siden ville fått oppleve. Maria hadde bare smakt champagne én gang, i søsterens bryllup. Etter den første herlige slurken, var futten raskt gått ut av den, og hun hadde en mistanke om at ekteskapet med Manoli kunne ha lidd samme skjebne. Nå ville hun aldri få vite det, og gradvis ofret hun mindre og mindre tid på ham og ble nesten skuffet over seg selv for at kjærligheten hennes syntes å kjølne så raskt. Han var ikke en del av den verden hun nå befant seg i.

Hun fortalte Elpida om livet sitt fra den dagen moren hadde reist: om hvordan hun hadde tatt seg av faren, om søsteren som hadde giftet seg inn i en fin familie og om sin egen forlovelse med Manoli. Hun snakket til Elpida som om hun skulle ha vært hennes egen mor, og den eldre kvinnen ble etter hvert svært glad i Maria, som hun allerede kjente fra morens beskrivelser for alle de årene siden.

Siden hun hadde forsovet seg og gått glipp av avtalen med dr. Lapakis den første ettermiddagen, besøkte Maria ham senere samme uke. Han noterte seg symptomene hennes og merket av på en tegning hvor lesjonene befant seg på kroppen. Han sammenlignet det med opplysningene dr. Kyritsis hadde sendt ham, og registrerte at hun nå hadde fått et nytt merke på ryggen. Det skremte ham. Maria var foreløpig ved god helse, men hvis det skulle forandre seg, kunne hans opprinnelige forhåpninger om at hun hadde gode sjanser til å overleve, vise seg å være altfor optimistiske.

Tre dager senere gikk Maria for å treffe faren. Hun visste at han ville legge fra land presis ti minutter på ni for å skysse Lapakis over, og da klokken var fem på, kunne hun se båten hans. Hun så også at det var tre mann om bord. Det var uvanlig. Et flyktig øyeblikk lurte hun på om det var Manoli som brøt alle regler for å komme og treffe henne, men da båten kom nærmere, oppdaget hun at den tredje skikkelsen var Kyritsis. Hjertet gjorde et lite hopp, for hun forbandt den spedbygde, gråhårete legen med sjansene for en kur.

Idet de støtte mot kai, kastet Giorgis tauet opp til Maria, som kyndig knyttet det til pullerten slik hun hadde gjort tusen ganger før. Selv om han hadde vært engstelig for datteren, var han nøye med å skjule det.

«Maria … så godt å se deg. Se hvem som er her. Det er dr. Kyritsis.»

«Jeg ser jo det, far,» sa Maria godmodig.

«Hvordan går det, Maria?» spurte Kyritsis og hoppet lettbent i land fra båten.

«Jeg føler meg ett hundre prosent frisk, dr. Kyritsis. Jeg har aldri følt meg noe annet,» svarte hun.

Han stoppet og kikket på henne. Denne unge kvinnen så absolutt ikke ut til å høre hjemme her. Hun virket så perfekt – og fullstendig malplassert.

Nikos Papadimitriou var kommet ned til kaien for å møte de to legene, og mens Maria ble værende igjen for å snakke med faren, forsvant de tre mennene inn i tunnelen. Det var fjorten år siden Nikolaos Kyritsis sist hadde vært på besøk, og forandringene øya hadde gjennomgått, forbløffet ham. Allerede da var restaureringen av de gamle bygningene kommet godt i gang, men resultatet overgikk alle hans forventninger. Da de kom til sykehuset, ble han enda mer himmelfallen. Den opprinnelige bygningen var akkurat slik den hadde vært, men et tilbygg som var like stort som hele den gamle bygningen, var nå ferdigstilt. Kyritsis husket planene på Lapakis' kontorvegg fra alle de årene tilbake og så straks at han hadde fullført ambisjonene sine.

«Det er helt ufattelig!» utbrøt han. «Alt sammen er her. Akkurat slik du ønsket det.»

«Men det har kostet blod, svette og tårer, kan jeg forsikre deg – og mesteparten av det har denne mannen ofret,» sa han og nikket mot Papadimitriou.

Lederen overlot dem til seg selv, og Lapakis viste Kyritsis rundt i det nye sykehuset. Rommene i den nye fløyen var luftige, med vinduer som gikk fra gulv til tak. Om vinteren beskyttet de solide skoddene og tykke murene pasientene mot det plaskende regnet og den ulende vinden, og om sommeren sto vinduene åpne og alle nøt godt av den svalende vinden som kom strykende inn over øya fra havet. Det var bare to eller tre senger på hvert rom, og avdelingene var forbeholdt enten menn eller kvinner. Overalt var det skinnende rent, og Kyritsis merket seg at hvert rom hadde eget dusj- og vaskekammer. De fleste av sengene var opptatt, men atmosfæren på sykehuset var stort sett stille og rolig. Bare noen få pasienter var urolige, og en av dem klynket dempet av smerte.

«Endelig har jeg fått et sykehus der pasientene kan behandles slik de bør,» sa Lapakis da de gikk tilbake til kontoret hans. «Og ikke minst der de kan beholde en viss selvrespekt.»

«Det er rett og slett imponerende, Christos,» sa Kyritsis. «Du må ha arbeidet uhyre hardt for å få alt dette til. Alt sammen virker eksepsjonelt rent og komfortabelt – og vidt forskjellig fra slik jeg husker det.»

«Ja, men gode forhold er ikke alt de trenger. Mer enn noe annet ønsker de å bli bedre og forlate dette stedet. Herregud, som de ønsker å forlate det.» Lapakis sa det med tretthet i stemmen.

De fleste av øyboerne visste at det ble arbeidet med nye legemidler, men lite syntes å ta veien til dem. Noen var overbevist om at det ville bli oppdaget en kur i deres levetid, skjønt for mange som hadde fått lemmer og ansikter deformert av sykdommen, var dette ikke mer enn en drøm. Noen få hadde meldt seg frivillig til å gjennomgå mindre operasjoner for å motvirke effekten av lammelsene i føttene eller få større lesjoner fjernet, men stort mer enn det forventet de egentlig ikke.

«Hør her, vi er nødt til å være optimistiske,» sa Kyritsis. «Det er utviklet medisiner som er på prøvestadiet allerede. De vil ikke virke over natten, men tror du ikke at noen av pasientene her vil være villig til å prøve dem?»

«Det er jeg sikker på at de vil, Nikolaos. Jeg tror det er pasienter som er villig til å prøve hva det skal være. Noen av de mest velstående forlanger ennå å få doser med hydnocarpusolje, til tross for prisen og hvor smertefullt det er å få den injisert. Hva har de å tape hvis det er noe nytt på markedet?»

«Vel, faktisk ganske mye på dette stadiet ...» svarte Kyritsis ettertenksomt. «Alt sammen er svovelbasert, som du sikkert vet, og med mindre pasienten er ved god helse, kan bivirkningene bli katastrofale.»

«Hva mener du?»

«Vel, alt fra anemi til hepatitt – og sågar psykoser. Under leprakongressen jeg nettopp var på i Madrid, ble det endatil fremlagt rapporter om at den nye behandlingen kan føre til selvmord.»

«Vel, da må vi tenke nøye gjennom hvilke av pasientene våre, om noen, som kan brukes som prøvekaniner. Hvis de i utgangspunktet må være sterke, er det mange som kan utelukkes.»

«Ingenting må skje umiddelbart. Kanskje vi kan begynne med å sette opp en liste over egnede kandidater, og så kan jeg diskutere muligheten med dem. Det blir ikke et kortvarig prosjekt – vi kommer neppe til å begynne med injiseringen på flere måneder ennå. Hva sier du?»

«Jeg tror det er den beste fremgangsmåten. Bare det at vi har en plan, vil fortone seg som et fremskritt. Husker du sist vi satte opp en navneliste her? Det virker så lenge siden, og de fleste av de menneskene er døde nå,» sa Lapakis dystert.

«Men forholdene er annerledes i dag. På den tiden snakket vi ikke om en reell, håndgripelig kur; vi prøvde bare å forbedre metodene våre for å hindre smittespredning.»

«Ja, jeg vet det. Jeg har bare følelsen av at vi har stått på stedet hvil.»

«Det forstår jeg godt, men jeg tror det er en fremtid å glede seg til for enkelte av menneskene her. Nåvel, jeg er tilbake om en uke, så skal vi ta en titt på noen av de aktuelle navnene da?»

Kyritsis gikk tilbake til kaien. Klokken var tolv, og Giorgis ville være der for å plukke ham opp som avtalt. Noen stirret etter ham der han gikk tilbake nedover bakken, forbi kirken, butikkene og baren. De eneste fremmede disse menneskene så, var nykommerne på øya, og ingen nykommer gikk med så målbevisste skritt som denne mannen. Idet legen kom ut av tunnelen og ble møtt av synet av den opprørte sjøen denne oktoberdagen, så han den lille båten duve opp og ned vel hundre meter fra land og en kvinne som sto alene på kaien. Hun speidet ut mot sjøen, men snudde seg mot ham da hun hørte skrittene bak seg. Det lange håret flagret rundt ansiktet hennes, og to store, ovale øyne stirret håpefullt på ham.

Mange år tidligere, før krigen, hadde Kyritsis besøkt Firenze og sett Botticellis betagende bilde: Venus' fødsel. Med den grågrønne sjøen som bakgrunn, og det lange håret som blafret i vinden, fikk Maria ham straks til å tenke på dette maleriet. Kyritsis hadde til og med et innrammet trykk av det på veggen hjemme i Iráklio, og i denne kvinnen så han det samme blyge halvsmilet, den samme litt spørrende måten å skakke på hodet på, den samme nyfødte uskylden. Men i det virkelige livet hadde han aldri før sett slik skjønnhet. Han bråstoppet. I dette øyeblikket betraktet han henne ikke som en pasient, men som en kvinne, og han syntes hun var vakrere enn noen annen han tidligere hadde sett.

«Dr. Kyritsis,» sa hun og vekket ham fra dagdrømmene. «Dr. Kyritsis, faren min er her.»

«Ja, ja, takk skal du ha,» brast det forfjamset ut av ham da han skjønte at han måtte ha stirret på henne.

Maria holdt båten inntil bryggen mens legen jumpet om bord, og så slapp hun taket og kastet fortøyningen til ham. Idet Kyritsis grep den, kikket han opp på henne. Han trengte ett glimt til, bare for å forvisse seg om at han ikke hadde drømt. Ansiktet til Venus selv kunne ikke ha vært mer perfekt.

Kapittel 18

HØSTEN GLED UMERKELIG over i vinter, og den stramme lukten av brennende ved fylte luften på Spinalónga. Folk som var ute i sine daglige ærend, pakket seg inn fra topp til tå i alt de eide av ullplagg for å beskytte seg mot kulden, for uansett hvilken retning vinden kom fra, traff den øya med full styrke.

I Marias hjem var gjenferdene etter fordums beboere fordrevet. Hvert bilde, hver pyntegjenstand og hvert møbel var nå hennes eget, og en glasskål med lavendel og kronblad av roser sto midt på bordet og parfymerte hele rommet med sin søte duft.

Til Marias overraskelse hadde de første ukene på øya gått fort. Det var bare ett øyeblikk som hadde virket skremmende på henne. Hun hadde nettopp flyttet ut fra Elpidas varme og nokså overdådig møblerte hus og inn i sine egne og mer velkjente omgivelser. Idet hun rundet hjørnet fra det korte smuget og kom inn i hovedgaten for å kjøpe dagligvarer, kolliderte hun med en annen kvinne. Hun var mye mindre enn Maria, og mens de rygget unna hverandre, så Maria at hun var betraktelig eldre også. Ansiktet var furet av dype rynker og så magert at øreflippene, som spedalskheten hadde forstørret voldsomt, virket uhyggelig fremtredende. Den gamle kvinnens spaserstokk hadde fløyet halvveis over gaten.

«Jeg beklager,» sa Maria andpusten mens hun grep kvinnen i armen og hjalp henne å holde balansen.

Et mørkt, stikkende blikk spiddet Maria.

«Bare vær mer forsiktig neste gang,» glefset kvinnen og trev stokken sin. «Hvem er du forresten? Jeg har ikke sett deg før.»

«Jeg heter Maria Petrakis.»

«Petrakis!» Hun spyttet ut navnet som om det var like beiskt som en oliven som var plukket rett fra treet. «Jeg kjente en gang en som het Petrakis. Hun er død nå.»

Det var en triumferende klang i stemmen hennes, og Maria skjønte straks at denne krokete konen var morens gamle fiende.

De to kvinnene gikk fra hverandre. Maria fortsatte opp bakken mot bakeriet, og da hun snudde seg for å se hvor det var blitt av Kyria Kroustalakis, så hun at hun sto nederst i gaten ved den gamle vannposten og stirret opp mot henne. Maria fikk det travelt med å komme seg videre. Hun grøsset.

«Ikke vær redd,» sa en stemme bak henne. «Egentlig er hun temmelig harmløs.»

Det var Katerina, og hun hadde sett sammenstøtet mellom Maria og morens gamle fiende.

«Hun er bare en gammel heks som er blitt marinert i sine egne bitre safter, en slange som har mistet giften sin.»

«Du har sikkert rett, men hun klarer likevel å se ut som en slange som fortsatt kan bite,» sa Maria og kjente hjertet banke litt fortere enn vanlig.

«Tro du meg, det kan hun ikke. Men det hun er flink til, er å spre uhygge – og jeg ser at hun har lyktes godt med det når det gjelder deg.»

De to kvinnene fortsatte sammen oppover gaten, og Maria

bestemte seg for ikke å ofre Kristina Kroustalakis flere tanker. Hun hadde allerede sett at mange mennesker på Spinalónga aksepterte situasjonen sin, og det siste de trengte, var at noen skulle underminere det.

En hyggeligere kontakt med en del av morens fortid var hennes første møte med Dimitri Limonias. Elpida inviterte dem hjem til seg en kveld, og begge gikk til møtet med en viss engstelse.

«Moren din var utrolig snill med meg,» begynte Dimitri da alle hadde fått noe å drikke og hadde satt seg. «Hun behandlet meg som sin egen sønn.»

«Hun elsket deg som sin egen sønn,» sa Maria. «Det var grunnen.»

«Jeg har en følelse av at jeg burde be om en slags unnskyldning. Jeg vet at alle mente at jeg var ansvarlig for å ha smittet henne med sykdommen,» sa Dimitri nølende. «Men jeg har snakket med dr. Lapakis om dette, og han tror det er svært usannsynlig at bakterien har gått fra meg til moren din. Symptomene utvikler seg så langsomt at han tror vi pådro oss sykdommen helt uavhengig av hverandre.»

«Uansett hvordan det var, spiller det ingen rolle nå,» sa Maria. «Jeg er ikke her for å bebreide deg. Jeg bare syntes det var en god idé at vi to fikk treffe hverandre. Du er tross alt som en slags bror for meg.»

«Det var snilt sagt,» svarte han. «Jeg føler det som om jeg ikke har så mye familie lenger. Begge foreldrene mine er døde, og hverken brødrene eller søstrene mine har hatt for vane å skrive brev til meg. De skammer seg vel over meg. Gud skal vite at jeg forstår dem.»

Flere timer gikk mens de snakket om øya, skolen og Eleni. Dimitri hadde vært heldig. Under oppholdet på Spinalónga hadde han først levd under Elenis kjærlige beskyttelse, deretter under Elpidas. Den ene var en erfaren mor, og den andre hadde behandlet ham som det dyrebare barnet hun alltid hadde lengtet etter, og gitt ham så mye kjærlighet og oppmerksomhet at det nesten hadde virket kvelende på ham. Maria var glad for å ha truffet denne liksomhalvbroren, og siden møttes de ofte for å drikke kaffe eller endatil spise middag sammen. Mens hun laget den, snakket Dimitri begeistret om arbeidet sitt. For øyeblikket hadde han fjorten elever på skolen, og målet var at de skulle ha lært å lese innen de var syv. Tiden Maria tilbragte med en som var så oppslukt av arbeidet sitt, fikk henne til å innse at det å være spedalsk, ikke kom til å dominere hver våkne time i livet. En time på sykehuset annenhver uke, et greit lite hus å holde rent og ryddig, en liten hageparsell å stelle – sammen med møtene med faren var dette hjørnesteinene i hennes enslige, barnløse eksistens.

Til å begynne med hadde Maria vært nervøs for å fortelle faren at hun var blitt venner med Dimitri. Hun var redd det ville føles som et svik, siden familien bestandig hadde hatt mistanke om at det var denne gutten som hadde smittet Eleni. Giorgis hadde imidlertid vært nok sammen med Lapakis til å vite at det ikke nødvendigvis var riktig, så da Maria tilsto for ham at Dimitri nå var en god venn, var reaksjonen hans en helt annen enn hun hadde ventet seg.

«Hvordan er han?» spurte han enkelt.

«Han går like helhjertet inn for lærergjerningen som mor gjorde,» svarte hun. «Og han er hyggelig selskap. Han har lest hver eneste bok på biblioteket.»

Det var ingen liten prestasjon. Biblioteket hadde nå over fem hundre bøker, de fleste sendt fra Athen, men akkurat det imponerte ikke Giorgis. Det var andre ting han heller ville vite.

«Snakker han om moren din?»

«Ikke så mye. Han synes sikkert at det vil virke ufølsomt. Han fortalte meg imidlertid en gang at livet hans var bedre her enn det ville blitt om han ikke var blitt sendt til Spinalónga.»

«Det var da en underlig påstand,» utbrøt Giorgis.

«Jeg har fått inntrykk av at livet var hardt for foreldrene hans, og han ville i hvert fall aldri blitt lærer om han ikke hadde havnet her ... Men hvordan går det med Anna?»

«Jeg vet egentlig ikke. Jeg antar at det går greit. Det var meningen at hun skulle komme og besøke meg på festen for Ájos Grigorios, men hun sendte en beskjed om at hun ikke følte seg så bra. Jeg vet faktisk ikke hva det er i veien med henne.»

Så alt var som før, tenkte Maria. Løfte om et møte og avlysning i siste øyeblikk. Det var et mønster Giorgis hadde vent seg til, men Maria fortsatte å ergre seg over søsterens respektløse behandling av mannen som hadde slitt så hardt for å gi dem en god oppvekst.

Før en måned var gått, skjønte Maria at hun måtte finne noe å beskjeftige seg med, så hun tok ned en krøllet notisbok fra bokhyllen. Den inneholdt alle hennes håndskrevne instruksjoner om bruken av urter. *Helsefremmende og legende urter*, hadde hun skrevet på første side med sin peneste skoleskrift. Når man tenkte på lepra virket ordene så naive, så optimistiske, så overdrevne. Det var imidlertid mange andre små og store lidelser som plaget folk på Spinalónga, fra mageknip til hoste, og hvis hun kunne befri sine medmennesker for disse med den samme grad av suksess som i sitt tidligere liv, ville det være et nyttig bidrag.

Maria snakket som en foss om planene sine da Fotini kom og besøkte henne en dag, og fortalte henne om hvordan hun hadde tenkt å finkjemme de ubebodde, ugjestmilde delene av øya for urter så snart våren kom.

«Selv på kalksteinsklippene som stadig blir utsatt for sjøsprøyt, skal det visstnok kry av salvie, cistus, oregano, rosmarin og timian. De vil gjøre det mulig å lage hjelpemidler mot allmenne lidelser, og så skal jeg prøve å dyrke andre nyttige planter på parsellen min. Jeg må først sørge for å få dr. Lapakis' tilslutning, men så snart det er gått i orden, skal jeg begynne å avertere i *Spinalóngas Stjerne*,» forklarte hun Fotini, som selv på denne kalde dagen ble varm over å se sin kjære venninne så full av glød og begeistring.

«Men fortell meg hvordan det går i Pláka,» sa Maria, som aldri hadde likt å snakke for mye om seg selv.

«Det skjer egentlig ikke så mye. Mor sier at Antonis er like gretten som alltid og at det er på høy tid han skaffer seg en kone, men i forrige uke var Angelos i Eloúnda og traff en jente som han virker svært opptatt av. Så hvem vet, kanskje en av brødrene mine blir gift om ikke så lenge.»

«Og hva med Manoli?» spurte Maria stille. «Har han vært å se?»

«Vel, Antonis har ikke sett ham så mye på godset i det siste … Er det trist å tenke på ham, Maria?»

«Det lyder kanskje fælt, men jeg savner ham ikke så sterkt som jeg hadde trodd jeg kom til å gjøre. Jeg tenker egentlig bare på ham når vi sitter her og snakker om Pláka. Jeg har nesten dårlig samvittighet for at jeg ikke føler noe mer. Synes du det lyder underlig?»

«Nei, jeg gjør ikke det. Det er trolig bare av det gode.» Siden Fotini hadde hørt all Antonis' sladder om Manoli og Anna, hadde hun aldri stolt fullt og fast på Marias forlovede, og hun visste at det beste ville være om Maria klarte å glemme ham for godt. Det var tross alt ingen muligheter for at hun kunne gifte seg med ham nå.

Det var på tide å dra tilbake. Maria så ned på venninnens svulmende mage.

«Sparker barnet?» spurte hun.

«Ja,» svarte Fotini. «Hele tiden nå.»

Fotini nærmet seg slutten av svangerskapet og begynte å bekymre seg for det urolige farvannet hun måtte krysse for å kunne besøke venninnen.

«Kanskje du ikke burde komme over hit på en stund,» sa Maria. «Hvis du ikke er forsiktig, risikerer du å føde i fars båt.»

«Så snart jeg har fått barnet, kommer jeg tilbake,» forsikret Fotini henne. «Og jeg skal skrive, det lover jeg.»

Giorgis hadde nå etablert en fast rutine for å treffe datteren på Spinalónga. Selv om det var en trøst for Maria å vite at faren besøkte øya opptil flere ganger hver dag, ville det være meningsløst å treffes hver eneste gang. Hun visste at det ville være feil av dem å se hverandre så ofte; det ville være å late som om livet fortsatte akkurat som før, bare på et annet sted. De bestemte seg derfor for å begrense seg til tre møter i uken, hver mandag, onsdag og fredag. Disse dagene ble ukens høydepunkt. Mandag skulle bli Fotinis dag så snart hun gjenopptok besøkene sine, onsdag var den dagen dr. Kyritsis kom til øya, og om fredagene hadde hun faren for seg selv.

Midt i januar fortalte Giorgis den glade nyheten at Fotini hadde født en sønn. Maria ville ha alle detaljer.

«Hva heter han? Hvordan ser han ut? Hvor mye veier han?» spurte hun oppspilt.

«Mattheos,» svarte Giorgis. «Han ser ut som en baby, og jeg aner ikke hvor mye han veier. Omtrent det samme som en stor pose mel, antar jeg.»

Før to uker var gått, hadde Maria laget en liten tøypose som hun hadde brodert guttens navn og fødselsdato på og fylt med tørket lavendel. *Legg denne i vuggen hans,* skrev hun i et brev til Fotini. *Det hjelper ham med å sovne.*

I april var Fotini klar for turen over sundet igjen. Selv med det nye ansvaret hun hadde fått som mor, visste hun fremdeles alt om det som foregikk i Pláka, og antennene hennes fanget opp hver minste detalj om det innbyggerne foretok seg. Maria elsket å høre sladderen, men satt også med ørene på stilker når venninnen fortalte om påkjenningene og gledene som fulgte med morsrollen. Selv fortalte hun venninnen om alt som skjedde på Spinalónga, og samtalene deres varte alltid i godt over en time, knapt uten et opphold for å trekke pusten.

Onsdagsmøtene med dr. Kyritsis var helt annerledes. Maria visste ikke helt hvordan hun skulle forholde seg til ham. Det var vanskelig ikke å knytte ham til det øyeblikket da diagnosen var blitt stilt, og ordene hans gjenlød fortsatt i hodet hennes: «... det er lepra i kroppen din.» Han hadde dømt henne til en levende død, og samtidig var han nå også den eneste som kunne gi henne et spinkelt håp om at hun en dag ville bli helbredet. Det var vanskelig å forbinde ham med både det verste og kanskje også det beste i livet hennes.

«Han er svært reservert,» sa hun til Fotini en dag de satt og pratet på den lave steinmuren som omkranset de skyggefulle trærne nede ved kaien. «Og det er et snev av stål i ham, slik hårfargen indikerer.»

«Du får det til å lyde som om du ikke liker ham,» bemerket Fotini.

«Jeg vet ikke hva jeg gjør,» svarte Maria. «Det virker alltid som om han stirrer på meg, og samtidig er det som om han ser tvers gjennom meg – som om jeg ikke er der. Men han later til å ha en positiv virkning på far, og det kan jo bare være av det gode.»

Det var rart, reflekterte Fotini, hvordan Maria bestandig klarte å trekke denne mannen inn i samtalen, spesielt hvis hun egentlig ikke likte ham.

Bare noen få uker etter Kyritsis' første besøk, hadde de to legene satt opp en liste over pasientene de mente var egnet til å få ny behandling. Maria var en av dem som sto på listen. Hun var ung og sunn, nylig ankommet øya og på alle måter en ideell kandidat, men av grunner Kyritsis ikke engang kunne forklare for seg selv, ville han ikke ha henne med i den første gruppen som skulle få intravenøs behandling om bare noen få uker. Han slet med denne irrasjonelle holdningen. Etter i årevis å ha presentert uønskede diagnoser til folk som fortjente så mye bedre, hadde han trent seg opp til å legge bånd på personlige følelser. Denne objektiviteten fikk ham til å virke uforstyrrelig og enkelte ganger også uttrykksløs. Selv om dr. Kyritsis var glad i mennesker, hendte det at han fremsto som kald.

Kyritsis bestemte seg for å skjære ned listen fra tyve til femten pasienter, og disse ville han overvåke nøye i flere måneder for å kunne beregne dosering og sikkerhet. Han fjernet Marias navn fra den endelige listen. Han behøvde ikke å rettferdiggjøre avgjørelsen for noen, men han visste at det sannsynligvis var den første beslutningen han hadde tatt i hele karrieren som ikke var styrt av fornuft. Han sa til seg selv at det var til hennes eget beste. Man visste ikke nok om bivirkningene av disse medikamentene, og han ville ikke at hun skulle stå i fronten for et eksperiment. Hun var kanskje ikke klar for det.

En morgen tidlig på sommeren, da Kyritsis atter en gang ble fraktet over til øya av Giorgis, spurte legen ham om han noensinne hadde vært lenger enn til tunnelinngangen på Spinalónga.

«Naturligvis ikke,» svarte Giorgis med en viss forbauselse. «Jeg har ikke engang ofret det en tanke. Det ville ikke blitt tillatt.»

«Men du kunne besøke Maria hjemme hos henne,» sa han. «Nesten helt uten risiko.»

Kyritsis, som nå kjente Marias symptomer svært godt, visste at sjansene for at Giorgis Petrakis skulle bli smittet av datteren, var en million til én. Det var ingen leprabakterier på overflaten av Marias hud, og med mindre Giorgis kom i direkte kontakt med et åpent sår, var det så godt som utenkelig at han skulle bli infisert.

Giorgis ble tankefull. Det hadde aldri slått hverken ham eller Maria at de kunne være sammen i huset hennes. Det ville være uendelig mye hyggeligere enn å treffes på kaien, som var et forblåst og kaldt sted om vinteren og et stikkende hett sted om sommeren. Ingenting ville vært herligere.

«Jeg skal snakke med Nikos Papadimitriou om det og også høre hva dr. Lapakis mener, men jeg ser ingen grunn til at det ikke skulle la seg gjennomføre.»

«Men hvordan ville de reagere i Pláka hvis de visste at jeg gikk inn i kolonien og ikke bare leverte gods som jeg satte fra meg på kaien?»

«Hvis jeg var deg, ville jeg holdt munn om det. Du vet like godt som jeg hvilke forestillinger folk der borte har om livet her. Alle tror at spedalskhet kan smitte gjennom et håndtrykk, eller bare ved å være i samme rom som en som lider av det. Hvis de var klar over at du satt og drakk kaffe i samme hus som en spedalsk, tror jeg du vet hva konsekvensene ville bli.»

Giorgis visste bedre enn noen at Kyritsis hadde rett. Han kjente så altfor godt til folks fordommer mot spedalske og hadde i mange år måttet høre på de uvitende synspunktene deres – selv fra menn som kalte seg vennene hans – om temaet. Men for en drøm nok en gang å kunne sitte sammen med den skjønne datteren og dele en kanne kaffe eller en flaske ouzo med henne. Kunne det virkelig skje?

Samme dag snakket Kyritsis med øyas leder og søkte råd hos Lapakis. Da han traff Giorgis igjen om kvelden, kunne han gi ham offisiell tillatelse til å besøke kolonien.

«Hvis du ønsker å tre inn gjennom tunnelen,» sa han, «så er det fritt frem.»

Giorgis trodde knapt sine egne ører. Han kunne ikke huske at han hadde følt seg så opprømt på svært lenge, og gledet seg til å treffe Maria så han kunne fortelle henne hva Kyritsis hadde foreslått. Så snart hun så ham klatre i land fra båten den fredagen, skjønte hun at det var noe spesielt i gjære. Det lyste av farens ansikt på langt hold.

«Jeg kan komme hjem til deg!» brast det ut av ham. «Du kan lage kaffe til meg.»

«Hva? Hvordan? Det er jo utrolig ... er du sikker?» spurte Maria vantro.

Det ville være en liten sak, men samtidig så dyrebar. Som konen og datteren før ham, gikk Giorgis nervøst inn i den lange tunnelen gjennom den tykke festningsmuren. Da han kom ut i det klare solskinnet inne i leprakolonien, var den en like stor åpenbaring for ham som den hadde vært for dem. Det var i begynnelsen av juni, og dagen var allerede varm. Det klare lyset ville etter hvert bli mer disig, men akkurat nå ble Giorgis nesten blendet av de skarpe fargene i synet som møtte ham. Overalt var det en overflod av røde geranier i store urner, en sukkertøyrosa oleander ga skygge for et kull brunspraglete kattunger og en dypgrønn palme duvet i vinden ved siden av den safirgrønne døren inn til jernvarehandelen. Her hang sølvskimrende panner i et tau og glitret i solskinnet. Store krukker med irrgrønn basilikum sto utenfor nesten hver eneste dør, klar til å sette smak på selv de kjedeligste retter. Nei, det var slett ikke slik han hadde forestilt seg det.

Maria var like oppspilt som faren, men samtidig litt nervøs over å ha ham der. Hun ville ikke at han skulle begi seg for langt inn i kolonien, ikke bare fordi han ville vekke oppmerksomhet og nysgjerrighet, men fordi tilstedeværelsen hans kunne vekke misunnelse og forbitrelse blant de andre spedalske. Hun ønsket å beholde faren for seg selv.

«Det er denne veien, far,» sa hun og tok ham med seg vekk fra hovedgaten og inn på den lille plassen der huset hennes lå. Hun låste opp ytterdøren og viste ham inn. Snart ble det lille huset fylt med duften av kaffe som putret på komfyren, og på bordet var det satt frem et fat med baklava.

«Velkommen,» sa Maria.

Giorgis visste egentlig ikke hva han hadde ventet, men det var i hvert fall ikke dette. Det var en nesten tro kopi av huset hans i Pláka. Han gjenkjente fotografier, ikoner og porselensgjenstander som lignet dem i hans eget hjem. Vagt husket han at Eleni hadde bedt om noen tallerkener og kopper fra familiens servise, slik at hun kunne spise fra det samme settet som resten av familien. Etter Eleni hadde dekketøyet gått til Elpida, som hadde beholdt noen av konens eiendeler da hun døde, og nå var det i Marias eie. Han så også borddukene og kastene som Maria hadde brukt så mange måneder på å brodere, og en bølge av vemod skyllet over ham når han tenkte på Manolis hus i olivenlunden der hun nå ville ha bodd om alt hadde gått som opprinnelig planlagt.

De satte seg ved bordet og nippet til kaffen.

«Jeg hadde aldri trodd at jeg kom til å sitte ved samme bord som deg igjen, Maria,» sa han.

«Ikke jeg heller,» svarte Maria.

«Vi kan takke dr. Kyritsis for dette,» sa Giorgis. «Han har kanskje et vel moderne syn på mange ting, men dette liker jeg.»

«Hva vil vennene dine i Pláka si når du forteller dem at du er begynt å gå inn i kolonien?»

«Det akter jeg ikke å fortelle dem. Du vet hva de vil si. De har det samme forstokkede synet på Spinalónga som de alltid har hatt. Selv om en bred stripe vann skiller dem fra dette stedet, er de overbevist om at spedalskheten kan komme flyvende med vinden og smitte dem. Hvis de visste at jeg var på besøk i huset ditt, ville jeg trolig bli nektet adgang til baren!»

Den siste bemerkningen var kanskje spøkefullt ment, men Maria ga likevel uttrykk for bekymring.

«Da er det nok best at du holder det for deg selv. De er sikkert bekymret nok som det er over at du kommer over hit så ofte som du gjør.»

«Det har du rett i. Du vet det kanskje ikke, men noen av dem trodde til og med at du ble smittet fordi jeg hadde ført med meg bakteriene herfra.»

Maria ble forferdet over at sykdommen hennes ble brukt til å bygge opp under en slik frykt på fastlandet, og det gjorde henne urolig at faren skulle bli møtt med så fordomsfulle holdninger blant selv sine eldste venner, menn han hadde vokst opp med. Om de bare kunne ha sett dem nå: en far og en datter som satt ved et bord og spiste de søteste kakene som var å kjøpe for penger. Ingenting kunne ha vært fjernere fra den konvensjonelle oppfatningen om en leprakoloni. Men selv ikke all ergrelsen hun følte over det uvitende folkesnakket på fastlandet, kunne ødelegge denne stunden.

Da de var ferdige med kaffen, var tiden kommet for at Giorgis måtte gå.

«Far, tror du Fotini kunne tenke seg å komme hit en dag?»

«Det er jeg overbevist om at hun vil, men du kan jo spørre henne selv når jeg skysser henne over på mandag.»

«Dette er så likt et normalt liv. Sitte og drikke kaffe med et annet menneske. Jeg kan ikke få sagt hva det betyr for meg.»

Maria, som vanligvis var så flink til å kontrollere følelsene sine, var blitt brusten i stemmen. Giorgis reiste seg for å gå.

«Ikke vær redd, Maria,» sa han. «Jeg er helt sikker på at hun vil komme – og det samme vil jeg.»

Sammen gikk de tilbake til båten, og så vinket Maria farvel til ham.

Så snart Giorgis hadde lagt til kai i Pláka, oppsøkte han Fotini og fortalte henne at han hadde vært inne i Marias hus, og uten engang å stusse spurte datterens eldste venninne om hun kunne gjøre det samme. Enkelte mennesker ville ha betraktet dette som tankeløst, men Fotini visste mer om hvordan lepra smittet enn de fleste andre, og så snart hun var kommet i land fra båten på neste besøk, grep hun Maria i armen.

«Kom igjen,» sa hun. «La meg få se det nye hjemmet ditt.»

Maria smilte bredt. De to kvinnene strente gjennom tunnelen og var snart ved døren inn til Marias hus. Den svale temperaturen inne var kjærkommen, og i stedet for sterk kaffe, drakk de *kanelada*, den avkjølte kaneldrikken begge hadde vært så begeistret for som barn.

«Det er snilt av deg å komme hit og besøke meg,» sa Maria. «Jeg hadde faktisk ikke ventet meg annet enn ensomhet her. Det gjør så stor forskjell at jeg kan ha gjester.»

«Vel, det er i hvert fall mye bedre enn å sitte nede på muren i varmen,» sa Fotini. «Og nå kan jeg se for meg hvordan du har det når jeg ikke er her.»

«Noe nytt å fortelle? Hvordan går det med lille Mattheos?»

«Han er helt herlig, hva mer kan jeg si? Har spiser mye og vokser seg stor.»

«Det er bra at han setter pris på mat. Han bor tross alt på en restaurant,» bemerket Maria med et smil. «Hva skjer i Pláka? Har du sett søsteren min i det siste?»

«Nei, ikke på lenge,» sa Fotini tankefullt.

Giorgis hadde fortalt Maria at Anna besøkte ham ganske regelmessig, men nå begynte hun å lure på om det egentlig var sant. Hvis Anna hadde dukket opp i sin skinnende bil, ville Fotini ha visst om det. Familien Vandoulakis var blitt ekstremt opprørt da de ble informert om Marias sykdom, og det overrasket henne ikke i det hele tatt at Anna ikke hadde skrevet et eneste brev etter at hun kom til Spinalónga. Ei heller ville det overraske henne om det viste seg at faren hadde løyet om søsterens besøk.

Begge kvinnene ble sittende tause.

«Men Antonis ser henne fra tid til annen, når han arbeider,» sa Fotini til slutt.

«Har han sagt noe om hvordan hun ser ut?»

«Helt fin, tror jeg.»

Fotini skjønte hva Maria egentlig spurte om. Var søsteren gravid? Etter å ha vært gift i så mange år, var det på høy tid at Anna fikk et barn. Hvis ikke, måtte det være et problem. Anna ventet ikke barn, men det skjedde noe annet i livet hennes som Fotini hadde tenkt lenge og grundig på om hun skulle fortelle Maria.

«Hør her, jeg burde kanskje ikke si dette, men Antonis har sett Manoli komme og gå fra Annas hus.»

«Men er ikke det helt i orden, da? Han tilhører jo familien.»

«Jo, han tilhører familien, men selv medlemmer av familien behøver ikke komme på besøk annenhver dag.»

«Kanskje det er for å snakke om driften av godset med Andreas,» sa Maria nøkternt.

«Han går ikke dit når Andreas er der,» sa Fotini. «Han går dit midt på dagen, når Andreas er ute.»

Maria merket at hun fikk behov for å forsvare ham.

«For meg lyder det som om Antonis spionerer på dem.»

«Han spionerer ikke, Maria. Jeg tror at det er oppstått et litt for nært forhold mellom søsteren din og Manoli.»

«Vel, hvis det er riktig, hvorfor gjør ikke Andreas noe med det?»

«Fordi han ikke har den fjerneste anelse om hva som foregår,» sa Fotini. «Det ville ikke engang falle ham inn. Og det han ikke ser eller tenker på, trenger han ikke å få vite noe om.»

De to kvinnene ble sittende tause en stund, inntil Maria reiste seg. Hun lot som om hun konsentrerte seg dypt om å vaske glassene, men ingenting kunne ta tankene hennes bort fra det Fotini nettopp hadde fortalt. Hun var fryktelig opprørt og husket plutselig søsterens irritable oppførsel da hun og Manoli hadde besøkt henne den gangen for lenge siden. Det var slett ikke utenkelig at det foregikk noe mellom dem. Hun visste at søsteren ikke ville ha noen betenkeligheter med å være utro mot ektemannen.

Oppskjørtet vred hun kjøkkenhåndkleet rundt og rundt inne i glassene til det hvinte i dem. Som alltid gikk tankene til faren. Hun ante hvor skamfull han ville bli. Anna var den eneste av de tre Petrakis-kvinnene som fortsatt hadde sjansen til å leve et normalt, lykkelig liv. Nå lød det som om hun gjorde alt hun kunne for å forspille det. Tårer av sinne og frustrasjon sved Maria i øynene. Det ville være forferdelig om Fotini skulle tro at hun var sjalu. Hun visste at Manoli aldri kunne bli hennes, men ikke desto mindre var det vondt å tenke på at han var sammen med søsteren hennes.

«Hør her, jeg vil ikke du skal tro at jeg fortsatt er forelsket i

Manoli, for det er jeg ikke, men jeg er faktisk opptatt av hvordan søsteren min oppfører seg. Hvordan skal det gå med henne? Tror hun virkelig at Andreas ikke vil få vite noe?»

«Hun gjør åpenbart det. Eller så gir hun en god dag i det. Jeg er imidlertid sikker på at det vil gå over av seg selv.»

«Det er nok altfor optimistisk, Fotini,» sa Maria. «Men det er ingenting vi kan gjøre med det, er det vel?»

Ingen av dem sa noe mer før Maria skiftet samtaleemne.

«Jeg er begynt å bruke urtene mine igjen,» sa hun, «og med en viss suksess. Folk oppsøker meg nå, og en dose med *dictamus* virket nesten umiddelbart for en eldre mann med et mageonde.»

De fortsatte å prate om løst og fast, men Fotinis opplysninger om Anna hvilte tungt på dem begge.

Forholdet mellom Anna og Manoli gikk ikke over, slik Fotini hadde spådd. Tvert om ble gnisten mellom dem tent igjen og slo snart ut i lys lue. Manoli hadde vært trofast mot Maria den tiden de hadde vært forlovet. Hun var perfekt, en jomfru, hans egen Ajía Maria, og hun ville utvilsomt ha gjort ham lykkelig. Nå var hun et kjært minne. De første ukene etter at Maria hadde reist til Spinalónga, hadde han vært rastløs og ulykkelig, men sorgen over tapet av forloveden gikk snart over. Livet måtte gå videre, hadde han sagt til seg selv.

Som en møll mot lyset ble han trukket tilbake mot Anna. Hun var fortsatt der i huset sitt, så nær, så trengende og så pent innpakket i sine tettsittende, vakre kjoler.

En dag ved lunsjtider, det som tidligere hadde vært visittiden hans, lukket han seg inn på kjøkkenet i hovedbygningen på godset.

«Hallo, Manoli.» Anna hilste ham uten overraskelse og med varme nok til å smelte all snøen på Díktifjellet.

Hans tro på at hun ville bli glad for å se ham, var like stor som arrogansen hennes. Hun hadde visst at han ville komme – før eller siden.

Alexandros Vandoulakis hadde nylig overlatt hele godset til sønnen. Det ga Andreas et kolossalt ansvar og mindre og mindre tid hjemme, og snart kunne Manoli sees på vei ut av fetterens hus hver eneste dag. Antonis var ikke den eneste som merket seg det. Mange av de andre arbeiderne på godset hadde også fått det med seg. Anna og Manoli følte imidlertid at de hadde et dobbelt sikkerhetsnett: Andreas var altfor opptatt til å merke noe selv, og ingen av arbeiderne ville ta sjansen på å miste jobben ved å gå til sjefen og fortelle rykter om konen hans. Så de mente at de kunne holde det gående uten fare for å bli straffet.

Det var ingenting Maria kunne gjøre, og den eneste innflytelsen Fotini hadde, var å be broren om å holde det han visste for seg selv. Hvis Antonis nevnte det for faren, Pavlos, ville det snart komme Giorgis for øre, siden de to mennene var gode venner.

Mellom Fotinis besøk prøvde Maria å tenke på alt annet enn søsteren. Hennes manglende evne til å kunne påvirke situasjonen var ikke bare en konsekvens av avstanden mellom dem. Hun visste at selv om hun fortsatt hadde bodd i Pláka, ville Anna gjort akkurat det som passet henne.

Maria begynte å se frem til de dagene da Kyritsis kom over til øya, og sørget for at hun alltid var på plass på kaien for å treffe faren og legen med det sølvgrå håret. En fin sommerdag stoppet Kyritsis for å snakke med henne. Dr. Lapakis hadde fortalt ham om Marias kunnskap om legende urter og bruken av dem. Med sin klippefaste tro på moderne medisin, hadde han lenge vært skeptisk til verdien av de vakre, små blomstene som vokste på fjellsidene. Hvilken styrke kunne det være i dem i forhold til medikamentene de nå produserte? Men mange av pasientene på

Spinalónga snakket om den lindrende virkningen Marias urtebrygg hadde gitt dem, så han var forberedt på å legge skepsisen til side – og sa det til henne.

«Jeg ser når folk føler seg overbevist om noe,» sa han. «Her på øya har jeg også sett håndfaste bevis for at disse urtene fungerer. Da kan jeg ikke fortsette å stille meg skeptisk til dem, kan jeg vel?»

«Nei, du kan ikke det. Jeg er glad for at du innrømmer det,» sa Maria med triumf i stemmen. Det ga henne en enorm tilfredsstillelse å høre at hun hadde fått denne mannen til å endre oppfatning. Enda større var gleden da hun kikket på ham og så ansiktet hans løse seg opp i et stort smil. Det forvandlet ham.

Kapittel 19

LEGENS SMIL FORANDRET atmosfæren rundt ham. Kyritsis hadde ikke hatt så lett for å smile tidligere. Andre menneskers ulykke og angst hadde preget livet han levde og ga ham sjelden grunn til jubel og glede. Han bodde alene i Iráklio og hadde lange arbeidsøkter på sykehuset, og de få timene han tilbragte utenfor det, gikk med til å lese eller sove. Nå var det endelig kommet noe nytt inn i livet hans: skjønnheten i en kvinnes ansikt. For sykehusstaben i Iráklio og for Lapakis og de spedalske som nå var hans faste pasienter, var han den samme som han alltid hadde vært: en selvoppofrende, målbevisst og nifst alvorlig – ja, mange ville si humørløs – vitenskapsmann. For Maria var han blitt en annen person. Om han ville bli redningen hennes på lang sikt, visste hun ikke, men han reddet henne på sin måte ved å få hjertet hennes til å slå litt fortere hver gang han var på vei over sundet. Hun var blitt en kvinne igjen, ikke bare en pasient som satt ute på denne steinen i sjøen og ventet på å dø.

Selv om dagene ble kaldere nå som sensommeren ble til høst, følte Maria en økende varme i Nikolaos Kyritsis. Hver onsdag når han kom ut til øya, stoppet han og snakket med henne. I begynnelsen var det bare i fem minutter eller så, men etter hvert som høsten gikk, ble møtene deres lengre og lengre. Siden han var punktlig av natur og aldri ville finne på å komme for sent til en time med en pasient på sykehuset, begynte han å komme tidligere til øya for å få være sammen med Maria. Giorgis, som alltid sto opp klokken seks om morgenen, gikk gladelig med på å skysse Kyritsis over klokken halv ni i stedet for ni, og han registrerte at Maria ikke lenger kom for å snakke med ham om onsdagene. Hun kom fortsatt ned til kaien, men ikke for å treffe ham.

Om han vanligvis var en mann av få ord, snakket Kyritsis villig med Maria om arbeidet sitt i Iráklio og forklarte henne om forskningen han var engasjert i. Han beskrev hvordan krigen hadde avbrutt alt og opplyste henne om hva han hadde bedrevet i de årene, ga henne en detaljert skildring om en krigsherjet by der hvert eneste menneske med en viss medisinsk erfaring måtte være klare til å rykke ut døgnet rundt for å ta seg av syke og sårede. Han fortalte henne om internasjonale kongresser i Egypt og Spania, der verdensekspertisen på behandlingen av spedalskhet samlet seg for å utveksle ideer og erfaringer og holde foredrag om sine siste teorier. Han fortalte henne om de forskjellige kurene som for øyeblikket var under utprøving, og hva han faktisk mente om dem. Enkelte ganger måtte han minne seg selv om at denne kvinnen var en pasient som en vakker dag kunne bli mottaker av den behandlingen som ble testet ut på Spinalónga. Det var rart, grep han seg ofte i å tenke, at han skulle ha utviklet et slikt vennskap på denne lille øya. Ikke bare med den gamle kameraten, Christos Lapakis, men også med denne kvinnen.

Maria lyttet oppmerksomt til det han hadde å si, men fortalte ham svært lite om sitt eget liv til gjengjeld. Hun følte at hun hadde så lite å bidra med. Tilværelsen hennes var blitt så liten, så begrenset, så snever.

Kyritsis på sin side syntes innbyggerne på Spinalónga førte et liv som han nesten kunne misunne dem. De utførte sine daglige gjøremål, de gikk på bar, de så de nyeste filmene, gikk i kirken og pleiet sine vennskap. De levde i et samfunn der alle kjente alle og hadde et felles bånd. I Iráklio kunne han gå gjennom hele den travle hovedgaten hver dag i en uke uten å se et kjent ansikt.

Like viktig for Maria som samtalene med dr. Kyritsis var de ukentlige møtene med Fotini, men disse så hun for tiden frem til med en viss gru i tillegg.

«Er det noen som har sett ham gå ut av huset hennes denne uken?» spurte hun så snart Giorgis var ute av hørevidde.

«En gang eller to,» svarte Fotini. «Men bare når Andreas også var der. Olivenhøsten er i gang, så derfor er han mer hjemme. Manoli og Andreas styrer pressene, og de går tydeligvis sammen opp til hovedbygningen for å spise middag hver dag.»

«Kanskje alt sammen bare var innbilning fra broren din sin side. Hvis Manoli og Anna var elskere, ville han vel aldri gått dit for å spise middag sammen med Andreas?»

«Hvorfor ikke? Det ville vekke større mistanke hvis han sluttet å gå dit.»

Fotini hadde rett. Anna tilbragte mang en kveld ulastelig antrukket i elegante kjoler og med perfekt hår og vakre negler mens hun spilte dobbeltrollen som kjærlig kone for ektemannen og gjestfri vertinne for fetteren hans. Det var ikke mer enn Andreas forventet av henne. Hun gjennomførte spillet uanstrengt, og sjansene for at hun skulle si noe galt eller sende Manoli et avslørende blikk, var nesten ikkeeksisterende. For Anna bidro understrømmene i scenariet bare til å forsterke spenningen, og de dagene svigerforeldrene også var til stede, ble hun enda mer oppspilt og nesten beruset av bedraget sitt.

«Hadde du det hyggelig i kveld,» kunne hun spørre Andreas senere mens de lå i det tette mørket i den romslige sengen.

«Ja, hvordan det?»

«Jeg bare lurte,» kunne hun svare, og mens de elsket, var det vekten av Manolis kropp hun kjente og lyden av hans dype stønn hun hørte. Hvorfor skulle Andreas være mistenksom når han hadde det så bra? Etterpå lå han taus og andpusten i det mørke rommet, det intetanende offeret for hennes lidenskap for en annen mann, en mann hun bare hadde elsket med i fullt dagslys.

For Anna lå det ingen egentlig konflikt i situasjonen. Siden hun ikke hadde noen mulighet til å fortrenge følelsene for Manoli, var utroskapen så og si rettferdiggjort. Han hadde dukket uanmeldt opp i livet hennes, og fra første stund var hun solgt. Den frie viljen spilte ikke noen rolle i hennes forhold til ham, og det hadde heller aldri slått henne at den kunne det. Manolis nærvær fikk alle hårene på kroppen til å reise seg og huden hennes verket av lengsel etter å bli berørt av ham. Det kunne aldri bli annerledes. Jeg kan ikke hjelpe for det, sa hun til seg selv mens hun børstet håret om morgenen de dagene da Andreas dro ut til de mest avsidesliggende delene av godset og hun ventet besøk av Manoli på kjøkkenet ved lunsjtid. Det er ingenting jeg kan gjøre. Manoli var hennes manns kjødelige slektning. Om hun hadde hatt all verdens viljestyrke, kunne hun ikke ha sendt ham bort. Hun var et fanget, men føyelig offer, og selv om det foregikk under hans eget tak, hadde ikke Andreas den fjerneste anelse om at Anna bedro ham i hans egen seng, med de innrammede *stephana*, bryllupskronene, som tause vitner til sviket hennes.

Andreas tenkte i det hele tatt ikke så mye på Manoli. Han var glad for at han var kommet tilbake, men han overlot alle bekymringene for ham til sin kjære mor, som gremmet seg over at nevøen var i tredveårene og ennå ikke gift. Andreas var lei seg for at det påtenkte ekteskapet med svigerinnen hadde støtt på et så uoverstigelig hinder, men han regnet med at fetteren før eller siden ville finne en annen passende kvinne som han kunne føre inn i familien. Når det gjaldt Eleftheria, syntes hun det var trist at nevøens søte brud var blitt revet bort fra ham, men enda tristere var den nagende mistanken om at forholdet mellom Manoli og svigerdatteren var litt for nært. Hun visste ikke helt hva mistanken bunnet i, og prøvde flere ganger å overbevise seg selv om at det bare var innbilning. Den var like flyktig som en sky.

Maria grøsset ved tanken på hva Anna kanskje hadde fore. Søsteren hadde aldri vært av den forsiktige typen, og det ville nok aldri forandre seg. Men hennes største bekymring var likevel ikke Anna selv, men hvordan oppførselen hennes kunne påvirke farens liv. Han skulle visst aldri få oppleve ro og glede i livet, tenkte hun.

«Eier hun ikke skam?» mumlet hun.

«Nei, jeg begynner å tvile på det,» sa Fotini.

De to venninnene prøvde å snakke om andre ting, men samtalene begynte og sluttet alltid med prat om Annas utroskap og spekulasjoner om hvor lenge det ville gå før Anna kastet et skjødesløst blikk i Manolis retning og fikk Andreas til å stoppe opp og lure. Litt etter litt sluknet alle de varme følelsene Maria hadde igjen for Manoli. Det eneste hun var sikker på, var at det ikke var noe hun kunne gjøre.

Det var blitt slutten av oktober. Vintervindene økte i styrke og ville snart bite seg gjennom selv de tykkeste ytterplagg og varmeste ulltepper. Maria syntes plutselig det var uhøflig å stå ute i kulden og snakke med dr. Kyritsis, men tanken på å innstille møtene, var uutholdelig. Hun elsket å snakke med ham.

Det virket som om de aldri slapp opp for ting å si, enda hun følte at hun hadde så lite av interesse å fortelle ham. Hun kunne ikke la være å sammenligne måten han snakket med henne på, med måten Manoli hadde snakket. Alle hennes forlovedes setninger hadde vært fulle av lekne morsomheter, men hos Kyritsis var det ikke et flørtende ord å spore.

«Jeg skulle gjerne visst hvordan det virkelig er å bo her,» sa han til henne en dag da vinden blåste i kraftige kast rundt dem.

«Men du besøker jo øya hver eneste uke. Du må vite like godt som jeg hvordan det ser ut her,» sa hun, litt forundret over utbruddet hans.

«Jeg ser den, men ser den samtidig ikke,» sa han. «Jeg ser den som en utenforstående, en som bare er på gjennomreise. Det er noe helt annet.»

«Har du lyst til å bli med meg hjem og ta en kopp kaffe?» Maria hadde øvet seg på å si disse ordene ganske lenge, men da de endelig slapp ut av henne, kjente hun nesten ikke igjen sin egen stemme.

«Kaffe?» Kyritsis hadde hørt henne tydelig nok, men gjentok ordet av mangel på noe annet svar.

«Vil du?»

«Ja, det tror jeg at jeg vil.»

De gikk sammen gjennom tunnelen. Selv om han var lege og hun pasient, gikk de side ved side, som likemenn. Begge hadde vært gjennom de venetianske murene hundrevis av ganger, men dette var en annen slags passasje. Kyritsis hadde ikke gått bortover en gate sammen med en kvinne på mange år, og Maria, som nå gikk sammen med en mann som ikke var faren hennes, følte seg forlegen på en måte hun ikke hadde kjent siden barndommen. Noen kunne se henne og trekke feil slutninger. «Det er legen!» hadde hun lyst til å rope, desperat etter å unngå sladder.

Raskt viste hun vei gjennom det lille smuget like ved enden av tunnelen, og så gikk de inn i huset. Maria begynte å lage kaffe. Hun visste at Kyritsis hadde liten tid og ønsket å komme punktlig til den første avtalen for dagen.

Mens Maria fant frem sukker, kopper og skåler, kikket Kyritsis seg rundt i rommet. Det var mye mer komfortabelt og fargerikt enn hans egen lille leilighet i Iráklio. Han så på de broderte dukene og på bildet på veggen av den unge Kyria Petrakis sammen med Maria og en annen jente. Han så en sirlig rad med bøker, en krukke som inneholdt olivenkvister fulle av blader og knipper med lavendel og urter som hang til tørk fra taket.

Nå som de befant seg på Marias enemerker, antok han at han kunne få henne til å snakke om seg selv. Det var et brennende spørsmål han ønsket å stille henne. Han visste så mye om sykdommen, om dens symptomer, dens epidemiologi, dens patologi, men han visste naturligvis ikke hvordan det virkelig *føltes* å være spedalsk, og inntil nå hadde det aldri falt ham inn å spørre en av pasientene sine om det.

«Hvordan føles det ...» dristet han seg til å spørre, «å være spedalsk?»

Spørsmålet virket så personlig, men Maria nølte ikke med å svare.

«På mange måter føler jeg meg ikke annerledes nå enn jeg gjorde for et år siden, men jeg *er* annerledes fordi jeg er blitt sendt hit,» sa hun. «For en som meg, som ikke er påvirket av sykdommen fra dag til dag, føles det litt som å være i fengsel. Bortsett fra at det ikke er lås på døren eller gitter foran vinduene.»

Mens hun snakket, gikk tankene tilbake til den kalde høstmorgenen da hun hadde reist fra Pláka for å bosette seg på Spinalónga. Et liv i en leprakoloni hadde på ingen måtte vært noe hun hadde ønsket seg, men nå stoppet hun opp et øyeblikk og prøvde å forestille seg hvordan livet ville ha artet seg hvis hun hadde giftet seg med Manoli. Ville det blitt en annen form for fengselstilværelse? Hva slags mann kunne forråde sin egen familie? Hvilken Judas kunne misbruke den vennligheten og gjestfriheten han var blitt vist slik Manoli gjorde? Hun hadde falt for sjarmen hans, men innså nå at omstendighetene kanskje hadde skånet henne. Manoli var en mann hun aldri hadde snakket seriøst med om annet enn overfladiske ting som olivenhøsten, Mikis Theodorakis' musikk eller om hun skulle feire en eller annen helligdag i Eloúnda. Det var denne livsgleden som i begynnelsen hadde virket så tiltrekkende på henne, men nå hadde hun en mistanke om at det ikke var mer ved ham enn det. Livet med Manoli ville kanskje ikke blitt noe annet enn nok en livstidsdom, ikke stort bedre enn den hun nå måtte sone på Spinalónga.

«Men det er gode sider ved tilværelsen her også,» tilføyde hun. «Fantastiske mennesker som Elpida Kontomaris og ekteparet Papadimitriou og Dimitri. De har et utrolig pågangsmot, og selv om de har vært her mye lenger enn jeg har, klager de aldri.»

Da hun hadde snakket ferdig, skjenket hun kaffe i en kopp og rakte den til Kyritsis. Altfor sent oppdaget hun at han skalv voldsomt på hånden, og da han tok imot koppen, falt den i gulvet med et knas. En mørk dam spredde seg over steinene, og det oppsto en pinlig stillhet før Maria skyndte seg bort til vasken og hentet en klut. Hun følte hvor ille berørt han var og forsøkte å bagatellisere det hele.

«Ikke vær redd, det gjør ingenting,» sa hun mens hun tørket opp kaffen og samlet sammen porselensskårene og kastet dem i søppelet. «Bare du ikke brente deg.»

«Jeg er fryktelig lei meg,» sa han. «Jeg er fryktelig lei for at jeg knuste koppen din. Jeg er så klosset.»

«Ikke tenk på det. Hva er vel en kopp?»

Det var faktisk en spesiell kopp, en fra settet moren hadde hatt med seg fra Pláka, men det plaget faktisk ikke Maria i det hele tatt. Det var nesten en lettelse at Kyritsis ikke var perfekt, ikke så lytefri på alle måter som han ga inntrykk av.

«Kanskje jeg ikke burde ha kommet,» mumlet Kyritsis. Dette var kanskje et tegn på at han ikke skulle ha brutt de reglene for profesjonell etikette som han var en så svoren tilhenger av. Ved å gå inn i Marias hus av rent sosiale årsaker, hadde han krysset en grense.

«Naturligvis skulle du ha kommet. Jeg inviterte deg, og jeg ville blitt lei meg hvis du hadde takket nei.»

Maria hadde snakket før hun tenkte, og utbruddet var ektefølt og mer entusiastisk enn hun hadde ønsket å vise. Det overrasket dr. Kyritsis, og det overrasket også henne. Nå var de skuls. Begge hadde mistet fatningen.

«Vær så snill, bli her og drikk kaffe.»

Maria kikket så bedende på legen at han ikke kunne annet enn å akseptere. Hun hentet en ny kopp ned fra hyllen, og denne gangen lot hun den bli stående på bordet slik at han trygt kunne ta den opp selv etter at hun hadde fylt den.

Begge nippet til kaffen i stillhet. Noen ganger kunne taushet være pinlig, men ikke denne. Til slutt var det Maria som brøt fortryllelsen.

«Jeg hører at noen få pasienter er kommet i gang med en ny medisinsk behandling. Vil den virke?» Det var et spørsmål hun hadde lengtet etter å stille.

«Det er tidlig ennå, Maria,» svarte han. «Men vi må håpe på det beste. Vi er klar over at behandlingen kan ha bivirkninger, så derfor må vi være forsiktige på dette stadiet.»

«Hva slags medikament er det snakk om?»

«Det fulle navnet er difenylsulfon, men det kalles vanligvis dapson. Det er svovelbasert og potensielt giftig. Det vesentlige er imidlertid at det tar tid før man ser en eventuell bedring.»

«Så det er ikke noe tryllemiddel, altså,» sa Maria og prøvde ikke å lyde skuffet.

«Nei, dessverre, det er ikke det,» sa Kyritsis. «Det vil gå en stund før vi vet om noen kan bli helt og holdent kurert. Jeg er redd for at ingen vil reise herfra riktig ennå.»

«Så det betyr at du kan komme på kaffe en annen gang også?»

«Det håper jeg virkelig. Du lager så god kaffe.»

Dr. Kyritsis visste at svaret var klønet og at det antydet at han bare var interessert i å komme på grunn av kvaliteten på kaffen hennes. Det var overhodet ikke slik han hadde ønsket at det skulle oppfattes.

«Vel, det er på tide jeg kommer meg videre,» sa han og prøvde å dekke over forlegenheten sin. «Mange takk.» Med den nokså stive avskjeden gikk Kyritsis.

Mens Maria vasket koppene og feide gulvet for å fjerne de siste restene av den knuste koppen, hørte hun seg selv nynne. Følelsen kunne bare beskrives som å være lett om hjertet, en uvant følelse på et trist sted som dette, men hun aktet å nyte den og håpe, kanskje mot bedre vitende, at den ville bli sittende i henne. Hele dagen hadde hun en fornemmelse av at føttene hennes ikke helt berørte bakken. Hun hadde mye å gjøre, men hver oppgave kjentes som en glede. Så snart hun hadde ryddet, la hun noen av urtekrukkene sine ned i en kurv og gikk for å besøke Elpida Kontomaris.

Den eldre kvinnen låste sjelden døren, og Maria lukket seg selv inn. Hun fant Elpida i sengen, blek men sittende halvt oppreist mot putene.

«Elpida, hvordan går det med deg?»

«Jeg føler meg faktisk mye bedre,» sa hun. «Takket være deg.»

«Det er takket være naturen, ikke meg,» korrigerte Maria henne. «Jeg skal lage et nytt utkok til deg. Det er åpenbart at det virker. Du skal drikke én kopp av det nå og en om tre timer, og så kommer jeg tilbake i kveld og gir deg en tredje.»

For første gang på mange uker begynte Elpida Kontomaris å føle seg bra igjen. De voldsomme magesmertene hun hadde vært plaget med, syntes endelig å slippe taket, og hun var ikke i tvil om at bedringen skyldtes de lindrende urtemedisinene Maria hadde tilberedt for henne. Selv om huden i det tilårskomne ansiktet var dvask og klærne hang på henne som altfor store filler, var hun begynt å få matlysten tilbake, og nå klarte hun å se for seg at hun en dag ville spise skikkelig igjen.

Så snart Maria hadde forvisset seg om at Elpida hadde det bra, gikk hun igjen. Hun skulle komme tilbake om kvelden og sørge for at pasienten tok urteavkoket, men i mellomtiden skulle hun tilbringe dagen i «blokken», som den het på folkemunne. Den store bygningen i enden av hovedgaten var fortsatt upopulær. Det var ensomt og øde der oppe på toppen av bakken. Folk foretrakk de langt mer koselige tyrkiske og italienske husene. Det at de lå tett inntil hverandre, fremmet en følelse av samhørighet som betydde mye mer for dem enn lysrør og moderne vinduslemmer.

Maria gikk dit denne dagen fordi det bodde fire spedalske der oppe som ikke lenger kunne klare seg på egen hånd. Dette var pasienter som hadde hatt så store sår på føttene at de måtte amputeres, som hadde fått hendene så misdannet at de ikke kunne klare selv de enkleste, huslige sysler og som var blitt så deformert i ansiktet at de ikke lenger var gjenkjennelige. I enhver annen situasjon ville disse vansirete individenes liv vært uutholdelig. Selv nå levde mange på fortvilelsens rand, men den innsatsen Maria og noen få andre kvinner som henne gjorde, hindret dem i å gå til grunne.

Det disse menneskene verdsatte høyere enn alt annet, var at de fikk være for seg selv. For en ung kvinne som hadde fått nesen ødelagt av spedalskhet og som konstant hadde øynene vidåpne på grunn av lammelser i ansiktet, var de stirrende blikkene fra de andre beboerne på øya uutholdelige. Av og til gikk hun ut i ly av natten og snek seg inn i kirken for å være alene med de mørke ikonene og den beroligende lukten av smeltet voks, men ellers bega hun seg aldri ut, unntatt for den månedlige turen opp til sykehuset, der Lapakis førte kontroll med eventuelle endringer i lesjonene hennes og skrev ut medisiner som skulle hjelpe kropp og sjel ut av en nesten konstant våken tilstand og inn i en lykksalig, om enn kortvarig, søvn. En annen, litt eldre kvinne hadde mistet den ene hånden. Hun betalte den høyeste prisen for de alvorlige brannsårene hun hadde påført seg selv mens hun laget mat til familien sin bare noen få måneder før hun kom til øya. Dr. Lapakis hadde gjort alt han kunne for å lege de åpne sårene, men infeksjonene hadde vunnet, og hans eneste valg hadde vært å amputere. Hennes gjenværende hånd var stivnet til en klo. Hun kunne så vidt holde en gaffel, men hun kunne ikke åpne en hermetikkboks eller kneppe igjen en bluse.

Samtlige av de hardt rammede menneskene som bodde her, var fryktelig vansiret. De fleste av dem var kommet til Spinalónga først når sykdommen allerede var slått ut i full blomst, og til tross for sykehusets anstrengelser for at de ikke skulle få varige skader, var det ikke alltid mulig å forhindre det. De tilsvarte det bibelske bildet av de spedalske, og var så deformert at de var på grensen til å kunne bli gjenkjent som mennesker.

Maria handlet og laget mat for disse hjelpeløse. Hun la nesten ikke merke til lytene deres lenger mens hun serverte dem lunsj og i enkelte tilfeller hjalp til med å mate dem. Hele tiden tenkte hun at moren hennes kunne ha vært slik. Ingen hadde fortalt henne noe, men mens hun løftet skjeer med ris mot leppene deres, håpet hun at Eleni aldri hadde lidd slik disse menneskene gjorde. Selv betraktet hun seg som en av de heldige. Enten de nye behandlingsmetodene viste seg å være vellykket eller ikke, kunne disse menneskenes ødelagte kropper aldri leges.

De fleste på fastlandet innbilte seg at alle spedalske var like ødelagt av sykdommen som disse ekstreme tilfellene, og bare tanken på at de var i nærheten, fylte dem med vemmelse. De var redde på sine egne og sine barns vegne og var ikke i tvil om at basillen som hadde infisert menneskene på øya, kunne komme gjennom luften inn i deres egne hjem. Selv i Pláka var det folk med slike vrangforestillinger. I de siste par årene hadde det også bygget seg opp enda en grunn til forbitrelse mot kolonien. Voldsomt overdrevne historier om atenernes rikdom hadde pisket opp en hatefull stemning mot dem, ikke minst i fattigere landsbyer som Selles og Vrouhas oppe i åsene, der man ikke hadde de samme pålitelige inntektene som i fiskerlandsbyer som Pláka. I det ene øyeblikket fryktet de for at også de kunne havne på Spinalónga; i det neste var de grønne av misunnelse ved tanken på at øyeboerne kanskje levde under mer komfortable forhold enn dem selv. Frykten var dårlig begrunnet og dypt forankret.

En dag i februar begynte et rykte å spre seg. Det ble utløst av en tilfeldig bemerkning, og som en skogbrann som ble antent av en skjødesløst kastet fyrstikk, spredte den seg med skremmende fart og raste snart gjennom hver eneste nærliggende landsby, fra Eloúnda i sør til Vilhadia på nordkysten. Det ble påstått at borgermesteren i Selles hadde kjørt den ti år gamle sønnen sin til sykehuset i Iráklio. Han skulle undersøkes for mistanke om spedalskhet. Kanskje sykdommen spredte seg fra øya til fastlandet. I løpet av en dag hadde flokkmentalitet og overreaksjon ført til massehysteri. En anfører i hver landsby, samt eldgammel frykt og avsky, var alt som skulle til for at raseriet kokte over, og folk begynte å trekke mot Pláka i den hensikt å tilintetgjøre øya. Planen var irrasjonell. Dersom Spinalónga ble jevnet med jorden, resonnerte de, kunne det ikke sendes flere spedalske dit, og dermed måtte myndighetene finne et annet sted for kolonien. De antok også at dersom de innflytelsesrike atenerne ble truet, ville de forlange å bli flyttet til et tryggere sted. I begge tilfeller ville de bli kvitt denne skjemmende pletten i landskapet deres.

Pøbelen planla å ta hver eneste fiskebåt de kunne få tak i, og legge ut i ly av mørket. Da klokken var fem denne onsdag ettermiddagen, hadde det samlet seg to hundre personer, de aller fleste menn, på kaien i Pláka. Giorgis så de første lastebilene komme og hørte spetakkelet da folk hoppet ned fra dem og fortsatte til fots mot kaien. Som de andre i Pláka var han forferdet. Det var på tide å reise over for å hente Kyritsis, men først måtte han brøyte seg gjennom trengselen for å komme seg ned til båten. Underveis hørte han bruddstykker av samtaler.

«Hvor mange kan vi få plass til i hver båt?»

«Hvem har bensinen?»

«Sørg for at det er rikelig!»

En av anførerne oppdaget den eldre mannen som gikk om bord i båten sin og snakket aggressivt til ham.

«Hvor har du tenkt deg?»

«Jeg skal over til øya og hente legen,» svarte han.

«Hvilken lege?»

«En av legene som arbeider der ute,» svarte Giorgis.

«Hvilken hjelp kan spedalske ha av leger?» spurte anføreren hånlig og fridde til sitt publikum.

Mens folk lo og skrek, skjøv Giorgis båten fra land. Han skalv av frykt og hadde vondt for å holde i rorkulten. Den lille båten stanget mot de krappe bølgene, og aldri hadde overfarten virket lengre. På god avstand så han Kyritsis' mørke silhuett, og omsider kunne han manøvrere båten inn mot den gamle festningsmuren.

Legen brydde seg ikke med å fortøye den, men hoppet i stedet rett ned i den. Det hadde vært en slitsom dag, og han så frem til å komme hjem. I skumringen kunne han knapt se Giorgis' ansikt under hatten, men den gamle mannens stemme var usedvanlig høy og klar.

«Dr. Kyritsis,» sa han engstelig, «det har samlet seg mange mennesker der borte. Jeg tror de planlegger et angrep på Spinalónga.»

«Hva mener du?»

«Det er kommet flere hundre av dem. Jeg aner ikke hvor fra, men de prøver å samle båter og har med seg bensinkanner. De kan legge fra land når som helst.»

Kyritsis ble målløs, både av disse menneskenes dumhet og av frykt for øyboernes sikkerhet. Tiden var knapp. Han måtte ta en rask beslutning. Det ville være å kaste bort verdifull tid hvis han gikk inn gjennom murene igjen og advarte de spedalske. Han var nødt til å komme seg inn til Pláka og snakke disse idiotene til rette.

«Vi må komme oss tilbake – *fort*,» sa han til Giorgis.

Giorgis svingte båten rundt. Nå hadde han vinden med seg, og båten tok seg over sundet på rekordtid. Folkene på kaien hadde tent faklene sine, og idet den lille båten nådde land, ankom en ny lastebil full av menn. Det oppsto en viss spenning mens Giorgis førte båten inn, og da Kyritsis hoppet i land, flyttet pøbelen seg til side for en høy, bredskuldret mann som åpenbart var anføreren deres.

«Og hvem er så *du*?» spurte han hånlig. «Du som ser ut som om du kan reise til og fra leprakolonien som du vil?»

Den støyende mengden ble taus for å lytte til replikkvekslingen.

«Mitt navn er dr. Kyritsis. Akkurat nå behandler jeg flere av pasientene på øya med nye medikamenter. Det er tegn som tyder på at dette kan føre frem til en kur.»

«Å, ja?» Mannen lo sarkastisk. «Hørte dere det, alle sammen? De spedalske kommer til å bli bedre.»

«Det er svært gode muligheter for det.»

«Vel, sett at vi ikke tror på deg?»

«Det spiller ingen rolle hva *du* tror.» Kyritsis la vekt på hvert ord og konsentrerte seg om anføreren. Han så at denne bøllen ikke ville være noe uten de andres støtte.

«Hvorfor ikke det?» spurte mannen hånlig og lot blikket gli over mobben som så spent på ham med ansiktene opplyst av det blafrende lyset fra faklene. Han prøvde å piske opp stemningen. Han hadde feilbedømt denne spedbygde mannen som syntes å avtvinge mer respekt enn han hadde ventet for en mann av hans størrelse.

«Hvis dere så mye som legger en finger på et eneste av de spedalske menneskene der ute,» sa Kyritsis, «vil dere snart befinne dere i en mørkere og dypere fengselscelle enn dere har sett for dere i deres verste mareritt. Om så bare *en* av disse spedalske dør, vil dere bli stilt for retten og dømt for mord. Det skal jeg personlig sørge for.»

Det oppsto en viss uro blant pøbelen før de ble stille igjen. Anføreren merket at han hadde mistet grepet om dem. Kyritsis' stødige stemme brøt stillheten.

«Vel, hva har dere tenkt å gjøre? Dra stille og rolig hjem igjen eller gjøre deres verste?»

Folk snudde seg mot hverandre og delte seg opp i mindre grupper. En etter en ble faklene slukket til kaien ble liggende i nesten stummende mørke. En etter en gikk mennene slukkøret tilbake til bilene. All trang til å rasere Spinalónga var som fordampet.

På vei tilbake til hovedgaten, snudde anføreren seg og kastet et siste blikk på legen.

«Vi skal følge med på hvordan det går med denne kuren,» ropte han. «Og hvis det ikke blir noe av den, kommer vi tilbake. Merk mine ord.»

Giorgis Petrakis hadde holdt seg i båten under konfrontasjonen og betraktet det som skjedde, først med engstelse, så med beundring for hvordan dr. Kyritsis hadde klart å dempe uroen. Det hadde virket så usannsynlig at et enslig menneske skulle klare å stagge en gjeng med pøbler som var kommet ens ærend for å ødelegge leprakolonien.

Kyritsis hadde nok gitt inntrykk av å ha full kontroll, men innerst inne hadde han fryktet for sitt eget liv. Ikke bare det. Han hadde fryktet for livet til hvert eneste menneske på øya. Etter at hjertet hadde sluttet å føles som om det skulle sprenge seg ut av brystkassen, innså han at det var noe helt spesielt som hadde gitt ham mot til å sette seg opp mot pøbelen: det var vissheten om at kvinnen han elsket var i fare. Han kunne ikke lenger benekte det for seg selv. Det var Maria han så desperat hadde prøvd å redde.

Kapittel 20

DET VARTE IKKE LENGE før hele Spinalónga hadde fått høre at et angrep på øya var blitt avverget. Alle visste snart at dr. Kyritsis egenhendig hadde fått en uregjerlig mobb til å trekke seg slukøret tilbake, og det gjorde ham til helt i deres øyne. Han vendte tilbake onsdagen etter, og forventningene til å treffe Maria var større enn noen gang. Erkjennelsen av at han hadde så sterke følelser for henne, var kommet fullstendig overraskende på ham, og han hadde tenkt på det hele uken. Hun var på kaien for å ta ham imot, en velkjent skikkelse i den grønne kåpen, og denne dagen var hele ansiktet et eneste stort smil.

«Takk skal du ha, dr. Kyritsis,» sa hun allerede før han hadde steget ut av båten. «Far fortalte meg hvordan du snakket pøbelen til rette, og alle her er svært takknemlig for det du gjorde.»

Kyritsis var kommet seg på land. Han ønsket mer enn noe annet å slå armene rundt henne og erklære sin kjærlighet til henne, men en så spontan oppførsel stred mot hans livslange tilbakeholdenhet, og han visste at han ikke kunne gjøre det.

«Hvem som helst ville ha gjort det samme. Det var ingenting,» sa han lavmælt. «Jeg gjorde det for deg.»

Så ubetenksomme ord. Han visste at han burde være mer forsiktig.

«Og for alle andre på øya,» skyndte han seg å tilføye.

Maria sa ingenting, og Kyritsis ante ikke om hun hadde hørt ham. Som vanlig gikk de sammen gjennom tunnelen og hørte det knase i grusen under føttene deres. Ingen av dem sa noe. Det var en stilltiende avtale mellom dem at Kyritsis skulle bli med henne hjem og drikke kaffe før han gikk opp til sykehuset, men idet de kom til svingen i tunnelen, så han straks at noe var annerledes denne dagen. Utgangen var mørk, og noe sperret for den vanlige utsikten mot hovedgaten i Spinalónga. Grunnen ble snart klar. Rundt regnet to hundre mennesker hadde samlet seg der. Nesten hver eneste beboer som var frisk nok til det, hadde gått hjemmefra for å ta imot legen. Barn, ungdommer og de eldre med sine stokker og krykker hadde alle møtt opp denne kjølige morgenen, med hatt på hodet og oppslått krage, for å uttrykke sin takknemlighet. Idet Kyritsis kom til syne, brøt applausen løs rundt ham, og han bråstoppet, forskrekket over å være i sentrum for alles oppmerksomhet. Idet applausen ga seg, trådte Papadimitriou frem.

«Dr. Kyritsis. På vegne av alle beboerne her på øya, vil jeg takke deg for det du gjorde i forrige uke. Vi vet at du reddet oss fra en invasjon, og med stor sannsynlighet fra fysiske skader og endatil død. Alle her vil være deg evig takknemlig for det.»

Forventningsfulle blikk rettet seg mot ham. De ønsket å høre ham si noe.

«Dere som bor her, har like stor rett til livet som ethvert menneske på fastlandet. Så lenge jeg har noe jeg skulle ha sagt, skal ingen få ødelegge dette stedet.»

Nok en gang brøt det ut applaus, og så spredte beboerne seg langsomt og gikk hver til sitt. Kyritsis var blitt overveldet av den varme mottakelsen og trakk et lettelsens sukk da han ikke lenger var i sentrum for begivenhetene. Papadimitriou ble gående ved siden av ham.

«La meg følge deg opp til sykehuset,» sa han, uvitende om at han derved berøvet legen de dyrebare minuttene med Maria. Men med alle folkene som fortsatt befant seg rundt dem, hadde Maria allerede innsett at Kyritsis ikke kunne komme hjem til henne. Det ville være upassende. Hun så etter ryggen hans til han forsvant, og gikk alene hjem. To kopper sto midt på det lille bordet, og mens hun fylte den ene og satte seg for å drikke kaffen som hadde stått klar på komfyren, snakket hun til skikkelsen hun innbilte seg satt tvers overfor henne.

«Vel, dr. Kyritsis,» sa hun. «Nå er du en helt.»

Samtidig tenkte Kyritsis på Maria. Hvordan skulle han klare å vente med å treffe henne til neste onsdag? Syv dager. Ett hundre og sekstiåtte timer. Han hadde imidlertid mer enn nok å beskjeftige seg med. Arbeidspresset på sykehuset var stort. Mange spedalske trengte kontinuerlig tilsyn, og siden det bare var to personer som drev hele stedet, var Lapakis og Manakis mer lettet over å se ham enn noen gang.

«God morgen, Nikolaos!» ropte Lapakis ertende. «Den beste legen på Kreta, og nå også Spinalóngas skytshelgen.»

«Å, kutt ut, Christos,» svarte Kyritsis, lettere brydd. «Du vet at du ville ha gjort akkurat det samme.»

«Det er jeg faktisk ikke så sikker på. Etter det jeg har hørt, virket de ganske brutale.»

«Vel, alt det hører forrige uke til,» sa Kyritsis og avfeide hele episoden. «Nå er det dagens problemer som gjelder. Hvordan går det med testpasientene våre?»

«La oss gå inn på kontoret mitt, så skal jeg oppdatere deg.»

På Lapakis' skrivebord lå et tårn av arkivmapper. Han tok

dem opp etter tur og ga kameraten en kort beskrivelse av tilstanden til hver enkelt pasient som var under behandling med de nye medikamentene. De fleste av de femten viste tegn til en positiv reaksjon, men ikke alle.

«To av dem er i en alvorlig reaktiv tilstand,» sa Lapakis. «En av dem har hatt høy feber siden du var her sist, og Athina fortalte meg nettopp at den andre holdt hele øya våken sist natt med skrikene sine. Pasienten spør meg stadig hvordan det kan ha seg at hun kan ha så fryktelige smerter når hun samtidig ikke har noen følelse i armene og bena. Jeg har ikke et svar å gi henne.»

«Jeg skal kikke på henne om et øyeblikk, men jeg tror at det beste nå, ville være å avslutte behandlingen. Det er gode sjanser for at kroppen hennes er i ferd med å bekjempe lepraen, og i så fall kan sulfonen virke mot sin hensikt.»

Etter at de hadde kikket gjennom journalene, var tiden kommet for å gå runden på avdelingene. Det var ingen lystelig jobb. En av pasientene, som var dekket av betente hevelser, gråt av smerte da Lapakis smurte på en oppløsning av trikloreddiksyre for å tørre ut lesjonene. En annen lyttet taust til Kyritsis da legen antydet at den beste løsningen for de døde bena i fingrene hans, ville være amputasjon, en enkel operasjon som kunne gjøres uten bedøvelse, siden han likevel ikke hadde noen følelse i de kroppsdelene. En tredje ble fylt med en viss optimisme da Lapakis forklarte ham om senetransplantasjonen han ville utføre i foten hans for å gjøre ham i stand til å gå igjen. Ved hver seng ble legene enige med pasientene om hva det neste skrittet skulle bli. For noen var det nok med smertestillende sprøyter, for andre var det snakk om å skjære bort lesjoner.

Så begynte de første polikliniske pasientene å ankomme. Noen trengte bare nye bandasjer til de åpne sårene på føttene, men for andre var behandlingen langt verre, spesielt for en kvinne som trengte å få fjernet en lepromatøs vekst i nesen og deretter måtte behandles med adrenalin for å få stanset blødningen.

Alt dette pågikk til litt ut på ettermiddagen, og da var tiden kommet for å besøke pasientene som mottok den nye behandlingen. En ting begynte å bli klart. Noen måneder inn i prøveperioden viste de nye medikamentene oppmuntrende resultater, og bivirkningene som dr. Kyritsis hadde vært så nervøs for, hadde for de flestes vedkommende uteblitt. Hver uke hadde han vært på vakt overfor symptomer på blodmangel, hepatitt og psykose – alt sammen bivirkninger som var blitt observert av andre leger som var involvert i utprøvingen av dapson – men fant til sin store lettelse at ingen av dem var til stede her.

«Vi har høynet dosene for alle prøvekaninene våre fra femogtyve til tre hundre milligram dapson to ganger i uken nå,» sa Lapakis. «Det er det meste jeg kan gi dem, ikke sant?»

«Jeg ville ikke anbefale mer, og hvis det gir oss disse resultatene, synes jeg vi skal se det som en øvre grense, spesielt med tanke på hvor lenge de kommer til å få disse dosene. I det siste direktivet hevdes det at vi skal fortsette å ordinere dapson i flere år etter at pasientens spedalskhet har sluttet å være aktiv,» sa Kyritsis, og etter et lite opphold tilføyde han: «Det er en lang vei å gå, men hvis den fører frem mot en kur, tror jeg ikke noen av dem vil klage.»

«Hva med å begynne behandlingen av den neste gruppen?»

Lapakis var både oppspilt og utålmodig. Ingen kunne ennå påstå at disse spedalske var blitt helbredet, og det ville gå noen måneder før de testet dem seriøst for å se om leprabasillen var ute av kroppen deres, men han hadde en sterk følelse av at et vendepunkt var nådd etter alle disse årene med snakk, mislykkede forsøk og svinnende tro på en kur. Resignasjon og endatil desperasjon kunne nå erstattes med håp.

«Ja, det har ingen hensikt å vente. Jeg synes vi skal velge ut de neste femten så fort som mulig. Som før, bør den allmenne helsetilstanden deres være god,» sa Kyritsis.

Nå ønsket han å sørge for at Maria kom med på listen, men han visste at det ville være uprofesjonelt av ham å utnytte stillingen sin for å få henne med. Tankene hans hadde vandret fra den nye behandlingen til når han ville få se Maria igjen. Hver dag var som en evighet.

Neste mandag kom Fotini til øya som vanlig. Maria ville fortelle henne om heltemottakelsen dr. Kyritsis hadde fått uken før, men hun kunne se at Fotini var sprekkeferdig av nyheter. Hun var knapt kommet innenfor Marias dør før de plumpet ut av henne.

«Anna er gravid!»

«Endelig,» sa Maria, usikker på om dette var godt eller dårlig nytt. «Vet far det?»

«Det gjør han ikke, ellers ville han ha fortalt deg det, tror du ikke det?»

«Jeg antar det,» sa hun tankefullt. «Hvordan fikk du rede på det?»

«Gjennom Antonis, naturligvis. Etter det han forteller, har hele godset summet av spekulasjoner i ukevis!»

«Få høre. Få høre hva folk har sagt,» sa Maria, ivrig etter å få med seg alle detaljer.

«Vel, i mange uker var det ingen som så Anna utenfor huset, og det gikk rykter om at hun ikke var frisk, og så viste hun seg plutselig offentlig i forrige uke – og da hadde hun lagt merkbart på seg!»

«Men det betyr nødvendigvis ikke at hun er gravid,» utbrøt Maria.

«Jo, det gjør det, fordi de offentliggjorde det. Hun er tre og en halv måned på vei.»

I de første månedene av svangerskapet hadde Anna følt seg elendig. Fra morgen til kveld brakk hun seg og kastet opp. Hun klarte ikke å holde på noe av det hun spiste, og legen hennes var skeptisk til om barnet ville overleve. Han hadde aldri sett en kvinne bli så syk, så svekket av et svangerskap, og da kvalmen og oppkastet endelig ga seg, oppsto det et nytt problem. Hun begynte å blø. Den eneste måten hun kunne redde dette barnet på, var ved å holde sengen. Det virket imidlertid som om barnet hadde bestemt seg for å klare seg, og da hun var i sin fjortende svangerskapsuke, stabiliserte alt seg. Til Andreas' store lettelse kunne Anna endelig stå opp av sengen.

Det magre ansiktet som hadde stirret tilbake på Anna fra speilet bare en måned tidligere, var nå begynt å få runde kinner igjen, og når hun snudde seg sidelengs, kunne hun se en tydelig kul på magen. Varemerket hennes, de tettsittende kåpene og kjolene, ble hengt lengst bak i skapet og skiftet ut med mer voluminøse plagg som skjulte den langsomt voksende magen.

Graviditeten var et godt påskudd for å holde fest på godset. Andreas åpnet kjelleren, og en kveld samlet alle arbeiderne seg under trærne utenfor hagen og fikk nyte den beste av fjorårets vin. Manoli var der også, og stemmen hans var den høyeste av alle da de utbragte en skål for det ufødte barnet.

Maria lyttet til Fotini mens hun fortalte om denne siste begivenheten.

«Jeg kan ikke fatte at hun ikke har tatt seg bryet med å besøke far,» sa hun. «Hun tenker aldri på andre enn seg selv, gjør hun vel? Skal jeg fortelle ham det, eller skal jeg vente til det passer henne?»

«Hvis jeg var deg, ville jeg sagt det til ham. Ellers kan han ikke unngå å få høre det av noen andre.»

De ble sittende tause en stund. At et barn var på vei, ble vanligvis møtt med begeistring, spesielt blant kvinner og nære slektninger. Men ikke denne gang.

«Formodentlig er det Andreas'?»

Maria hadde sagt det usigelige.

«Jeg vet ikke. Jeg tviler på at selv Anna vet det, men Antonis sier at ryktene går. Alle drakk gladelig en skål for at barnet måtte bli sunt og friskt, men bak Andreas' rygg ble det tisket og hvisket mer enn noen gang.»

«Synes du det er så overraskende?»

De to kvinnene ble sittende og prate en stund til. Denne betydningsfulle familiebegivenheten hadde overskygget alle andre hendelser og midlertidig avledet Marias tanker fra Kyritsis og hans galante innsats uken i forveien. Det demret for Fotini at hun for første gang på mange uker ikke satt og lyttet til Marias kontinuerlige prat om legen. «Doktor Kyritsis ditt, doktor Kyritsis datt!» hadde hun sagt ertende til Maria, som var blitt rød som en fjellvalmue da Fotini gjorde henne oppmerksom på denne langsomt voksende besettelsen.

«Jeg må fortelle far om Anna så snart jeg kan,» sa Maria. «Jeg skal fortelle ham det som om det er verdens beste nyhet, og si at Anna har vært for syk til å komme og besøke ham. Det er i det minste delvis sant.»

Da de kom tilbake til kaien, hadde Giorgis lempet i land alle kassene han skulle levere, og satt på muren under treet mens han i ro og mak røkte en sigarett og betraktet utsikten.

Selv om han hadde sittet der tusen ganger, bidro været og lyset i fellesskap til å male et nytt bilde hver eneste dag. Noen ganger var de nakne fjellene bak Pláka blå, noen ganger lysegule, atter andre grå. I dag, med de lave skyene hengende over landskapet, var de ikke synlige i det hele tatt. Deler av vannflaten ble pisket opp av vinden, som laget et lett skumsprøyt som virvlet over bølgene. Sjøen lignet en sydende gryte av boblende vann, men i virkeligheten var den kald som is.

Lyden av kvinnenes stemmer vekket ham opp fra dagdrømmene, og han reiste seg for å gjøre båten klar til å dra. Datteren skyndte seg etter ham.

«Far, ikke ha det så travelt. Jeg har en nyhet å fortelle deg. En virkelig god nyhet,» sa hun og gjorde sitt beste for å lyde entusiastisk. Giorgis stoppet. Den eneste gode nyheten han håpet på, var at Maria en dag ville si at hun skulle komme hjem. Det var det eneste i hele verden han ba om.

«Anna skal ha barn,» sa hun uten videre.

«Anna?» sa han vagt, som om han nesten hadde glemt hvem hun var. «Anna,» gjentok han og stirret i bakken. Sannheten var at han ikke hadde sett den eldste datteren på over et år. Siden den dagen Maria hadde begynt sitt nye liv på Spinalónga, hadde ikke Anna besøkt ham en eneste gang, og ettersom Giorgis var *persona non grata* hjemme hos familien Vandoulakis, hadde all kontakt opphørt. I begynnelsen hadde det gjort ham svært bedrøvet, men etter hvert som tiden gikk, begynte han å glemme datteren, selv om han visste at farsbåndene til henne alltid ville være der. Av og til lurte han på hvordan to jenter som var unnfanget av samme mor og far, og behandlet likt fra den dagen de ble født, kunne bli så forskjellige, men det var omtrent også all den energien han hadde ofret på Anna i det siste.

«Det var fint,» sa han til slutt etter å ha strevet med å finne et svar. «Når?»

«Vi tror det skal komme i august,» svarte Maria. «Hvorfor ikke skrive til henne?»

«Ja, kanskje jeg skulle gjøre det. Det kunne være et godt påskudd for å ta kontakt.»

Hvilken reaksjon burde han ha på nyheten om at hans første

barnebarn var på vei? Han hadde sett flere av sine venner sveve rundt i lykkerus da de ble bestefedre. Senest året før hadde bestevennen hans, Pavlos Angelópoulos, feiret Fotinis sønns fødsel med et spontant kalas med drikking og dans, og det virket som om hele Plákas befolkning hadde strømmet til baren for å delta i feiringen sammen med ham. Giorgis kunne ikke forestille seg at han skulle feire det med *tsikoudia* når Annas unge kom til verden, men det ga ham i alle fall en unnskyldning for å skrive til henne. Han ville be Maria om hjelp til å forfatte brevet senere i uken, men det hastet ikke.

To dager senere var det tid for Kyritsis' besøk. Når han skulle til Spinalónga, måtte han opp klokken fem om morgenen, og etter den lange reisen fra Iráklio, var de siste kilometerne fulle av forventninger til smaken av sterk kaffe. Han kunne se Maria vente på ham, og denne dagen øvde han seg taust på ordene han ville si til henne. I fantasien så han for seg at han var en veltalende mann, full av lidenskap og glød, men samtidig rolig og fattet. Men idet han steg i land fra båten og sto foran den vakre kvinnen han elsket, innså han at han ikke burde gå så raskt frem. Selv om hun så på ham med en venns øyne, snakket hun til ham med en pasients stemme, og som legen hennes innså han at drømmene om å erklære henne sin kjærlighet, var bare det. Drømmer. Det kunne ikke komme på tale å krysse den barrieren som stillingen hans reiste mellom dem.

De gikk gjennom tunnelen som vanlig, men denne gang – til hans store lettelse – var det ingen jubel for ham i den andre enden. Som alltid sto koppene på bordet, og Maria hadde spart tid ved å koke kaffen før han kom.

«Folk snakker ennå om hvordan du reddet oss,» sa hun mens hun tok kjelen av komfyren.

«Det er snilt av dem å vise meg en slik takknemlighet, men de kommer sikkert snart til å glemme alt sammen. Jeg bare håper at disse bråkmakerne vil holde seg borte for fremtiden.»

«Å, det tror jeg nok de vil. Fotini fortalte meg at alt sammen var utløst av ryktet om at en gutt fra dette distriktet var blitt kjørt til Iráklio for å bli testet for lepra. Vel, gutten og faren kom tilbake sist helg. De hadde vært på tur for å besøke guttens bestemor i Khaniá og hadde bestemt seg for å bli der i noen dager. Han var ikke syk i det hele tatt.»

Kyritsis lyttet til Maria og bestemte seg for å holde følelsene sine i sjakk. Noe annet ville være galt, et misbruk av posisjonen hans.

«Vi har fått noen svært oppmuntrende resultater av testene våre,» sa han for å få noe annet å snakke om. «Noen av pasientene viser tydelige tegn til bedring.»

«Jeg vet det,» sa hun. «Dimitri Limonias er en av dem, og jeg snakket med ham i går. Han sier at han allerede kan føle en forandring.»

«Mye av det kan være psykologisk,» sa Kyritsis. «Bare det at man blir satt på en ny behandling i det hele tatt, kan gi pasienter en merkbar fremgang. Dr. Lapakis setter opp en liste over pasienter som vi skal velge vår neste testgruppe fra. Før eller siden håper vi å kunne gi de nye medikamentene til nesten alle på Spinalónga.»

Han ønsket å si at han håpet hun ville være på den listen. Han ønsket å si at alle årene med forskning og tester ville ha vært bryet verdt hvis hun ble reddet. Han ønsket å si at han elsket henne. Ingen av disse ordene kom.

Uansett hvor gjerne han kunne tenke seg å bli værende i Marias pene hjem, var han nødt til å gå. Det var vondt å tenke på at det nå ville gå nye syv dager før han fikk se henne igjen, men han tolererte hverken at han selv eller andre kastet bort viktig tid, og visste at de ventet på ham oppe på sykehuset. For dr. Lapakis og dr. Manakis var onsdagene som et solgløtt i de ellers så mørke, strevsomme, overarbeidede ukene, og det gjorde Kyritsis' nesten maniske punktlighet desto viktigere. Den ekstra arbeidsbyrden disse to legene hadde fått med å administrere testene av de nye medikamentene, drev dem til ytterpunktet for det de kunne makte. Ikke bare måtte de behandle pasienter med leprareaksjon, men nå hadde de også folk med bivirkninger av det nye legemidlet å ta seg av. Mange kvelder forlot ikke dr. Lapakis øya før klokken ti, og ofte var han tilbake allerede klokken syv morgenen etter. Kyritsis måtte snart vurdere om det ikke var på tide å øke antall besøk på Spinalónga til to eller kanskje tre ganger i uken.

I løpet av noen uker hadde dr. Lapakis satt opp den endelige listen over den neste pasientgruppen som skulle få den nye behandlingen. Marias navn var kommet med. En onsdag midt i mars, da markblomstene begynte å bre seg over skråningen på nordsiden av Spinalónga og de stramme knoppene på mandeltrærne sprang ut i full flor, gikk Kyritsis for å treffe Maria hjemme hos henne. Klokken var seks, og hun ble overrasket over å høre noen banke på døren. Hun ble enda mer paff over å se legen stå der, på et tidspunkt da han vanligvis skyndte seg ned til Giorgis' båt for å begynne på den lange turen tilbake til Iráklio.

«Dr. Kyritsis, kom inn ... Hva kan jeg hjelpe deg med?»

Kveldslyset skinte ravgult inn gjennom de lette gardinene. Det var som om landsbyen utenfor gikk opp i flammer, og akkurat nå kunne den gjerne gjøre det for Kyritsis' del. Til Marias forbløffelse tok han begge hendene hennes i sine.

«Du skal begynne behandlingen i neste uke,» sa han, og så, mens han så henne dypt inn i øynene, tilføyde han med overbevisning i stemmen: «En dag skal du reise fra denne øya.»

Det var så mange ord han hadde øvd seg på å si, men da stunden opprant, erklærte han henne sin kjærlighet med en stum handling. For Maria var de kjølige fingrene som grep hennes og klemte dem lett, mer intime og mer veltalende enn noen uttalt kjærlighetserklæring. Den livgivende følelsen av hud mot hud overveldet henne nesten.

Alle de gangene hun og Kyritsis hadde sittet sammen og snakket, hadde hun merket at selv i de stundene da stillheten senket seg, hadde hun følt seg hel og tilfreds. Det var som den følelsen man kunne få når man fant en forlagt nøkkel eller håndveske. Etter å ha lett frenetisk og så funnet den tapte gjenstanden, ble man fylt med en slags fred og helhetsfølelse. Slik var det å være sammen med dr. Kyritsis.

Hun kunne ikke la være å sammenligne ham med Manoli som rant over som en sprukket vannledning, av fargerikt snakk og flørtende vendinger. På deres aller første møte hjemme hos familien Vandoulakis, hadde han grepet hendene hennes og kysset dem som om han var lidenskapelig forelsket i henne. Ja, det var slik det var: hun visste nå at Manoli ikke hadde vært lidenskapelig forelsket i henne, men i *forestillingen* om å være lidenskapelig forelsket. Og så var det Kyritsis, som tydeligvis ikke forsto sine egne følelser. Han hadde hatt det altfor travelt og vært altfor oppslukt av arbeidet til i det hele tatt å erkjenne tegnene eller symptomene.

Maria kikket opp. Blikkene og hendene deres var låst i hverandre. Øynene hans utstrålte varme, vennlighet og medfølelse. Ingen av dem visste hvor lenge de sto slik, men det var lenge nok til at én æra i livet deres tok slutt og en annen begynte.

«Vi sees i neste uke,» sa Kyritsis til slutt. «Da håper jeg at dr. Lapakis har gitt deg en dato for når behandlingen skal innledes. Farvel, Maria.»

Han gikk ut, og Maria stirret etter den spinkle skikkelsen til den rundet et hjørne. Hun følte at hun hadde kjent ham bestandig. Faktisk var mer enn halve livet gått siden hun så ham for første gang, da han besøkte Spinalónga i tiden før den tyske okkupasjonen. Selv om han ikke hadde gjort noe spesielt inntrykk på henne da, hadde hun vondt for å huske hvordan det hadde vært *ikke* å elske ham. Hva hadde befunnet seg i det store rommet som Kyritsis nå fylte?

Selv om ingen direkte kjærlighetserklæringer var uttalt mellom Maria og legen, var det likevel mye å fortelle Fotini. Da hun kom neste mandag, var det mer enn tydelig å se at Maria hadde opplevd noe helt spesielt. Vennskapet deres var slik at de fornemmet hverandres minste humørsvingning; den minste antydning til sorg eller sykdom avslørte seg alltid i form av glansløst hår, gusten hud eller øyne som manglet den vanlige gnisten. Kvinner la merke til slike ting ved hverandre, akkurat som de registrerte et glimt i øyet eller et uutslukkelig smil. Denne dagen strålte Maria.

«Du ser ut som om du er helbredet,» spøkte Fotini mens hun satte vesken sin fra seg på bordet. «Kom igjen, ut med språket. Hva er det som har skjedd?»

«Dr. Kyritsis ...» begynte Maria.

«Det burde jeg vel ha skjønt,» fleipet Fotini. «Få høre.»

«Jeg vet egentlig ikke hva jeg skal fortelle deg. Han sa ikke noe engang.»

«Men *gjorde* han noe?» ivret Fotini, spent på å høre detaljene.

«Han holdt hendene mine, så enkelt var det, men det betydde noe. Jeg er sikker på det.»

Maria var klar over at det å holde noen i hånden kunne virke fullstendig harmløst for et menneske som fortsatt tilhørte den store verden utenfor kolonien, men selv på det kretiske fastlandet ble det forventet at ugifte menn og kvinner forholdt seg svært formelt til hverandre.

«Han sa at jeg skulle begynne behandlingen snart og at jeg en dag kom til å forlate denne øya … og han sa det som om han virkelig brydde seg.»

Alt dette kunne ha virket som lite troverdige tegn på kjærlighet. Fotini hadde aldri møtt Kyritsis skikkelig, så hvordan skulle hun vite hva han følte? Men foran henne sto bestevenninnen og strålte av lykke. Det var i høyeste grad virkelig.

«Hva ville folk her tro hvis de visste at det var noe mellom deg og legen?» Fotini så praktisk på situasjonen. Hun visste hvordan folk sladret på små steder, og Spinalónga var ikke et hår bedre enn Pláka der et forhold mellom en lege og pasienten hans ville ha holdt sladrekjerringene naglet til dørstokkene sine til langt på natt.

«Ingen må få vite det. Det er sikkert noen som har sett ham komme og gå fra huset mitt hver onsdag morgen, men ingen har sagt noe. I hvert fall ikke til meg.»

Hun hadde rett. En håndfull mennesker med giftige tunger hadde prøvd å spre ryktet, men Maria var godt likt på øya, og ondskapsfullt snakk syntes bare å klebe seg til dem som allerede var litt upopulære. Det som opptok Maria mer enn noe annet, var at folk kunne tro at hun fikk spesialbehandling. Førsteplass i køen for å få en sprøyte, for eksempel, eller en annen fordel, uansett hvor bagatellmessig den var, kunne være nok til å utløse misunnelse. Det kunne sette Kyritsis i et dårlig lys, og hun var fast bestemt på å sørge for at ingen skulle få noen grunn til å kritisere ham. Folk som Katerina Papadimitriou, som hadde vist seg å være ganske geskjeftig, hadde sett Kyritsis forlate huset hennes mange ganger, og siden hun var blant dem som ønsket å ha full kontroll over alt som foregikk rundt dem, var det litt foruroligende. Lederens kone hadde gjort alt hun kunne for å lure ut av Maria hva Kyritsis gjorde der, men Maria hadde vært alt annet enn imøtekommende. Hun hadde rett til et privatliv. Den andre som kunne lage bråk, var Kristina Kroustalakis, byens selvutnevnte herold, som utrettelig hadde forsøkt å sverte Marias navn siden hun ankom øya. Hun gikk inn i baren hver eneste kveld og antydet for alle, fullstendig uten bevis, at Maria Petrakis ikke var til å stole på.

«Hun står i med spesialisten,» kunne hun hviske teatralsk. «Merk dere mine ord, hun kommer til å bli kurert og forsvinne fra denne øya før noen av oss andre.»

Det holdt henne gående, dette behovet for å spre forbitrelse og misnøye. Hun hadde prøvd – og mislyktes – å gjøre det samme med Marias mor; nå gjorde hun sitt beste for å ødelegge datterens sjelefred. Maria var imidlertid sterk nok til å stå imot baksnakkingen og forelsket nok i legen til å holde fast ved lykken.

Marias behandling ble innledet den måneden. Symptomene hennes hadde utviklet seg langsomt før hun kom til øya, og de følelsesløse flekkene på huden hadde bare spredd seg marginalt de siste atten månedene. I motsetning til så mange av de andre øyboerne hadde hun ikke opplevd nummenhet i fotsålene og i håndflatene, noe som betydde at hun neppe ville utvikle de åpne sårene som hadde kostet så mange spedalske evnen til å gå og klare seg på egen hånd. Hvis hun fikk en stein i skoen, merket hun det fort, og de smidige hendene hennes grep om håndtakene på de store pannene hun håndterte oppe i «blokken» med samme kraft som før. Det gjorde henne til en av de heldige, men hun følte ikke desto mindre en enorm lettelse over vissheten om at det endelig ble gjort noe for å bekjempe sykdommen. Selv om den ennå ikke hadde ødelagt legemet, hadde den gjort mye for å ødelegge livet hennes.

Vårvinden, Sokoros, blåste fra sør og fant veien mellom fjellene til Mirambéllougolfen, der den virvlet opp sjøen til et hvitt raseri. Imens, på land, begynte trærne som nå sto grønne av nyutsprunget løv, å hviske. Lyden var uendelig mye vakrere enn raslingen av tørre, nakne grener. Nå, i begynnelsen av mai, sto solen opp sterk og usvikelig hver dag og fylte landskapet med farger. Likheten mellom himmel og nakent fjell var som feid bort, og landskapet iførte seg et gyllent antrekk i blått, grønt, gult og purpur. Gjennom hele forsommeren var fuglesangen vilter og overdådig, og så fulgte to måneder da naturen sto stille i den trykkende hete luften, og duften av roser og hibiskus hang tung over landet. Blader og blomster hadde kjempet for å bryte frem på trær og planter i vinterdvale, og holdt seg perfekte i juni og juli før de begynte å krølle seg, svidde og tørre, i solsteken.

Dr. Kyritsis fortsatte å besøke Maria en dag i uken. De unnlot fremdeles å si noe om følelsene de hadde for hverandre, og det var et element av magi i denne avholdenheten. Den var skjør som en såpeboble som steg opp mot himmelen, så synlig og så mangefarget, men vakrest og mest holdbar når den ble overlatt til seg selv. Maria grep seg en dag i å lure på hvor mye faren og moren hennes hadde snakket om kjærlighet. Hun gjettet seg korrekt til at de sjelden hadde gjort det; i deres lykkelige ekteskap hadde det ikke vært behov for noe så selvfølgelig.

Gjennom alle disse sommermånedene fortsatte Maria, og nå mer enn halvparten av befolkningen på Spinalónga, med dapsonbehandlingen. De visste at de ikke ville bli kurert over natten – eller, som de mer sardoniske av dem uttrykte det, at de ville bli «reddet fra galgen» – men det ga dem i det minste et håp, og selv de som ventet på å komme under behandling, ble grepet av optimisme. Men det gikk ikke like bra med alle. I juli gikk Elpida Kontomaris inn i en leprareaksjon bare to uker etter at hun var kommet med i behandlingsprogrammet. Om det var en konsekvens av den nye medisinen, kunne ikke legene svare på, men de sluttet umiddelbart å gi henne sprøyter og gjorde hva de kunne for å lindre smertene. Feberen herjet fritt i henne, og i ti dager falt den ikke under 40 grader. Kroppen var nå full av åpne sår, og hver nerve kjentes øm; ingen liggestilling var komfortabel. Maria forlangte å få besøke henne, og stikk i strid med alle sykehusets regler, lot dr. Lapakis henne slippe inn på rommet der den gamle kvinnen lå og gråt og svettet.

Gjennom halvåpne øyne gjenkjente hun Maria.

«Maria,» hvisket hun hest, «det er ingenting de kan gjøre for meg.»

«Kroppen din kjemper mot sykdommen. Ikke gi opp håpet,» ba Maria. «Spesielt ikke nå. For første gang noensinne, er de sikre på å finne en kur.»

«Nei, hør på meg.» Gjennom en brennende, ukontrollerbar vegg av smerte så Elpida bedende på Maria. «Jeg har vært syk så lenge. Nå ønsker jeg å dø. Jeg vil være sammen med Petros … Vær så snill, be dem om å la meg få dø.»

Maria satt på en gammel trestol ved sengekanten og tok den gamle kvinnens slappe hånd. Var dette, undret hun seg, den samme døden hennes egen mor hadde lidd? Den samme voldsomme kampen der en sliten kropp kom under angrep uten midler å forsvare seg med? Hun hadde ikke vært der og sagt farvel til moren, men hun aktet å bli sittende hos Elpida til slutten kom.

En gang i løpet av den varme natten kom Athina Manakis for å avløse henne.

«Gå og hvil deg,» sa hun. «Du hjelper ikke deg selv ved å sitte her hele natten uten å spise eller drikke noe. Jeg kan sitte hos Elpida en stund.»

Elpidas pust var begynt å bli grunn. For første gang syntes hun å være smertefri. Maria innså at hun neppe hadde lenge igjen, og ville ikke gå glipp av dødsøyeblikket.

«Jeg blir,» sa hun bestemt. «Jeg må det.»

Marias magefølelse viste seg å stemme. En liten stund senere, i den stilleste tiden på natten – etter at alle mennesker var gått til ro og før fuglene begynte å våkne til liv – trakk Elpida et siste sukk og gikk bort. Endelig var hun befridd fra den ødelagte kroppen. Maria gråt til hun var tappet for tårer og energi. Hun sørget ikke bare over den eldre kvinnen som hadde vært så vennlig mot henne siden hun kom til øya, men for sin egen mor, som kanskje hadde opplevd like smertefulle dager som Elpida før hun døde.

Begravelsen fikk alle menneskene på øya til å samles ved den lille kirken, St. Pantaleimon. Presten ledet seremonien fra døråpningen, slik at de omtrent hundre menneskene som sto ute i det stekende solskinnet kunne dele den med dem som sto tett i tett inne i det svale kirkerommet. Da sangen og bønnene var over, ble den blomsterpyntede kisten båret i spissen for en lang prosesjon som snodde seg langsomt oppover bakken, forbi sykehuset og «blokken», og rundt til den ubebodde siden av øya, der klippene stupte rett ned mot det mørke vannet. Noen av de eldste red i tresal på eslene sine på denne lange ferden; andre tok hvert skritt møysommelig og sakte og nådde ikke frem til gravplassen før lenge etter at den døde kvinnen var lagt i jorden.

Det var den siste uken i juli, og merkedagen for St. Pantaleimon falt på den syvogtyvende i måneden. Det virket både som et godt og dårlig tidspunkt for en slik feiring. På den ene siden kunne man si at legekunstens helgen ikke hadde gjort jobben sin når et så avholdt medlem av samfunnet nettopp var gått bort. På den annen side viste mange av de som hadde fått den nye behandlingen, tegn til bedring. For noen sluttet lesjonene å spre seg; andre opplevde at blodsirkulasjonen ble bedre og at lammelsene gikk tilbake. I hvert fall for noen få var det som om et mirakel var i ferd med å skje. Feiringen av St. Pantaleimons fødselsdag måtte avholdes, selv om folk mente at de burde markere sorgen over en avdød venn.

Spesielle brød og kaker ble bakt kvelden før, og på selve dagen toget folk til kirken for å tenne lys og be en bønn. Om kvelden ble det danset og sunget *mantinades*, og den halvhjertede holdningen som hadde preget noen av de siste festene, var borte. Når vinden hadde den riktige retningen, kunne folk i Pláka høre tonene fra lyre og bouzouki som kom drivende over vannet.

«Folk trenger en fremtid,» bemerket Maria til Kyritsis da de satt ved bordet hennes uken etter. «Selv om de er usikre på hva den har å by dem.»

«Hva er de snakker om?» spurte han. Hun var øret hans ut mot det virkelige livet i leprakolonien.

«Det er ennå ingen som er begynt å snakke om å reise herfra,» sa hun. «Jeg tror samtlige av oss skjønner at det ennå er tidlig. Men stemningen er annerledes. Folk som ikke har begynt behandlingen, er også rastløse. De vet at den betyr noe.»

«Den betyr noe. Det kan se ut som om det går langsomt, men jeg lover deg at den kommer til å gjøre en forskjell.»

«Hvor langsomt vil det gå?» spurte hun. Spørsmålet om hvor lang tid alt sammen ville ta, var egentlig aldri blitt luftet.

«Selv når sykdommen har sluttet å være aktiv, vil det være nødvendig å fortsette behandlingen i et år eller to, avhengig av hvor hardt rammet pasientene har vært,» svarte han.

Sett i forhold til hvor lenge sykdommen hadde plaget menneskeheten, var et år eller to bare et øyeblikk. Men da Kyritsis så på Maria, fortonte det seg som en evighet for ham. Det gjorde det for henne også, selv om det var lite sannsynlig at noen av dem ville si det.

Som for å veie opp for Elpidas død, kom nyheten om at Annas barn var blitt født i slutten av august. Giorgis fortalte det til Maria en fredag morgen. Han hadde ennå ikke sett ungen, en jente, men Antonis hadde kommet ens ærend til Pláka dagen før for å fortelle ham det. Det hadde ikke vært en lett fødsel. Anna hadde vært syk i noen uker på slutten av svangerskapet, og selve fødselen hadde vært lang og smertefull. Selv om hun fortsatt var svak, forsikret legen henne om at hun raskt ville komme til krefter igjen, klar til å få et barn til. Det var det siste hun ønsket. Heldigvis var barnet friskt og velskapt.

Takket være fødselen, ble Alexandros Vandoulakis plutselig vennligere innstilt til Giorgis Petrakis, og han så dette som en passende anledning for en forsoning. Den gamle mannen hadde vært skjøvet ut i kulden lenge nok. Noen dager senere mottok han en innbydelse til å delta i dåpen. Den ville finne sted uken etter og ville bli fulgt av fest og moro, noe kretere flest ikke trengte rare påskuddet for å bli med på. Det at et barn var født inn i Vandoulakis-familien etter nesten ti års ventetid, var grunn for takksigelser og jubel i både familien og samfunnet rundt. Ingen likte sammenbruddet i den naturlige orden som oppsto når de menneskene som eide jorden og ga arbeid til andre, ikke kunne fortsette arverekken. Nå som Anna Vandoulakis hadde satt ett barn til verden, tvilte ingen på at det snart ville komme ett til og at det neste ville bli en gutt. Det ville garantere, en gang for alle, at det gamle mønsteret ville fortsette inn i neste generasjon.

Dåpen fant sted i Eloúnda, i den samme kirken som Andreas

og Anna hadde giftet seg ni år tidligere. Du verden, så mye som hadde forandret seg siden da, tenkte Giorgis mens han satt på den harde trebenken langt bak i kirkerommet og ventet, sammen med mange andre, på at datteren og ektemannen hennes skulle komme med barnet. Han hadde kommet så sent han kunne og satt nå nesten og gjemte seg inne i jakken sin, opptatt av ikke å komme i snakk med andre medlemmer av Vandoulakis-familien, som han ikke hadde sett på nesten to år nå. Alexandros og Eleftheria satt allerede fremst i kirken da han kom, og ved siden av seg hadde de Manoli, som snakket oppglødd med folk på benken bak ham og gestikulerte ivrig mens han fortalte en eller annen historie som fikk publikummet hans til å knekke sammen av latter. Han var like kjekk som alltid. Det mørket håret var en anelse lenger enn Giorgis husket det, og tennene lyste hvitt mot den solbrune huden. Han måtte savne Maria, tenkte Giorgis, siden han ennå ikke hadde funnet en annen jente å gifte seg med. Så reiste forsamlingen seg. Presten var kommet inn og skred nå opp mot alteret, fulgt av Andreas og Anna. Hun bar på en liten bylt av hvite blonder.

Giorgis ble umiddelbart slått av datterens utseende. Han hadde forventet å se henne stråle av sunnhet og morslykke, men i stedet var det en nesten radmager skikkelse som seilte forbi ham. Han tenkte tilbake på hvordan Eleni så ut etter å ha født jentene deres, og husket hvordan hun hadde bevart en sunn og fyldig figur som virket naturlig for en som hadde båret på et barn i alle de månedene. Anna, derimot, var slank som en ung vinranke og så like skjør ut. Det var lenge siden han hadde sett henne, men fysisk var hun ikke slik han hadde trodd hun skulle være. Andreas så ut som han alltid hadde gjort, tenkte Giorgis, nokså stiv og stram og svært oppmerksom på sin egen posisjon her i verden.

Summingen av livlig prat opphørte, og stillheten senket seg over forsamlingen, som om ingen ønsket å vekke barnet. Selv om hun var lykksalig uvitende om alt annet enn varmen i morens armer, var det et betydningsfullt øyeblikk for et barn. Inntil hun ble døpt, var Sofia, som hun skulle hete, utsatt for «det onde øye», men så snart ritualet var gjennomført, ville hennes åndelige sikkerhet være vel ivaretatt.

Idet resten av forsamlingen satte seg igjen, trådte Manoli frem. I tillegg til presten og ungen, var han en nøkkelfigur under dåpen: barnets *nonos*, gudfar. I pakt med kretiske tradisjoner, skulle et barn ha én gudfar eller gudmor, som ville bli den viktigste personen i dets liv, etter foreldrene. Mens menigheten lyttet til prestens messende stemme og så vannet vaske bort barnets ikkeeksisterende synder, ble det åndelige båndet mellom Manoli og Sofia dannet. Han fikk holde jenta og kysset henne på hodet. Idet han gjorde det, ble han omsluttet av den ubeskrivelig gode duften av det nyfødte barnet. Ingenting virket mer naturlig enn å beskytte og elske denne lille, nesten vektløse skapningen.

Under siste del av ritualet, ble et kritthvitt bånd hengt rundt Manolis skuldrer av presten og deretter knyttet for å skape en symbolsk sirkel rundt mannen og barnet. Manoli kikket ned på pikens søte ansikt og smilte. Hun var våken nå, og de mørke, uskyldige øynene stirret ufokusert opp mot hans. I ansiktet hans ville hun ha sett et uttrykk av ren tilbedelse om hun hadde sett klart, og ingen tvilte et øyeblikk på at han for all fremtid kom til å elske denne guddatteren, hans dyrebare *filiotsa*.

Kapittel 21

Etter at seremonien var over, ble Giorgis sittende mens forsamlingen passerte gjennom kirkens store, doble dører og gikk ut i solskinnet. Han ville se barnebarnet sitt på nært hold og ønsket også å snakke med datteren. Inntil nå hadde ikke Anna engang oppdaget at han var til stede, men idet hun snudde seg for å gå ut av kirken, fikk hun øye på ham og vinket begeistret over strømmen av mennesker som toget forbi ham og gjenopptok samtalene de hadde vært midt inne i da seremonien begynte. Det virket som om det gikk år og dag før hun nådde frem til ham.

«Far,» sa hun blidt, «så hyggelig at du kunne komme.»

Hun snakket til ham som om han skulle være en gammel venn eller en fjern slektning som hun hadde mistet kontakten med for lenge siden, men som hun kunne tenke seg å gjenopprette et vennskapelig forhold til.

«Hvis du synes det er så hyggelig at jeg kom, hvorfor har du da ikke besøkt meg på over et år? Jeg har ikke vært noen steder,» sa han, før han tilføyde megetsigende: «Unntatt på Spinalónga.»

«Jeg beklager, far, men jeg var ikke frisk på begynnelsen og slutten av svangerskapet, og disse sommermånedene har vært så varme og slitsomme.»

Det var ingen vits i å kritisere Anna. Det hadde det aldri vært. Hun hadde alltid klart å snu kritikken rundt og få den anklagende part til å føle seg skyldig; at han ikke fikk et oppriktig svar, var mer eller mindre som ventet.

«Får jeg se barnebarnet mitt?»

Manoli var blitt stående foran i kirken, der folk hadde samlet seg rundt ham for å beundre guddatteren. Det hvite båndet var fremdeles knyttet rundt dem begge, og han hadde øyensynlig ingen planer om å gi slipp på henne. Med tydelig kjærlighet holdt han henne tett inntil seg, men det var også en viss eiermine å spore i ham. Omsider kom han gående mot mannen som hadde vært så nær ved å bli svigerfaren hans. De hilste på hverandre, og Giorgis studerte det lille han kunne se av barnebarnet sitt, som var pakket godt inn i lag på lag med blonder og nok en gang var falt i dyp søvn.

«Hun er nydelig, ikke sant?» spurte Manoli smilende.

«Etter det jeg kan se av henne, er hun det,» svarte Giorgis.

«Akkurat som moren,» fortsatte Manoli og kikket bort på Anna med latter i øynene.

Han hadde egentlig ikke ofret Maria en tanke på mange måneder, men nå følte han seg forpliktet til å spørre etter henne.

«Hvordan går det med Maria?» spurte han og la så mye bekymring og interesse i stemmen at enhver som overhørte spørsmålet, ville bli lurt til å tro at han fremdeles brydde seg om henne. Det var dette spørsmålet Anna skulle ha stilt, og nå sto hun taus og ventet på farens svar mens hun lurte på om Manoli fremdeles led av kjærlighetssorg over søsteren. Giorgis var mer enn villig til å snakke om yngstedatteren.

«Hun har det bra, og symptomene hennes har så og si ikke forverret seg på den tiden hun har vært der,» sa han. «Hun bruker mesteparten av tiden på å hjelpe andre spedalske som ikke kan klare seg selv. Hvis de trenger hjelp til å handle eller lage mat, gjør hun det for dem, og i tillegg lager hun urtemedisiner til dem som trenger det.»

Det han ikke sa noe om, var at de fleste av øyboerne nå gjennomgikk et nytt behandlingsprogram. Det hadde ingen hensikt å gjøre for mye ut av det, for selv ikke han visste hva det egentlig innebar. Han skjønte at sprøytene de fikk kunne dempe symptomene, men mer enn det visste han ikke. Han trodde absolutt ikke på en kur mot spedalskhet. Det ville være for fantastisk at verdens eldste sykdom skulle bli utryddet, og han aktet ikke å la seg besnære av en slik drøm.

Akkurat da han hadde snakket ferdig, kom Andreas bort til dem.

«Kalispera, Giorgis. Hvordan står det til?» spurte han nokså formelt. De korrekte høflighetsfrasene ble utvekslet, og så var det på tide å forlate kirken. Alexandros og Eleftheria Vandoulakis holdt seg i bakgrunnen. Eleftheria var fortsatt ille berørt av kløften som hadde oppstått mellom dem og Giorgis Petrakis, og personlig syntes hun synd på den gamle mannen. Hun hadde imidlertid ikke mot til å si det. Det ville være å trosse ektemannen, som fortsatt, og like intenst som før, betraktet det som en skam å ha en så nær tilknytning til leprakolonien.

Familien var de siste til å komme ut fra kirken. Den skjeggete presten, som var et praktfullt syn i sine forgylte, røde gevanter og sin høye, svarte hatt, sto leende i solskinnet sammen med en gruppe menn. Rundt dem sto kvinner i lyse, blomstrede kjoler og pratet sammen, mens barna fløy hylende inn og ut mellom de voksne og lekte sisten. I kveld skulle det være fest, og forventningen fylte luften rundt dem.

Veggen av dirrende hete som møtte Giorgis da han kom ut fra den kjølige marmoren inne i Ájos Grigorios-kirken, gjorde ham svimmel. Han blunket i det skarpe solskinnet, og svetten rant nedover kinnene som tårer. Kragen på ulljakken klødde ham plagsomt i nakken. Skulle han bli her og delta i feiringen utover kvelden? Eller skulle han dra tilbake til sin egen landsby, der hver svingete gate og hver slitte ytterdør fikk ham til å føle seg vel? Idet han prøvde å snike seg ubemerket vekk, dukket Anna opp ved siden av ham.

«Far, du må komme og ta et glass med oss. Jeg insisterer på det,» sa hun. «Det fører ulykke over barnet hvis du ikke gjør det.»

Giorgis trodde like mye på skjebnens makt og behovet for å beskytte seg mot onde ånder som han trodde på Gud og alle hans helgener, og siden han ikke ville bringe ulykke over dette uskyldige barnet, kunne han ikke avslå datterens invitasjon.

Selskapet var allerede i full gang da han parkerte lastebilen under et sitrontre i veikanten ved den lange oppkjørselen til familien Vandoulakis' hjem. På terrassen på forsiden av huset satt et orkester og spilte. Tonene fra lutt, lyre, mandolin og kretisk sekkepipe tvinnet seg ut og inn i hverandre, og selv om dansen ennå ikke var kommet i gang, hersket det en forventningsfull stemning. Et langt bukkebord var fylt med glass i lange rader, og folk forsynte seg fra vintønnene og fylte tallerkenene sine med *meze*, små terninger av fetaost, store oliven og hjemmelagde *dolmades*. Giorgis sto en stund for seg selv før han forsynte seg med litt mat. Han kjente et par av gjestene og småpratet høflig med dem i noen minutter.

Da dansen begynte, var det fritt frem for alle som ville delta, og resten ble stående og se på. Med et glass i hånden studerte den gamle mannen Manolis dans. Hans spenstige skikkelse og energiske trinn gjorde ham til gjenstand for alles oppmerksomhet, i likhet med det brede smilet og oppmuntringene og instruksjonene han ropte ut til de andre dansende. I den første dansen virvlet han partneren rundt og rundt til tilskuerne ble svimle av å se på henne. De jevne dunkene fra trommen og den lidenskapelige rytmen i lyren hadde en hypnotiserende makt, men det som trollbandt publikum, var synet av en mann som var fullstendig henført av den suggererende musikken. Foran seg så de en mann som hadde den sjeldne evnen å kunne leve utelukkende i øyeblikket, og løssluppenheten viste at han ikke brydde seg en døyt om hva folk mente.

Giorgis oppdaget plutselig at datteren sto ved siden av ham. Han kjente varmen fra kroppen hennes selv før han så at hun var der, men så lenge musikken spilte, hadde det ingen hensikt å snakke. Det var altfor mye lyd. Anna foldet armene over brystet, før hun i neste øyeblikk lot dem falle, og Giorgis merket hvor oppspilt hun var. Hvor desperat hun syntes å ønske seg inn blant de dansende, og da musikken stoppet, og nye mennesker gikk inn i kretsen og andre trakk seg ut, smatt hun kjapt inn og fant plassen sin. Ved siden av Manoli.

Orkesteret stemte i med en ny melodi. Denne var roligere, mer formell, og danserne holdt hodet høyt og vugget fremover og bakover og til høyre og venstre. Giorgis kikket på dem en stund. Da han fikk øye på Anna inne i skogen av armer og spinnende kropper, kunne han se at hun var blitt rolig igjen. Hun smilte og kom med kommentarer til partneren sin.

Mens datteren var opptatt med å danse, benyttet Giorgis sjansen til å stikke seg unna. Lenge etter at den lille lastebilen hans hadde humpet seg nedover den smale landeveien og ut på hovedveien, kunne han høre lyden av musikken. Hjemme i Pláka gikk han inn på baren, der han som vanlig fant de gode gamle vennene, og et stille sted å sitte og tenke på dagens hendelser.

Det var ikke Giorgis som fortalte Maria om feiringen av dåpen dagen etter, men Fotini, som hadde fått en detaljert beskrivelse av broren, Antonis.

«Etter det jeg hørte, la han knapt barnet fra seg et øyeblikk,» sa Fotini, bestyrtet over mannens freidighet.

«Tror du det irriterte Andreas?»

«Nei, hvorfor skulle det irritere ham?» spurte Fotini. «Han har åpenbart ikke mistanke om noe som helst. For øvrig ga det ham anledning til å skravle med alle naboer og andre gjester. Du vet hvor oppslukt han er av alt som har med godset å gjøre – det er ingenting han liker bedre enn å snakke om størrelsen på avlingene og mengden av olivenolje de har produsert.»

«Men tror du ikke at Anna hadde lyst til å holde henne?»

«Jeg tror ærlig talt ikke at hun er så moderlig av seg. Da Mattheos ble født, var det nesten uutholdelig ikke å ha ham i armene. Men alle er forskjellige, og det ser egentlig ikke ut til å bekymre henne.»

«Og jeg antar at Manoli hadde den perfekte unnskyldning for å legge beslag på henne. Alle forventer det av gudfaren,» sa Maria. «Hvis Sofia *er* barnet hans, vil det ha vært den eneste dagen i livet da han kunne vie henne så mye oppmerksomhet uten at noen så noe rart i det.»

Begge kvinnene ble sittende tause en stund. De nippet til kaffen, og så tok Maria ordet igjen.

«Tror du at Sofia *er* Manolis barn?»

«Jeg har absolutt ingen anelse,» svarte Fotini. «Men han føler seg i alle fall sterkt knyttet til henne.»

Andreas hadde vært henrykt over fødselen, men ble engstelig for konen sin de neste månedene. Hun virket syk og trett, men kviknet tilsynelatende til når Manoli kom på besøk. I dåpen hadde ikke Andreas lagt merke til den neste elektriske stemningen mellom konen og fetteren, men i månedene som fulgte, begynte han å lure på hvorfor Manoli tilbragte så mye av sin tid hjemme hos dem. Hans posisjon som et medlem av familien og nå *nonos* for Sofia var én ting, hans hyppige besøk i huset noe helt annet. Andreas begynte å legge merke til hvordan Annas humør kunne forandre seg i samme øyeblikk som Manoli gikk, fra frivolt til furtent, fra blidt til bryskt, og han så også at de varmeste smilene hennes var forbeholdt fetteren hans. Han prøvde å skyve tankene fra seg så godt han kunne, men det var også andre ting som virket mistenkelige. En kveld da han kom hjem, så han at sengen ikke var oppredd. Dette gjentok seg flere ganger, og ved et par andre anledninger la han merke til at lakenene bare var blitt glattet litt på, ikke strukket ordentlig.

«Hva er det som feiler tjenestepiken?» spurte han. «Hvis hun forsømmer pliktene sine, bør hun få sparken.»

Anna lovet å snakke med henne, og en stund fremover var det ingenting å klage på.

Livet på Spinalónga fortsatte akkurat som før. Dr. Lapakis kom og gikk hver dag, og dr. Kyritsis fikk tillatelse av sykehuset i Iráklio til å øke visittene til øya fra én til tre ganger i uken. En spesiell høstkveld da han ble skysset fra Spinalónga til Pláka, opplevde han noe merkelig. Skumringen var allerede over dem; solen hadde gått ned bak fjellene og lagt kystlinjen i nesten stummende mørke. Men da han snudde seg, så han at Spinalónga fortsatt lå badet i det gylne lyset fra solens aller siste stråler. For Kyritsis var det akkurat slik det burde være.

Det var Pláka som hadde mange av de særtrekkene man ventet å finne på en øy – trangsynt, selvforsynt og avsondret fra resten av verden – mens Spinalónga summet av liv og energi. Øyas avis, *Spinalóngas Stjerne*, som fortsatt ble redigert av Yiannis Solomonidis, trykket korte referater om verdensbegivenheter sammen med lengre artikler og leserbrev. Det var også anmeldelser av filmene som skulle vises de nærmeste månedene og utdrag fra forfatterskapet til Nikos Kazantzakis. I uke etter uke gikk hans visjonære bok, *Frihet og død*, som føljetong i avisen, og koloniens innbyggere slukte hvert ord og ventet spent på det neste kapittelet, som de så diskuterte i baren. Da den kretiske forfatteren ble tildelt en internasjonal fredspris i juni samme år, trykket de endatil takketalen hans. «Hvis vi ikke vil at verden skal synke ned i kaos, må vi slippe løs kjærligheten som er fanget i alle menneskers hjerte,» hadde Kazantzakis sagt. Ordene fant gjenklang blant leserne på Spinalónga, som utmerket godt visste hvilke prøvelser og lidelser de var blitt beskyttet mot ved å ha vært isolert på øya så lenge. Mange av dem nøt sjansen til å utvide sitt intellekt og kunne sitte i timevis og tygge drøv over de siste uttalelsene fra denne litterære og politiske Goliat, samt fra andre samtidsforfattere. Flere av atenerne fikk bøker tilsendt hver måned og utvidet dermed det allerede rikholdige biblioteket som fantes på øya, og som stilte bøkene gratis til disposisjon for alle som ville lese dem. Kanskje fordi de drømte om en dag å reise tilbake, speidet de konstant mot horisonten, mot steder langt borte fra deres egne hjem.

Baren og tavernaen var overfylt med gjester om kveldene og hadde nå til og med fått konkurranse fra enda en liten taverna. Parsellhagene på baksiden av øya så alle ut til å gi gode avlinger, og det var mye å kjøpe og selge på markedet som ble holdt to ganger i uken. Øya hadde aldri vært i så god forfatning; ikke engang da tyrkerne bygget sine hjem her, hadde forholdene vært så komfortable.

Iblant tillot Maria seg å komme med frustrerte utbrudd når hun snakket med Fotini.

«Det er nesten verre nå som jeg vet at det er en sjanse for at vi kan bli friske,» sa hun og klemte hendene sammen. «Kan vi drømme, eller skal vi bare være fornøyd med det vi har?»

«Det er aldri dumt å være fornøyd med det man har,» sa Fotini.

Maria visste at venninnen hadde rett. Hun hadde ingenting å miste hvis hun syntes situasjonen var god nok som den var. Men en ting hun stadig tenkte på, var konsekvensene det ville få for henne hvis hun ble erklært frisk.

«Hva vil skje da?» spurte hun.

«Da kommer du tilbake til oss i Pláka, ikke sant? Og fortsetter som før.»

Fotini skjønte øyensynlig ikke poenget. Maria stirret ned på hendene sine og kikket så bort på venninnen, som heklet på en babyjakke mens de pratet. Hun var gravid igjen.

«Men hvis jeg flytter fra Spinalónga, vil jeg aldri få treffe dr. Kyritsis igjen,» sa hun.

«Naturligvis ville du det. Hvis du blir frisk, er han ikke lenger legen din, og da stiller alt seg helt annerledes.»

«Jeg vet at du har rett, men det skremmer meg,» sa Maria. Hun pekte på avisen som lå på bordet, oppslått på føljetongen av Kazantzakis' bok. «Ser du det?» spurte hun. «*Frihet og død.* Det oppsummerer situasjonen min perfekt. Jeg vil kanskje få friheten min tilbake, men når jeg gjør det, blir det ikke bedre enn døden hvis jeg ikke kan få treffe dr. Kyritsis mer.»

«Har han fremdeles ikke sagt noe til deg?»

«Nei, ingenting,» tilsto Maria.

«Men han kommer og besøker deg hver eneste uke. Sier ikke det deg nok?»

«Egentlig ikke,» sa Maria kontant. «Men jeg skjønner jo hvorfor han ikke kan si noe. Det ville ikke passe seg.»

Maria røpet ingenting av denne uroen når hun var sammen med Kyritsis. I stedet rådførte hun seg med ham om pasientene hun hjalp oppe i «blokken». Dette var mennesker som trengte umiddelbar lindring av smertene de daglig led under. Noen av problemene deres var uopprettelige, mens andre kunne reduseres kraftig med riktig fysioterapi. Maria ville være sikker på at hun ga dem de rette rådene om hvordan de skulle trene opp kroppen sin, siden noen av dem sjelden snakket med en lege. Med mer pågangsmot enn noen gang kastet hun seg inn i arbeidet. Hun ville ikke dvele ved det hun betraktet som en vag mulighet for at hun kunne få forlate Spinalónga. Tilbakeføringen ville utløse så mange blandede følelser, ikke bare for henne, men for de fleste. Spinalónga var et sikkerhetsnett for dem, og tanken på å forlate stedet var bittersøt. Selv når de ikke lenger var smittebærende, ville mange av dem bære arrene etter sykdommen, de skjemmende flekkene på huden, de forvridde hendene, de deformerte føttene. Rehabiliteringen av disse tilfellene ville bli et livslangt arbeid.

Uten at hun visste det, tok legene omfattende prøver av pasientene som hadde vært de første til å motta behandlingen, vel et år tidligere. Fem av dem lot til å være helt kvitt basillen. En av disse var Dimitri Limonias, en annen var Theodoros Makridakis. I alle de årene siden Papadimitriou hadde slått ham i valget av ny leder, hadde Makridakis fortsatt å stå i opposisjon til atenerne, som uten å anstrenge seg hadde gjort seg selv til øyas ledende klasse. Fremdeles stilte han til valg, korpulent og hvithåret, men hvert år økte oppslutningen om Papadimitriou, og antallet stemmer for Makridakis minket. Det tok han ikke så tungt. Hvorfor skulle han det? Levekårene for alle hadde bedret seg eksepsjonelt siden han kom til øya for mange, mange år siden, og han visste like godt som alle andre at han i hovedsak hadde sine venner fra Athen å takke for det. Holdningen hans til dem var blitt mildere med årene, og han fortsatte bare å opponere mot dem for å kunne holde de livlige debattene gående i baren.

På slutten av en lang og slitsom dag satte Kyritsis og Lapakis seg ned for å kikke på noen testresultater. Det var spesielle ting å lese ut av dem.

«Du vet vel at vi snart vil ha gode argumenter for å la disse pasientene dra, ikke sant?» spurte Kyritsis med et sjeldent smil.

«Det gjør jeg,» svarte Lapakis. «Men først må vi ha myndighetenes tillatelse, og de kan være skeptiske til å gi den så snart.»

«Jeg vil anbefale at de sendes tilbake på den betingelse at de fortsetter å la seg behandle i noen måneder etter at de er kommet hjem, og gjennomgår grundige legesjekker i enda et års tid.»

«Enig. Så snart vi har fått myndighetenes godkjennelse, varsler vi pasientene, men ikke før.»

Flere uker gikk før det kom brev tilbake. Det krevde at pasientene måtte teste negativt i et helt år før de kunne sendes bort fra øya. Kyritsis var skuffet over utsettelsen, men ikke desto mindre syntes målet han hadde arbeidet mot å ha rykket mye nærmere. I løpet av de neste månedene var testresultatene like gode, og det så ut til at de første helbredete kunne sendes hjem ved juletider.

«Skal vi si det til dem allerede nå?» spurte Lapakis en formiddag. «Noen av dem gjør knapt annet enn å spørre, og det er ikke alltid like lett å skrøne for dem.»

«Ja, det kan være på tide. Jeg tror ikke at det lenger er noen fare for tilbakefall for disse tilfellene.»

De første pasientene hilste nyheten om at de var erklært friske med gledestårer. Selv om de lovet å holde nyheten for seg selv i noen dager, trodde hverken Lapakis eller Kyritsis et øyeblikk på at de ville klare det.

Klokken fire kom Dimitri til sykehuset og satte seg og ventet på tur. Pasienten før ham, kvinnen som arbeidet i bakeriet, kom gråtende ut fra legekontoret og tørket tårene bort fra de arrete kinnene med et stort, hvitt lommetørkle. Hun måtte ha fått dårlige nyheter, tenkte Dimitri. To minutter over fire stakk Kyritsis hodet ut og ropte ham inn.

«Sitt ned, Dimitri,» sa legen. «Vi har noe å fortelle deg.»

Lapakis bøyde seg frem og strålte over hele ansiktet.

«Vi har fått tillatelse til å la deg reise fra kolonien.»

Dimitri visste hva han burde føle, men det var som om nummenheten han tidligere hadde hatt i hendene, var kommet tilbake og denne gang tatt tungen hans. Han husket lite av livet sitt før Spinalónga. Kolonien var hjemmet hans og beboerne der familien hans. Hans biologiske familie hadde sluttet å kommunisere med ham for lenge siden, og han ante ikke hvordan han skulle finne dem nå. Ansiktet hans var blitt kraftig misdannet på den ene siden, noe som ikke var et problem her, men som ville vekke oppsikt i verden utenfor. Hva skulle han gjøre hvis han reiste, og hvem skulle da undervise på skolen.

Hundre spørsmål svirret rundt i hodet på ham, og det gikk noen sekunder før han klarte å si noe.

«Jeg vil heller bli så lenge jeg har en funksjon her,» sa han til Kyritsis, «enn å forlate alt dette for å begi meg ut i det ukjente.»

Han var ikke alene om denne usikkerheten. Andre var også engstelige for at den synlige arven etter sykdommen alltid ville stigmatisere dem, og de trengte forsikringer om at de ville klare å tilpasse seg det normale livet igjen. Det føltes som å være en forsøkskanin enda en gang.

Til tross for dette mindretallets skepsis, var det en skjellsettende begivenhet i øyas historie. I over femti år hadde spedalske kommet og aldri dratt, og det ble holdt takkegudstjenester i kirken og fester i baren. Theodoros Makridakis og Panos Sklavounis, ateneren som hadde fått i stand den populære kinoen, var de første som dro. En liten gruppe samlet seg ved inngangen til tunnelen for å ta farvel med dem, og begge mennene kjempet forgjeves mot tårene, tynget av all verdens blandede følelser, mens de trykket hendene til mennene og kvinnene som hadde vært deres venner og bekjente i så mange år. Ingen av dem visste hvilket liv de hadde å se frem til på den andre siden av sundet, men de gikk om bord i Giorgis' ventende båt for å dra fra det kjente og ut i det ukjente. De skulle reise sammen til Iráklio, der Makridakis ville forsøke å ta opp igjen tråden fra sitt tidligere liv, mens Sklavounis fortsatte med båt til Athen, vel vitende om at han aldri kunne gjenoppta sitt gamle yrke som skuespiller. Ikke slik som han så ut nå. Begge ville ta godt vare på de medisinske papirene som erklærte dem «Ren», for mange ganger i de kommende ukene ville de bli nødt til å dokumentere at de ikke lenger led av sykdommen.

Noen måneder senere kom Giorgis med brev til Spinalónga fra de to mennene. Begge fortalte om hvor vanskelig det var å få innpass i samfunnet, og at de ble behandlet som utstøtte av alle som fikk vite at de en gang hadde bodd i leprakolonien. Dette var ikke oppmuntrende nytt, og Papadimitriou, som brevene var adressert til, fortalte det ikke til noen. Andre fra den første behandlingsgruppen hadde også reist nå. Samtlige var kretere og var blitt tatt vel imot av familiene sine og var kommet i arbeid.

Friskmeldingene fortsatte året etter. Legene førte nøye statistikk over når de forskjellige pasientene hadde fått den første behandlingen og hvor mange måneder det gikk før testene ble negative.

«Før året er omme, står vi uten jobb,» sa den alltid like sardoniske Lapakis.

«Jeg hadde aldri trodd at arbeidsledighet skulle bli målet mitt her i livet,» bemerket Athina Manakis, «men det er det nå.»

På vårparten ble det klart at når sommeren kom, ville det være mange på øya som ble erklært friske. Unntaket var de pasientene som hadde reagert så voldsomt på behandlingene at legene hadde måttet innstille den, og de få enkelttilfellene som den ikke hadde hatt noen virkning på i det hele tatt. I juli måtte legene diskutere med Nikos Papadimitriou hvordan avviklingen skulle foregå.

Giorgis, som hadde skysset den første gruppen av kurerte menn og kvinner bort fra Spinalónga, talte nå dagene til Maria kunne komme om bord i båten hans igjen. Det ufattelige var nå blitt en realitet, og likevel fryktet han at noe skulle gå galt, at det skulle oppstå problemer han ikke kunne forutse.

Han holdt både gleden og uroen sin for seg selv og måtte mange ganger bite seg i tungen mens han hørte på det vanlige, taktløse snakket i baren.

«Vel, jeg for min del kommer ikke til å heise flagget for å ønske dem velkommen tilbake,» sa en fisker.

«Å, gi deg nå,» sa en annen. «Vis dem nå litt medfølelse.»

De som mer åpenlyst hadde gitt uttrykk for sin vrede mot leprakolonien, husket med en viss skam den kvelden da planene om å angripe øya nesten hadde kommet ut av kontroll.

En ettermiddag satt øyas leder sammen med de tre legene inne på Lapakis' kontor og diskuterte hvordan begivenheten skulle markeres.

«Jeg vil at verden skal vite at vi drar fordi vi er helbredet,» sa

Papadimitriou. «Hvis folk drar i grupper på to og tre og forsvinner i nattens mulm og mørke, sender det ut feil signaler til alle på fastlandet. Hvorfor sniker de seg vekk? vil de spørre. Jeg vil at alle skal få vite sannheten.»

«Men hvordan foreslår du at vi gjør det?» spurte Kyritsis stille.

«Jeg synes at vi alle skal dra samtidig. Jeg vil at det skal feires. Jeg vil ha en takkefest på fastlandet. Jeg synes ikke det er for mye å be om.»

«Men vi har også dem som ikke er blitt friske å tenke på,» sa Manakis. «De har ingenting å feire.»

«De pasientene som må ha langvarig behandling,» sa Kyritsis diplomatisk, «kommer også til å forlate øya, håper vi.»

«Hvordan da?» spurte Papadimitriou.

«Jeg venter akkurat nå på tillatelse til å overføre dem til et sykehus i Athen,» svarte han. «De vil få bedre pleie der, og for øvrig kommer myndighetene til å stoppe bevilgningene til Spinalónga når det bare blir et fåtall pasienter igjen her.»

«I så fall,» sa Lapakis, «foreslår jeg at vi lar de syke reise fra øya før de friske. Jeg tror det vil bli lettere for dem på den måten.»

Alle sa seg enig. Papadimitriou ville få sin offentlige markering av den nyvunne friheten, og de som ennå ikke var helbredet, ville på en taktfull måte bli overført til Santa Barbara-sykehuset i Athen. Alt som gjensto, var å ordne det praktiske. Det ville ta noen uker, men en dato ble snart fastsatt. Det skulle skje den 25. august, merkedagen for Ájos Titos, Kretas skytshelgen. Den eneste blant dem som følte et visst vemod over at Spinalóngas dager som leprakoloni gikk mot slutten, var Kyritsis. Han kom kanskje aldri til å få se Maria igjen.

Kapittel 22

1957

SOM OM DET SKULLE vært et hvilket som helst år, forberedte innbyggerne i Pláka seg på feiringen av helligdagen. Dette året ville imidlertid bli annerledes. Dagen skulle feires sammen med Spinalóngas beboere, de nære naboene som i så mange år bare hadde eksistert i fantasien deres. For noen ville det innebære å si velkommen hjem til nesten glemte venner; for andre ville det bety en konfrontasjon med inngrodde fordommer og et forsøk på å undertrykke dem. De skulle sitte ved samme bord og spise samme mat som sine hittil usynlige naboer.

Giorgis var et av svært få mennesker som hadde visst hvordan forholdene var i kolonien. Mange andre på fastlandet hadde i årevis hatt økonomiske fordeler av å ha en slik institusjon tvers over sundet, ved å forsyne dem med forbruksvarer, og for dem betydde nedleggelsen av kolonien at de ville miste en stor inntektskilde. Andre innrømmet for seg selv at de følte en viss lettelse ved tanken på Spinalóngas endelikt. Det store antallet syke menn og kvinner så nær deres egne hjem hadde alltid bekymret dem, og til tross for kunnskapen om at sykdommen var mindre smittsom enn mange andre, var de fortsatt like redd for den som de var for byllepest. Disse menneskene nektet å akseptere at spedalskhet nå kunne helbredes.

Det var noen som ventet spent på at gjestene skulle komme og delta i denne historiske feiringen. Fotinis mor, Savina Angelópoulos, hadde fortsatt mange gode minner om venninnen Eleni, som hun hadde sørget over i mange år, og å se Maria igjen, ville være en lykke av de sjeldne. Det ville bety bare én tragedie, ikke to. Bortsett fra Giorgis, var ingen gladere enn Fotini. Hun skulle gjenforenes med bestevenninnen. Det var endelig slutt på at de bare kunne treffes i Marias halvmørke hus på Spinalónga. Nå kunne de sitte på den lyse restaurantterrassen og prate om dagens hendelser mens solen gikk ned og månen kom opp.

I den dampende heten på tavernaens kjøkken denne ettermiddagen i august tilberedte Stephanos store porsjoner av geitekjøtt, sverdfisk og ris pilaff. Og stedets *zakaroplastion,* konditor, bakte brett på brett med honningsøt *baklava* og *katefi.* Dette skulle bli festen over alle fester hva overdådige matretter angikk.

Vangelis Lidaki frydet seg over dette arrangementet. Han elsket den emosjonelle atmosfæren som ble skapt av slike spesielle dager, og han visste også hva det måtte bety for Giorgis, en av hans mest trofaste – om enn minst snakkesalige – gjester. Det slo ham også at noen av beboerne på Spinalónga kunne bli nye borgere av Pláka, og flere folk betydde flere kunder i baren. Lidaki målte suksess etter hvor mange tomme øl- og rakiflasker som klirret i de gamle kassene hans etter stengetid hver dag, og han håpet at antallet ville øke merkbart.

Blant de spedalske var følelsene like blandet som de var blant dem som skulle ta imot dem. Noen av medlemmene av kolonien ville ikke engang innrømme for seg selv at avreisen fylte dem med like mye frykt som ankomsten hadde gjort. Øya hadde gitt dem en trygghet de ikke hadde kunnet drømme om andre steder, og mange gruet seg til å miste den. Noen av øyboerne var livredde for at de aldri ville bli i stand til å føre et normalt liv, selv om de ikke hadde et merke, ikke en skjemmende plett, som viste at de hadde vært spedalske. Dimitri var ikke den eneste av de yngre innbyggerne på øya som ikke kunne huske andre steder enn Spinalónga. Det hadde vært deres verden, mens alt utenfor hadde vært like lite virkelig som bilder i en bok. Selv landsbyen de så på den andre siden av sundet hver dag, fortonte seg som noe i nærheten av en luftspeiling.

Maria hadde ingen problemer med å huske livet på fastlandet, selv om hun hadde følelsen av at fortiden hun skuet tilbake mot, var en annens, ikke hennes. Hvordan skulle det gå med en kvinne som hadde tilbragt tyveårene som spedalsk, og som ville bli betraktet som en gammel peppermø på fastlandet? Det eneste hun kunne se når hun speidet over den opprørte sjøen, var uvissheten ved alt sammen.

Noen av beboerne på Spinalónga hadde brukt måneden før avreise på å pakke sirlig ned alle eiendeler de skulle ha med seg. Det var flere som hadde mottatt varme svar fra familiene sine etter at de hadde skrevet og fortalt dem de gode nyhetene om at de skulle sendes hjem, og som ventet seg en hjertelig velkomst. De visste at de ville ha et sted å pakke ut klær og porselen og kjøkkenutstyr og dyrebare tepper. Andre ignorerte det som snart skulle skje og fortsatte i sine daglige rutiner til siste øyeblikk, som om ingenting ville forandre seg. Det var varmere enn noen gang i august, med en kraftig *Meltemi*-vind som blåste rosene flate og fikk kjoler til å flagre på tørkesnorene som gigantiske måker. Om ettermiddagen stilnet alt unntatt vinden av. Den fortsatte å smelle med dører og klirre med vindusruter mens folk sov bak lukkede skodder for å unnslippe solens stikkende hete.

Avreisedagen kom, og enten folk hadde forberedt seg eller ikke, var det på tide å dra. Denne gang var det ikke bare Giorgis som seilte ut til øya, men også seks andre fiskere som omsider var blitt overbevist om at de ikke hadde noe å frykte, og hadde sagt seg villige til å frakte folk og alt deres jordiske gods vekk fra Spinalónga. Klokken ett om ettermiddagen den 25. august kunne man se en liten flotilje legge ut fra Pláka.

En siste gudstjeneste var blitt holdt i den lille kirken, St. Pantaleimon, dagen før, men folk hadde vært innom kirken for å tenne lys og be i mange dager før det. De kom for å fremføre sin takk, og mens de trakk pusten dypt for å roe nervene, inhalerte de den berusende, søte duften av lysene som blafret rundt dem, og ba til Gud om at Han måtte gi dem mot til å møte alt det verden på den andre siden av det smale sundet hadde å by dem.

De eldre og de som fortsatt var syke, ble hjulpet om bord først. Eslene arbeidet hardt den dagen mens de trasket frem og tilbake gjennom tunnelen, nedtynget av folks eiendeler eller trekkende på kjerrer fulle av kasser. Et stort fjell av gods bygget seg opp på kaien som et håndgripelig bevis på at en langvarig drøm endelig var blitt til virkelighet. Det var først nå enkelte av dem for alvor innså at deres gamle liv var over, og et nytt i ferd med å begynne. Der de gikk gjennom tunnelen, innbilte de seg nesten at de kunne høre ekkoene av sine egne hjerteslag dunke mot murene.

Kyritsis var ansvarshavende på kaien i Pláka og sørget for at de som fortsatt var syke og skulle sendes til Athen for videre behandling, ble tatt godt vare på.

Blant de aller siste som var igjen på øya, var Lapakis og Maria. Legen hadde måttet gjøre seg ferdig med de siste restene av papirarbeid og hadde alle de nødvendige arkivmappene i en kartong. Disse journalene var pasientenes helseattester og ville være i hans forvaring til alle var skysset over sundet. Først da ville han dele dem ut. De var øyboernes pass til friheten.

Idet hun kom ut gjennom det korte smuget fra huset sitt for siste gang, kikket Maria opp bakken mot sykehuset. Hun kunne se Lapakis komme nedover gaten, baksende med de uhåndterlige kartongene, og gikk for å hjelpe ham. Overalt rundt henne var det tegn til hastig oppbrudd. Inntil denne siste timen, var det enkelte som hadde nektet å tro at de virkelig skulle dra. Noen hadde unnlatt å lukke et vindu, og nå sto det og slo i vinden; flere skodder hadde løsnet fra haspene, og nå flagret gardinene rundt dem som seil. Kopper og skåler sto forlatt på bordene i baren, og på skolen lå en bok åpen på en pult. Algebraiske formler sto fortsatt skrevet med kritt på tavlen. I en av butikkene sto en rad hermetikkbokser igjen på hyllen, som om eieren hadde forestilt seg at han skulle åpne igjen en dag. Geranier som var plantet i gamle olivenoljefat var allerede begynt å visne. De kom ikke til å bli vannet den kvelden.

«Ikke bry deg om meg, Maria,» sa legen, rød i ansiktet. «Du har mer enn nok å tenke på.»

«Nei, la meg hjelpe deg. Det er ingen grunn til at du skal slite deg ut på grunn av oss mer,» sa hun og overtok en av de mindre kartongene. «Vi er alle friske nå, stemmer ikke det?»

«Det er så sant som det er sagt,» svarte han. «Og noen av dere kan gå videre og legge hele denne opplevelsen bak dere.»

Allerede idet han sa det, innså han hvor vanskelig det sannsynligvis ville bli, og han ble flau over sin egen tankeløshet. Han famlet etter ord han håpet ville virke mer oppmuntrende.

«En ny begynnelse, det var det jeg mente ... dere vil kunne få en ny begynnelse.»

Lapakis kunne ikke vite det, men en ny begynnelse var faktisk det stikk motsatte av det Maria ønsket seg. Det betydde at alt ved hennes liv på øya ville bli feid vekk. Hvordan skulle han kunne vite at det mest dyrebare av alt, var noe hun aldri ville ha funnet om hun ikke var blitt sendt i eksil på denne øya, og at i stedet for å legge alt ved livet på Spinalónga bak seg, ønsket hun å ta det aller beste ved det med seg videre?

Idet hun kastet et siste blikk oppover hovedgaten, opplevde hun en så sterk følelse av nostalgi at hun nesten besvimte. Minnene strømmet inn over henne, kolliderte og fløt over i hverandre. De usedvanlige vennskapene hun hadde knyttet, den joviale tonen som hersket på vaskedagene, gleden ved å se de nyeste filmene, tilfredsstillelsen ved å hjelpe folk som virkelig trengte henne, den ubegrunnede frykten hun hadde følt da debattene raste som verst i baren, hovedsakelig blant atenerne og som oftest om emner som tilsynelatende hadde liten relevans for deres daglige liv. Det var som om ingen tid var gått siden det øyeblikket hun sto på dette stedet for første gang. For fire år siden hadde hun nært et intenst hat til Spinalónga, men nå sto hun her og nølte nesten med å dra. Om noen sekunder ville et nytt liv begynne, og hun ante ikke hva det kom til å inneholde.

Lapakis leste alt dette i ansiktet hennes. Også for ham var fremtiden usikker etter at arbeidet på Spinalónga nå var avsluttet. Han skulle reise til Athen og tilbringe noen måneder sammen med de spedalske som skulle til Santa Barbara-sykehuset for videre behandling, men deretter var livet hans like dårlig kartlagt som månens overflate.

«Kom,» sa han. «Det er på tide å dra. Faren din venter sikkert på oss.»

Begge snudde seg og gikk gjennom tunnelen. Skrittene deres ga gjenlyd rundt dem. I den andre enden ventet Giorgis. Dampende på en sigarett satt han på muren i skyggen av et mimosatre og ventet på at datteren skulle komme ut av tunnelen. Det virket som om det aldri ville skje. Bortsett fra Maria og Lapakis var øya nå evakuert. Selv alle eslene, geitene og kattene var blitt skysset over sundet på en måte som ledet tankene hen på Noas ark. Den siste båten, bortsett fra hans, hadde dratt ti minutter tidligere, og kaien var nå tom. Like ved ham hadde noen mistet et metallskrin, en bunke brev og en full sigarettpakke, alt sammen vitnemål om hvor travelt den siste gruppen hadde hatt det med å komme seg vekk. Kanskje noe hadde gått galt, tenkte Giorgis og ble grepet av panikk. Kanskje Maria likevel ikke kunne dra. Kanskje legen ikke hadde undertegnet papirene hennes.

I samme øyeblikk som disse forræderske tankene for alvor begynte å feste seg i ham, kom Maria ut fra tunnelens mørke halvsirkel og løp mot ham med åpne armer. Alle betenkeligheter og all tvil om å forlate øya forsvant idet hun kastet seg om halsen på faren. Taust nøt han følelsen av det silkebløte håret hennes mot huden.

«Skal vi dra?» spurte Maria etter en lang stund.

Eiendelene hennes var allerede båret om bord. Lapakis hoppet opp i båten først og snudde seg for å gi Maria en hjelpende hånd. Hun satte den ene foten ned i båten. I brøkdelen av et sekund ble den andre hengende igjen på steinkaien, og så løftet hun den. Livet på Spinalónga var over.

Giorgis løsnet fortøyningen på den gamle båten sin og skjøv den ut fra land. Så hoppet han om bord, sprettent for en mann på hans alder, og svingte baugen rundt slik at båten hadde øya akterut og fastlandet forut. Passasjerene hans stirret forover i båten. De så på den skarpe baugen som fløy som en pil over vannet mot målet. Giorgis kastet ikke bort tiden. Han kunne fortsatt se Spinalónga altfor tydelig. De mørke vinduene kikket tilbake på ham som hule, blinde øyne, og deres uutholdelige tomhet fikk ham til å tenke på alle de spedalske som hadde endt sine dager uten å kunne se noe som helst. I bevisstheten dukket det plutselig opp et bilde av Eleni slik hun var den siste gangen han så henne, da hun sto på den samme kaien, og et øyeblikk overskygget dette minnet gleden han følte ved å ha fått datteren tilbake.

Det var like før de var fremme. Den lille havnen i Pláka var full av folk. Mange av øyboerne var blitt møtt av familie og venner; andre klemte hverandre av glede over igjen å kunne stå på den jorden de hadde forlatt opptil femogtyve år tidligere. Den mest høyrøstede kontingenten var atenerne. Noen av deres venner og endatil kolleger hadde reist hele veien fra hovedstaden for å være med på feiringen av denne fantastiske dagen. Det ville ikke bli noen søvn å få denne natten, og neste morgen skulle alle fortsette til Iráklio før de la ut på den siste etappen tilbake til Athen. Men akkurat nå hadde de tenkt å lære Pláka en ting eller to om hva det ville si å feste. Noen av dem var musikere og hadde allerede hatt øvelse med de lokale musikerne samme formiddag, og nå dannet de et imponerende orkester som inneholdt alskens instrumenter, fra lyre og lutt og mandolin til bouzouki, sekkepipe og hyrdefløyte.

Med sin nyfødte sønn, Petros, i armene sto Fotini på kaien og tok imot Maria, sammen med Stephanos og Mattheos, deres lille, brunøyde sønn som danset rundt dem av glede i den berusende atmosfæren, fullstendig uvitende om hva dagen betydde, men henrykt over karnevalsstemningen som preget alt rundt ham.

«Velkommen hjem, Maria,» sa Stephanos. Han holdt seg i

bakgrunnen mens konen omfavnet bestevenninnen og ventet på tur til å hilse på henne. «Vi er så glade for å ha deg tilbake.»

Han begynte å løfte opp Marias kartonger og legge dem på lasteplanet på Giorgis' bil. Det var bare et kort stykke opp til familien Petrakis' hus, men for langt til å bære alt for hånd. De to kvinnene skrådde over torget og overlot til Giorgis å fortøye båten. De ville ta turen til fots. Bukkebord var allerede satt opp, og stoler var arrangert i grupper. Fargeglade, små flagg kantet torgets fire sider og blafret over diagonalene. Nå var det ikke lenge igjen til festen skulle begynne.

Da Maria og Fotini kom til huset, hadde Stephanos allerede båret inn kartongene, som nå sto like innenfor døren. Idet Maria gikk inn, kjente hun nakkehårene reise seg. Ingenting hadde forandret seg siden den dagen hun dro. Alt var i upåklagelig orden og på samme sted som det alltid hadde vært: det samme broderiet med ordene *«Kali Mera»* – God morgen – som moren hadde gjort ferdig akkurat i tide til bryllupet, hang på veggen vis a vis døren for å hilse gjestene velkommen, de samme kjelene og pannene hang ved ildstedet, og det velkjente settet med blomstermønstret porselen sto oppstilt i hyllen over. I en av kartongene ville Maria snart finne noen matchende deler, og så ville serviset være komplett igjen.

Selv en så vakker dag som denne, virket det mørkt inne i huset. Til tross for at alle de velkjente tingene var på sine vante plasser, var det som om veggene selv hadde absorbert den dype fortvilelsen som hadde fylt huset. De formelig åndet av ensomheten faren hadde følt de siste årene. Alt lot til å være det samme, men ingenting var slik det hadde vært.

Da Giorgis kom inn en liten stund senere, fant han Stephanos, Fotini, Petros og Mattheos, som holdt en liten blomsterbukett i hånden, og Maria samlet inne i det lille huset. Endelig virket det som om livet hans var helt igjen. Den skjønne datteren hans sto foran ham, en av de tre kvinnene på det innrammede fotografiet han kikket på hver eneste dag. I hans øyne var hun vakrere enn noen gang.

«Vel,» sa Fotini, «jeg kan ikke bli her så lenge – det er ennå mat igjen som skal tilberedes. Treffes vi nede på torget?»

«Tusen takk for alt. Jeg er så heldig som kan komme tilbake til gamle venner som dere – og til en ny venn i tillegg,» tilføyde hun til Mattheos, som endelig torde å gå frem til henne og gi henne blomstene sine.

Maria smilte. Dette var de første blomstene hun hadde fått siden Manoli hadde gitt henne en bukett fire år tidligere, bare en uke før hun ble testet for spedalskhet. Den lille guttens gest gjorde henne rørt.

Først en halv time senere, etter å ha skiftet kjole og børstet håret til det skinte klarere enn speilet selv, følte Maria seg klar til å gå ut og møte de nysgjerrige blikkene til Plákas innbyggere. Til tross for velkomsten mange av naboene ville gi henne, visste hun at andre ville studere henne inngående for å finne eventuelle merker etter sykdommen. De kom til å bli skuffet. Maria hadde ingen. Det var flere som hadde det verre. Mange ville resten av livet slepe seg rundt på forkrøplede føtter, og de få som hadde vært uheldige nok til å miste synet, ville for all fremtid være avhengige av familiene sine. Men for majoriteten hadde lesjonene forsvunnet, skjemmende pigmentflekker på huden var bleknet til de nesten forsvant, og følelsen var kommet tilbake i lemmer som tidligere hadde vært numne.

Maria og faren gikk sammen ned til torget.

«Jeg tror det ikke før jeg ser det,» sa Giorgis, «men søsteren din har sagt at hun kanskje kommer hit i kveld. Jeg fikk et brev fra henne i går.»

«Anna?» utbrøt Maria forbauset. «Med Andreas også?»

«Det skrev hun i hvert fall i brevet. Hun vil vel ønske deg velkommen tilbake.»

Som enhver far, lengtet han etter en gjenforening og antok at Anna betraktet dette som en god anledning til å ta igjen det forsømte. Hvis han kunne få to døtre tilbake i stedet for en, ville det gjøre ham lykkeligere enn noen gang. Maria, derimot, så slett ikke frem til å møte Anna denne kvelden. Formålet med dagen var feiring, ikke forsoning: hver eneste spedalsk på Spinalónga skulle omsider få tilbake friheten.

I huset i Eloúnda forberedte Anna seg til festen i Pláka. Hun satte håret sirlig opp og tok omhyggelig på seg leppestiften for å få den til å følge kurvene i de fyldige leppene helt nøyaktig. Fra bestemorens fang fulgte Sofia nøye med mens moren malte ansiktet til kinnene var like farget som en dukkes.

Uten å ense hverken moren eller datteren, kom Andreas marsjerende inn på rommet.

«Er du ikke ferdig ennå?» spurte han Anna med kald stemme.

«Straks,» svarte hun og rettet på det tunge, turkise halsbåndet i speilet og hevet haken for å beundre effekten før hun sprayet seg med en stor sky av fransk parfyme.

«Kan vi da komme oss av sted?» bjeffet han.

Anna virket døv for ektemannens iskalde tone. Det gjorde ikke Eleftheria. Hun ble forlegen over måten sønnen snakket til konen sin på. Hun hadde ikke hørt denne kalde stemmen før, ikke sett ham sende henne så ilske blikk, og hun lurte på om Andreas endelig hadde fått øynene opp for det fortrolige forholdet som hadde utviklet seg mellom konen hans og Manoli. Hun hadde ved en anledning nevnt bekymringene sine for Alexandros. Det hadde vært et feiltak. Han var blitt sint og hadde sverget på at han skulle jage «den udugelige skjørtejegeren» på dør hvis han overskred noen grenser. Etter det hadde Eleftheria holdt bekymringene sine for seg selv.

«Natta, skatt.» Anna snudde seg mot den lille datteren som strakte de lubne armene mot henne. «Vær snill pike.» Og med det plantet hun et perfekt avtrykk av leppene sine på Sofias panne og gikk ut av rommet.

Andreas ventet allerede i bilen med motoren i gang. Han visste hvorfor konen gjorde seg så flid med utseendet sitt, og det var ikke for ham.

Det var en ørliten bagatell som omsider hadde fått Andreas til å innse at Anna bedro ham: en ørering under puten hans. Anna var alltid nøye med å ta av seg smykkene sine og legge dem pent ned i en fløyelsfôret skuff i kommoden før hun gikk og la seg, og Andreas visste at han ville ha sett det hvis hun hadde gått til sengs med de diamantbesatte gulløreringene kvelden før. Han sa ingenting da han så glimtet av gull mot det hvite lintøyet idet han krøp inn mellom de strøkne lakenene, men hjertet frøs til is. I det øyeblikket ble hans *philotemo*, selve fornemmelsen av ære og stolthet som gjorde ham til en mann, dødelig såret.

To dager etter dette kom han hjem tidlig på ettermiddagen, parkerte bilen et stykke unna og gikk de siste femti meterne frem til huset. Det overrasket ham ikke å se Manolis bil stå parkert utenfor. Han hadde visst at han ville være der. Forsiktig åpnet han ytterdøren og gikk inn i hallen. En klokke tikket, men ellers var huset dødsens stille. Plutselig ble stillheten smadret av et kvinnehyl. Andreas grep tak i trappegelenderet, kvalm over å høre lyden av konens ekstase. Hans første innskytelse var å bykse opp trappen, storme inn på soverommet og rive dem begge i fillebiter, men noe holdt ham tilbake. Han var Andreas Vandoulakis. Han måtte oppføre seg litt mer besindig, og han trengte tid til å tenke.

Da Maria kom til torget, hadde allerede en mengde mennesker samlet seg. Hun så Dimitri stå i sentrum av en liten gruppe sammen med Gerasimo Vilakis, som hadde drevet koloniens *kafenion*, og Kristina Kroustalakis, som smilte. Det gjorde henne nesten ugjenkjennelig. Rundt henne summet det av opprømt snakk, og fra den andre enden av torget hørtes de klimprende tonene fra en bouzouki som ble stemt. Hilsener ble ropt til henne fra høyre og venstre idet hun kom ut på den åpne plassen. Hun møtte mange glade mennesker fra Athen og ble presentert for dem som *Ajía* Maria eller «urtemagikeren». Det siste gledet henne, men å bli utropt til helgen gjorde absolutt ikke det.

De siste timene hadde vært så overveldende at hun knapt hadde ofret dr. Kyritsis en tanke. Han hadde ikke sagt farvel, så hun var sikker på at de ville møtes igjen. Det kunne ikke skje fort nok. Idet hun steg midt inn i folkevrimmelen, gjorde hjertet et så voldsomt hopp at det føltes som om det skulle løsne fra kroppen. Der satt han ved et av langbordene sammen med Lapakis. Med ett var han den eneste personen hun så, denne mannen med det sølvgrå håret som nesten lyste i solnedgangen. Legene satt i ivrig samtale, men til slutt hevet Lapakis blikket og fikk øye på henne.

«Maria!» utbrøt han og reiste seg. «For en stor dag dette må være for deg. Hvordan er det å være hjemme igjen?»

Heldigvis var det ikke et spørsmål han forventet at hun skulle svare på, og om det hadde vært det, ville hun ikke visst hvor hun skulle begynne eller slutte. I samme øyeblikk kom Papadimitriou og konen hans bort til dem sammen med to menn som var så like Papadimitriou at det var unødvendig å si at det var brødrene hans. Øyas leder ville at familien hans skulle få treffe mennene som var ansvarlige for å ha gitt dem et nytt liv. Det ville bli utbragt utallige skåler for dem senere, men de ønsket å være de første til å si takk.

Kyritsis ble stående litt i bakgrunnen, men Maria fornemmet hvordan han stirret på henne, og mens Lapakis snakket med familien Papadimitriou, trakk han Maria til side.

«Kan jeg få legge beslag på noen øyeblikk av tiden din?» spurte han særdeles høflig, men høyt nok til å bli hørt over støyen rundt dem. «På et mer uforstyrret sted enn dette?» la han til.

«Vi kan gå ned til kirken,» svarte hun. «Jeg vil inn og tenne et lys.»

De forlot torget der kakofonien av opprømte stemmer hadde nådd et øredøvende nivå. Mens de gikk bortover den tomme gaten mot kirken, ble lyden fra festdeltakerne etter hvert bare en summing i bakgrunnen. Kyritsis' utålmodighet fikk ham til å handle. Mer enn nok av denne kvinnens liv var blitt preget av spedalskheten, og hvert sekund virket for dyrebart til at han kunne la det gå til spille. Hans ellers så tilbakeholdne, korrekte vesen ble et øyeblikk avløst av en ukarakteristisk djervhet. På kirketrappen snudde han seg og så på henne.

«Jeg har noe å si til deg. Det er faktisk svært enkelt,» sa han. «Jeg ønsker å gifte meg med deg.»

Det var en påstand, ikke et spørsmål. Og det var som om det ikke var nødvendig med et svar. En stund nå hadde Maria egentlig ikke vært i tvil om at Kyritsis elsket henne, men hun hadde tvunget seg til å slutte å drømme om at det kunne få en lykkelig utgang. I de siste årene hadde hun erfart at det var tryggere å kvitte seg med dagdrømmene før de bet seg fast for alvor, og å leve i øyeblikket der skuffelsene ikke kunne ta livet av fantasien.

En stund sa hun ingenting, bare så opp på ham mens han

holdt henne om skuldrene. Som om hun trengte å overbevises, fylte han tausheten som hadde oppstått.

«Ingen andre har noensinne hatt den samme virkningen på meg som du har. Hvis du ikke ønsker å gifte deg med meg, skal jeg dra min vei, og så behøver du aldri mer å tenke på meg.» Han strammet grepet om skuldrene hennes. «Men uansett hva svaret blir, må jeg få vite det nå.»

Så det *var* et spørsmål. All fuktighet var forduftet fra munnen hennes, og det måtte en kraftanstrengelse til for å gjenvinne kontrollen over tungen.

«Ja,» var den eneste, hese stavelsen hun var i stand til å få frem. «Ja.»

«Vil du det?» Kyritsis virket himmelfallen. Denne vakre, mørkhårede kvinnen, denne pasienten som han syntes han kjente så godt og likevel ikke visste mye om, sa seg villig til å bli konen hans. Ansiktet hans ble et eneste stort smil, og Marias ble et blendende speilbilde av det. Usikkert til å begynne med, så med økende lidenskap, kysset han henne inntil de brått, plutselig redde for hvordan dette tok seg ut i den øde gaten, slapp hverandre.

«Vi må gå tilbake til festen,» sa Kyritsis. Sansen for anstendighet var enda sterkere utviklet hos ham enn hos henne. «Folk kan begynne å lure på hvor det er blitt av oss.»

Han hadde rett: de måtte gå tilbake, fordi dette var en kveld alle skulle være sammen om før de spredte seg for alle vinder. Da de kom tilbake til torget, var dansen begynt. En stor sirkel var blitt dannet og en langsom *pentozali* var i gang. Selv Giorgis deltok. Mannen som holdt seg i bakgrunnen under de fleste store begivenhetene, befant seg nå i sentrum av festlighetene.

Fotini var den første som så at venninnen var kommet tilbake til torget i selskap med legen, og hun forsto med en gang at Maria endelig ville få sjansen til å oppleve litt lykke. Paret hadde bestemt seg for ikke å si noe denne kvelden – de ville at Giorgis skulle bli den første som fikk vite det, og den berusende atmosfæren under denne *panegyrien* var ikke den rette for å fortelle ham nyheten.

Da Giorgis kom bort til dem etter at dansen var over, var det bare én ting han lurte på.

«Har du sett Anna?» spurte han Maria. «Er hun her?»

I løpet av de siste årene hadde han mer eller mindre gitt opp håpet om å se familien samlet igjen, men denne kvelden var sjansen for det til stede. Men Annas fravær forundret ham; hun hadde tross alt lovet å komme.

«Hun dukker nok opp, far, hvis hun sa at hun skulle det,» forsikret Maria ham, skjønt ordene lød hule for dem begge. «Hva sier du til en dans til?» spurte hun. «Du ser ut til å ha energi til det.» Hun tok faren med seg tilbake, og begge falt på plass i ringen da den neste dansen begynte.

Fotini var travelt opptatt med å bære mat til bordet. Hun la merke til hvordan legen stirret på Maria som danset, og følte seg gladere enn noen gang for at bestevenninnen hadde funnet en så god mann. Mørket hadde etter hver senket seg, vinden løyet og det var ikke en krusning på sjøen. Temperaturen syntes ikke å ha falt en eneste grad siden den kvelende hete ettermiddagen, og når folk satte seg for å hvile mellom dansene, gulpet de i seg den sterke vinen så ivrig at de sølte ned på den støvete bakken. Maria kom tilbake fra kretsen av dansende, fant plassen sin ved siden av Kyritsis og hevet glasset mot ham. Det var en taus skål.

Anna og Andreas var nesten fremme i Pláka. Ingen av dem hadde sagt et ord på hele turen. Begge var opptatt av sine egne tanker.

Det hadde plutselig slått Andreas at Manoli kanskje ville gjenoppta forlovelsen med Maria nå som hun var tilbake, og idet de nærmet seg landsbyen og kunne se trengselen som fylte torget, brøt han frydefullt tausheten for å provosere konen med dette forslaget.

«*Manoli*? Gifte seg med *Maria*? Over mitt lik!» skrek hun med en lidenskap han aldri hadde sett i henne før. Barrierene var nede nå. «Hva får deg til å si det?» Anna kunne ikke la være å spørre.

«Hvorfor skulle det være så utenkelig? De var forlovet og nær ved å gifte seg,» sa han for å ergre henne.

«Ti stille. Bare ti stille!» Hun begynte å slå løs på ham da han parkerte bilen.

Annas voldsomme reaksjon rystet Andreas.

«Herregud!» brølte han mens han forsvarte seg mot de harde slagene som regnet over ham. «Du elsker ham, ikke sant?»

«Hvordan *våger* du å si det?» skrek hun.

«Bare innrøm det, Anna! Jeg er ikke en komplett idiot, bare så du vet det,» sa han og prøvde å gjenvinne kontrollen over stemmen.

Anna ble med ett stille, som om raseriet midlertidig hadde lagt seg.

«Jeg vet at det er sant,» sa Andreas, nesten rolig nå. «Jeg kom hjem tidlig en dag i forrige uke, og da var han der sammen med deg. Hvor lenge …?»

Anna begynte å le og gråte hysterisk. «I årevis,» hikstet hun. «I år etter år etter …»

For Andreas så det ut som om Annas røde lepper smilte, som om hun selv nå befant seg i en slags ekstase. Hvis hun hadde nektet, ville han fått anledning til å trekke spørsmålet tilbake, til å tro at han kanskje likevel hadde tatt feil, men en innrømmelse var en ren og skjær hån mot ham. Han måtte tørke det stive smilet bort fra ansiktet hennes.

Med en kjapp, glidende bevegelse stakk han hånden ned i innerlommen på jakken og trakk frem pistolen sin. Anna så ikke på ham engang. Hodet var lent bakover, og de runde perlene på halsbåndet vibrerte i takt med latteren. Hun var delirisk.

«Jeg har aldri ...» gispet hun, fullstendig gal av henrykkelsen over å kunne fortelle ham sannheten. «Jeg har aldri elsket noen så høyt som jeg elsker Manoli.» Ordene traff ham som piskeslag.

På torget nøt Kyritsis synet av det første fyrverkeriet som ble skutt opp mot den matte himmelen. Raketter ville bli sendt opp hver time frem til midnatt og eksplodere med kraftige smell og et regn av gnister som ble speilet som edelstener i den blanke vannflaten. Idet den første salven tok slutt, oppsto det et øyeblikks stillhet før orkesteret fant det bryet verdt å spille opp igjen. Men før de rakk det, lød to andre og uventede smell. Kyritsis hevet blikket og ventet å se en ny skur av blinkende lys dale fra himmelen, men det ble raskt klart at det ikke ville skje.

Et svare leven var oppstått rundt en bil som sto parkert ikke så langt unna torget. Den hadde stoppet der bare noen få minutter tidligere, og nå lå en kvinne tilsynelatende livløs i passasjersetet. Kyritsis løp mot den. I noen sekunder var det som om folk rundt var stivnet og ute av stand til å reagere. Vantroen over at en så brutal handling hadde forstyrret festlighetene, lammet dem, men de var i hvert fall i stand til å slippe ham frem.

Kyritsis tok pulsen på kvinnen. Den var svak, men hun levde fortsatt.

«Vi må få flyttet henne,» sa han til dr. Lapakis, som nå var ved siden av ham. Tepper og puter hadde på mirakuløst vis materialisert seg fra et hus i nærheten, og de to mennene la kvinnen forsiktig ned på bakken. På oppfordring flyttet tilskuerne seg unna for å la dem gjøre jobben sin.

Maria hadde brøytet seg frem i første rekke for å se om det var noe hun kunne gjøre for å hjelpe til. Idet de la kvinnen ned på teppet, oppdaget hun hvem det var som lå blodig i armene på dem. Mange andre av tilskuerne gjenkjente henne også, og det gikk et gisp av forferdelse gjennom folkemassen.

Hun var ikke til å ta feil av. Ravnsvart hår, yppig byste og kledd i en nå blodstenket kjole av en kvalitet ingen i denne forsamlingen noen gang ville få råd til – det var ingen tvil om at dette var Anna Vandoulakis. Maria stilte seg på kne ved siden av henne.

«Det er søsteren min,» hvisket hun til Kyritsis mellom hikstene. «Søsteren min.»

Inne i tilskuerflokken var det en som ropte: «Finn Giorgis!» og noen sekunder senere knelte Giorgis ved siden av Maria og gråt stille ved synet av den eldste datteren som langsomt slapp taket i livet foran øynene på dem alle.

I løpet av noen minutter var det over. Anna kom aldri til bevissthet igjen, men i dødsøyeblikket var hun sammen med de to menneskene som elsket henne høyest og som nå ba inderlig for sjelen hennes.

«Hvorfor? Hvorfor?» gjentok Giorgis gråtende.

Maria visste svaret, men hun aktet ikke å fortelle ham det. Det ville bare forsterke sorgen hans. Taushet og uvitenhet ville hjelpe ham bedre gjennom dette øyeblikket. Han ville snart nok få vite sannheten. Det som alltid ville hjemsøke ham, var minnet om at han i løpet av én enkelt kveld hadde feiret den ene datterens tilbakekomst – og mistet den andre for bestandig.

Kapittel 23

Vitner meldte seg snart blant tilskuerne. En av dem hadde hørt et par krangle inne i bilen da han passerte det åpne vinduet en liten stund før skuddene falt, og en kvinne påsto å ha sett en mann løpe bortover gaten like etter. Denne opplysningen sendte en flokk menn i retning av kirken, og bare ti minutter senere var de tilbake med en mistenkt. Han holdt fortsatt våpenet i hånden og gjorde ingen forsøk på å motsette seg arrest. Maria skjønte hvem det var før noen fortalte henne det. Det måtte være Andreas.

Pláka gikk inn i en dyp sjokktilstand. Det skulle jo være en minneverdig kveld, men ikke akkurat på denne måten. En stund sto folk i små grupper og snakket dempet sammen; det gikk ikke mange minuttene før alle visste at det var Marias søster som var blitt drept, og at Andreas var arrestert for forbrytelsen. En fest utenom det vanlige hadde fått en brå og altfor tidlig slutt, og det var ikke annet å gjøre enn å avslutte kvelden og gå hver til sitt. Musikerne pakket sammen og forlot landsbyen, og matrestene ble satt vekk. Stille tok man farvel med atenerne som ble hentet av familie og venner for å begynne et nytt liv. De med kortere reisevei var blitt tilbudt senger for natten av lokalbefolkningen og kunne vente til neste dag med å dra tilbake til sine landsbyer og småbyer i andre deler av Kreta. Andreas Vandoulakis var blitt ført bort under politieskorte for å tilbringe natten i en celle i Eloúnda, og liket av Anna ble båret ned til det lille kapellet ved sjøen, der det skulle bli liggende til begravelsen.

Temperaturen hadde ikke falt. Selv nå, når natten straks måtte vike plassen for daggryet, var det trykkende hett. For annen gang på et døgn var Giorgis' lille hus fylt til trengsel. Forrige gang hadde gjestene gledet seg til en fest. Denne gang forberedte de en sorgtung begivenhet. Presten hadde vært på besøk, men etter å ha konstatert at det ikke var så mye trøst å gi under slike tragiske omstendigheter, gikk han igjen.

Klokken fire om morgenen gikk en utslitt Giorgis opp til rommet sitt. Han var nummen og visste ikke om det skyldtes sorg eller om han rett og slett ikke var i stand til å føle noe lenger. Selv Marias lenge etterlengtede hjemkomst, betydde lite nå.

Kyritsis var blitt hos dem i en times tid, men det var ikke mer han kunne gjøre denne natten. Neste dag, som allerede var kommet, ville han hjelpe dem med å ordne det praktiske i forbindelse med begravelsen, men i mellomtiden ville han prøve å få seg noen timers søvn på et ledig rom over Fotini og Stephanos' taverna.

Selv i de minst interessante tider, elsket landsbyboerne å sladre, men nå rakk de nesten ikke å trekke pusten. Det var Antonis som var den som best kunne kaste lys over hendelsene som hadde ført til drapet på Anna. I de tidlige morgentimene satt det ennå noen få menn rundt et bord i baren, og han fortalte det han visste. Noen uker tidligere hadde han lagt merke til at Manoli alltid ble borte i flere timer midt på dagen. Det var bare indisier, men likevel antydet det en god forklaring på hva som hadde drevet Andreas til å ta livet av konen sin. I denne perioden hadde Andreas' humør forverret seg for hver dag som gikk. Han var bisk og avvisende mot alle han kom i kontakt med, og arbeiderne var begynt å leve i frykt for ham. Selv et tordenvær under oppseiling førte sjelden med seg en slik spenning. Andreas hadde levd i salig uvitenhet om Annas oppførsel så lenge, men så snart han hadde fått øynene opp for sannheten, hadde han bare hatt én ting å gjøre. Bargjestene hadde faktisk sympati med ham, og flere av dem innrømmet at også de ville begått drap hvis konene deres hadde bedratt dem. En greker tålte ikke en slik vanære.

Lidaki var øyensynlig den siste som hadde sett Manoli, som nå var forsvunnet sporløst, skjønt den dyrebare lyren hans fortsatt hang på veggen bak bardisken.

«Han var innom her i sekstiden i går kveld,» sa han. «Han var i sitt vanlige muntre humør, og jeg fikk absolutt inntrykk av at han hadde tenkt å delta på festen.»

«Ingen later til å ha sett ham etter det,» sa Angelos. «Jeg har en følelse av at han syntes det ville være vanskelig å treffe Maria igjen.»

«Han kan da umulig føle seg forpliktet til å gifte seg med henne etter all denne tiden?» kom det fra en annen gjest.

«Det tviler jeg på, slik jeg kjenner Manoli, men det kan likevel ha vært nok til at han holdt seg borte,» sa Lidaki.

«Personlig tror jeg ikke det har noe med Maria å gjøre,» sa Antonis. «Jeg tror han skjønte at hans tid var omme.»

Senere samme dag gikk Antonis opp til Manolis hus. Han hadde ingenting imot denne sjarmerende, men vinglete mannen; han hadde vært en god kamerat og svirebror, og den vage mistanken om at han kanskje lå i en pøl av blod i sitt eget hjem, kunne ikke ignoreres. Hvis Andreas hadde drept konen sin, var det ikke utenkelig at han kunne ha drept fetteren også.

Antonis kikket inn gjennom vinduene. Alt så normalt ut: skitne panner og tallerkener i oppvaskkummen, gardinene halvt trukket for, smuler på bordet og en halvfull vinflaske – alt dette var ting han hadde regnet med å få se i ungkarsredet.

Han prøvde døren, og da han oppdaget at den var åpen, tok han sjansen på å gå inn. I soverommet ovenpå, som også var preget av at personen som bodde der ikke var av den ryddige typen, var det også tegn til en hastig avreise. Skuffer var åpnet, og klær hang ut av dem. Garderobedører sto på vidt gap mot en tom klesstang. Den uoppredde sengen med de krøllete lakenene og den flate puten var akkurat som Antonis hadde forventet, men det som virkelig ga ham troen på at tomhetsfølelsen inne i huset skulle bli permanent, var bilderammene som lå med ryggen opp på kommoden foran et av vinduene. Det så ut som om de var veltet i all hast, og to av rammene var tomme etter at innholdet tilsynelatende var røsket ut. Og Manolis bil var borte. Han kunne være hvor som helst i Hellas nå. Ingen ville lete etter ham.

Annas begravelse skulle ikke finne sted i Plákas hovedkirke, der Andreas hadde søkt tilflukt, men i kapellet i utkanten av landsbyen. Den lille bygningen vendte ut mot sjøen og hadde fritt utsyn mot Spinalónga. Intet annet enn saltvann lå mellom kapellets gravlund og de spedalskes siste hvilested, der levningene av Annas mor var lagt i jorden.

Mindre enn åtteogførti timer etter drapet, samlet en liten, svartkledd flokk seg i det fuktige kapellet. Familien Vandoulakis var ikke representert. De hadde forskanset seg i huset i Eloúnda siden ugjerningen ble begått. Maria, Giorgis, Kyritsis, Fotini, Savina og Pavlos sto med bøyd hode mens presten ba over kisten. Duften fra røkelseskaret drev mot dem mens det ble bedt lange bønner om syndsforlatelse før de trøstende ordene i

Fadervår ble fremført nesten uhørlig av dem alle. Da det var på tide å legge kisten i jorden, gikk de ut i det nådeløse, skarpe solskinnet. Tårer og svette blandet seg og rant nedover kinnene deres. Ingen kunne helt fatte at trekassen som snart skulle forsvinne ned i mørket, inneholdt Anna.

Idet kisten ble senket ned i jorden, tok presten opp litt muld og drysset den i korsform over lokket.

«Jorden tilhører Herren,» sa han, «og alle som bebor den.» Aske fra røkelseskaret falt sakte ned og blandet seg med mulden, og presten fortsatte: «Med de rettferdiges ånder som er gjort perfekte i døden, gi hvile til denne din tjeners sjel …»

Prestens bønn hadde en syngende tone. Ordene var blitt uttalt tusen ganger tidligere, og de holdt den lille forsamlingen fjetret mens de strømmet ut fra leppene som knapt beveget seg.

«Å, rene og plettfrie jomfru, gå i forbønn for denne din tjeners sjels frelse …»

Fotini prøvde å danne seg et bilde av en ren og plettfri jomfru som gikk i forbønn for Anna. Om bare Anna selv hadde vært litt mer plettfri, hadde de antakelig ikke stått her nå, tenkte hun.

Innen seremonien var over, hadde presten fått konkurranse av tusen sangsikader, og det utrettelige koret nådde klimaks da han kom til de avsluttende ordene.

«Gi henne hvile ved Abrahams bryst … Må ditt minne vare evig, kjære søster, og være verdig saligheten.»

«*Kyrie Eleison, Kyrie Eleison, Kyrie Eleison.*»

Det gikk en stund før noen fikk seg til å bevege seg. Maria var den første som sa noe, og etter at hun hadde takket presten for å ha forestått seremonien, var det på tide å gå tilbake til landsbyen. Maria gikk hjem sammen med faren. Han ville sove, sa han. Det var alt han ønsket. Fotini og foreldrene skulle tilbake til tavernaen og finne Stephanos, som hadde passet Petros og lekt med den sorgløse Mattheos på stranden. Det var den stilleste timen på ettermiddagen. Ikke en sjel var å se.

Kyritsis ventet på Maria på en skyggefull benk på torget. Maria trengte å komme seg bort fra Pláka i noen timer, og de hadde tenkt å kjøre en tur til Eloúnda. Det ville bli den første turen hennes på fire år, bortsett fra den korte seilasen fra Spinalónga til fastlandet. Hun lengtet etter å få være for seg selv i en times tid.

Hun husket at det lå en liten *kafenion* helt nede ved vannkanten i Eloúnda. Det hadde riktignok vært et sted hun pleide å besøke med Manoli, men det tilhørte fortiden nå. Hun ville ikke la tankene på ham forfølge henne. Mens de ble ført bort til et bord der sjøen slo dovent mot steinene under dem, virket de to siste døgnenes hendelser allerede fjerne. Det var som om de hadde hendt en annen, et annet sted. Men når hun kikket ut over havet, kunne hun tydelig se Spinalónga. Herfra så den tomme øya ut som den alltid hadde gjort, og det var vanskelig å tro at den nå var blottet for menneskelig liv. Pláka var ute av syne, skjult bak en landtunge.

Det var den første anledningen Maria og Kyritsis hadde hatt til å være alene siden øyeblikket utenfor kirken samme kvelden som festen ble holdt. I en times tid hadde livet hennes virket så lovende, og hun var så full av håp for fremtiden, men nå hadde hun følelsen av at dette store skrittet fremover var blitt spist opp av all tilbakegangen. Hun hadde ikke engang brukt fornavnet på mannen hun elsket.

Da Kyritsis så tilbake på dette øyeblikket noen uker senere, klandret han seg selv for å ha gått for fort frem. Hans ustyrlige begeistring over utsikten til en fremtid med Maria, fikk ham til å renne over av overfladisk snakk om leiligheten i Iráklio og hvor spent han var på om den ville være tilstrekkelig for dem.

«Den er ikke så romslig, men den har både arbeidsværelse og gjesterom,» sa han. «Vi kan alltids flytte senere hvis vi må, men den ligger svært greit til i forhold til sykehuset.»

Han grep hendene hennes over bordet og holdt dem. Hun så bekymret ut. Selvsagt gjorde hun det. De hadde nettopp begravd søsteren hennes, og her satt han, utålmodig som et barn, og ville snakke om praktiske ting i forhold til fremtiden deres. Maria trengte åpenbart lengre tid.

Så godt det føltes å ha hendene i hans, som var så fulle av varme og generøsitet, tenkte hun. Hvorfor kunne de ikke bare bli sittende her ved dette bordet for bestandig? Ingen visste hvor de var. Ingenting kunne forstyrre dem. Bortsett fra samvittigheten hennes som hadde fulgt med dem hit, og som nå krevde å bli hørt.

«Jeg kan ikke gifte meg med deg,» sa hun brått. «Jeg må bli i Pláka og ta vare på far.»

For Kyritsis kom ordene som lyn fra klar himmel. Han ble rystet. Men på et blunk innså han at det hun sa, var fornuftig. Hvordan kunne han forvente at alt skulle fortsette i samme spor som før, når han visste hvilke dramatiske begivenheter hun hadde opplevd de siste to dagene? Han var en tosk. Hvordan kunne han tro at denne kvinnen, som han var blitt tiltrukket av like mye på grunn av hennes integritet og uselviskhet som hennes skjønnhet, skulle overlate den sønderknuste faren til seg selv? I hele sitt liv hadde han latt seg styre av fornuften, og den eneste gangen da han hadde latt følelsene ta overhånd, hadde han dummet seg ut.

En del av ham ønsket å protestere, men i stedet beholdt han grepet om Marias hender og klemte dem vennlig. Så snakket han til henne med en slik forståelse og varme at det nesten knuste hjertet hennes.

«Det er rett av deg å bli hos ham,» sa han. «Og det er derfor jeg elsker deg, Maria. Fordi du vet hva som er rett, og så gjør du det.»

Det var sant, men det neste han sa, var enda sannere.

«Jeg vil aldri elske noen annen.»

Eieren av kafeen holdt seg på diskret avstand fra bordet deres. Han så at kvinnen hadde brutt sammen i gråt, og han likte ikke å forstyrre kundenes privatliv. Ingen hadde hevet stemmen, noe som var uvanlig når folk kranglet, men så la han merke til den høytidelige måten de var kledd på. Bortsett fra på gamle enker, var svart en uvanlig farge en sommerdag, og det slo ham at de kanskje var i sorg.

Maria trakk hendene ut av Kyritsis' og ble sittende med bøyd hode. Tårene strømmet fritt og rant nedover kinnene, halsen og mellom brystene. Hun klarte ikke å stoppe dem. Den forsiktige sorgen ved graven hadde bare klart å demme midlertidig opp for den overveldende smerten som nå sprengte diket og ikke ville gi seg før siste dråpe hadde rent ut og tørket opp. Det at Kyritsis var så forståelsesfull, fikk henne til å gråte desto mer og gjorde beslutningen enda tristere.

Kyritsis satt og betraktet Marias bøyde hode. Da gråten hadde gitt seg, grep han henne ømt i skulderen.

«Maria,» hvisket han. «Skal vi gå?»

De forlot bordet hånd i hånd, mens Maria lente hodet mot Kyritsis' skulder. På turen tilbake til Pláka satt de tause. Sjøen var fortsatt blinkende og safirblå, men himmelen var i ferd med å skifte farge. Den rolige overgangen fra asur til rosa var begynt, og klippene antok samme farge. Omsider var denne fryktelige dagen på hell.

Da de kjørte inn i landsbyen, tok legen ordet.

«Jeg kan ikke si farvel,» sa han.

Han hadde rett. Det ordet var for endelig. Og hvordan kunne noe som egentlig aldri hadde begynt, ta slutt?

«Ikke jeg heller,» sa Maria som hadde gjenvunnet kontrollen over seg selv igjen.

«Skriver du til meg og forteller hvordan det går? Hva du gjør? Hvordan livet arter seg for deg i den frie verden?» spurte Kyritsis med forsert entusiasme.

Maria nikket.

Det var nytteløst å forlenge øyeblikket. Jo snarere Kyritsis dro, desto bedre var det for dem begge. Han parkerte foran Marias hus og gikk ut og åpnet døren for henne. Ansikt til ansikt sto de, og så omfavnet de hverandre. Eller rettere sagt, de klamret seg til hverandre som om de aldri ville slippe taket. Så, med en kraftanstrengelse, slapp de hverandre samtidig. Maria gikk inn i huset. Kyritsis satte seg inn i bilen igjen og kjørte sin vei. Han ville ikke stoppe før han var tilbake i Iráklio.

Den uutholdelige stillheten inne i huset drev Maria snart ut igjen. Hun trengte lyden av sikadene, knatringen fra en scooter, glade barneskrik. Alt dette møtte henne mens hun gikk mot sentrum av landsbyen, der hun mot sin vilje kikket oppover gaten for å se om Kyritsis' bil fortsatt var der. Men selv støvskyen hjulene hadde virvlet opp, hadde allerede lagt seg.

Maria trengte Fotini. Hun gikk med raske skritt mot tavernaen der venninnen dekket bordene med papirduker og spente gummistrikk over dem for at ikke vinden skulle rive dem med seg.

«Maria!» Fotini ble glad for å se venninnen, men bestyrtet over synet av det askegrå ansiktet. Men det var selvsagt ikke rart at hun var så blek. I løpet av de siste to døgnene hadde hun vendt tilbake fra eksil og sett søsteren bli skutt og begravet. «Kom og sett deg,» sa hun, trakk frem en stol og hjalp Maria ned i den. «La meg hente noe å drikke til deg – og jeg skal vedde på at du ikke har spist noe i hele dag.»

Fotini hadde rett. Maria hadde ikke spist på over fireogtyve timer, men hun hadde ingen matlyst.

«Nei, det går bra. Det er sant.»

Fotini ble ikke overbevist. Hun skjøv vekk tankene på det som måtte gjøres før kveldens første kunder meldte sin ankomst. Alt det kunne vente. I stedet trakk hun frem en stol til, satte seg ved siden av Maria og la armen rundt henne.

«Er det noe jeg kan gjøre?» spurte hun ømt. «Hva som helst?»

Det var den kjærlige tonen i stemmen hennes som utløste Marias hikstende gråt, og mellom hulkene oppfattet Fotini enkelte ord som røpet grunnen til venninnens stadig dypere fortvilelse.

«Han er dratt … Jeg kunne ikke bli med … kunne ikke forlate far.»

«Fortell meg hva som har hendt.»

Litt etter litt falt Maria til ro.

«Like før Anna ble skutt, fridde dr. Kyritsis til meg. Men jeg kan ikke reise herfra nå – og det var det jeg ville blitt nødt til. Jeg hadde måttet flytte fra far. Det kan jeg ikke gjøre.»

«Så nå har han dratt sin vei?» spurte Fotini mildt.

«Ja.»

«Og når får du treffe ham igjen?»

Maria trakk pusten svært dypt.

«Jeg vet ikke. Jeg vet det faktisk ikke. Kanskje aldri.»

Hun var sterk nok til å tenke det. Skjebnen hadde vært hevngjerrig så langt, men for hvert slag Maria fikk, var hun blitt mer motstandsdyktig mot det neste.

De to venninnene ble sittende sammen en stund til, og så

kom Stephanos bort til dem og klarte å overtale Maria til å spise litt. Hvis hun skulle ofre så mye for faren, ville det kanskje være en fordel at hun var sterk nok til å gjøre nytte for seg.

Idet natten senket seg, reiste Maria seg og gikk. Da hun kom hjem, rådet fortsatt stillheten i huset. Lydløst gikk hun opp trappen til det ledige soverommet, som nå ville bli hennes igjen, og la seg i sengen. Hun våknet ikke før langt ut på neste formiddag.

Annas død etterlot seg en rekke oppbrutte og ødelagte liv. Ikke bare søsterens, farens og ektemannens, men datterens også. Sofia var ennå ikke to år gammel, men det varte ikke lenge før hun merket at foreldrene ikke lenger var der. Besteforeldrene fortalte henne at de var reist bort for en stund. Hun gråt i begynnelsen, men etter hvert som tiden gikk, bleknet minnene. Når det gjaldt Alexandros og Eleftheria Vandoulakis, så hadde de i løpet av én eneste kveld mistet sønnen, alle sine fremtidshåp og familiens gode navn og rykte. Bekymringene de hadde hatt fordi Andreas giftet seg under sin stand, var blitt til virkelighet. Eleftheria, som hadde vært så villig til å akseptere Anna Petrakis, opplevde sitt livs bitreste skuffelse. Det gikk kort tid før de ble gjort oppmerksomme på Manolis fravær og skjønte hva som lå bak den grufulle ugjerningen under festen for Ájos Titos. Den kvinnen hadde påført dem alle den dypeste skam, og tanken på at deres sønn nå vansmektet i en fengselscelle, var en daglig tortur.

Rettssaken mot Andreas i Ájos Nikólaos varte i tre dager. Maria, Fotini og flere andre fra landsbyen ble kalt inn som vitner, og dr. Kyritsis kom fra Iráklio for å avgi forklaring, men snakket bare kort med Maria etterpå. Eleftheria og Alexandros satt passive på galleriet, bleke og stive i ansiktene av nervøsitet og skam over å være i offentlighetens søkelys på denne måten. Omstendighetene rundt mordet ble brettet ut i media så hele Kreta kunne sikle over dem, og dagsavisen trykket hver eneste sensasjonelle detalj. Giorgis overvar hele saken. Selv om han ønsket rettferdighet for Anna, var han ikke et øyeblikk i tvil om at det var datterens oppførsel som hadde utløst Andreas' voldsomme reaksjon, og for første gang på fjorten år var han glad for at Eleni ikke var der.

Kapittel 24

1958

I FLERE MÅNEDER VAR DET ingen kommunikasjon mellom familiene Vandoulakis og Petrakis. De hadde imidlertid Sofia å tenke på, og for hennes skyld måtte denne istiden gå over. Eleftheria ville vært raskere til å rekke ut en forsonende hånd enn ektemannen, men selv Alexandros begynte å innse – etter å ha fått tid til å reflektere over det som hadde skjedd – at det ikke bare var hans familie som hadde lidd. Han erkjente at skadene hadde vært store på begge sider, og med en nesten matematisk presisjon som var typisk for ham som person, satte han opp et regnskap over deres respektive tap. På familien Vandoulakis' side: en fengslet sønn, en vanæret nevø, et familienavn som var lagt i ruiner. På familien Petrakis' side: en død datter, en familie som var ødelagt av et mord og, før det, av spedalskhet. Slik han så det, balanserte regnskapet. Personen som sto i midten, var Sofia, og det var alles ansvar å sørge for at den lille piken fikk et anstendig liv.

Alexandros skrev til slutt til Giorgis.

Vi har hatt våre uoverensstemmelser, men det er på tide å sette en strek over dem. Sofia vokser opp uten sine foreldre, og det beste vi kan tilby henne er de gjenværende familiemedlemmenes kjærlighet og nærhet. Eleftheria og jeg ville sette stor pris på det om du og Maria ville spise lunsj med oss neste søndag.

Giorgis hadde ikke telefon, men han skyndte seg ned til baren og brukte den som var der. Han ønsket umiddelbart å fortelle Alexandros at de takket ja til invitasjonen, og med glede ville komme, og det var akkurat det han ga beskjed om til Vandoulakis' husholderske. Maria ble imidlertid fylt med blandede følelser da hun leste brevet.

«Våre *uoverensstemmelser*!» utbrøt hun hånlig. «Mon tro hva han mener med det? Hvordan kan han beskrive det at sønnen hans drepte datteren din som en uoverensstemmelse?»

Maria var hvit av sinne.

«Påtar han seg ikke et fnugg av ansvar? Hvor er angeren? Hvor er unnskyldningen?» skrek hun og veivet med brevet.

«Maria, hør på meg. Ro deg ned. Han påtar seg ikke ansvaret fordi han ikke bærer det,» sa Giorgis. «En far kan ikke være ansvarlig for alt barnet hans gjør, kan han vel.»

Maria tenkte seg om et øyeblikk og innså at faren hadde rett. Hvis foreldre skulle belastes med sine barns feil, ville verden se ganske annerledes ut. Det ville bety at det var Giorgis' feil at eldstedatteren hadde drevet ektemannen til å skyte henne ved sin egen uvørne og svikefulle oppførsel. Det var selvsagt absurd. Hun måtte erkjenne at hun tok feil, om enn motvillig.

«Du har rett, far,» sa hun. «Du har rett. Det eneste som virkelig betyr noe, er Sofia.»

En slags tilnærming utviklet seg mellom de to familiene etter dette, med stilltiende erkjennelse av at begge parter kunne bebreides for katastrofen som hadde skadet dem alle. Helt fra begynnelsen av var Sofia godt skjermet. Hun bodde sammen med besteforeldrene, men en gang i uken var hun i Pláka for å tilbringe dagen sammen med morfaren og Maria, som gjorde alt de kunne for å glede henne. De dro på båtturer, fanget fisk og krabbe og kråkeboller, badet i sjøen og gikk korte turer på stien langs klippene. Klokken seks, når de kjørte Sofia tilbake til besteforeldrenes hus utenfor Eloúnda, var alle utslitt. Sofia nøt de tre besteforeldrenes hengivne oppmerksomhet. På mange måter var hun heldig.

Da våren gikk over til forsommer, talte Kyritsis opp at det var gått to hundre dager siden Annas begravelse – og den dagen han hadde kjørt Maria til Eloúnda og innså at de likevel ikke kom til å tilbringe fremtiden sammen. Hver dag anstrengte han seg for ikke å tenke på hvordan det kunne ha blitt. Han førte det samme disiplinerte livet som han alltid hadde gjort: stilte på sykehuset presis klokken halv åtte hver morgen og gikk hjem igjen når klokken var nesten åtte om kvelden, med noen ensomme timer med lesing, studier og brevskrivning foran seg. Det beskjeftiget ham helt og fullt, og mange misunte ham hans selvoppofrelse og den åpenbart dype interessen for det han drev med.

Bare uker etter at pasientene hadde forlatt Spinalónga, hadde nyheten om at øya ikke lenger var i bruk som leprakoloni, spredd seg til hele Kreta. Det betydde at mange som hadde vært redde for å oppsøke lege med sine mulige leprasymptomer, nå kom inn fra landsbyene for å få hjelp. Siden de visste at behandling ikke lenger var ensbetydende med forvisning til kolonien, våget de å gi seg til kjenne og oppsøkte mannen som hadde fått æren for å ha bragt en kur mot spedalskhet til Kreta. Selv om beskjedenhet forhindret dr. Kyritsis fra å sole seg i glansen, spredde berømmelsen hans seg. Straks diagnosen var bekreftet, kom de rammede til ham for å få sine regelmessige sprøyter med dapson, og vanligvis begynte forbedringene å melde seg etter bare noen måneder med de korrekte dosene.

I mange måneder fortsatte Kyritsis arbeidet som avdelingsoverlege på hovedsykehuset i Iráklio. Ingenting burde ha vært mer givende enn å se pasient etter pasient forlate ham kurert for sykdommen. Men det eneste han følte, var en fryktelig tomhet. Han følte det på sykehuset, og han følte det hjemme, og hver dag ble en større prøvelse enn den forrige mens han tvang seg opp av sengen og bega seg av sted til sykehuset. Han begynte endatil å spørre seg selv om hvorfor han nødvendigvis måtte administrere medisinene. Kunne ikke en annen klare den samme jobben? Var det virkelig behov for ham?

Det var akkurat på denne tiden – da han følte seg overflødig på sykehuset og tom utenfor det – han fikk et brev fra dr. Lapakis, som hadde giftet seg etter at Spinalónga ble nedlagt og fått stillingen som overlege på hudavdelingen på sykehuset i Ájos Nikólaos.

Kjære Nikolaos,

Hvordan har du har det? Tiden har gått så fort siden vi alle forlot Spinalónga, og jeg har tenkt så mye på å kontakte deg. Men livet er hektisk her i Ájos Nikólaos, og sykehuset er blitt kraftig utvidet siden jeg var her på heltid. Kom for all del og besøk oss hvis du trenger en pause fra Iráklio. Min kone og jeg hører så mye om deg og vil veldig gjerne treffe deg.

Vennlig hilsen
Christos

Det ga Kyritsis noe å tenke på. Hvis en han respekterte så høyt som Christos Lapakis kunne finne det givende å arbeide i Ájos Nikólaos, kunne det kanskje også være noe for ham. Hvis Maria ikke kunne komme til ham, måtte han komme til henne. Hver tirsdag trykket Kretas dagsavis kunngjøringer om ledige stillinger, og hver uke leste han dem og håpet å finne arbeid nærmere kvinnen han elsket. Ukene gikk, og flere egnede stillinger ble utlyst i Khaniá, men de ville bare føre ham enda lenger vekk fra det ønskede bestemmelsesstedet. Resignasjonen satte inn, til han en dag fikk et nytt brev fra Lapakis.

Kjære Nikolaos,

Jeg håper alt står bra til med deg. Du vil sikkert synes jeg er en tøffelhelt, men jeg planlegger å si opp stillingen min her. Konen min ønsker å bo nærmere foreldrene sine i Réthymno, så vi kommer til å flytte i løpet av noen få måneder. Det slo meg nylig at du kanskje ville være interessert i å overta avdelingen min. Sykehuset ekspanderer fort, og større sjanser kan by seg siden. Uansett syntes jeg at jeg burde informere deg om planene mine.

Vennlig hilsen
Christos

Selv om ingenting noen gang var blitt sagt, visste Lapakis at kollegaen hadde knyttet nære bånd til Maria Petrakis, og han var blitt forferdet over å høre at Kyritsis hadde dratt alene tilbake til Iráklio. Han antok at Maria hadde følt seg forpliktet til å bli værende hos faren, og betraktet hele situasjonen som meningsløs.

Kyritsis leste brevet både en og to ganger før han stakk det i brystlommen på den hvite frakken. Flere ganger i løpet av dagen tok han det frem og lot blikket gli over ordene igjen og igjen. Selv om en jobb i Ájos Nikólaos ville lukke mange dører i karrieren hans, ville én dør i livet hans åpne seg: anledningen til å bo nærmere Maria. Samme kveld skrev han til kameraten sin og spurte ham hvordan han skulle forfølge denne muligheten. Det var en del formaliteter å ta hensyn til, og andre kandidater som skulle intervjues, svarte Lapakis, men hvis Kyritsis sendte inn en søknad i løpet av en uke, var det stor sannsynlighet for at han ville komme med i betraktningen når stillingen skulle besettes. Sannheten var, som de begge utmerket godt visste, at Kyritsis var overkvalifisert for arbeidet. Ingen tvilte på hans evner til å mestre jobben, og sykehuset var henrykt, om enn litt forundret, over at en mann av hans kaliber og anseelse hadde søkt. Han ble innkalt til intervju, og så gikk det bare noen dager før han fikk bekreftelsen på at stillingen var hans hvis han fortsatt ville ha den.

Kyritsis' plan var å etablere seg i sitt nye liv før han kontaktet Maria. Han ville ikke at hun skulle komme med noen innvendinger mot denne karrieremessige helomvendingen og planla rett og slett å presentere situasjonen for henne som et *fait accompli.* En knapp måned senere, etter at han hadde flyttet inn i et lite hus ikke så langt fra sykehuset, kjørte han til Pláka, som bare lå femogtyve minutter unna. Det var en søndagsmorgen i mai, og da Maria åpnet døren og fikk se Kyritsis stå utenfor, bleknet hun av overraskelse.

«Nikolaos!» gispet hun.

En spinkel stemme lød fra et sted ved Marias skjørt, og et lite ansikt kom til syne omtrent i knehøyde.

«Hvem er det, tante Maria?»

«Det er dr. Kyritsis, Sofia,» svarte hun med en stemme som bare så vidt kunne høres.

Maria flyttet seg til side, og Kyritsis skrittet over terskelen. Hun så på ryggen hans da han passerte, den samme slanke, ranke ryggen hun hadde sett så mange ganger da han gikk fra huset hennes og oppover hovedgaten på Spinalónga, mot sykehuset. Plutselig virket det som om det bare var et øyeblikk siden hun hadde vært på øya og dagdrømt om en fremtid med ham.

Maria skalv mens hun satte frem kopper og fat, og de klirret kraftig. Snart satt hun og Kyritsis så bekvemt de kunne på de harde trestolene og drakk kaffe akkurat som de var blitt vant til fra Spinalónga. Maria prøvde forgjeves å finne på noe å si. Kyritsis, derimot, gikk rett på sak.

«Jeg har flyttet,» sa han.

«Hvor til?» spurte Maria høflig.

«Ájos Nikólaos.»

«Ájos Nikólaos?»

Hun satte nesten ordene i halsen. Forbløffelse og henrykkelse fylte henne i like deler mens hun strevde med å forstå alt det denne kunngjøringen kunne innebære.

«Sofia,» sa hun til den lille piken som satt ved bordet og tegnet, «kan du ikke gå opp og hente den nye dukken din og vise den til dr. Kyritsis ...»

Marias lille niese forsvant opp trappen for å finne leketøyet, og dr. Kyritsis lente seg frem over bordet. For tredje gang i sitt liv hørte Maria ordene: «Gift deg med meg.»

Hun visste nå at Giorgis var i stand til å ta vare på seg selv. De hadde forsonet seg med Annas død, og Sofia hadde bragt glede og adspredelse inn i livene deres. Avstanden til Ájos Nikólaos betydde at Maria kunne besøke faren flere ganger i uken og samtidig fortsette å treffe Sofia. Det tok bare et øyeblikk før alle disse tankene var tenkt, og før hun hadde trukket sitt neste åndedrag, hadde hun gitt ham svaret sitt.

Giorgis kom tilbake like etter. Han hadde ikke vært så lykkelig siden han fikk vite at Maria var kurert. Allerede neste dag hadde ryktet spredd seg til hele Pláka om at Maria skulle gifte seg med mannen som hadde helbredet henne, og forberedelsene til bryllupet begynte umiddelbart. Fotini, som aldri hadde mistet håpet om at Maria og Kyritsis en dag ville finne sammen, deltok med liv og lyst i planleggingen. Hun og Stephanos skulle være vertskap for selskapet før vielsen, og så skulle alle vennene deres samles i tavernaen til en stor fest etterpå.

Sammen med presten ble de enige om å feire bryllup bare fjorten dager senere. Det var ingen grunn til å vente. Paret hadde et hus å flytte inn i, de hadde kjent hverandre i noen år, og Maria hadde allerede en slags utstyrskiste. Hun hadde også en brudekjole, den hun hadde kjøpt til bryllupet med Manoli. I fem år hadde den ligget på kistebunnen innpakket i lag på lag av silkepapir. Et par dager etter Kyritsis' andre frieri, tok hun den frem, ristet ut rynkene og prøvde den på.

Den passet henne fremdeles like godt som den hadde gjort den dagen den ble kjøpt. Hun hadde praktisk talt ikke forandret seg i det hele tatt.

«Den er perfekt,» sa Fotini.

Kvelden før bryllupet satt de to kvinnene hjemme hos Fotini og planla hvordan Maria skulle ha håret.

«Du tror ikke det bringer uhell hvis jeg gifter meg i den samme kjolen som jeg skulle ha båret i et annet bryllup? Et bryllup det aldri ble noe av?»

«Uhell?» svarte Fotini. «Jeg tror du har opplevd mer enn din del av uhell, Maria. Jeg må innrømme at jeg trodde at skjebnen var ute etter deg, men ikke nå lenger.»

Maria holdt kjolen opp foran seg og studerte seg selv i det

høye speilet på Fotinis soverom. De luftige lagene med blonder falt i kaskader rundt føttene, og tøyet raslet rundt anklene. Med hodet kastet tilbake begynte hun å snurre rundt og rundt som et barn.

«Du har rett … du har rett … du har rett …» sang hun rytmisk og stakkåndet. «Du har rett … du har rett … du har rett …»

Først da hun ble svimmel, sluttet Maria å svinge seg rundt og kastet seg ned på sengen.

«Jeg føler meg,» sa hun, «som verdens lykkeligste menneske. Ingen i hele verden kan være så lykkelig som jeg er.»

«Du fortjener det, Maria, det gjør du virkelig,» svarte bestevenninnen.

Det banket på soveromsdøren, og Stephanos stakk hodet inn til dem.

«Beklager at jeg forstyrrer,» sa han spøkefullt. «Vi skal feire bryllup her i morgen, og jeg prøver å gjøre alt klart til festen. Jeg kunne faktisk trenge litt hjelp.»

De to kvinnene lo, og Maria hoppet ut av sengen og la kjolen fra seg over en stol. Begge løp ned trappen etter Stephanos og fniste som de småjentene de en gang hadde vært, fulle av forventninger til Marias store dag.

De våknet til en klar maidag. Samtlige av innbyggerne i Pláka møtte frem for å følge bryllupsprosesjonen det korte stykket fra Marias hjem til kirken i den andre enden av landsbyen. Alle ønsket å forsikre seg om at den vakre, mørkhårete kvinnen i hvitt ble ført trygt frem til seremonien og at ingenting ville komme i veien for et lykkelig ekteskap denne gangen. Kirkedørene ble stående åpne under vielsen, og folk strakte hals for å få et glimt av det som skjedde i den andre enden av kirkeskipet. Dr. Lapakis var forlover, *koumbaros*. Han var en velkjent skikkelse i Pláka –

folk husket hans daglige turer frem og tilbake til Spinalónga – men det var færre som husket Kyritsis. Hans tilstedeværelse hadde vært mer flyktig, men alle visste hvilken avgjørende rolle han hadde spilt for nedleggelsen av leprakolonien.

Mens paret sto ved alteret, kronet presten dem med de tradisjonelle blomsterkransene. Stillheten i kirken var til å ta og føle på, og også de som sto i solskinnet utenfor forholdt seg tause mens de anstrengte seg for å høre det presten sa.

«Guds tjener, Maria, krones til Guds tjener, Nikolaos ... I faderens, sønnens og den Hellige Ånds navn, nå og for all evighet. Å, Herre, vår Gud, kron dem med din ære.»

Alle lyttet mens presten leste fra de kjente bryllupstekstene, Paulus' brev til efeserne og til disippelen Johannes. Ingenting ved seremonien var forhastet eller overfladisk. Dette var det mest høytidelige og bindende av alle sakramentene, og varigheten forsterket betydningen av den for de to hovedpersonene som sto ved alteret. Over en time senere avsluttet presten ritualet.

«La oss be for bruden og brudgommen. At de må få oppleve nåde, liv, fred, sunnhet og frelse. Må Kristus, vår sanne Gud, som ved sitt nærvær i Kanaan i Galilea anerkjente ekteskapets verdighet, se i nåde til oss. Å, Herre Jesus Kristus, se i nåde til oss.»

Et rungende «Amen» ga gjenlyd mellom veggene i kirken, og endelig var ekteskapet inngått. Sukrede mandler ble delt ut til alle som hadde vært til stede, både inne i kirken og utenfor. De var et symbol på overfloden og gleden alle håpet skulle prege Maria og Kyritsis' liv. Det var ikke en sjel som ønsket dem noe annet.

Giorgis hadde sittet på fremste rad i kirken sammen med Eleftheria og Alexandros Vandoulakis. Det viste for alle tilstedeværende at de to familiene var forsonet, og mellom dem satt lille Sofia, betatt og begeistret av all prakten og stasen som preget bryllupet. For Giorgis føltes bryllupet som en bekreftelse på en ny begynnelse, og en visshet om at alle fortidens sorger nå lå bak ham. Det var første gang på mange år han følte fred.

Da Maria kom kronet ut av kirken sammen med sin sølvhårede brudgom, møtte folk dem med jubel og fulgte etter dem i solskinnet til tavernaen, der feiringen kunne begynne. Festen Stephanos stelte i stand for alle gjestene den kvelden, var enestående. Vinen flommet, og korkene smalt av flaskene med *tsikoudia* til langt på natt. Under stjernene holdt orkesteret musikken gående til de dansende var følelsesløse i føttene. Det ble ikke skutt opp fyrverkeri.

De tilbragte de to første nettene av ekteskapet på et stort hotell med utsikt over havnen i Ájos Nikólaos, men begge var ivrige etter å komme i gang med det neste stadiet i livet. I løpet av de siste to ukene før bryllupet, hadde Maria flere ganger vært i huset som skulle bli hjemmet deres. Det ville bli første gang hun skulle bo i en stor, hektisk by, og hun så frem til forandringen. Huset lå i en bratt skråning i nærheten av sykehuset og hadde smijernsbalkong og vinduer fra gulv til tak, i likhet med alle de andre husene i gaten. Det var en høy, smal bygning over tre etasjer, malt i en lys, lys akvamarin farge.

Dr. Kyritsis selv var ny i byen, så det oppsto ingen sladder da han kom hjem med bruden sin, og stedet lå langt nok unna Marias gamle hjem til at hun kunne begynne på nytt. Ingen kjente til hennes medisinske historie her, bortsett fra ektemannen.

Fotini var den første til å komme på besøk sammen med Mattheos og lille Petros, og Maria viste henne stolt rundt.

«Se på disse store vinduene!» utbrøt Fotini. «Og der borte har vi sjøen. Og se, gutter, det er til og med en liten hage her!»

Huset var finere og rommeligere enn noe i Pláka, og møblene mer elegante enn den landsbystilen som fortsatt preget de fleste hjem på den tiden. Også kjøkkenet var en god del mer sofistikert enn det Maria hadde vokst opp med: for første gang i sitt liv hadde hun kjøleskap, en moderne komfyr og elektrisitet som kom og gikk.

I noen måneder kunne ikke livet vært bedre. Maria elsket det nye hjemmet oppe i åsen ved sykehuset, og snart var det innredet etter hennes smak og pyntet med broderier hun selv hadde laget og innrammede fotografier av familien. Men en formiddag tidlig i september hørte hun det kime i telefonen de nylig hadde fått installert. Det var Giorgis. Han ringte svært sjelden, så hun skjønte at det var noe galt.

«Det gjelder Eleftheria,» sa han på sin vanlige, kontante måte. «Hun døde i morges.»

I de siste månedene hadde Giorgis utviklet et nært vennskap til ekteparet Vandoulakis, og Maria hørte sorgen i stemmen hans. Ingenting hadde tydet på at hun var syk, så det plutselige og uventede slaget som rammet den eldre kvinnen, kom som et sjokk på alle. Begravelsen ble holdt noen dager senere, og det var først mot slutten av seremonien, da Maria så sin lille niese hånd i hånd med bestefedrene, at alvoret gikk fullt og helt opp for henne. Sofia trengte en mor.

Hun klarte ikke å riste tanken av seg. Den fulgte henne hele tiden, festet seg til henne som en tistel festet seg til ull. Den lille piken var bare tre år gammel – hvordan skulle det gå med henne? Sett at Alexandros også døde? Han var minst ti år eldre enn Eleftheria hadde vært, så det var fullt mulig at det kunne skje, og hun forsto at Giorgis aldri ville klare å ta seg av barnebarnet på egen hånd. Hva Sofias far angikk, så hadde dommeren – til tross for Andreas' bønn om barmhjertighet under rettssaken – ilagt ham en straff som innebar at han ikke ville være ute av fengselet før datteren var minst seksten.

Mens de nippet til vinglassene i halvmørket i familien Vandoulakis' dagligstue i Eloúnda, et rom som syntes å være skapt for sørgelige sammenkomster, med de nifse familieportrettene og de tunge møblene, virket løsningen mer og mer innlysende. Men dette var ikke tidspunktet for å diskutere den med noen, selv om hun nå verket etter noen å betro seg til. Det virket som om veggene selv hvisket mens folk snakket med de lave, beherskede stemmene til dem som følte at selv klirringen i glass kunne ødelegge alvoret i atmosfæren. Hele tiden ønsket Maria å klatre opp på en stol og kunngjøre høyt og tydelig hva hun ville gjøre, men hun ble nødt til å vente i en times tid, til det var på tide å dra, før hun snakket med Kyritsis. Allerede før de var kommet inn i bilen, grep hun ham i armen.

«Jeg har fått en idé,» brast det ut av henne. «Angående Sofia.»

Hun behøvde ikke å si mer. Kyritsis hadde tenkt det samme.

«Jeg vet det,» svarte han. «Hun har mistet to mødre nå, og hvem vet hvor lenge Alexandros vil leve etter dette?»

«Han elsket Eleftheria dypt, og nå er han sønderknust. Jeg kan ikke forestille meg hvordan livet vil bli for ham uten henne.»

«Vi bør tenke grundig gjennom dette. Det er kanskje feil tidspunkt å foreslå at Sofia skal komme og bo hos oss, men det er jo ingen langsiktig løsning at hun skal bo sammen med bestefaren, eller hva?»

«Hva om vi dro tilbake hit og drøftet dette med ham om noen dager?»

Bare to dager senere, etter å ha ringt på forhånd for å fortelle ham at de ville komme, satt Maria og Nikolaos Kyritsis igjen i Alexandros Vandoulakis' dagligstue. Den engang så staute skikkelsen syntes å ha krympet siden begravelsen, da han hadde holdt hodet stolt hevet under hele seremonien.

«Sofia har allerede lagt seg,» sa han mens han serverte dem noe å drikke fra en flaske som sto på skjenken. «Ellers ville hun kommet ned og sagt hei til dere.»

«Det er angående Sofia vi er kommet,» begynte Maria.

«Jeg tenkte meg det,» sa Vandoulakis. «Saken trengs knapt å diskuteres engang.»

Maria bleknet. Kanskje det hadde vært et fryktelig feilgrep å komme.

«Eleftheria og jeg diskuterte akkurat dette for bare noen måneder siden,» begynte Vandoulakis. «Vi snakket om hva som ville skje med Sofia hvis en av oss døde – skjønt vi antok naturligvis at det ville bli meg som gikk bort først. Det vi ble enige om, var at hvis en av oss ble alene, ville det beste for barnebarnet vårt være om noen yngre mennesker tok seg av henne.»

Alexandros Vandoulakis hadde vært vant til å ha kommandoen i mange tiår, men likevel forbløffet det dem at han hadde tatt fullstendig kontroll over situasjonen. De behøvde ikke å si noe som helst.

«Den greieste løsningen for Sofia ville være om hun fikk bo hos dere,» sa han. «Kunne dere tenke dere det? Jeg vet at du er svært glad i henne, Maria, og som hennes tante er du hennes nærmeste kjødelige slektning.»

En stund hadde Maria problemer med å snakke, men Kyritsis klarte å si alt som var nødvendig.

Neste dag, etter at Kyritsis var ferdig for dagen på sykehuset, dro han og Maria tilbake til Alexandros' hus, og i fellesskap begynte de å forberede Sofia på den neste etappen i livet. Et par uker etter hadde hun flyttet for godt til huset i Ájos Nikólaos.

I begynnelsen var Maria nervøs. I løpet av et år etter at hun forlot Spinalónga, var hun blitt hustru, og nå, nesten over natten, mor til en treåring. Hun behøvde imidlertid ikke å ha bekymret seg. Sofia viste vei og hadde ingen problemer med å tilpasse seg et par som var så mye yngre og mer energisk enn besteforeldrene. Til tross for den traumatiske starten hun hadde fått på livet, var hun en tilsynelatende lykkelig jente som trivdes i selskap med andre barn, som det vrimlet av i hennes egen gate.

Kyritsis hadde også hatt sine betenkeligheter med å bli forelder. Selv om han alltid hadde hatt barn blant sine pasienter, hadde han bare hatt begrenset kontakt med noen som var så unge som Sofia. Den lille piken hadde vært litt skeptisk til ham i begynnelsen, men så oppdaget hun at det ikke skulle noe til for å få det alvorlige ansiktet til å lyse opp i et stort smil. Kyritsis forgudet henne snart, og fikk etter hvert hyppige skjennepreken er av konen sin.

«Du skjemmer henne fullstendig bort,» klaget hun da hun så hvordan Sofia snurret Nikolaos rundt lillefingeren.

Så snart Sofia begynte på skolen, bestemte Maria seg for å ta den utdannelsen hun trengte for å kunne arbeide på sykehusets apotek. Det var den perfekte fortsettelsen på arbeidet hennes med naturmedisin, som hun også fortsatte med. En gang i uken tok Maria, som hadde lært seg å kjøre etter at hun giftet seg, Sofia med seg hjem til farfaren, der hun overnattet i soverommet som alltid sto klart til henne. Når Maria hentet henne dagen etter, fortsatte de vanligvis til Pláka, der de besøkte Giorgis. På nesten samtlige av disse utfluktene besøkte de Fotini også, og mens de to kvinnene snakket om alt som skjedde i livene deres, lekte Sofia på stranden rundt tavernaen med Mattheos og Petros.

Livet fortsatte på denne lykkelige og stabile måten en stund. Sofia trivdes med de rutinemessige besøkene hos bestefedrene en gang i uken, og med all spenningen hun opplevde ved å vokse opp i en stor havneby. Litt etter litt forsvant erindringen om at Maria og Nikolaos ikke var hennes rette foreldre, og huset i Ájos Nikólaos var alt hun var i stand til å huske fra barndommen. Det eneste som manglet i livene deres, var en bror eller søster til Sofia. Det var noe de sjelden snakket om, men det tynget Maria at hun ikke hadde satt et eget barn til verden.

Da Sofia var ni, døde Alexandros Vandoulakis. Han sovnet fredelig inn i sengen sin etter å ha fullført alle detaljer ved testamentet, der det ble fastslått at godset skulle deles likt mellom de to døtrene hans og deres familier, og et generøst beløp skulle settes inn i et legat for Sofia. Tre år senere ble Giorgis sengeliggende etter en brystinfeksjon og flyttet inn i huset i Ájos Nikólaos for å bli pleiet av Maria. I de neste to årene tilbragte Sofia, som nå var blitt tenåring, mange timer hver dag på sengeteppet hans mens de spilte backgammon. En høstdag like før Sofia kom hjem fra skolen, døde han. Begge kvinnene i livet hans var utrøstelige. Det eneste som gledet dem, var synet av alle dem som kom i begravelsen. Den ble holdt i Pláka, landsbyen der han hadde levd nesten hele livet, og kirken var fylt med mennesker som med stor hengivenhet mintes den fåmælte fiskeren som hadde båret så mye ulykke uten noen gang å beklage seg.

En kjølig morgen tidlig på nyåret, kom det en maskinskrevet konvolutt som var poststemplet i Iráklio. Den var adressert til «Sofia Vandoulakis' formyndere». Marias mage gjorde et hopp da hun så navnet. Sofia visste ikke at hun hadde det navnet, og Maria snappet bevet opp fra dørmatten og gjemte det straks innerst i en skuff. Det var bare ett mulig opprinnelsessted for et brev som var adressert på denne måten, og Maria ble full av uro, men hun ville vente til ektemannen kom tilbake med å finne ut om uroen var berettiget.

Omtrent klokken ti samme kveld kom Nikolaos hjem fra en lang dag på sykehuset. Sofia hadde gått og lagt seg en time tidligere. Spent snittet Nikolaos opp konvolutten med en brevåpner av sølv og trakk ut det stive papirarket.

Til rette vedkommende,

De satt ved siden av hverandre i sofaen, tett sammen, og Nikolaos skalv litt på hånden mens han holdt brevet slik at de begge kunne lese det.

Vi beklager å måtte meddele Dem at Andreas Vandoulakis døde 7. januar. Dødsårsaken var lungebetennelse. Begravelsen vil finne sted 14. januar. Vennligst bekreft mottakelsen av dette brevet.

Med vennlig hilsen,
Direktøren ved Iráklio fengsel

En stund sa ingen av dem noe. Men både en og to ganger leste de det nøkterne skrivet. Andreas Vandoulakis. Navnet hadde vært ensbetydende med rikdom og en løfterik fremtid en gang i tiden. Det var vanskelig å fatte, selv etter den grusomme hendelsen et tiår tidligere, at et så privilegert menneskes liv skulle ende i en rå fengselscelle. Uten et ord reiste Nikolaos seg, stakk brevet tilbake i konvolutten, gikk gjennom rommet og låste det ned i skrivebordet sitt. Det var ingen sjanse for at Sofia noen gang skulle finne det der.

To dager senere var Maria den eneste sørgende da Andreas' kiste ble lagt i en fattiggrav. Ingen av søstrene hans deltok. De ville ikke engang ha ofret det en tanke. Hva dem angikk, hadde broren vært så godt som død i mange, mange år.

Det var blitt sent på sekstitallet, og den første bølgen med turister var begynt å komme til Kreta, mange av dem også til Ájos Nikólaos som fungerte som en magnet på nordeuropeere på jakt etter solskinn, varm sjø og billig vin. Sofia var fjorten og egenrådig. Med foreldre som var så konvensjonelle, oppdaget hun snart at en effektiv måte å gjøre opprør på, var å farte rundt i byen med gutter fra Frankrike og Tyskland som var henrykt over å få være i selskap med en vakker, gresk jente med en fantastisk figur og hår helt ned til midjen. Selv om Nikolaos hatet å krangle med Sofia, var de hissige konfrontasjonene mellom dem en nesten daglig foreteelse i sommermånedene.

«Hun har arvet morens utseende,» sa Maria fortvilet en sen kveld da Sofia ennå ikke var kommet hjem. «Men nå kan det virke som om hun har arvet mer enn som så.»

«Vel, jeg tror at jeg endelig vet hvilken side i debatten mellom arv og miljø jeg står på,» sa Kyritsis bedrøvet.

Selv om hun gjorde opprør på en rekke områder, var Sofia flink på skolen, og da hun ble atten, var det på tide å vurdere universitet. Det var en mulighet som aldri hadde stått åpen for Maria, men som både hun og Nikolaos ønsket for Sofia. Maria hadde alltid regnet med at hun kom til å studere ved universitetet i Iráklio, men hun ble skuffet. Helt siden Sofia var liten, hadde hun sett store skip komme og gå fra det greske fastlandet. Hun visste at Nikolaos hadde studert i Athen, og det var dit hun ville. Maria, som aldri hadde vært utenfor Kreta, ble full av angst da hun fikk høre at Sofia hadde ambisjoner om å dra lenger av sted.

«Men universitetet i Iráklio er like godt som noe på fastlandet,» sa hun til Sofia.

«Det er det sikkert,» svarte Sofia. «Men hva er galt med å dra litt lenger bort?»

«Det er absolutt ingenting i veien med det,» svarte Maria defensivt. «Men Kreta virker som et stort nok sted for meg. Det har sin egen historie og sine egne skikker.»

«Det er nøyaktig det jeg mener,» bjeffet Sofia og blottet den jernharde besluttsomheten som ingenting kunne bøye. «Kreta er altfor opptatt av sin egen kultur. Enkelte ganger er det som om vi er isolert fra verden utenfor. Jeg vil til Athen eller Thessaloniki – de byene står i det minste i forbindelse med resten av verden. Det skjer så mye der ute, og mesteparten av det berører ikke engang oss som bor her.»

Hun la for dagen en reiselyst som bare var naturlig for en jente på hennes stadium i livet. Nå for tiden var det som om alle på hennes alder verket etter å komme seg ut og se mer av verden. Men Maria ble fylt med gru. I tillegg til frykten for å miste Sofia, fikk det henne nok en gang til å lure på hvem som egentlig var faren til Sofia. Manoli ville ha snakket på denne måten, om at Kreta bare var en liten øy på en stor planet og om hvilke spennende muligheter som fantes bortenfor horisonten. Det var noe mistenkelig kjent ved denne utferdstrangen.

Da juni kom, hadde Sofia bestemt seg. Hun ville til Athen, og foreldrene skulle ikke få stå i veien for henne. I slutten av august skulle hun seile sin vei.

Kvelden før datteren skulle ta båten til Pireás, satt Maria og Nikolaos i hagen under en gammel vinranke som bugnet av modnende klaser med rødblå druer. Sofia var ute. Nikolaos nøt de siste dråpene fra en stor glassballong med metaxa.

«Vi blir nødt til å fortelle henne det, Maria,» sa han.

Han fikk ikke svar. I de siste månedene hadde de diskutert for og imot å fortelle Sofia at de ikke var hennes biologiske foreldre. Kyritsis tok imidlertid ikke den endelige avgjørelsen før Maria hadde innrømmet at det var en viss mulighet for at Manoli kunne være Sofias far. Piken var nødt til å få vite det. Siden det var en sjanse for at faren hennes bodde og arbeidet i Athen, eller hvor som helst ellers for den saks skyld, måtte hun få vite sannheten. Maria innså at Nikolaos hadde rett og at de måtte snakke med Sofia før hun reiste til Athen, men hver dag skjøv hun problemet foran seg.

«Hør her, jeg har ingenting imot å si det som bør sies,» sa Nikolaos. «Jeg synes bare ikke vi kan utsette dette lenger.»

«Ja, ja, jeg vet at du har rett,» sa Maria og trakk pusten dypt. «La oss fortelle henne det i kveld.»

De satt i den varme sommernatten og så på to mygg som danset rundt stearinlyset. Av og til ble stillheten brutt av raslingen fra en firfirsle som traff et dødt blad med den lange halen før den løp lettbent oppover husveggen. Hva hadde de glitrende stjernene i vente for familien hennes? undret Maria seg. Det virket som om de alltid holdt øye med henne og kjente det neste kapittelet før hun selv gjorde det. Det ble sent, og fremdeles var ikke Sofia kommet tilbake, men de aktet ikke å gi opp og gå til sengs. Det de måtte gjøre, kunne ikke utsettes enda en dag. Da klokken ble kvart på elleve, hadde temperaturen falt, og Maria skuttet seg.

«Skal vi gå inn?» spurte hun.

Tiden sneglet seg av sted de neste femten minuttene, men så hørte de gatedøren smelle igjen. Sofia var hjemme.

DEL 4

Kapittel 25

IDET FOTINI KOM TIL DETTE punktet i fortellingen, ble hun plutselig overveldet over ansvaret hun påtok seg ved å beskrive følelsene til en som absolutt var stand til å fortelle sin egen historie. Selv om Fotini visste like godt som noen andre hvordan Sofia måtte ha følt det, men hvem kunne vel fortelle historien bedre enn den som faktisk hadde fått sannheten kastet i ansiktet på seg? Det var Sofia som den augustkvelden, uten hell, hadde prøvd å fatte det da foreldrene hennes avslørte at de ikke var foreldrene hennes i det hele tatt; det var hun som hadde måttet innse at hennes biologiske mor ikke lenger levde, og at ingen var helt sikker på hvem faren hennes var. Hun kunne aldri være sikker på noe som helst igjen. Om jorden hadde gynget under bena hennes og hele Kreta hadde ristet under kraftige skjelv, kunne hun ikke ha følt seg mer usikker.

Fotini skjønte at det bare var én ting å gjøre, og det eneste som skulle til, var en telefonsamtale til Sofia i London. Hun unnskyldte seg og lot Alexis sitte alene igjen og betrakte den nå velkjente utsikten mot Spinalónga.

Så snart Sofia tok telefonen, visste hun hvem det var som ringte.

«Fotini! Er det deg?»

«Det er meg. Hvordan har du det, Sofia?»

«Helt utmerket, takk. Har datteren min, Alexis, vært og besøkt deg? Jeg ga henne et brev til deg.»

«Visst har hun vært og besøkt meg, og hun er her ennå. Vi har hatt en svært givende tid sammen, og jeg har gjort nesten alt du ba meg om.»

Det oppsto en merkbar usikkerhet i den andre enden. Fotini fikk det travelt.

«Sofia, hvor lang tid vil det ta deg å komme hit? Jeg har fortalt Alexis alt jeg kan, men enkelte ting synes jeg ikke det er riktig av meg å snakke om. Hun må snart dra for å treffe kjæresten, men hvis du kunne komme hit før hun reiser, kunne vi få noen dager sammen her, alle tre. Hva sier du til det?»

Fortsatt var det stille i den andre enden.

«Sofia? Er du der?»

«Ja, jeg er her ...»

Invitasjonen var så uventet. Det var tusen grunner til at Sofia ikke kunne slippe alt hun hadde i hendene og sette seg på et fly til Hellas, men det var også mange gode grunner til at hun burde gjøre det, og på et øyeblikk bestemte hun seg for å ignorere alle innvendingene hun måtte ha. Hun skulle være på plass på Kreta neste dag, uansett hva som ville skje.

«Hør her, jeg skal se om det er mulig å få plass på et fly. Det ville vært herlig å komme til Pláka etter all denne tiden.»

«Fint. Jeg sier ikke noe til Alexis, men jeg krysser fingrene for at vi sees i morgen.»

Sofia hadde ingen problemer med å få plass på et fly til Athen. På denne tiden av året var trafikken liten, og det gikk et fly fra Heathrow samme ettermiddag. I all hast pakket hun en liten veske og la igjen en beskjed på Marcus' telefonsvarer for å forklare ham hvor hun hadde gjort av seg. Flyet lettet i tide, og klokken åtte samme kveld satt hun i en drosje på vei mot Pireás, der hun tok nattbåten til Iráklio. Mens fergen duvet fra side til side på sin vei sørvestover, fikk Sofia rikelig tid til å grue seg til det som kanskje ville møte henne når hun kom frem. Hun kunne nesten ikke tro at hun hadde bestemt seg for å gjøre dette. Reisen til Pláka ville bli så tungt lastet av minner at det overrasket henne at hun hadde begitt seg ut på den, men Fotini hadde lydd så overbevisende. Kanskje det virkelig var på tide at hun tok et endelig oppgjør med fortiden.

Neste morgen, mindre enn fireogtyve timer etter telefonsamtalen, så Fotini en bil stoppe i sidegaten like ved tavernaen. En litt fyldig, blond kvinne steg ut. Selv om det var tyve år siden Fotini hadde sett henne, og hun lett kunne ha latt seg lure av det lyse håret, innså Fotini straks hvem det var. Hun skyndte seg ut og tok imot henne.

«Sofia, du er her. Jeg kan ikke tro det!» utbrøt hun. «Jeg var ikke sikker på om du ville komme!»

«Selvsagt ville jeg komme. Jeg har ønsket å komme tilbake i årevis, men øyeblikket syntes aldri å være det rette. Og dessuten har du aldri invitert meg,» tilføyde hun ertende.

«Du vet at du ikke behøver å vente på invitasjon for å komme hit. Du kunne ha kommet akkurat når det passet deg.»

«Jeg vet det.» Sofia tidde litt og så seg om. «Alt ser akkurat ut som før.»

«Ja, det er ikke mye som har forandret seg,» sa Fotini. «Du vet hvordan disse landsbyene er. Maler lokalbutikken vinduslemmene sine i en ny farge, blir det ramaskrik!»

Som lovet, hadde ikke Fotini sagt et ord til Alexis om morens ankomst, og da hun ør av søvn kom ut på terrassen, ble hun himmelfallen over å se moren og lurte et øyeblikk på om brandyen fra kvelden før fikk henne til å hallusinere.

«Mor?» var alt hun klarte å si.

«Ja, det er meg,» svarte Sofia. «Fotini inviterte meg, og det virket som en god idé å komme.»

«For en overraskelse!» svarte datteren.

De tre kvinnene satte seg ved et bord og lesket seg med kalde drikker under en markise.

«Hvordan har ferien din vært?» spurte Sofia.

«Så som så,» sa Alexis med et uforpliktende skuldertrekk. «Inntil jeg kom hit. Da ble den plutselig mye mer interessant. Jeg har hatt det fantastisk her i Pláka.»

«Er Ed med deg?» spurte Sofia.

«Nei, han ble igjen i Khaniá,» sa Alexis og kikket ned i glasset. Hun hadde knapt ofret ham en tanke disse siste dagene og kjente plutselig et stikk av dårlig samvittighet over å ha overlatt ham til seg selv så lenge. «Men jeg hadde tenkt å dra tilbake i morgen,» tilføyde hun.

«Så snart?» utbrøt Sofia. «Men jeg er jo nettopp kommet.»

«Vel,» sa Fotini og som hadde hentet mer å drikke til dem, «da har vi knapt med tid.»

Alle tre visste at dette var viktig. Hvorfor hadde Sofia ellers kommet? Alexis var fremdeles fortumlet etter alt det Fotini hadde fortalt henne i løpet av de siste dagene, men hun visste at det manglet et avsluttende kapittel. Det var det moren var kommet for å bidra med.

Kapittel 26

DET VAR KVELDEN FØR Sofia skulle reise til Athen for å begynne sitt nye liv som student ved universitetet. Kofferten hennes skulle bare transporteres noen hundre meter ned bakken til havnen og bæres om bord i fergen, og dens neste stopp, som hennes, ville bli den greske hovedstaden, tre hundre kilometer mot nord. Sofias beslutning om å spre sine vinger ble balansert av en like stor andel angst og uro. Tidligere samme dag hadde hun motstått fristelsen til å pakke ut igjen hver eneste gjenstand og sette dem tilbake der de alltid hadde stått: klær, bøker, penner, vekkerklokke, radio, bilder. Å begi seg ut i det ukjente, var vanskelig, og hun oppfattet Athen som innfallsporten til et spennende eventyr eller til en katastrofe. Atten år gamle Sofia kunne ikke forestille seg en mellomting. Hvert ben i kroppen verket som hun hadde regnet med, av hjemlengsel, men nå var det ingen vei tilbake. Klokken seks gikk hun ut for å treffe vennene sine, si farvel til dem hun reiste fra. Det ville gi henne andre ting å tenke på.

Da hun kom hjem igjen, presis klokken elleve, fant hun faren skrittende frem og tilbake i stuen. Moren satt ytterst på stolkanten, med hendene hardt foldet og knokene hvite av spenning. Ansiktet var stramt av redsel.

«Er dere oppe fremdeles? Beklager at jeg ble så sen,» sa Sofia. «Men dere hadde ikke trengt å sitte oppe og vente på meg.»

«Sofia, vi ville snakke med deg,» sa faren mildt.

«Sett deg, er du snill,» ba moren.

Hun begynte straks å føle seg ille til mote.

«Dette virker litt formelt,» sa hun og slengte seg ned i en stol.

«Det er et par ting vi synes du bør få vite før du drar til Athen i morgen,» sa faren.

Så overtok moren. Mesteparten var tross alt hennes historie.

«Det er vanskelig å vite hvor jeg skal begynne,» sa hun. «Men det er enkelte ting vi vil fortelle deg om familien din ...»

Den kvelden fortalte de henne alt, akkurat slik Fotini hadde fortalt det til Alexis. Ikke den minste mistanke eller et eneste ubevoktet ord hadde gitt Sofia noe forvarsel, og hun var dårlig utrustet til å takle avsløringene. Hun så seg selv stå på et høyt fjell der lag på lag med hemmeligheter var blitt lagt ned i årtusenenes løp og der hvert stratum av stein og lava hadde størknet over det forrige. De hadde holdt absolutt alt skjult for henne. Det virket som en konspirasjon. Når hun tenkte seg om, innså hun at det måtte være mange mennesker som visste alt om drapet på moren, og hver eneste en av dem hadde holdt det for seg selv i alle disse årene. Og hva med spekulasjonene og sladderen som måtte ha versert? Kanskje folk som kjente henne, fortsatt hvisket bak ryggen på henne når hun passerte dem: «Arme jente. Mon tro om hun noen gang fikk vite hvem faren var?» Og hun kunne forestille seg den ondskapsfulle hviskingen og tiskingen om sykdommen som hadde rammet familien. «Tenke seg,» hadde de sikkert sagt. «Ikke bare ett, men to tilfeller av spedalskhet!» Alle disse stigmaene som hun hadde båret med seg i år etter år, men aldri hatt den fjerneste anelse om. En skamferende sykdom, en umoralsk mor, en drapsmann av en far. Alt sammen var direkte frastøtende. Uvitenheten hadde vært den rene saligheten.

Hun hadde aldri tenkt noe annet enn at hun var produktet av disse to menneskene som satt foran henne. Hvorfor skulle hun det? Hun hadde alltid forestilt seg at utseendet hennes var en blanding av Marias og Kyritsis'. Folk hadde til og med sagt det. Men hun var ikke mer en etterkommer av mannen hun bestandig hadde kalt far, enn av en hvilken som helst mann hun kunne treffe på gaten. Hun hadde elsket foreldrene uforbeholdent, men var følelsene hennes for dem blitt annerledes når hun nå visste at de ikke *var* foreldrene hennes? I løpet av en time, hadde hele livshistorien hennes forandret seg. Den hadde gått i oppløsning, og når hun så seg tilbake, var det bare et tomrom der. Et hull. Et stort intet.

Hun mottok nyhetene i taushet og følte seg dårlig. Ikke et øyeblikk tenkte hun på hvordan Maria og Kyritsis opplevde situasjonen, eller hva det hadde kostet dem å fortelle henne sannheten etter all denne tiden. Nei. Dette var *hennes* historie, det var *hennes* liv de hadde forfalsket, og hun var sint.

«Hvorfor har dere ikke fortalt meg alt dette før?» skrek hun.

«Vi ville beskytte deg,» sa Kyritsis fast. «Vi syntes ikke det var nødvendig å fortelle deg det før.»

«Vi har elsket deg slik dine egne foreldre ville ha elsket deg,» innskjøt Maria bedende.

Hun var fortvilet nok over å måtte gi fra seg sitt eneste barn til universitetet, men enda mer ulykkelig over at piken som nå sto foran henne og så på henne som om hun skulle være en fremmed, ikke lenger ville betrakte henne som sin mor. Måneder og år var gått uten at det hadde hatt noen betydning at Sofia ikke var av deres eget kjøtt og blod, og de hadde kanskje elsket henne ekstra høyt fordi de ikke hadde vært i stand til å få egne barn.

Men i denne stunden så Sofia dem bare som to mennesker som hadde løyet for henne. Hun var atten, irrasjonell og nå mer opptatt enn noen gang av å skape en fremtid for seg selv der hun hadde full kontroll over fakta. Sinnet vek plassen for en kulde som hjalp henne å falle til ro, men som også virket lammende på de to menneskene som elsket henne høyest her i verden.

«Vi sees i morgen tidlig,» sa hun og reiste seg. «Båten går klokken ni.»

Med det snudde hun på hælen.

Neste morgen var Sofia oppe ved daggry og pakket de siste tingene, og klokken åtte bar hun og Kyritsis bagasjen ut i bilen. Ingen av dem sa noe. Alle tre kjørte ned til havnen, og da øyeblikket kom, tok Sofia mekanisk farvel med dem.

«Ha det bra,» sa hun. «Jeg skriver.»

Det var noe endelig ved avskjeden som bebudet at det ikke ville bli noe gjensyn med det første. De stolte på at hun ville skrive, men de skjønte allerede at det ikke ville ha noen hensikt å vente for spent på brev fra henne. Idet fergen la fra land, var Maria sikker på at dette var det aller verste livet kunne komme med. Folk som sto rundt dem, vinket varmt farvel til sine kjære, men Sofia var ingen steder å se. Hun var ikke engang på dekk.

Maria og Kyritsis sto og speidet etter båten til den bare var en prikk på horisonten. Først da snudde de seg bort. Tomheten var uutholdelig.

For Sofia ble reisen til Athen en flukt fra fortiden, fra spedalskhetens stigma og fra usikkerheten rundt hennes eget opphav. Noen måneder inn i det første semesteret var hun rede til å skrive.

Kjære mor og far (eller skal jeg kalle dere tante og onkel? Ingen av delene virker riktig),

Jeg beklager at det ble så vanskelig da jeg dro. Jeg ble fryktelig sjokkert. Jeg kan ikke engang få uttrykt det i ord, og jeg føler meg fremdeles uvel når jeg tenker på alt sammen. Nåvel, jeg skriver bare for å fortelle dere at jeg har funnet meg godt til rette her. Jeg trives med undervisningen, og selv om Athen er mye større og mer støvet enn Ájos Nikólaos, begynner jeg å venne meg til alt sammen.

Jeg skriver igjen, det lover jeg.

Kjærlig hilsen
Sofia

Brevet sa alt og ingenting. De fortsatte å motta meddelelser som var beskrivende og ofte entusiastiske, men som fortalte lite om Sofias følelser. Ved utgangen av det første studieåret ble de bittert skuffet, om ikke overrasket, over at hun ikke ville komme hjem på feire.

Sofia ble besatt av fortiden og bestemte seg for å bruke sommeren på å forsøke å oppspore Manoli. Til å begynne med virket sporet varmt, og hun fulgte noen ledetråder rundt i Athen og så til andre deler av Helles. Så ble kildene mer upresise, som telefonkataloger og skattekontorer, og til slutt endte hun med å banke på døren til en vilt fremmed som tilfeldigvis het Vandoulakis; de to ble stående der og se forfjamset på hverandre til Sofia kom med en kort forklaring og ba om unnskyldning for å ha forstyrret. Det lille sporet hun hadde å gå etter, tørket helt inn, og en morgen våknet hun på et hotell i Thessaloniki og lurte på hva i all verden hun drev med. Selv om hun fant denne mannen, ville hun ikke få vite med sikkerhet om han var faren hennes. Og hva ville hun egentlig foretrekke? En far som hadde drept moren hennes, eller en far som var en horebukk og hadde sviktet henne? Det var ikke rare valget. Burde hun ikke snu ryggen til fortidens usikkerhet og heller bygge en fremtid?

I begynnelsen av det andre studieåret traff hun en som skulle bli en mer betydningsfull skikkelse i livet hennes enn faren, hvem nå han måtte være. Det var en engelskmann ved navn Marcus Fielding, og han hadde et sabbatsår ved universitetet. Sofia hadde aldri før møtt en som han. Han var en stor bamse med blek hud som lett ble rød når han ble forlegen eller varm, og han hadde svært blå øyne, noe som var et sjeldent syn i Hellas. Han så også evig krøllet ut, på en måte som bare en engelskmann var i stand til.

Marcus hadde aldri hatt en skikkelig kjæreste. Han hadde stort sett vært for opptatt av studiene eller for sjenert til å sjekke opp en kvinne, og han fant syttitallets seksuelt frigjorte London skremmende. Athen derimot lå langt etter når det gjaldt denne revolusjonen. I sin første måned på universitetet traff han Sofia i en stor gruppe av andre studenter, og syntes hun var den vakreste kvinnen han noen gang hadde sett. Selv om hun virket ganske verdensvant, var hun ikke utilnærmelig, og han ble himmelfallen da hun takket ja til en invitasjon fra ham.

I løpet av noen uker ble de uatskillelige, og da tiden var kommet for at Marcus måtte reise tilbake til England, bestemte hun seg for å droppe resten av studiet og bli med ham.

«Jeg har ingen bånd her,» sa hun en kveld. «Jeg er foreldreløs.»

Da han protesterte, forsikret hun ham om at det var sant.

«Nei, jeg er virkelig det,» sa hun. «Jeg har en onkel og en tante som oppfostret meg, men de bor på Kreta. De vil ikke ha noe imot at jeg reiser til London.»

Hun sa ikke mer om oppveksten sin, og Marcus forfulgte ikke temaet, men han insisterte på at de skulle gifte seg. Sofia trengte ikke å overtales. Hun var dypt og lidenskapelig forelsket i denne mannen og visste uten en skygge av tvil at han aldri ville svikte henne.

En kald februardag, av den typen da rimet ligger til midt på dagen, giftet de seg på et dommerkontor i den søndre delen av London. Innbydelsen, som var av det uformelle slaget, hadde stått på Maria og Nikolaos' peishylle i noen uker. Det ville bli første gang de hadde sett Sofia siden den dagen hun seilte ut av livene deres. Den sviende smerten de til å begynne med hadde følt over å bli så brutalt avvist, hadde gradvis svunnet hen etter hvert som de aksepterte det som hadde skjedd, og hadde veket plassen for en sår tomhetsfølelse. Begge så frem til bryllupet med en blanding av forventning og nervøsitet.

De likte Marcus umiddelbart. Sofia kunne ikke ha funnet en snillere og mer pålitelig mann, og å se henne så tilfreds og trygg var alt de kunne ha håpet på, selv om det var et skår i gleden at hun nå neppe noen gang kom til å slå seg ned på Kreta. De trivdes i det engelske bryllupet, selv om det tilsynelatende manglet alle de ritualene og tradisjonene de var vant med. Det var akkurat som et helt ordinært selskap, med unntak av noen få taler, og det rareste av alt var at bruden faktisk ikke skilte seg ut fra de andre gjestene, kledd som hun var i en rød buksedrakt. Maria, som ikke kunne et ord engelsk, ble presentert for alle som Sofias tante, og Nikolaos, som snakket utmerket engelsk, som hennes onkel. De holdt seg ved siden av hverandre hele tiden, med Kyritsis i rollen som oversetter for konen sin.

Etterpå ble de i London i to døgn. Spesielt Maria ble forundret over denne byen som Sofia nå hadde bestemt seg for å bosette seg i. For henne var det en annen planet, et sted som pulserte med lyden av bilmotorer, digre busser og bølgende menneskemasser som hastet forbi butikkvinduer med slanke utstillingsdukker. Det var en by der selv de fastboendes sjanser for å støte på noen de kjente, var tilnærmet lik null. Det var første og siste gang Maria forlot sin hjemlige øy.

Selv overfor ektemannen hadde Sofia utforsket ingenmannslandet mellom hemmeligheter og løgner. Hun overbeviste seg selv om at fortielse, det at hun *ikke* sa noe, var noe helt annet enn å si noe som ikke var sant. Allerede da hennes egne barn ble født – Alexis som den første, bare et år etter bryllupet – lovet hun seg selv aldri å snakke med dem om den kretiske familien sin. De skulle skjermes mot røttene sine og for alltid være beskyttet mot fortidens dype skam.

I 1990, i en alder av åtti, døde dr. Kyritsis. Noen korte minneord, ingen av dem på mer enn tolv–tretten linjer, sto på trykk i britiske aviser og roste ham for hans bidrag til lepraforskningen, og Sofia klippet dem sirlig ut og gjemte dem vekk. Til tross for en aldersforskjell på nesten tyve år, overlevde Maria ham bare med fem år. Sofia fløy ned til Kreta i anledning begravelsen, i utgangspunktet mer eller mindre av plikt, men ble overveldet av skyldfølelse og savn. Hun innså hvor utrolig selvopptatt og utakknemlig hun hadde vært da hun som attenårig forlot Kreta og menneskene som hadde tatt seg av henne. Men nå var det for sent å gjøre det godt igjen. Altfor, altfor sent.

Det var da Sofia bestemte seg for å viske ut bakgrunnen sin en gang for alle. Hun kvittet seg med de få minnegjenstandene hun hadde etter moren og tanten – inntil da hadde de ligget i en eske innerst i garderobeskapet, og en ettermiddag, før barna kom hjem fra skolen, ble en bunke gulnende brev med greske frimerker brent i peisen. Hun fjernet så ryggen på det innrammede fotografiet av onkelen og tanten og stakk forsiktig avisutklippene som reduserte Kyritsis' liv til noen få setninger, inn bak bildet. Forevigelsen av deres lykkeligste dag fikk et permanent oppholdssted ved Sofias seng og var alt som var igjen av fortiden.

Ved å ødelegge de fysiske bevisene hadde Sofia prøvd å riste av seg fortiden, men frykten for å bli oppdaget gnagde i henne som en sykdom, og etter hvert som årene gikk, fikk hun stadig dårligere samvittighet for hvordan hun hadde behandlet onkelen og tanten sin. Samvittigheten tynget magen hennes som en stein, en anger som iblant fikk henne til å føle seg fysisk syk når hun tenkte på at det ikke var noe hun kunne gjøre for å rette det opp igjen. Nå som hennes egne barn var flyttet hjemmefra, følte hun angeren mer intenst enn noensinne og visste med sikkerhet at hun hadde påført to mennesker utilgivelig smerte.

Marcus hadde visst bedre enn å stille for mange spørsmål, og godtok Sofias ønske om å unngå enhver referanse til fortiden hennes, men etter hvert som barna vokste opp, var de kretiske særtrekkene ikke til å ta feil av: i Alexis det vakre, mørke håret, og i Nick, de lange, svarte øyenvippene. Hele tiden levde Sofia i frykt for at barna hennes en dag skulle oppdage hva slags mennesker forfedrene og deres slektninger hadde vært, og magen knyttet seg. Når hun nå så på Alexis, ønsket hun at hun hadde vært mer åpen. Datteren betraktet henne som om hun aldri hadde sett henne før. Det var hennes egen feil. Hun hadde gjort seg til en fremmed for både barna og ektemannen.

«Jeg er så lei meg,» sa hun til Alexis, «for at jeg aldri har fortalt deg noe av dette før.»

«Men hvorfor skammer du deg sånn over det?» spurte Alexis og bøyde seg frem. «Det er på sett og vis livshistorien din, men samtidig spilte du ingen rolle i den.»

«Disse menneskene var mitt kjøtt og blod, Alexis. Spedalske, ekteskapsbrytere, mordere ...»

«I himmelens navn, mor, noen av disse menneskene var fantastiske. Ta bare onkelen og tanten din – kjærligheten deres overlevde alt, og onkelen din sitt arbeid reddet mange hundre, kanskje mange tusen, menneskeliv. Og bestefaren din! For et eksempel han ville være for dagens mennesker. Han klaget aldri, fordømte aldri noen, led i stillhet.»

«Men hva med moren min?»

«Vel, jeg er glad for at hun ikke var *min* mor, men jeg vil ikke utelukkende bebreide henne. Hun var svak, men hun hadde alltid vært opprørsk av seg, ikke sant? Det lyder som om hun alltid fant det vanskeligere enn Maria å gjøre det hun burde gjøre. Det var bare slik hun var skapt.»

«Du er svært tilgivende, Alexis. Hun hadde så visst sine feil, men burde hun ikke ha anstrengt seg mer for å undertrykke de naturlige instinktene sine?»

«Det bør vi vel alle, antar jeg, men ikke alle har styrken til det. Og det later til at Manoli utnyttet svakheten hennes så godt han kunne – akkurat slik folk som ham alltid har gjort.»

Det oppsto en taushet. Sofia fiklet nervøst med øreringen sin, som om det var noe hun ønsket å si, men ikke helt klarte å få frem.

«Men vet du hvem som oppførte seg verre enn noen andre?» brast det til slutt ut av henne. «Det gjorde jeg. Jeg vendte ryggen til disse to snille, vidunderlige menneskene. De hadde gitt meg alt, og jeg støtte dem fra meg.»

Alexis ble lamslått av morens utbrudd.

«Jeg vendte dem bare ryggen,» gjentok Sofia. «Og nå er det for sent å be om unnskyldning.»

Tårene rant fra Sofias øyne. Alexis hadde aldri før sett moren gråte.

«Ikke vær så streng mot deg selv,» hvisket hun og skjøv stolen nærmere moren og la armen rundt henne. «Hvis du og far hadde sluppet en bombe som det i fanget på meg da jeg var atten, ville jeg sannsynligvis ha reagert på akkurat samme måte. Det er fullt forståelig at du ble så sint og opprørt.»

«Men jeg har hatt så dårlig samvittighet for det i mange år og har det fortsatt,» sa hun stille.

«Vel, det tror jeg ikke du trenger. Det hører fortiden til, mor,» sa Alexis og trakk henne tettere inntil seg. «Etter alt det jeg har hørt om Maria, er jeg sikker på at hun tilga deg. Og dere skrev brev til hverandre, ikke sant? Og de kom i bryllupet ditt? Jeg er sikker på at Maria ikke var bitter – jeg tror ikke det lå for henne å være det.»

«Jeg håper du har rett,» sa Sofia med ullen stemme mens hun prøvde å holde tårene tilbake. Hun stirret ut mot øya og gjenvant langsomt fatningen.

Fotini hadde lyttet spent til samtalen mellom mor og datter. Hun skjønte at Alexis prøvde å få moren til å se fortiden fra et nytt perspektiv, og bestemte seg for å la dem være alene en stund.

Vandoulakis-tragedien, som den ble kalt, ble fremdeles snakket om i Pláka, og den lille piken som var blitt sittende igjen uten far eller mor, var ikke blitt glemt av dem som hadde vært vitne til hendelsene den minneverdige sommerkvelden. Noen av disse menneskene bodde fortsatt i landsbyen. Fotini gikk inn i baren og sa noen ord til Gerasimo, som så gestikulerte frenetisk til sin kone. De ville slippe alt de hadde i hendene og komme; deres sønn kunne stå bak disken en stund. Alle tre skyndte seg mot tavernaen.

Til å begynne med kjente ikke Sofia igjen den lille gruppen som hadde tatt plass ved et bord like ved der hun og Alexis satt, men så snart hun ble oppmerksom på at den gamle mannen var stum, skjønte hun hvem det var.

«Gerasimo!» ropte hun. «Nå husker jeg deg. Pleide ikke du å arbeide i baren her da jeg var på besøk?»

Han nikket og smilte. At Gerasimo var stum, hadde fascinert den unge Sofia. Hun husket at hun hadde vært litt redd ham, men mintes også hvor godt hun hadde likt limonaden med is han hadde laget spesielt for henne hver gang hun og Maria kom inn i baren, det stedet der de vanligvis traff bestefaren. Hun hadde større problemer med å huske Andriana. Selv om hun nå var tykk og sterkt plaget av åreknuter, som ble dårlig skjult av de tykke strømpene, fortalte hun at hun hadde vært tenåring da Sofia pleide å komme til Pláka. Sofia husket vagt en pen, men litt treg jente som vanligvis satt utenfor baren og pratet med venninnene sine, mens en flokk tenåringsgutter hang rundt dem, nonsjalant lent mot mopedene sine. Fotini hadde tatt frem igjen den brune konvolutten med fotografier, og nok en gang ble de spredt utover bordet mens likheten mellom Sofia og Alexis og fordums familiemedlemmer ble ivrig kommentert.

Tavernaen holdt stengt den kvelden, men Mattheos, som snart skulle overta foreldrenes virksomhet, dukket plutselig opp. Han hadde vokst til et fjell av en mann, og Sofia omfavnet ham hjertelig.

«Det er godt å se deg igjen, Sofia,» sa han varmt. «Det er så lenge siden sist.»

Mattheos begynte å dekke et langbord. En gjest var ennå ikke kommet. Fotini hadde ringt til broren, Antonis, tidligere samme dag, og klokken ni kom han fra Sitía. Han var nå svært grå og ikke så lite krum i ryggen, men han hadde fortsatt de mørke, romantiske øynene som hadde virket så tiltrekkende på Anna for alle de årene siden. Han satt mellom Alexis og Sofia, og etter noen få glass, ble han mindre brydd over å snakke engelsk etter så mange år uten øvelse.

«Moren din var den vakreste kvinnen jeg noen gang har sett,» sa han til Sofia, før han nesten som en ettertanke tilføyde: «Bortsett fra konen min, naturligvis.»

Han satt taus en stund før han tok ordet igjen.

«Skjønnheten hennes var både en gave og en forbannelse, og kvinner som henne vil alltid få enkelte menn til å oppføre seg som idioter. Det var ikke bare hennes skyld, det som skjedde.»

Alexis studerte morens ansikt og så at hun forsto.

«*Efharisto,*» sa Sofia stille. «Takk.»

Det var over midnatt, og lysene var for lengst brent ned da alle rundt bordet endelig reiste seg for å gå. Om bare noen timer måtte både Alexis og Sofia være på veien, Alexis i retning av Khaniá for å treffe Ed, og moren for å ta fergen tilbake til Pireás. For Alexis var det som om en måned var gått siden hun kom hit, enda det i virkeligheten bare var noen dager. For Sofia var besøket av umåtelig stor betydning, om det hadde vært aldri så kort. Klemmer like varme som dagen selv ble delt ut, og fromme løfter avlagt om å komme tilbake på et lenger og mer avslappende besøk året etter.

Alexis kjørte moren til Iráklio, der Sofia skulle ta nattfergen tilbake til Athen. Det hersket ikke et øyeblikks stillhet på turen, så ivrig forløp samtalen mellom dem. Så snart hun hadde satt av moren, som gledet seg til å bruke dagen i byens museer før hun gikk om bord i fergen til kvelden, fortsatte Alexis mot Khaniá. Hun hadde løst mysteriet om fortiden; nå var det fremtiden hun måtte konsentrere seg om.

Nesten tre timer senere var hun fremme ved hotellet. Det hadde vært en lang, svett tur, og hun lengtet desperat etter noe å drikke, så hun krysset gaten mot den nærmeste baren som lå helt nede i strandkanten. Ed var der. Han satt alene og stirret ut over sjøen. Alexis gikk stille frem mot ham og satte seg ved bordet hans. Stolen skrapte mot gulvet og gjorde ham oppmerksom på at det var noen der, og han snudde seg overrasket.

«Hvor i *helvete* har du vært?» brølte han.

Bortsett fra beskjeden hun hadde gitt ham fire dager tidligere, om at hun kom til å bli værende i Pláka i noen netter, hadde hun ikke vært i kontakt med ham. Mobiltelefonen hennes hadde vært avslått.

«Jeg beklager,» sa hun og innså at det hadde vært galt av henne å være så utilgjengelig. «Alt sammen ble svært innfløkt, og tiden løp fra meg. Så kom moren min på besøk, og ...»

«Hva mener du med at moren din kom på besøk? Dere hadde altså en eller annen form for familiesammenkomst, og så glemte du bare å si noe til meg om det! Takk skal du ha!»

«Ærlig talt ...» begynte Alexis. «Det var faktisk viktig.»

«For guds skyld, Alexis!» stønnet han sarkastisk. «*Hva* er det viktigste? Å stikke av gårde for å treffe moren din, som du kan besøke hver dag hele uken når du er hjemme, eller ha denne ferien med meg?»

Ed ventet ikke på svar. Han var allerede på vei mot baren for å bestille en ny drink, og hadde ryggen mot Alexis. De stramme skuldrene viste hvor sint og fornærmet han var, og mens han fortsatt sto med ryggen til, forsvant hun raskt og lydløst ut igjen. På hotellet tok det henne bare noen minutter å stappe alle klærne ned i en veske, ta med seg noen bøker fra nattbordet og skrive en lapp til ham.

Beklager at det skulle ende slik. Du ville aldri høre etter.

Det var ingen «Kjærlig hilsen, Alexis», ingen rad med kyss. Det var slutt. Nå kunne hun innrømme det for seg selv. Det var ingen kjærlighet igjen.

Kapittel 27

ALEXIS VAR SNART TILBAKE på veien mot Iráklio. Klokken var allerede fire på ettermiddagen, og hun måtte trå klampen i bunn hvis hun skulle rekke frem til byen innen klokken syv, tidsnok til å levere inn leiebilen og nå fergen som gikk klokken åtte.

Mens hun kjørte langs veien som fulgte kystlinjen og ga henne et vedvarende og praktfullt utsyn over sjøen, spredte en dyp lykkefølelse seg i henne. Til venstre fantes det intet annet enn blått: asurblå sjø, safirblå himmel. Hvorfor ble sorg og fortvilelse forbundet med det blå? undret hun seg. Den klare himmelen og det glitrende vannet lot til å være uløselig knyttet til hennes ekstatiske fornemmelse av velvære.

Med vinduene nede og varm luft blåsende tvers gjennom bilen, blafret håret bak henne som et svart flagg, og hun sang høyt og lidenskapelig med på «Brown-Eyed Girl» mens båndet snurret rundt i den billige kassettspilleren. Ed hatet Van Morrison.

Den oppløftende kjøreturen varte i litt mer enn to timer, og der hun suste av sted, gjorde frykten for å komme for sent til fergen at hun holdt foten hardt presset mot gasspedalen. Ingenting kunne helt måle seg med den følelsen av løssluppenhet hun fikk bak rattet i en bil.

Med bare minutter å gå på, fikk hun levert inn leiebilen, kjøpt billett til fergen og gikk opp rampen som førte inn i buken av skipet. Hun kjente godt stanken av forskjellige avgasser som alltid møtte passasjerer som gikk om bord en gresk ferge, men visste også at hun ville venne seg til det i løpet av en time eller to. Biler ble fortsatt kjørt inn, og gods ble stuet på dekk, akkompagnert av mye spetakkel og styr fra en flokk mørkhårede menn som ropte til hverandre på et språk hun fortsatt skammet seg over at hun kjente så dårlig. I akkurat denne situasjonen var det kanskje like bra. Hun så en dør som var merket «Inngang» og forsvant takknemlig inn gjennom den.

Et eller annet sted på denne båten visste hun at hun ville finne moren. Det var to salonger, en for røykere, en annen, nesten tom, for ikke-røykere. En gjeng amerikanske studenter okkuperte den sistnevnte, mens det i den førstnevnte befant seg mange store familiegrupper som var på vei tilbake til det greske fastlandet etter å ha vært på ferie hos slektninger på Kreta. De var svært høyrøstet og lød som om de skjelte hverandre huden full, mens de sannsynligvis bare diskuterte om de skulle spise grillsmørbrød nå eller senere på turen. Alexis fant ikke moren noen av stedene, så hun gikk opp på dekk.

I det svinnende lyset så hun Sofia i den motsatte enden, langt fremme mot baugen. Hun satt alene med den lille reisevesken ved føttene og stirret mot de blinkende lysene i Iráklio og de hvelvede buene i det store arsenalet som venetianerne hadde bygget. De feilfrie murene på den solide festningen som hadde voktet byen siden det sekstende århundret, kunne ha vært bygget dagen før.

En dag tidligere var det Alexis som var blitt forbløffet over å se moren. Denne gang var det Sofias tur til å bli overrasket over synet av datteren.

«Alexis! Hva gjør du her?» utbrøt hun. «Jeg trodde at du skulle tilbake til Khaniá.»

«Jeg var der.»

«Men hvorfor er du da her? Hvor er Ed?»

«Fortsatt i Khaniá. Jeg forlot ham der.»

Det var ikke nødvendig med en nærmere forklaring, men Alexis ønsket å snakke.

«Det er slutt. Jeg innså hvor nytteløst det var, hvor halvhjertet,» begynte hun. «Da jeg satt og hørte Fotini fortelle om familien din og alt de gjennomgikk, ble jeg aller mest slått av hvor høyt de elsket hverandre. Gjennom sykdom og nød, i gode og onde dager, tykt og tynt, til døden skilte dem ... jeg visste at jeg ikke følte det slik for Ed – og jeg vil absolutt ikke komme til å føle det slik om tyve år, ikke engang ti.»

I løpet av de tiårene som var gått siden Sofia hadde vendt ryggen til menneskene og stedet som hadde gitt henne en så trygg oppvekst, hadde hun aldri før sett alt sammen så klart. Datteren hadde fått henne til å se på familiemedlemmene hennes som om de var rollefigurer i et drama. Omsider så hun ikke ydmykelse, men heltemot, ikke troløshet, men lidenskap, ikke spedalskhet, men kjærlighet.

Alt var kommet for en dag. Sårene kunne luftes og fikk omsider en sjanse til å gro, det var ingen skam knyttet til noe av det. Hun hadde ikke lenger noe å skjule, og for første gang på femogtyve år, rant tårene hennes fritt.

Mens fergen gled sakte ut av havnen og det tutet i fløyten i den stille natteluften, sto Alexis og Sofia ved rekken og nøt vinden som strøk dem over ansiktet. Arm i arm stirret de tilbake over det kullsvarte vannet til lysene på Kreta gradvis forsvant i det fjerne.

LEPRA – ET VEDVARENDE PROBLEM I DET 21. ÅRHUNDRET

Selv om spedalskhet er utryddet i Europa, er det fremdeles et stort helseproblem i utviklingsland. I 2004 ble over 400 000 nye tilfeller diagnostisert, rundt 70 prosent av disse i India. Lepra (spedalskhet) skyldes en bakterie som ligner den som forårsaker tuberkulose. Den angriper nervene i hender, føtter og ansikt, og uten behandling mister pasienten evnen til å bevege fingre, tær og øyelokk. Den kan også ødelegge evnen til å føle smerte, slik at ofrene har lett for å påføre seg skader og brannsår som kan føre til alvorlige infeksjoner og til slutt til tap av fingre, tær og syn. Jo lenger sykdommen får utvikle seg, desto større sannsynlighet er det for at misdannelser, som man gjerne forbinder med spedalskhet, vil oppstå. I tillegg til det sosiale stigmaet som skyldes frykt og uvitenhet, blir de spedalske ofte utstøtt fra familie og samfunn. Det betyr at mange er redde for å søke behandling i de første stadiene av sykdommen.

Lepra kan behandles med medisiner, og de fleste pasienter kan blir friske innen et halvt til ett år. Tidlig behandling gjør at lammelser og deformering kan unngås. Det finnes flere hjelpeorganisasjoner som tilbyr både medisinsk og sosial hjelp til leprapasienter.

En spesiell takk til:

Spinalónga Museum

Dr. Richard Groves, professor i akademisk dermatologi ved Imperial College

Dr. Diana Lockwood ved London School of Hygiene and Tropical Medicine

Organisasjonen The Leprosy Mission

Organisasjonen LEPRA